王手

著

本命年短信

北京出版集团公司

北京十月文艺出版社

目录
Contents

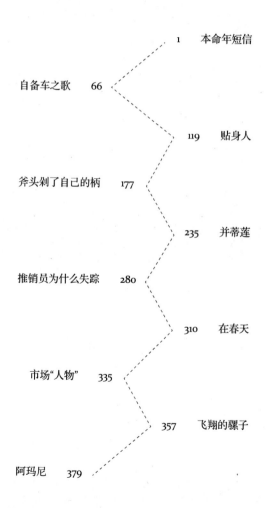

本命年短信

1

乐蒙医生是个正儿八经的中医，这样说是因为中医大多是自学成才或半路出家的。他毕业于江苏中医学院，后在北大医学院做过访问学者，他看的是妇科。男医看妇科，大家自然会生出许多疑问，猜测他的行医过程，他如何接待病人？他会问什么话？他检查否？他怎么叮嘱？他当然没有想这么多，他非常清楚自己的职责，医生就是视而不见，充耳不闻，心如止水，过眼就忘。这几年，他更是一门心思，手头的事紧得很，他正担负着卫生出版社的一个课题，听名字就觉得气象很大，叫《从妇科疑难病症说开去》，好像一本谈战略的兵书。早些年，他说了卵巢囊肿，说了痛经，眼下正在说子宫肌瘤和宫颈癌，接下来还要说说性厌恶和不孕症，要说的东西多了。

乐医生当然是一位出类拔萃的中医，四十八岁，在第三医院，像他这样的中医并不多。如果他是位外科医生，是动手术的，人家也许就会说，他眼睛是好的，手是不会抖的，勇气也是有的，就是经验一般般吧。但他是妇科医生，又是个男的，那么，他这个年龄就是他这个科目的优势，他思想活跃，还有身体力行的能力，不是说他可以在妇科胡作非为，而是说他的分析和琢磨正落在时候上，因为和他年龄相对应的是妇科病的热闹期，他工作在自己的黄金时段，也活动在女人的节骨眼上，挨过五十，有妇科病的女人也差不多寥若晨星了。

每天早上，乐医生七点钟就从家里出来，他的家离医院不远，就隔着那么三四条小路，他喜欢在这个时候走上半小时。他觉得中医在有些行为上就得纯粹，比如走路，比如穿衣，穿着中山装改过的本装和立领，不紧不慢地优雅地走路，最能体现出中医的气质和风度。他走路也不是单纯地走路，可以说是在运行，眼观六路，耳听八方，那是在锻炼神志；意守丹田，那是在修养脏腑；手握拳脚着力，那是在运动经络血脉。待走到医院，乐医生脸也红了，身也热了，有细汗从窍穴里缓缓渗出，无异于打了一套杨式太极，那个惬意啊。

然后，他坐在桌前把昨天就排下的病历都翻了翻、想一想，作为自己情绪的预热。等八点钟一响，他的徒弟——一般都是些实习的女学生，在他示意下打开门，把早已候在外面的病人让了进来。

第三医院有七八个妇科诊室，两个西医，五个中医，还有一个人流室，都是清一色的女医生，唯独乐医生这里需要排队。这是个很怪的现象。按理，应该是乐医生诊室门可罗雀才是，而女医生那边，因为性别的坦然，更容易车水马龙。但那些女病人就是不顾及女医生的面子，就喜欢把号挂在乐医生的名下。当然，也不是说女医生就一点生意没有，总有熟人介绍的，总有等不及的，总有只续个方的，女医生们大有生不逢"性"的感觉。2002年，乐医生被省里定为点名的专家，医院把他的号费提到了一百块，明的是想做做品牌效应，暗的是好心，想匀一些病人给其他诊室，别弄得累的累死荒的荒死，但病人们不在乎几个钱，在乎感觉。她们喜欢坐在乐医生面前慢声细语。初来乍到的，会以为这个男医生一定会不耻下问，一定会问得非常仔细，看病最喜欢仔细；而经常光顾的，则喜欢聆听，喜欢辅导，她们要的是一次美满的、温暖的、丝丝入微的、不同寻常的交流，这一点，性别的差异正好显现出它的优势来。有病人说，看乐医生的打扮心里就舒服，看他写的病历更是一种享受，不信，挑一个病历给你看看：

主诉：经前乳痛，心情烦躁，持续三年。

现病史：经前一周自我感觉准确，一般三天为一个过程。第一天，乳房发胀，乳头疼痛，宽衣都不能近，文胸更不能用；自摸难受，夫摸更不能容忍，常为此事翻脸，至夜不能寐。第二天，心情莫名懊恼，甚至偷偷哭泣，哭后难过仍不见缓解；遂到处找东西掷摔，尤其要摔出声音的东西，橡皮的、

3

木头的不行，摔不破的更加难受；如能摔个玻璃的、陶瓷的最好，心情稍稍平服。第三天，便想撕咬丈夫，尤以咬肩和手臂为过瘾，夫若假装理解，强忍疼痛，则不能满足；夫若实事求是，撕心裂肺号叫，便觉得痛快，像闭窍开了，虱子烫了一般舒服。随后经行而至，一切疼痛消除，情绪平稳，寝寐即安。纳可。二便正常。

体检：舌淡红，苔薄白，脉细弦。

中医诊断：经行烦躁。西医诊断：经期紧张综合征。

处理：疏肝，调气，解郁。

处方：加味逍遥散

炒栀10克　　丹皮10克　　柴胡10克　　白芍10克

白术10克　　茯苓10克　　郁金10克　　薄荷5克(后入)

生甘草5克　　娑罗子10克　　八月札10克　　路路通10克

（7剂）

嘱咐：一切小疾暗疾均不可大意。

病历用毛笔繁体写成，这也是乐医生一向追求的。乐医生说，中医的处方就应该这样。他把它当作一件活页广告来做。

2

经常来找乐医生看病的，是一位名叫郁美谨的病人，三十五六岁光景，人像她名字一样漂亮，确切地说是风流。她喜欢下午五点钟来乐医生这里，基本上都是这样。这个时候，乐医生的病人也看得差不多了，眼前的徒弟也准备起身收拾了，而乐医生则正在埋头整理笔记。他有及时做笔记的习惯，就像财务报表那样日清月结。每天的病人很多，像阴道炎、月经不调之类的，乐医生当然不会再去回顾，但一些特殊的病例、疑难的病例，乐医生绝不会轻易放过。他要把病的过程写清楚，要把自己的想法提出来，用作教科书一样的态度做着记录。他前段时间出的《妇科千例医案集》，就是这样积累起来的。许多人抱怨自己没有碰到好的病人，感叹自己做不出好的绩效，其实他们是忽略了一个最简单的功课——日常的记录、日常的思考。乐医生最懂得业精于勤、集腋成裘的道理。

郁美谨就这样悄悄地坐在了乐医生的身边。乐医生每次都是在不经意间发现了她。他以为是别的什么病人，一看，噢了一声，微笑了一下，通常会拿出抽屉里准备的一本书，让她先看着，自己则赶紧做好手头的事情，然后站起身，搓搓手，带着关注和诱导的口气问，上次说到哪里啦？这句话是个信号，说明他们不仅仅只是医患关系，还说明他们正继续着一个共同的话题。

郁美谨很少是来看妇科的，她没什么太大的妇科毛病，偶尔有一点点说说的，也就是她自己都深谙的原发性痛经，并不放在心上。她更多的是来聊天的，以至于后来，只要她一踏进诊室，那些徒弟们就会微笑着自觉告退。那么，郁美谨在这里都聊些什么呢？聊一切和女人有关的话题。在她的眼里，乐医生并不只是个妇科医生，而是个科学家，一个研究女人的科学家，和科学家谈话，角色、话题、态度都不用去拘谨。他们谈话的范围很广，内容也很多——女人、婚姻、性生活，性生活又具体细化到手淫、高潮、同性恋、部位刺激、女人的年龄、性和生活的关系。对于乐医生来说，这样的谈话对他的著书立说很有好处。当然也是他看病的范围，在他看来，妇科其实是包括女人的生理卫生和心理卫生的，甚至还包括其家属的相关卫生。

乐医生清楚地记得郁美谨第一次来与他交流的情形和内容。她要单独和他谈谈，她不喜欢有其他人在场，哪怕那个人也是个医生。这样，乐医生就抱歉地支走了眼前的徒弟。按理，他是不能够这样做的，他有他自己的规矩，面对病人，他一定要有两个以上的人在场。但病人主动要求单独约见，他是第一次碰到。这也吊起了他的胃口。他想，她会不会是一位热衷于倾诉的病人呢？他听说过有这类病人，她们心里疑虑多多，疑虑又日夜煎熬着她们，而煎熬的又偏偏是羞于启齿的性。她们像那些露阴癖患者一样，想展示，想人们了解她、接纳她。这段时间，乐医生正希望有这样的病人出现，好填补一下他研究方面的一个空白。

郁美谨那天说的是自己的手淫，她没有说自己的婚姻品质，没有说自己性生活的质量，没有说自己丈夫的行为能力，一般像这类话题都是由上述原因引起的、生发的。

她说自己从来不知道可以这么做，也从来不知道这么做会引起反应，更不知道这么做对不对，对身体有没有伤害。她说她不知道这就是手淫。

我是偶尔发现自己身体漂亮的，从来没有人和我说过这个话题。我熟悉自己的身体，但从来没想到"漂亮"这个词。我不会照镜

6

子，对镜子没有感觉，我看着镜子里的自己，就好像在看别人，我也不是在欣赏它，而是在偷窥它，我不敢看，我会慌张地赶紧避开。

有一天，我大概是累了，我想冲一个热水澡。热水像细沙一样轻轻地洒下，我淋了很久，一股热流在腰肢间升起，全身酥麻得不行，这时候，我就非常想看看自己的身体，有一种想特意摸摸它的欲望。

我就这样站在了镜子前，就那么一丝不挂，我觉得自己真是大胆。我发现自己的身体很美，乳房饱满，乳头尖挺，我以前没注意到这些，我就试着想触摸它，轻轻地，但立刻痒得我蹲了下去，我受不了。后来发展到揉搓，但那种痒仍旧缓解不了，好像是从心底里痒出来的，不用力挤它根本不解决问题。

那一刻，我是在惊慌失措中度过。我知道不会有什么事，但我还是担心的，担心这件事吸引力太大，担心自己上瘾，果不其然，我居然第二天又想尝试它，还想有别的尝试，我想问问别人是不是也这样？

乐医生认真地听着，他没有笑，他怕笑会被郁美谨误解，会误以为猥琐，他只是埋头做着笔记，文字沙沙地由少变多。偶尔，他也会抬起头看她一眼，但眼神是同情和诚恳的。这一天，乐医生没有和郁美谨多说什么，他想，这个三十五六岁的女人，虽然结过婚，但实际上完全地还被性蒙蔽着，她对性的认知程度，就像小孩子一样低级，他无论怎么说都是深奥的，都有引诱和教唆之嫌。他想，他就是倾听最好，她如果真是一位倾诉型的病人，那么，最好的治疗就是倾听。

3

一般资深的中医，对那些神神道道的东西多少都有些研究，比如周易，比如八卦，但乐医生没有。不仅没有研究，甚至连借鉴和引用都很少，这也许正是他的长处，因为有了这种另类，他才会从中医的传统中超脱出来，亲近和接纳西医的理念。他觉得中医太讲究火候和意境了，一味地"慢工出细活"，而这正是中医的致命弱点。西医虽然也有"既往不咎"的不足，但有些说法却是很值得推崇的，像"快刀斩乱麻"、像"三粒板两条缝"等等，都很有哲学意味，一下子把他从中医的束缚中解放了出来，让他的思想有了一个质的飞跃。比如前段时间，有病人来看下身湿疣，按以前的做法，一般都是清凉解毒药煎服，再佐些外用汤水冲洗，等暗疾慢慢自行隐去，这个时间太长。现在他不这样了，就在门诊做个简单的手术，什么湿疣干疣，通通一刀割去，再服些抗生素，第二天就开始收口结痂了。所以，在临床上尝到甜头的乐医生，在生活上也越来越务实了，对一些模棱两可的说法，基本上都是置之不理。

但是，关键时刻，在心理活动尤其剧烈的情况下，人的意志往往会游移不定，人愿意用一些含糊不清的东西来解释自己的现状，甚至自觉地对号入座，或者说，愿意接受一些心理暗示，来猜揣来自各方面的信息。

那天，乐医生在朋友马勃家，就对一本皇历产生了兴趣。马勃是个小业主，经营着一家打火机工场，由于状况不佳，就特别在意

8

忌宜之类的提示，茶几上长年累月放着皇历，出门办事自己给自己先问上一卦。乐医生坐着没事也就随手翻看起来。也许是真的心里有事，他不知不觉想看看自己的运势走向。他生于一九五九年，于是什么都不看，径直就翻到猪肖条目。猪肖的解释一般都是大吉大利，都是说这人怎么安逸、怎么富贵，偶尔也有说遇事刚愎自用和用钱大方的。还有说，此人若是什么什么血型，定大有作为，不是领袖就是恐怖分子。乐医生忍不住抿笑了一下，很自然就暗想起自己的血型来。他从来没验过血，也没挨过任何手术，他不知道自己是什么血型，他觉得知不知道都没有什么意义，对血型能概括性格一说，他更是觉得荒唐。这样轻描淡写地翻着，继续往下看，反正都是好话居多，最多的就是为人谦和、心地善良之类空洞的概括。但突然，在十一月运程一栏里，内容有了一个急转，出现了不吉的信号，说有"麻绳捆绑全身，一层层缠绕，茧一样缚着，暗无天日数月"，还不是一般的难受，"似有千斤重石压着，翻身极难"。

这回乐医生笑出声来了，笑声突兀，引得一旁的马勃怪怪地问，你看见什么啦？乐医生说，没有，是觉得说得有趣。马勃凑过来说，是什么有趣的东西让乐医生如此动容？乐医生就把皇历指给马勃看，马勃也笑了，说，乐医生要是被麻绳绑着，那我们早就下十八层地狱了。乐医生也觉得这皇历说得有点离谱。

因为，今年是乐医生比较走红的一年。

因为走红，乐医生反而小心了。他在想，在自己一切都处于顺境的情况下，会不会有他还没有经历过的、心里没有底的东西突然出现，令他猝不及防？所以，他需要有来自外界的提醒和忠告，好让自己心里早做些准备。

从去年开始，第三医院的一个副院长的职位就空出来了，退出的这位副院长是个专家，主持医院的业务工作，这个信息也告诉人们，这个位子不是阿狗阿猫都可以坐的，是要有专业技术特长的。事实上，乐医生早就被定为后备干部，报上面培养了。这两年，乐医生除了和自己的病人打交道外，也没少参加市里的学习，光党校的中层班就参加过几次，可谓老中层了。有一次还闹出个笑话来。那是在党校刚开学的时候，他碰到一个熟人，熟人以为是一个班的，硬把乐医生拉过来坐在一起。这种班的学员来自五湖四海，大部分同学都还兼着单位的工作，半工半读，到学率极低，同学间因此也都不太熟悉，乐医生也懵懵懂懂地坐了进去。但这种班又是很讲究等级的，中层还想混到"县处"里去？坐了一会儿，乐医生觉得气氛不对，一是有同学频频回头观望，二是老师也口口声声"县长处长"的，乐医生知道，他这是自己把自己"突击提干"了，就知趣地赶紧起身外溜，引得同学们一阵善意的呵笑。那个熟人也跟出来拼命解释，我以为你早就是县级了呢！乐医生也没有不好意思，幽默地说，老中层了，不求上进，惭愧惭愧。

乐医生想，好在从政不是我的强项，不然，人家还以为我想官想疯了呢。

乐医生对当官一事确实不怎么上心，这从他坚决不入党的脾性上就可以看出来。根据他优异的表现，他要是有当官的念头，早早地向组织靠拢，也早入党了，他早就如虎添翼了。但乐医生不在意这对"翅膀"，按照过去的说法，他只是个"白专"，而不是"红专"。当然，乐医生也不刻意回避这件事情，当官是好事，他主张顺其自然，这杯酒递到了他的嘴边，他就顺便抿一口吧。况且，这和他追求进步是不矛盾的，甚至是一致的。一个思想进步、医术精湛、急病人之所急、工作认真负责的人，组织上是应该看到的，应该最大可能地发挥他的优势和积极性。如果一定要说乐医生有什么私心杂念的话，也不是没有。比如，他早就跟医院说过好多次了，要添几台治疗宫颈糜烂的激光机，以辅助塞药和清洗，效果会更快更好。你猜医院怎么说，你们中医怎么也相信机器啊？乐医生哭笑不得，深感自己的位卑言微。还有，治疗不孕不育，第一步就要查一查男方的精子，是活蹦乱跳的，还是缺胳膊少腿的，就得先把精子拿出来。让护士拿，不合适吧；让他妻子拿，也不好看，医院又不是淫乱场所。再说了，一般有毛病的男人大多数都是灰头土脸的，没有半天拿不出来。乐医生曾建议医院去买台采精器，把男人往上面一架，一运作，东西自然就出来了。但医院说，这像什么话，弄得医院像畜牧场一样。乐医生想，要是他当院长，情况就不是这样了，不要说一台机器，就是一幢大楼，还不是一句话的事情。要说乐医生有私心，也就是这样的私心。

　　还有些事情，也都是朝着有利于乐医生的方向发展的。他所在的党派，叫农工民主党，乍一听好像跟农民兄弟有关，其实不是，它就是一个医生的组织。日前刚刚开过一次常委会，增补他为副主委。尽管这职位当不了正经的饭吃，但虚张声势也是好的，说明他在圈子里还是有影响的。乐医生记住这些推波助澜的人。再者，市里也组织乐医生考了一次试，当然不只是他一个人，是一班县处级边缘的人，叫任职资格考试。还是闭卷考，考政治、考经济、考党史、考时事、考马列，好大几本书，他也算是个知识分子，也只考了63分，他知道，还有不少人被这个"门槛"拦在了外面。后来，他去组织部拿证书的时候，又发现了一个新的情况，更加说明这件事非同小可，不是走形式。证书上写：某某同志，参加任职资格考试成绩合格，有效期三年。乐医生正纳闷这"有效期"什么意思？组织部说，三年有效期就是指，三年提不了干的，这张证书就作废了，不是一考定乾坤的，还要重考。乐医生暗暗舒了一口气，庆幸自己还好没有轻视。他在心里说，用不了三年，我这张证书就会用起来的，你们等着瞧吧。

就是这样的一种形势，不是大好，也是小好，而且是越来越好，哪里像皇历上说的那样，什么麻绳捆绑、什么暗无天日，都不知从何说起的。

4

在医院，乐医生比较要好的朋友有三个。他喜欢他们，是因为他们都有着特别的情趣。

一个是无钢，玩电脑的，熟谙各种网络游戏，说起轩辕剑、三国志、半条命、魔兽争霸、传奇私服，一套一套的。他原来是西医内科医生，看肝病的，看得多了，看得久了，不知不觉把自己的肝也看坏了。有一段时间，他曾经心灰意冷，什么事也不干，像老人一样注意起晨练和饮食，因为他非常清楚，肝要是不好了，就像被判了死缓一样，他不想再有进取之心了。后来医院让他退出了门诊一线，安排在医政科，医政科是除了院长之外最实惠最有权的一个部门，他知道医院在照顾他，也是在重视他，心绪才慢慢地舒朗起来。

他怎么会玩电脑？什么时候玩上的？乐医生一概不知。那天乐医生送给他一本《妇科千例医案集》，他拿在手里看了半天。中医不同于西医。西医内科和中医妇科可以说就是两个完全不同的概念，中医没有那么严密，几味药用来用去，甚至说还有点旁通，像中医内科的积郁和中医妇科的积郁，医理上就相差无几，要治，也都是解郁。乐医生开始以为他是在看内容，就说，我的医案比你的医案好看多了吧。无钢说，是啊，我们的对象不一样嘛。我的对象看着闹心，叫我吃我也不敢夹；你的对象丰富多彩，天天像看西洋镜啊。乐医生说，也没你说得那么容易，哪一天身边不是戒备森严的？无钢说，具体实施起来也许是有点困难，但过过嘴瘾还是比较自由的，你们妇科不是有一句著名的问话吗？怎么说来着？乐医生接应说，"顶到痛不痛"。无钢说，对对对，顶到痛不痛。说着两人嘿嘿地会心一笑。

两人说的是医院过去的一个故事，比较经典。也是一个妇科男医生，一次接诊了一位下身疼痛的病人。病人只说疼痛难忍，这样痛那样痛，但具体怎么痛又说不出个明细。男医生问，自摸痛不痛？他摸痛不痛？进去痛不痛？顶到痛不痛？问得不对吗？对，基本上可能的痛因都包括进去了。但女病人惊恐万分，站起来就走，还把男医生的话反映到医院，大家一听，也觉得男医生问得不含蓄。这件事上不含蓄，就很容易让人产生联想，有调戏和引诱之嫌。碰到乐医生就不是这样了。乐医生会问，自己接触怎样？和别人接触怎样？男女走拢来又怎样？抽怎么样？送又怎么样？问的也是这个意思，但显然艺术多了。

无钢这天看的可不是医案，他看的是书的装帧。什么时候起，他对书刊的装帧又研究上了。他说，封面设计得过于简单，书脊也不跳眼，虽然是专业书籍，也应该与时俱进做得好看。乐医生随便听听，只当他是在卖弄。无钢又说，书眉应该做一个，天地留得太空，书就单薄了；码脚也应该变变花样，有时候一个小小的变化，会显现出设计者的匠心；还有篇章的开始得有个气象，要有引领人进去的感觉，不能稀里糊涂地翻到底；具体到目录扉页也都要讲究，不能摆好就算。说到这儿，乐医生已经张嘴惊诧了。他平时只注意书的内容，对书的样式毫无感觉。他说，你什么时候学的这一些？无钢说，我电脑里就有这样的软件，什么时候我替你做一本看看，保证让你得个奖什么的？乐医生说，吹吧你。无钢啧了一声，说，我不是说书的"内容"得奖，我是说书的"漂亮"得奖，你信不信？

乐医生后来的那本《从妇科疑难病症说开去》就是无钢做的，虽没有参加过什么比赛，但做得确实漂亮，里面插了许多动漫，把尴尬的内容幽默化了，拿在手里一点也不紧张，好像不是妇科专业书，而是青少年喜爱的科普读物。

还有就是练健美的白汤。医生和健美本来就有点格格不入，但白汤不仅练了，还不是一般的练，是讲究细节的练，嘴里挂着的都是肌肉，斜方肌、四头肌等。这还算浅的，你听说过"纽扣肌"吗？就是胸肌内上角的那点肌肉，练好了，就像军装码齐了风纪扣，胸肌也有了棱角。他喜欢在家里练，一般不去健美馆，他不喜欢那种赤裸的场合，也许他心底里觉得自己是个医生，觉得穿三角裤在镜子前比画有损自己的形象。他的书房就是他的健身馆，里面摆了大大小小的杠铃哑铃，一条结实的长凳，各种强力橡皮，内行人知道，就这些器具，练什么肌肉都绰绰有余了，就是缺了一项练背的。白汤说，门框上的气窗就是，有事没事抽几下，做引体向上，练背最好。

白汤在医院的检验科工作，主要任务是瞄了静脉抽血。每天一早，脱了赤膊，白大褂一罩，拿了针筒和药棉，往伸进窗口的手臂一戳，干净利落。许多人怀疑他这么粗的手臂怎么能做这么细致的工作，这个绝对可以放心，练过健美的手一点也不会抖，他抽血的特点就是稳准狠。

乐医生对白汤有自己关注的内容，他不是喜欢锻炼吗？他的身体到底怎么样？许多人说白汤是花拳绣腿，没有真功夫。乐医生不这么看，道理很简单，花拳绣腿也是下功夫练的。功不是深浅的问题，而是境界的问题。他感兴趣的是白汤的性欲，这和他接下来研究的内容有关，中医最讲究协调和平衡，白汤的力量倾注于肌肉了，也许他的性欲就塌陷了，男女之事是最能说明平衡问题的。

乐医生曾经看过一个资料，说阿诺德，那个终结者，因为练健美，几乎不近女色，家长也很为他担心。直到他渐渐退出健美舞台，很长一段时间，他对女性还存有障碍。那么白汤会怎么样呢？也是这样只素不荤？抑或是因为性功能衰退而练起了健美？乐医生曾经开玩笑地问白汤，你是每周一歌，还是半月谈？还是月季花？还是瞭望？白汤底气十足地说，我是信访局，随到随访。乐医生也暗暗观察过白汤的老婆，这个四十来岁的女人长着一张干干净净的脸，眼睛没有黑晕，脸上也没有污垢，按中医的说法，气血还很通畅，不像有脏腑郁结的现象。不知到底怎样？

玩"兵偶"的阿卡是乐医生最佩服也最感兴趣的一个。前面的无钢和白汤，虽然也都玩出了水平，但毕竟还是耳熟能详的项目，说个大概也能知道个一二。但兵偶不一样，阿卡说，兵偶就是男人的芭比娃娃，而乐医生半天也想不出什么轮廓，即使有轮廓，再进一步就茫然了。总的来说，乐医生把兵偶当作了玩具。其实，兵偶最强调的是有博物的特性，已超越了收藏的价值，接触它，仿佛重温和亲历了历史。这就不是一般的境界了。

阿卡玩兵偶最过分的举动就是将自己一辆本田摩托和人家换了一个希特勒。希特勒多少钱？如果有价格，顶多也就是几十上百；摩托多少钱？少说也要一二万吧。但阿卡换得眼睛都没有眨一眨。当时，阿卡手头的德军系列只有一个党卫军，还是个少校，没有红领章的。希特勒是这个系列里的极品。据说，它的面世曾引起过世界各地反战人士的强烈抗议，甚至导致了一位波兰籍犹太人的当众自焚，生产马上取消，因此，希特勒兵偶的存世量极少，就像中国邮票中的大龙票。

阿卡是个药剂师，在药库工作，他在家和兵偶在一起，在医院和成千上万的药品在一起，好像也很贴切，但不知为什么，乐医生一看到阿卡，总会想起那些躲在角落里的自慰者。每次和他在一起，听他讲起兵偶，他的瞳孔就放大了，声音也梦幻起来，变得虚无缥缈。还有个现象让乐医生非常吃惊，他因为爱兵偶，与老婆长期分床。阿卡说，我觉得兵偶太真实了，因此，反倒觉得真人非常虚假。他说自己对兵偶的每一个细节都非常敏感，他能说出德军背包上纽扣的特征，而面对人的面孔、人的身体却毫无知觉，即便是做爱也像是走过场。乐医生想，玩兵偶的人是不是也像同性恋者，在性别取向上存在着歧义和偏差？乐医生自己就是一个充满情趣的人，所以，他喜欢和他们接触，喜欢他们身上那种别样的潜质，有内容，让人玩味，不那么一眼见底。

　　有关自己的仕途走向，乐医生本来想和朋友们商量商量，但偏偏仕途这话题不好说，尤其是不便当面细说，一是怕自己有得意之嫌，二是怕引起朋友的尴尬，于是，考虑再三，改用短信的方式把消息发给朋友，内容是他仔细斟酌过的——假如有可能，或者需要，我换个位子，你们觉得怎样？胜算有多大？话编得既实在，又清楚，又有点"小圈子"。话虽然有点含蓄，但三个朋友马上都想到了"升官"。其实，朋友们也都是关心这件事的，心里也都在盘算，各人有各人的想法，但回复过来的短信却像串通好了似的，说好，众望所归嘛！

5

有什么麻绳要捆绑他呢？乐医生实在想不出来，心想，发展和腾达还差不多。

就在这年的十一月（也就是皇历上所说的日子），组织部突然提出要在卫生系统内进行民意测验，也就是海选三医副院长的候选人。卫生系统有十来家医院，但只有号称三大医院的一医、二医和三医是县处级建制，所以，院长的任免得由组织部来操作。乐医生是老老实实看病的人，靠本事和态度吃饭，在组织部和上面都没有熟人，也就是说，他没有什么路好跑的，一切顺其自然吧。

民意测验在三医行政楼最大的会议室举行。参加的有三大医院的中层以上干部，以及其他医院的领导。也许是没有见过这等场面，乐医生心里突然生出了些许紧张，他暗暗嘲笑自己，你不是一直都很淡然的吗？看来，关键时刻，自己心里还是有活动的，说得好听点，还是想进步的。心里不自然，坐在前面就不合适，乐医生就将自己挪了挪，悄悄地坐到后排角落里。他看看与会的其他人，基本上都是一脸的肃杀，好像都带了真刀真枪，准备在这里厮杀似的。是不是这类会议都这个样子？他不知道。他本来以为，这件事的倾向已非常明确，测验只不过是走走形式而已，结果肯定呈一边倒趋势。现在看来，情况并不乐观，与他竞争的对手，大有人在，且一直潜伏着，说不定还是草木皆兵。他心里忐忑得没有底了。

海选在组织部干部处的主持下进行，时间很短，先是讲了海选的意义，讲了三医的职位设置，讲了年龄条件，听不出暗示和倾向，滴水不漏。有人无所谓，一脸的嘻哈；有人竖了耳朵听，生怕漏了细节；也有人在认真记录，心里煞有介事的，决不隐瞒。很快，一张张设计好了的选票发了下来。也像前面一样，有人草草一画马上递了回去；有人抱头遮眼斟酌；也有人抬头在会场里扫射，到处找人，找到了就微微一笑，隔远示好，好像在说，我这票投你。这些，坐在后面的乐医生都看在眼里，他这才知道，测验，不是想象的那样板上钉钉，利益和关系都会起着作用，是可以操作的。他现在最怕的是，七弄八弄，票数一分散，一点也看不出谁强谁弱，把组织部给弄糊涂了。

乐医生当然也投了自己一票，不管起不起作用，票总是这样投的，就像那句话说的，自己对自己都没有信心，还怎么让别人支持你。

散会的时候，乐医生故意让自己滞后一点，作为"东道主"，他也应该让一让，他有送一送的意思，其实自己心里知道，他是想感受一下熟人的态度。都是卫生系统的头头脑脑，对他应该是知根知底的，他们的表情就像是温度计和气象图，他能从这上面猜揣出他们一票的去向如何。结果当然是不错的，他碰到的熟人态度都很鲜明，没有暧昧，更没有躲闪，有的老远就眨眼微笑，有的使劲点头，有的用力握手，有的更友好，连续重重地拍肩。看来，一切还是朝着既定的方向发展的。

乐医生的心情像水波一样又荡漾开来。当然，一坐到诊室里，病人一坐到跟前，伸手一搭脉，病人一开口，他的精神马上就集中起来了，一切杂念都自动退去，他的头顶就像升起了一朵洁白纯净的祥云，祥云笼罩着他的诊室。

这天傍晚，那个喜欢倾诉的郁美谨又准时来到了乐医生面前。

熟悉之后，乐医生也慢慢摸出了她的规律，她都是星期五来。郁美谨说，这天她老公三班倒，白天上班，晚上加班，夜里还值班，他一天都不在家，她非常自由。乐医生问，你平时不自由吗？郁美谨说，也不是不自由，在一起碰面踢脚的，看着也烦，唯有这一天是真正的眼不见为净。乐医生没有问起她老公的脾性和工作，按理，这和他治病也相当有关。但他不是个爱打听的人，尤其是别人的婚姻，况且，她老公和他们的谈话没有关系，他们现在谈的是"性和性别"。如果郁美谨的谈话涉及婚姻，那他也许会停一停，分析一下婚姻的原因。

乐医生和郁美谨的交流越来越轻松了，曲径通幽，精彩纷呈。开始的时候，他还只是好奇和倾听，慢慢地，他也有了自己的写作计划。他准备写一本带有研究性质的书，叫《妇科学中的"精神"病人》，这类人身体机能上没有什么毛病，但情绪上的毛病却很多，而情绪又导致了功能性的疾病，治起来就非常顽固和困难。这不仅要求医生要有修养和储备，还要求医生具备"灵魂工程师"的特质。随着社会、生活、家庭、婚姻、价值取向等诸多因素的变化，泥沙俱下，这类病人也会越来越多，且越来越明显地走到前台来。乐医生心里暗暗激动，对自己这个课题的研究充满信心。

因为心里有计划，乐医生在谈话的策略上有了一点小小的变化，改以前单纯的倾听，为适时的有分寸的配合，他把交谈有意无意地过渡到引领，话题也相对地集中起来。现在，他们采取了互动的形式，有问答，有思考，有分析和追问，目的只有一个，把话题延伸下去，让研究成立起来，让书更有看头。这段时间，他们谈论的是"性的意义""性的认知""性的立场"，他是这样整理的：

他说，性在一切之始，一切之终。也就是说，任何事物的起因都有性的因素，我们所做的一切也都是性在驱使。性和人类发展息息相关。

他说，性是人类不可或缺的内容，不管是主动的还是被动的，它都代表了我们的情感和思想，它影响着我们的生活，所以，性不是单纯的生殖需要。

他说，性和睡觉一样，比我们所做的任何事都多，但我们认真地谈论过它吗？公开或清楚地表达它则更少。为什么？为什么这么重要的一件事，我们居然羞于启齿，不敢交流？这肯定是不正常的，这肯定是我们在认知方面犯了错误，走了歪路。

他说，你有没有发现，我们现在的性观点是有倾向的，是以男人为中心为主导的。女人虽然存在，也是以男人的感受为基础的。男人可以说我要做什么，我要怎么做，我要什么样的结果，而女人要是这样说，就会被认为很奇怪、很出格。男女在性的表述上是不对等的、不公平的，我们缺少一种对女人关照的角度。女人只有站在自己的立场上，说出自己对性的要求，才算是真正有了平等的权利。

他说，我们以前对女人的性行为和性活动要求太苛刻了，男人要求女人贞洁，强调自己的初夜权，但心里又非常主张一夫多妻。而女人除了丈夫，就不能有其他的性活动形式，女人的性欲、性行为、性活动只能依赖在丈夫的性兴趣上，是以丈夫的满足为自己的满足的，这是非常野蛮的。

他说，男人应该善意地理解女人，要积极地支持女人走出性困惑的怪圈，要改变强调性交意识、唯性交是正确的性行为的观念，要明智地接纳和理解非标准但健康的性行为，从而使男女在一个宽松平等的环境中进行性活动。

他说，这不是女人的生理屈从，而是男人的生理压制，什么时候把男人的性意愿改变为男女共同的性意愿，女人才算真正地得到了解放。

乐医生的这种角度和思想，给了郁美谨全新的感受，她的身心松弛开来，她感觉生活的大门敞开了，周围八面来风。

她说，和你交谈我懂得了许多，懂得了女人的责任和权利，懂得了自己应该有自己的性生活，而不是等待男人的恩赐或低三下四地去取悦男人。我以前有许多想法，但一直不知道对错。我是和其他女人的交谈中发现自己的差异的，我感到孤独，有一段时间，我甚至都不敢提自己的要求，怕别人说我贱，说我有畸形的性倾向。

她说，我很感激遇上了你，很庆幸你能倾听我的说话，我从来没有和别人说过这方面的话题，我最好的朋友问我，你的性生活怎么样？我从来不敢说不好，好像说了不好我就是有问题，要么是我要求太高，要么是我不正常，它像一个重担一样压着我，久而久之，自己也认为，把这些话题隐藏起来是对的，是对生活、婚姻、丈夫的忠诚。

她说，以前我们缺少一种对话的途径，好像医生就是看病，好像病人除了谈病就不能谈别的，我很高兴你不把我当作病人。你知道我和你交谈是什么感觉吗？写日记的感觉。其实，写日记有些东西也是不写的，比如性的感受，因为在日记里，它没有让人感到私密，反而让人感到了肮脏。但说出来就不一样了，而你又认真地倾听，让我的私密不再那么黑暗，这感觉非常美妙。

她说，我现在有一种释放了的感觉，我那天离开你，我就哭了，痛快淋漓地哭，如释重负地哭，这对我来说是多么重要，从今往后，我有了一条倾诉的渠道。在这条渠道里，只有流动的水，没有阻碍的石头，它让我生活中的一些疑问有了一个健康的答案。我找到了一个好位置，让别人正确地看到了我，也让我自己了解了自己的真相。

她说，和你谈话让我感到着迷，我能够按照事情的真相来表述它，不用隐瞒、省略、替代、借喻。我以前觉得不说这些话是对的，现在我知道，不直接说出这些话是不对的。以前都是同性在倾听这些，我觉得没有用，因为同性往往从经验出发，往往自以为是，往往听怪不怪，甚至做出为虎作伥的解释，为男人所喜好的解释，其实我们不需要这样的解释，而真正需要来自男人方面的反馈，我非常感谢男性的倾听，需要有男人介入的一起探求，才是真正的探求，而不是女人自己在消受和挣扎。

乐医生沉浸在这些美好的笔记里，觉得浑身通透，觉得心里甘甜，觉得自己日前上心于仕途真是非常好笑，妇科的追求是多么地有意义啊。当然，现在看来，这些谈话还过于理性，这一点乐医生不怕，他已经注意到郁美谨每次来时的情绪，这些情绪后面肯定有精神的诱因，精神后面肯定还有"灶"，要是把她的情绪和谈话结合起来，再分析她的精神，也许就会有很多新的发现，这样的"灶"就会显得很有价值。

6

到了十一月下旬，那次突然袭击似的海选有了结果，像乐医生自己感觉的那样，他应该是有份儿的。现在，一张"干部考察通知书"贴在了医院行政楼的告示栏里，非常醒目。

乐医生是无意中发现这张通知书的，他看了开头，知道是和自己有关的，就拼命躲了开去。他还是有点不好意思，对仕途，他这样的年纪已没有什么好荣耀的了，他怕停留久了，让人看见了，会引来笑话，笑自己很想似的。但在中午过后，趁大家午休的时候，他还是情不自禁地踱了过去，把这张通知书完整地重看了一遍，主要意思是：考察谁，时间一周，找人谈话，有意见欢迎反映等。乐医生很自然地冒出了这样一个想法——组织部会找些什么人谈呢？这是个关键。这些谈的人很要紧，这些人说好，说非他莫属，这个考察也许就顺利了，就巩固住了。假如这些人说不好，说他只专不红，这种情况虽然不一定起作用，但组织部会生出许多犹豫，会觉得这个乐医生还不是真好，还不够足赤，就会在他的考察里打上一个问号。打了问号很可能就被挂在了那里，什么时候再想起他，也许就是猴年马月的事啰。

乐医生这样想了，就偷偷地远远地观望着这份通知书，看有谁在通知书前停留得异常一点。一般心存障碍的人都会流露出一些细节的，比如在通知书前驻足过久，表情过于严肃，看得过于仔细，甚至掏出笔记下举报电话，这样的人都有可能从中作梗。明处的"敌人"不可怕，可怕的是隐藏在暗处的"敌人"。但是，乐医生几乎看不到"敌人"的影子。在他的窥视过程中，在通知书前停留的人并不多见，类型倒是各种各样。有些人边看边点头，这是对他欣赏的；有些人掠一眼就走，说明他意料中的人选也是这个；有些人则是嘻嘻哈哈，指着通知书说，我们去揭发他，他太优越了，天天和女人在一起。乐医生隔远都听得笑出声来，心里想，这种明着开玩笑的人，都是心地坦荡的，都是没有问题的，这些人肯定都是他的支持者、拥护者。这些人的表示也说明了一个意思，就像他那三个朋友说的，众望所归。

院长对乐医生是最呵护的，这从他制定的谈话名单中就可以看出来，虽然点的都是中层，但都是和乐医生关系密切的中层，像医政科的无钢、检验科的白汤、药库的阿卡；如果是女中层，更是不会漏掉几个要紧的，都是乐医生这里的常客，不仅是同事，还是医患关系，她们的秘密乐医生都看在眼里，记在心上，对于他，她们自然会举双手赞成，推崇有加的。还有民主党派和妇科学会的代表，老院长甚至要乐医生自己拟个名单，这等于是白送了他几个砝码。乐医生都可以料想得到，他们在谈话中会说些什么，还不是千篇一律的溢美之词。

乐医生是最后一个被叫进会议室谈话的，这种谈话其实只剩下了照面的意思，定论应该早已经有了，因此，乐医生显得格外轻松，精神闪亮，丝毫没有一点见官的拘谨和局促。在这之前，组织部还要他准备了一份自我介绍，他没有在介绍上多花心思，他觉得这个已经不重要了，一切印象，经过前面的考察和谈话，早已经根植在他们心中，根本用不着他再去美化自己。于是，所谓的介绍，也就成了乐医生罗列自己医学成果的文字，差不多等于是报书名了。

　　但是，谈话的内容完全出乎乐医生的意料，根本就不是谈话，而是变成了对他的质疑和调查。他坐在组织部对面，虽然隔着一张圆桌，但仍然感受到一种受袭击的危险。他看见组织部像拿武器一样拿出一张纸，纸上写着一行行短句，远远地看去，像现代诗，三句一段，两段一组，他在心里琢磨，这些短句是什么内容呢？和他有什么关系呢？为什么要给他看呢？这时候，组织部开口了，说，你能解释这些句子的来历吗？它对谁说的？什么情况下这么说的？为什么要这么说？出发点是什么？你有什么目的？显然，这些短句是他说的！乐医生毛孔一下子紧了起来。他听得出这些话里的指向，那可不是赞美，是一连串的追问！他看看组织部，小心翼翼地按住从桌上推过来的这张纸，禁不住手指都有点发抖。这张纸上还写了一个标题——乐医生行医语录：

　　你平时是一个人睡觉吗？还是都两个人？

　　你一个人睡觉舒服吗？会不会想着身边应该还有另外一

个人？

你一个人睡觉会想着做爱吗？两个人睡觉时每次都做
爱吗？

做爱对你来说很重要吗？你每次做爱都有高潮吗？

是什么动作让你达到高潮？

高潮的瞬间你身体有何反应？

你平时手淫吗？你有手淫的习惯吗？你是如何手淫的？

你是无师自通还是从哪里学来的？

你一般手淫多少时间？间隔多少时间你又会再来一次？

你喜欢性行为开放还是限制？

假如你可以任意选择，你喜欢什么样的性伙伴？

你喜欢一夫一妻制还是喜欢夫妻之外另有一两个情人？

你做爱一般喜欢什么体位？

哪种体位更容易让你达到高潮？

怀孕、肚子里有孩子，或者小孩子刚出生，你仍然坚持做
爱吗？

乐医生觉得头有点晕，还不是一般的晕，有点茫然和空白。他
看着这些文字，一行行看下来，越看越傻，最后愣在那里了。他仔

细品抠着这些话，这些话他确实也有点熟悉，感觉似曾相识。这些话是他说的吗？他什么时候说过这样的话？他好像没那么直白吧？如果不是他说的，那么，很多话又很像他想说的意思？话的倾向他也是非常赞同的？也许他真的说过这些话？在朋友开玩笑的时候？在某个讨论会的场合？或者就是看病的时候？有病人涉及这个方面？他从病情的角度向病人发问？也许是，也许都不是，也许根本就没有这么回事。当然，他现在脑袋很热，意识模糊，他被突然的质问打蒙了，现在要他去求证这些话的出处，他肯定是有困难的，不是时候，也不是场合。但这些话出现在组织部手里，在和他谈话的时候拿出来，用意和目的已经非常明确了，就是为了不让他去求证，而是为了将他一军，把他将死，让他的仕途胎死腹中。乐医生拼命告诫自己要冷静要冷静，要小心要小心，不要承认，也不要否认，现在不是承认和否认这么简单的事情，因为承认和否认都得拿出证据，让组织部信服，让这些语录不攻自破，他现在去哪里拿这些证据呢？弄不好还会很被动，被动了，以后再想说回来就更难了。

乐医生勉强镇定自己，说，我现在只能告诉你，这些话我也很熟，似曾相识，但在还没有弄清楚之前，我不能回答你们，这事得容我想一想。

显然，组织部也没有马上要收到成效的意思，他们接口说好，说今天先到此为止，你什么时候想起了什么，你再找我们不迟。我们也回去分析分析，我们分析出了什么，也及时告诉你。我们重视每一份反映的材料，同时，我们也要对你负责。说着大家都站了起来，大家都有点尴尬，都各自走出了会议室。乐医生不知道自己有没有和组织部打招呼，他现在脑子里都是这些语录，甚至觉得空气里也充斥着这些语录，这些语录像苍蝇一样在他的眼前盘旋，嗡嗡作响。

走出行政楼，乐医生碰到了无钢，他情不自禁地说，今天真是邪了门了，想也想不到会有这么一件事出来。无钢说，什么事？他说，一些乱七八糟的行医语录，不知从哪里跑出来的。无钢说，什么样的行医语录？都说了些什么？乐医生简单回顾了一下，说，我要是早知道有这么一手，我也就早早准备了，也不至于当场这么被动，等于被打了一闷棍，措手不及，毫无招架之力，真是糟透了。无钢想了想，很有经验似的说，这次你的事要是黄了，也许就黄在这些语录上。乐医生说，不会吧？这事有这么严重？不就是一些语录吗？无钢说，我说你是书生吧，你还不信，这事就是这样。你要只是个医生，你原地踏步，你医术好，你说话随意点，都没有关系。你要是进班子了，当干部了，就不一样了，就要用干部的标准来衡量你。你不是看妇科吗，人家就会顺着妇科的思路去想问题，看妇科说这些话，就是德出了问题，这后果就严重了，你这干部还上得了吗？乐医生被无钢这么一说，心完全就散了，像被机关枪扫了一阵，蜂窝一样，都是洞孔。

7

乐医生一下子就没了兴趣。不是对仕途没了兴趣，而是对这件事的性质起了变化感到了难受。

有些问题，他不知道如何去想才是对的。他不出色吗？他不是培养的后备干部吗？他不是经过考试上来的吗？他不是海选中脱颖而出的吗？他是循序渐进一步步走过来的，他就应该是铁定的。如果他有一手靠不上，以他的性格，以他知识分子的面子，他根本不会再说一个想字。问题还在于，他也不是乱世英雄，不是斜刺里杀出来的程咬金，不是"双突"，怎么就会发生这节外生枝的事情呢？他没有想到在看似平静的水面下，还会有这么凶险的旋涡。现在还会有这么认真的人，热衷于举报，热衷于打冷枪放冷箭，热衷于整人。他是个追求完美的人，事情有了跌宕，有了阻碍，他就觉得不漂亮了，他热情大减。他想，难道这就是皇历上说的麻绳捆绑、暗无天日？好像还不至于吧？

但是，现在想让他放弃，他也是不肯的。放弃算什么呢，鸟儿将死也要哀鸣几声。况且，这种语录，理解和不理解是差别很大的。理解得好了，会说他思想走在前沿，病看得开放。理解得歪了，会认为他是在挑逗和引诱病人，就和作风挂上钩了。就算是作风问题，乐医生觉得，这还是可以申辩的，圈里有一句话说得很有哲理，叫"在火焰上舞蹈"，妇科就是在火焰上舞蹈。你要是不敢跳，美丽就无从谈起，就与你无缘；你要想跳得美丽，就可能灼伤了双脚，甚至被烧为灰烬。

他决定主动找组织部谈一谈，他不想等组织部过来找他，过来找他，也许结论也出来了，那就迟了。他要在结论出来之前，把自己的想法说出来，来左右和影响要做结论的人。

他去的是组织部的监察室，不是考察时的干部处。干部处是发现和提携的，监察室则是询问和调查的，乐医生有些感慨，深感仕途的复杂和艰辛，就隔了那么几日，就那么几条语录，他就得从另一个门里进出了。不过，他今天心情还好，他是想通了之后才自己主动要去的，他做了最坏的打算，就是仕途一点点希望也没有了，他也要把语录的事说说清楚。这是他的态度。

他首先说到他和同事的关系，他说大家关系很好，没有纠葛，不是"敌人"。那为什么关键时候会出现举报呢？乐医生把原因归结于自己走得太顺太快，他的荣誉太多了，他的待遇太好了，现在又有个位置在等着他，人家想争都争不到呢，他却已经多得好事压身了，凭什么呀！他把这种举报归结于心理不平衡造成的，不是深仇大恨。他真的不想猜忌，不想抱怨，不想让组织部觉得他是个狗肚子鸡肠的小人。

监察室不动声色地听着，悄无声息地做着记录。

乐医生后来才说到了那些语录，他说，这纯粹是一个意外。监察室来了兴趣，问，意外是什么意思？他说，我不是看妇科的吗？尤其是男医看妇科，本身就是一个意外。监察室说，此话怎讲？他说，妇科是一个特殊的职业，也是个高危行当，接触的是敏感的性别，看的又是最隐蔽的地方，问的也都是羞涩的问题，稍稍问得具体一点，也许就有流氓嫌疑了，不是吗？他说得很实在，也很在理。监察室也是诚挚地一笑。乐医生还顺便说起了"顶到痛不痛"这个例子，说明妇科就是一把双刃剑，会刺伤对方，更会戮杀了自己。监察室点头表示认同。

乐医生说的第二个意外是，他想不到会有人去收集这些。收集的动机本身就很奇怪，用途是什么？是用来学习，还是用来交流？还是用来研究？要是用来作为证据，那么收集的时间一定是很久了，否则关键的时候是拿不出来的，那么，这目的就不是为了要帮助我了，是不是？乐医生说得这么"弱智"，监察室也忍不住地又笑了起来，说，这不是意外，这当然是有意的。今天你主动来找我们，说明你心地坦荡，没有龌龊，我们就跟你说实话吧，我们接到的语录就有五六份之多，不信你可以看一看。乐医生欣慰了一下，欣慰监察室的理解，也欣慰监察室的坦诚，但脊梁骨马上又一节节地冷了下来。

乐医生坐在监察室的对面，监察室的桌上摊着许多报纸，报纸好像是文摘类的，标题很醒目，广告也很多。乐医生看着监察室从报纸下面抽出一张纸来：

你看有关性知识方面的书吗？这些书对你有指导意义吗？

一些性物品对你有刺激作用吗？你喜欢什么样的性物品？是具体的东西，还是宣传画？还是音像制品？

你和比你大许多或者小许多的人有过性接触吗？有什么不同的感觉？

你有口交的习惯吗？或使用器物的习惯？

你喜欢以上做法吗？是心理喜欢，还是生理喜欢？

你做爱时会向对方提要求吗？

你提出要求时觉得难为情吗？

你和另一个人赤裸着在一起时觉得自在吗？

你觉得自己的性器官是漂亮的还是丑陋的？

你有过假高潮吗？为什么要假装高潮？

是为了讨好对方，还是为了安慰自己？

你什么情况下会假装？你经常假装吗？

你做爱时会想些什么？

你觉得做爱是纯粹的性行为，还是有别的心理在作祟？

做爱时你会联想到夫妻关系和家庭关系吗？

　　乐医生一字不漏地看着。如果说上次的语录还算含蓄，那么，这次的语录则更加直白了。不过，经过那么几次"阅读"，他似乎感觉到这些语录有某种他需要的信息在隐隐闪现，这些信息很重要，他在拼命地捕捉。这些信息一会儿离他很近，他好像快要抓住了，但一会儿又突然溜走了，变得微弱又渺茫。他记得上次那些语录都是三句一段的，像外国的格律诗，比如十四行，很有规律。这次就有些多样化了，有一句的，也有两句、三句的，他觉得从形式上说更美了，也更丰富了，但也乱了，没有规律了。感谢这次机会，感谢他的心态，感谢监察室相对宽松的环境。好的前提，对问题的判断也会冷静得多，有益得多。冷静了，就容易有意外的发现，这就是有利于他的。他闭起眼睛在慢慢地咀嚼，在黑暗里清理。黑暗里，那些不断闪现的信息分离又聚合，聚合又扩散，最后重叠成书的样子——一本解读性别的书，解读性活动的书。还有一连串性学大师的名字，一个个鲜活的例子，这些东西原来他早已深入心里，怪不得这么熟悉，上次是被打蒙了，找不到北了，才有点茫然了，不知所措了。他突然啊了一声，他说，我知道了，知道了，我知道这些东西是哪里来的了。目标锁定，他一口气报了好几个大师的名字，有金赛、玛斯特斯、约翰逊，还有莎丽海特。

金赛写过《人类女性的性行为》，玛斯特斯和约翰逊写过《人类的性反应》，海特最有名，写了《性学报告》，这些语录就是这些书里的东西，是书中对女性的调查，不过，举报者把它改头换面了。乐医生说，我承认这些书对我有影响，我有时候会把它们作为分析问题的向导，有时候也会在自己的书中引用，但这毕竟不是我的东西，我达不到这样的境界。监察室狐疑地看着乐医生，说，你说的这些都是真的？我们怎样相信你呢？乐医生理直气壮地说，如果这些东西都是我的，我要是有这样的武器，我还会理会什么职位？我还会在你们这里吗？

现在，乐医生特别想看看监察室桌上报纸盖着的另一些语录。是什么格式的？写得像散文还是像诗歌？是长句还是短句？他是个善于分析的人，这是他多年养成的科研习惯，他想通过这些语录的书写习惯，去判断它是哪里来的？它的制造者是谁？是做什么的？

是善于写公文的行政，还是善于开药方的医生？他本来不想分析这些"敌人"，但这些"敌人"太用心了，居然使用了这种手段，差点没把他给害死。他不知不觉地凑身过去，他当然不会伸手去揭那张报纸，去抢那些语录，他还不至于失态到这种地步。但他突然间有了一个新的发现——那张文摘报的中缝里有一则奇怪的广告——你想知道你的本命年生命运程吗？移动拨出生年月日至五个一，联通拨出生年月日至五个二，及时解答你的命运走向。

乐医生突然记起自己刚刚步入本命年，都说本命年事多，真的一开始就有这么多事。他前面对皇历不也留意了吗？现在也听听本命年短信的意见，发一个出生年月日，换一条短信看看，也不是什么损失，就算听它胡说八道，也图个有趣，不妨一试吧。

乐医生不由自主地在心里记下了步骤和号码。

8

组织部并没有因为乐医生的解释而冰释了对他的看法，在他们看来，无论出于什么理由，无论在什么情况下，无论针对什么样的对象，说这些语录都是不合适的，都有什么什么之嫌。

时间一天天地过去，没有人告诉乐医生是有事还是没事、接下去怎么办、仕途还要不要继续。反正这件事暂时是被搁了起来。搁起来了就觉得难受，许多话不好交代。干脆来一次诫勉谈话，就说他考察通不过，反映的情况很多，他的心也就死了。他之前也不知道什么叫诫勉谈话，也是这次听内行人说了才知道，说白了就是叫你不要想了，这张牌已经玩完了，烧了。最近一段时间，他比较关心这方面的状况，长了不少知识，也知道了一些规矩。

有消息传来，组织部想让原来那个副院长再留一留，反正那人也是正高职称，留到六十岁也未尝不可。又有消息传来，那些举报的语录都是匿名的，说明不光明磊落，组织部可以参考，也可以不理它。还有消息传来，组织部也没有上纲上线，语录的事一笑了之，但选拔干部，慎重还是第一位的，慎重，就是缓一缓。乐医生分析着每一条消息的可能性，但他确实不擅长分析仕途的消息，他觉得比他分析病例要难多了，复杂多了，弄得他头都大了。

但病还是要看的。这也是他的根本，不看病，他什么也没有，什么也不是。道理乐医生都懂，心里却分明是乱了。人是经不得政治来骚扰的。乐医生觉得最近自己的耐心明显地少了，不愿意和病人多解释了；脾气也大了，病人不干净，他会忍不住训斥一番；最具体的是他一贯讲究的药方也写得潦草了，飞得像蝇虫一样；还有，下班也急于往家里赶，整理医后笔记也没有心思了。

乐医生想起那个本命年短信。前面他被皇历"捆绑"了一下，似乎说得也不是完全没影没谱，要对照起来也扣得挺紧的，但皇历没有应对的办法，所以，他只能干着急。何不听听本命年短信呢？反正做起来不难，也花不了什么工夫，他想，这不算病急乱投医吧？不，他只想心里有个数，好有个心理准备，不至于临阵仓皇而已。于是，他就把自己的出生年月日摁进手机，瞄准方向，朝着那个不知名的地方，那个神秘的号码，发了出去。还真灵，马上就有短信回了过来：

"大业有成，名闻四方。今年有仕途运兆，但遇桥有石，逢路有坑。虽最终事可成就，但绕道较多，费时费力。"

乐医生吓了一跳。话虽然说得不文不白，但意思还是明朗的。他努力告诫自己要清醒，不要迎合，要拒绝暗示，不要断章取义，但眼前的短信就像看见了似的，有过去，有现在，有眼前的，也有今后的。说他事业有成，说他有名有声，说他有仕途的倾向，但路途不顺，有坑石绊脚，并预示着困难和反复。试想，偌大的一个中国，今年本命年的人何止百万，和他同月同日的人又何止十万，但和他不相上下、内容接近的人又有几个呢？假如发信的是个农民，是个工人，是个厨师，是个车夫，是个叫花子，也许是老人，也许是小孩，那么回过来的短信也是上述这样的，那岂不把发信人给当场笑死。但这样的短信却偏偏回给了他，怎么解释？只能叫他不得不信。

这天不是星期五，又是上午，郁美谨却来了。郁美谨不是规定的日子规定的时间来，那她就不是来倾诉的，而是来看妇科的，她有痛经的毛病。这个美丽风流的女人，这天的脸色有点素，眼下也有黑晕，乐医生知道，她的痛经已经是第二天了。每一次，她总是要先熬一天，想等等看明天会不会缓解下来，要有好转，她不想在另外的日子里来找乐医生。她喜欢和乐医生交谈，但并不喜欢看乐医生开药，她也不想吃药。没有办法，她的打算控制不了自己的身体。她是原发性痛经，很顽固，从一开始就是这样，也许到老了还是这样。这和气候、心情、工作、饮食都没有关系。原发性痛经的真正原因不很清楚，有说是内分泌的因素，也有说是子宫异常引起的，也有说和精神神经有关，这几个因素都不是所谓的对症下药就能解决的，好在这疼痛过几天会自行缓和，于是，乐医生也就轻描淡写地开了一些止痛片，诸如灭酸类药、水杨酸类药等。

乐医生想起那个本命年短信，又好奇又兴奋，忍不住和郁美谨交流起来，说，我觉得准。郁美谨不以为然，思绪却在其他方面，问，你知道本命年有何讲究吗？乐医生说，我一直不信这些，但碰到了一些事情，很难解释。郁美谨只管顺着自己的思路说，你有妹妹吗？没有妹妹，有愿意做妹妹的情人也行。乐医生说，没有，妹妹没有，情人也没有，有什么用吗？郁美谨说，你连本命年的讲究都不知道，还相信短信的提示？要是不好的提示你有破它的招法吗？说着，她要乐医生等一等，说自己去去就来，就急忙走了出去。

乐医生有些纳闷，但觉得郁美谨的话还是对的，既然短信有好有坏，好的暂且不说，坏的总要有个破解的办法吧，否则，就是知道了又有什么用呢？他感叹这些"知识"的深奥。

郁美谨二十分钟后回到了医院，她给乐医生带来了一个精美的纸盒——两条红裤头。郁美谨说，本命年是要穿红裤头的，且一定要妹妹送的才有效。你没有妹妹，我就将就着做一回吧。乐医生稀奇地看着纸盒，笑着说，噢，还专门有本命年裤头啊？有什么功效？郁美谨说，保佑你逢凶化吉嘛。又补充说，可不能穿两件红的，比如你穿了红裤头，其他的什么红围巾呀、红背心呀就没有必要啦。这就是破解的招法吗？乐医生暗暗责备自己本命年知识的缺失，知道得太迟了，和郁美谨的沟通也太晚了，民间的一些传统知识自己平时也不太注意，不知现在的补救还来得及不？

回到家里，乐医生迫不及待地换上了红裤头，站镜前一看，非常漂亮，完全是外国的平脚裤样式。他平时穿的都是三角裤，俗，这个大方多了。仔细一看，还绣了本命年图案，是一只装饰猪，有点像韩美林的风格，也有点像黄永玉的。他惊叹商家的智慧。现在，他有了郁美谨"妹妹"送给他的"防身符"，心里不免也定了许多。

他还记住了郁美谨的一句话，本命年什么运都不要紧，人顺最要紧。这话有点"留得青山在，不怕没柴烧"的味道。但他不光是这么想，他也想人顺，但仅仅是人顺有什么意思呢？人顺除了身体顺还应该包括事情顺，事情要是不顺，人就是再顺，还不是行尸走肉一具？这不，还是惦记着组织部那边的态度。

组织部也好像在故意磨砺乐医生的意志，就是没有消息，而且气还沉住得很，去的、留的、上的、下的，都没有动静。这时候，乐医生觉得自己即使不在意仕途，也要在意自己的面子。他的面子可不能这么小，他要装出散淡的样子，无所谓，不要让人家看出他老是在惦记，不要让议论的旋涡形成，像这类事，一旦形成了议论的中心，就会什么话都出来了，他要让别人没什么话好说，他要淡离出去，找个地方散散心。

正好有个会议他可以参加，是全国的妇科年会，在青岛开。他是正式的受邀代表，而且他知道，中医妇科受邀的人不多，凤毛麟角。要是在往常，这样的会他也许不会去，他的病人太多了，看不过来，有些病人已形成了规律，打乱了她们不好，他自己也怕被打乱，没有要紧的事情，他一般不随意走动。而这些年会，除了会会朋友，很少能听到建设性的报告和正儿八经的研究成果，他知道，真正的成果一般都是在背地里悄无声息地出炉的，至少他是这样。但这次他想去，哪怕什么也不做，什么也不听，就窝在青岛睡几天也行。于是，他跟医院里请了假，写了张字条，小心翼翼地贴在诊室门口，告诉病人，他要出远门了，有几天不在，望各位见谅并相互转告……

9

青岛机场离青岛市区较远。乐医生下了飞机，跟着人群缓缓地往外走，正想抬头找接站的牌子，兜里的手机震动了一下。他的手机一向都设在震动，不是他不想被人打扰，而是他不想打扰别人，他最讨厌两人说话的时候手机突然响起，无论谁响都是不合时宜的。接，说话就会停顿，情绪就会游离，重新坐回来时，常常找不到继续的方向，索然无味了。震动就有了主动权，可以不理它，任由它，也可以暗暗把它掐掉。现在，这个手机是谁来打扰他的呢？他打开手机一看，是本命年短信！他不知道这些短信的发送有没有规律，是每月一次，还是半月一次？还是有事就来，跟现实遥相呼应？要这样，那真是有神灵了。他怀着复杂又企望的心情摁出内容：

"运势平平，不好不坏。工作上偶生阻滞，致使它进度放慢。在这期间，切记保持冷静克制，不要意气用事，以免是非纷争，越演越僵。"

乐医生倒吸了一口冷气。他的惊讶让他不知不觉地停下了脚步,抑制不住地又翻看了一遍。应该承认,短信是说得准的,如果按看不见摸不着是老是少都不知道的前提说,还不是一般的准,而是相当的准。他目前的一切,其实正如短信说的,运势平平,不好不坏。如果抛开看病的热闹不说,他的确也就是这样。每天上班下班,除了拥有病人,他几乎什么也不拥有。好不容易有了个仕途的说法,又凭空生出了阻滞。尤其是后面那两句,就像是在总结他的状况似的,他如果暴跳如雷,如果意气用事,如果指桑骂槐怀疑这怀疑那……他甚至可以躺倒不干,让看不了病的病人去围着医院,借病人的影响去要挟医院,也不是不可以的,那样的话,也许事情就早早地弄僵了。但他没有这样做。他只是去组织部解释解释妇科的特殊性和妇科的不容易,仅此而已。当然,他也从短信中看到了希望,他这事还没有彻底被"拍死",只是进度放慢了。一时没有进度,他就好好地享受青岛的会议吧。

会议安排在崂山风景区。他听了几场专题报告,没有太在意报告的主题,但暗暗揣摩着那些主题延伸出来的方向。按现在的说法,妇科是老项目了,从战国时期的《黄帝内经》和汉代的《难经》开始,科目就没有什么变化,没多少研究进展和新的花样好翻。他暗暗窃喜自己接下来的课题,也就是在郁美谨身上采撷到的"精神妇科",看来已远远领先于同行了,接下去,他就放心肆意地玩吧。青岛的老城区很漂亮,绵延起伏的坡路,依山而建的红顶小屋,都很有特色。新城区的规划也很好,看得出大手笔和大设想。崂山小而精致，尤其水好，遗憾的是没有做好《聊斋》的文章，有点浪费了。乐医生玩着，慢慢把心情舒展开来。

这次会议，乐医生最大的收获就是结识了瓦拉姆夫人，一位印度的妇科教授，她略微懂些汉语，他和她交流起来不很困难。在一次分组会上，他们又坐在了一起，这一次，他正好带了自己的一本《从妇科的疑难病症说开去》，他把书送给了她。她当即翻看起来，他注意到，有些章节她还重点地停顿了一下。后来，瓦拉姆教授告诉他，中国的国情和印度的国情很相像，人口、环境、文明程度都很像，妇科病的趋势也很像，像子宫肌瘤之类，也是十有八九，没有八九也有六七，她准备回去好好研读，争取把书翻译出来。如果说，欧洲的专家这样表示，他就会知道那是客套，因为欧洲从根本上观念上是排斥中医的，对中医的手段和步骤一贯抱质疑的态度。印度就不一样了，就像瓦拉姆教授说的，有很多相似之处，关键是文化的接近和宗教的相同，尤其是梵药里面大量的藏药和中药元素，使得两国在医理和药理方面有了许多共通。要翻译，还是比较可信的。一本著作在国外翻译算不得什么，但妇科书而且是在印度翻译出版就不同了，肯定会有许多突破和空白。乐医生觉得此次青岛之行真是一举两得，既调节了心情，又有了扎扎实实的收获。

回到医院，乐医生马上被太多的病人包围起来，她们欢呼雀跃。这是多么受病人爱戴的乐医生啊。这种情形，如果想歪了，该是多么的下流啊。叫人看了怎么会不眼红呢？

在这群蜂拥而至的女人中，当然也有郁美谨。她的倾诉还在继续，乐医生的倾听也还在继续。草草归纳一下，这本书也准备得差不多了，他们的谈话已接近尾声。他们的谈话涉及性别的角色、性别的地位、性中心和性文化、个人愉悦和双方愉悦，以及性对各方面的影响等。卫生出版社很看好这本书，甚至想让乐医生把书名改一改，说叫《性说》好不好？当然也不错，但乐医生不想改，他不想把这本书弄得太通俗。他要把这本书和自己的其他书区别开来，这是一本医学理念的书，不同于自己以往的运用经验治疗的书，他是很慎重的。他和医政科的朋友无钢也说好了，等告一段落，先把文本发给他，叫他把版样先动起来。

郁美谨这次还是来看痛经的，医生对病人很清楚，乐医生对郁美谨就更清楚了，他觉得她这次来得早了，早好几天。郁美谨自己说，痛的感觉要重一些，腰酸、腹痛，好像有很多东西坠在肚子里。对于郁美谨，他是可以多问几句的，她不仅是病人，在他看来她还是个合作者，还是他本命年的"妹妹"。他问到了做爱、做爱的次数、每次的质量、剧烈程度、这次和上次的间隔日期。他不是想"窃听"，他是在分析，按他的说法，突然的习惯改变或者质量的升降，都可能导致身体的不适，也会扰乱当事人的经验判断。好在郁美谨本来就性情很好，她并不把性看成是洪水猛兽，她的态度是，是病就老老实实地看。对于妇科，她只有一种理解，那就是科学的理解。

乐医生看过之后拿过处方纸，略做思考，润了墨，工工整整地写道：

　　鹿衔草15克　丹参15克　当归10克　益母草20克

　　川芎10克　五灵脂10克　血竭10克　蒲黄10克

延胡索 10 克　香附 10 克　（3 剂）

写完，乐医生提着笔又审视了一遍，觉得没有什么不妥，就吩咐郁美谨说，这药有点重，你吃的时候掂量着，有什么异常的感觉，就及时联系。郁美谨对三剂的药量有点纳闷，说，怎么只开了三剂呢？久病成医，痛经药一般都要吃七剂的，要吃到月经洗净的后一天。乐医生说，这三剂是你我的一个约定，我想及时听听你的反应。郁美谨噢了一声，说，你不是药重吗？我也巴不得早点不痛呢，三天就三天吧，我有事就回复你。

10

乐医生等待着郁美谨的反应，一时无信，想必也不会有什么大事。倒是本命年短信又来了一条，乐医生静下心来一想，这短信难道真的会是有事就来？那么，他这会儿又会有什么事呢？以他的判断，应该是没有什么事的。语录的事，该说的也都说了。自从青岛回来，他一直也是慵懒着，没有为仕途的事跑过一步，也不知道怎么跑，也就是说，事情不会有平白无故的任何进展，天上不会掉下他所需要的馅饼。这样想着，他就带着看笑话似的心绪打开了手机，一条短信赫然入目：

"运势反复向好，在迂回中渐入佳境。工作将面临新的抉择，要及早做出决定，切勿犹豫，以免误人误事。"

后面还有附加的，像歌曲中的副歌："平时注意交通规则，能不开车则不要开车；外出公干易遇桃花，成事指数八点五。"

乐医生想不出有什么佳境好入的，也就没在意这次的短信。

星期五傍晚，郁美谨准时来到医院，坐在乐医生快要下班的诊室里，这是她找乐医生倾诉的日子，但和乐医生上次约定的看痛经的时间多了那么两天，乐医生忍不住看了看她的脸。她的脸今天干净明亮，是休息和睡眠充足的反映，他又观察了一下她的情绪，不像有焦虑不安的迹象。这样，乐医生就不得不在心里琢磨起她的痛经来，她的痛经怎么会这么干脆？他这次的药力真的速效？还是她自身的什么原因均衡了她的痛经？他习惯地捉住了郁美谨递过来的手，轻轻地停留在她的脉象上，他开始皱起了眉头，他分析了一下，又屏了一口气，他的心突然慌乱起来，脸上和脖子都露出了挂不住的燥热——郁美谨怀孕了！他的心里立刻就闹腾开了，他拼命地回顾自己上次开出的处方：是十味药，有七味基本太平，有三味倾向重。对于痛经，这样的药是没有错的，但对于刚刚怀孕的人来说，那三味药就有点悬了。现在看来，郁美谨是怀孕引起的假象痛经，正好在"临界线上"，所以他没有诊出脉象。他想，也许是自己对郁美谨的了解太多了，她不和谐的性生活给了他先入为主的误导，他根本就没有考虑到她会怀孕，他才会开出这样的药，他的药是直奔痛经去的。不过，现在郁美谨的脉象告诉他，一切都过去了，不用担心，平安无事。

乐医生抽回手，稳住气息，平和地不动声色地告诉郁美谨，你怀孕了。

郁美谨并没有露出多少高兴，说，是吗？你没有骗我吧？接着又无奈地说，嗨，怀就怀吧，反正也不是什么好种。

乐医生说，你好像不喜欢？

郁美谨说，我是很在乎感觉的，我从来也没有感觉好过，我相信，即使怀了孕，这肚子里的东西也好不到哪里去。

这确实不是一个愉快的话题，郁美谨适时地把它转移了。郁美谨说，我问你一件事，你有没有穿红裤头？

乐医生说，穿了，但我没觉出它有什么神力。

郁美谨说，那要看你有没有事了，都说本命年有事，你有事吗？

乐医生坦白地说，有事，但现在好像过去了，无所谓了。

郁美谨说，其他事真的都是小事，身体好才是大事，你身体都好吧？

说起有事，乐医生心里的好奇又痒了起来。他把本命年短信和自己的事简单地说了说，郁美谨听了也张住了嘴巴，惊讶地问，真的有这么准？乐医生说，我上次和你说你根本就理都不理。说着掏出手机，从头至尾把一条条短信浏览了一遍，指给郁美谨看。他还是那些话，第一，这些短信发给我，没发给别人，我就觉得它准；第二，它说的都是正事，没半句废话，我也觉得它准；第三，它说的都对着步骤，像设计好了一样，我没法不说它准。这一下，郁美谨也当真了，问，那你现在在迂回中渐入佳境？乐医生笑着说，还没呢，我都不知道还能不能渐入佳境呢。郁美谨看着短信往下说，还叫你注意交通安全呢。乐医生说，这是说着玩的，反正我也不开车，我小心走路就是了。郁美谨又往下看，哈哈哈大笑起来，说你在外面有桃花，你有了吗？乐医生也扑哧一声笑了出来，说，倒是遇到一个女人，印度的妇科专家，瓦拉姆夫人，人家都已经六十好几了，这个不算吧？郁美谨狡黠地说，那我算吗？乐医生看了看郁美谨，有点不自然起来。

多少年来，乐医生是第一次这样接诊他的病人，在一个固定的时间，就那么两个人，这么近的距离，似乎还不光是看病，还谈得很深入，他这是桃花运吗？他觉得不是。那么，郁美谨是一个纯粹的病人吗？他觉得也不是。对于病人，他除了热心、专注，是没有其他感觉的。但对郁美谨，他有一点点感觉，他承认在她进来的那一刻起，他有一点点喜欢。难道仅仅是欢喜自己找到了一个好的病源？欢喜她的话题？欢喜她会帮助自己完成一本不同寻常的书？他真是这么纯粹和专业吗？不那么简单吧。现在，诊室里很静，这个话题让两人都感到了尴尬。正不知怎么调和的时候，乐医生的手机响了起来，震动让面对面的两个人都吓了一跳，也把僵着的气氛扭了过来。乐医生打开手机喂了一声，好像是听到了什么重要的信号，他马上用手指了指，示意郁美谨不要出声，安静。乐医生噢噢地应着，不断地说好好，现在没有病人，正准备下班，我这就过去。

放下手机，乐医生低头顿了许久。郁美谨看出了他的高兴，问，电话里说什么？叫你到哪里去？乐医生抬起头，一字一句地说，不是说事情反复向好，在迂回中渐入佳境嘛，组织部要我去一趟。郁美谨急忙接住，看来这短信还真是准啊。乐医生继续模仿着短信说话，看来，工作真的要面临一次新的抉择喽。

11

组织部部长像接见麾下的将士一样接见了乐医生，这是一次例行公事的约见，是干部任命前的一次谈话。乐医生从来没涉及过政界，这是他第一次见到了地方最大的官，也是第一次参加所谓的干部活动，而且是面对面的，不免有些拘谨。当然，部长是和蔼可亲的，说话也是轻松愉快的，根本没有提及语录什么的，也许部长也觉得那语录什么的纯属无稽之谈，根本不值得一提。部长甚至开玩笑说，可惜我不是女人啊，我要是女人就有福喽，也要时不时找你看一看。这句话是个信号，一个四通八达高山流水的信号，乐医生心里一块石头落了地。之后的谈话还说到了著作、病人、责任、又红又专，以及……好好干吧，明天报纸公示。

其实，当天晚上的电视上，播音员已经在播报名单了。谁谁谁，什么学历，现任什么职务，拟任什么职务。乐医生坐在电视前全神贯注地听着，听一遍怕有什么遗漏，又换到别的频道再听一遍。

第二天，公示如期在地方各报上刊出，乐医生没有看见，他也没有刻意去找来看看，他已经完全放松了，他知道，现在真的是板上钉钉了。说是说公示是征求意见，其实是不会再有什么反复了，这也是他刚刚从组织部学来的知识，也就是说，公示是经过市委讨论的，不会再变了。所以，即使再有语录这样的恶作剧，该怎么样还是怎么样。他现在迫切要做的，就是给一些相关的人员打打招呼，拐弯抹角把公示的消息告诉他们，另外也表达一下自己的感激之情。这些人员也是他认真斟酌过的：有老同志，他的意思是，他离不开他们的培养，今后还需要他们一如既往的支持；有系统里的中坚，他的意思是，多多包涵，这个层面上的话最难说，他不能流露出一丝得意，他还要照顾到别人的面子；还有就是医院的同事、科室的同事，他的意思是，他走得快走得顺都是大家抬举的结果，今后还要靠大家噢。同时，他也打了一个电话给郁美谨，她是个局外人，但现在她和他的关系密切，她给他买红裤头，给他当"妹妹"，她惦记着他的事，是唯一知道他本命年短信秘密的人。她问他渐入佳境了吗？他说，入了。她说，好人一生平安。他说，谢谢你的关心。他们的电话意韵丰富，却像电报一样简短，说到这里就习惯性地接不起来了。他们停了下来，彼此能听见对方呼气的声音，不知为什么，不知出于什么心理，他突然问了一句，怀孕的事，你告诉你家先生了吗？她说，没有，我不打算告诉他，反正他也不关心我，我何苦呢，我想把它做掉！乐医生没有再说话，他觉得心里有一种莫名的不安，隐隐约约的，不是不安她的夫妻关系，不是不安她对生活的态度，也不是不安她此刻的口气，反正是不安。他慢慢放下电话，比较沉重的吧嗒一声。

公示的档期是七天，公示到期，如果一切顺利，再调整交接，乐医生也许就要走马上任啰。所以，这段时间，他相对还是比较安闲的，或者说是没什么其他心思的。科室里，他懒洋洋地做着交接的准备，但不能太着急，不能让人看出急于想离开的高兴，毕竟妇科相当于他的娘家。院长那边也不宜走得太勤，不要有明显的目的，特别是不要有丝毫的媚意。行政楼里的各位，见面多打打招呼，往后就要在一个楼里进出了，不要让别人觉得自己是个闯入者，早点打好随和融洽的基础。乐医生感慨，毕竟身份不同了，考虑得小心了，周全了。

乐医生想趁这个间隙把郁美谨的"访谈"做好，书名很讨巧，内容也很新颖，眼见着有利可图，卫生出版社赶马一样地催着。他现在已经和出版社达成了共识，按照读图时代的要求，把这本书做得活络一点，最终说服了他们，书的版样由他的朋友无钢亲自操刀，做好了再发去。

乐医生知道无钢最近又配置了一些设计软件，他原先只有排版系统，现在又新添了两个制图软件，Photoshop 和 Illustrator，再加上 Coreldraw，用途更广泛了。他还把电脑换成了苹果机，越玩越疯了。无钢说，他现在每天为报纸做一版新闻动漫，就是把新闻用动漫的形式做出来，很受读者喜欢。他以前喜欢网络游戏，现在喜欢电脑制图，这个更让人着迷。乐医生把书稿拿给无钢看，无钢也被书稿的内容吸引了，一边翻看，一边戏谑着说，你真是一举两得啊。他觉出了无钢话里有话，怪怪的，不知是说他看了病又有了成果，还是说他看病又收获了感情，还是说他成果和仕途双丰收。算了，都是朋友，深究就没有意思了，他更愿意把这当作一个玩笑，一笑而过，一笑了之。

朋友在一起，说话自然就说到了公示，不知为什么，尽管语录的事没人再提，乐医生还是心有余悸的。语录那阵子，他穷于招架，没有细想得太多，现在又到了关键时刻，他自然想到了"谁干的"这个问题。他又想起了"敌人"这个词，对不起，躲在暗处的，他只能视其为"敌人"。他不怕明里的与人角力，但他怕暗算，明里的角力也许会很吃力，但暗算最叫人心力交瘁。他问无钢，你理解的"敌人"会是什么样的呢？无钢沉吟半晌，说，老年人不是"敌人"，因为他们的心早已平和；年少的人也不是"敌人"，因为他们只有锐气，还没有矛头；学识高的人不会是"敌人"，因为高人不屑眼前又能容纳一切；平庸的人也不是"敌人"，因为他们根本就不知进取，又哪里来的忌妒呢？没有忌妒的人还会是"敌人"吗？所以说，"敌人"，就是有着同样梦想的人，觉得既生瑜何生亮的人。乐医生觉得无钢的理论好像在哪里见过，大同小异，好像是一位东北学者的观点，批评学术界的红眼病、小肚子鸡肠，忌妒生恨，忌妒杀人，好像发表在《文汇报》的副刊上。

　　同样的问题，乐医生也征求过白汤的意见。那些天，他像祥林嫂一样念叨着"敌人"，他真是想不通，他觉得在这之前他几乎是没有"敌人"的，难道这些"敌人"也是随着他情况的变化应运而生的？那"敌人"来得也太突然了，这样的"敌人"他真是防不胜防。练健美的白汤从身体的角度诠释了"敌人"的设想。他说，你能的，轻而易举能的，得来全不费功夫的，而人家想能也能不起来的，心有余而力不足的，就可能成为你的"敌人"。就举健美的例子吧，在台上，虽然没有角力，却都在暗暗较劲儿，抢最佳的位置，抢灯光的亮点，抢裁判的眼睛，抢尽风头，每一个点上都有"敌人"。在台下，真正的"敌人"心里是非常有数的，块头大的不是"敌人"，因为块头大不能精雕细琢；块头小的也不是"敌人"，因为块头小要弥补的东西就太多了，短时间内不会有威胁。真正的"敌人"是那些级别一样的，瘦肉型的，还没开发的，这种人要认真狠起来，一下子就赶上了。乐医生被说得一愣一愣的，不过也稍稍地有了头绪：所谓"敌人"，肯定是隐蔽的，不动声色的，多少有点痕迹的，甚至有潜在威胁的。这说法和无钢的说法接近，但又不完全一样。

对"敌人"最有发言权的是阿卡，乐医生一进入他的家里，一走进他的陈列室，马上就被各式各样的"敌人"包围了。

阿卡不像一般意义上的收藏人，他对自己的收藏并不避人，他喜欢炫耀自己的收藏，也许是他的收藏太冷门了，太个体化了，因此，他不用去提防别人的比拼。他家里的陈列室很简单，布置得却非常别致，三个墙面都是巨幅喷绘画，一律的战争场面，有滑铁卢的，有诺曼底的，有攻克柏林的，然后是一排排栅架，摆着神形兼备的 military figure ——一种关节活动自如、严格按人体比例制作的小人，也叫兵偶。他们的衣服装备都和实物接近，武器的材料也是真的，可以拉动枪栓，可以拆卸弹夹，兵种也五花八门，从中世纪骑士到现代化狙击手。阿卡说得唾沫横飞，说到兴致处，他拿起一个穿白裙戴绒帽拿长枪的兵偶说，这就是拿破仑时期的法国步兵。这个系列里还有苏格兰步兵、英军士兵等，相互都很像，摆在一起，不是研究它的人，根本就看不出来。

阿卡像一个解说员，边走边讲，时不时地对某个兵偶评点一番，他说，第二次世界大战期间的兵种最有讲究：美军机枪手扛的是 CA4 机枪；德军空军配有全套的空投装备；第二骑兵团穿的是绿色野战制服、黄色马裤、黑靴、真皮腰带、真皮弹药包、真皮马具；党卫军先锋队是 SS 制服、木柄金属管的 K98 步枪；北非英军特种部队穿的是可收放式的短裤，附戴碗式金属头盔。阿卡说，这种可收放的短裤就是因地制宜的产物，热了就收起来，防虫子就放下扎好。还有美军通信兵也很有风范，白围巾、大风镜、防毒面具桶……

最漂亮的要数美国蓝鸟飞行队，黑衣、蓝裤、黄头盔；战地记者也不错，摄影马甲、摄像机、手提电脑、腰包、风镜；法国空降师有点装腔作势，红色贝雷帽、军绿迷彩服；布什飞行员更夸张，根本就不是从实战出发，完全是为了好看，是为了纪念布什连任专门设计的，非常精神。

乐医生跟在阿卡屁股后面看得眼花缭乱，但他并没有完全进入，在这样的参观和聆听中，他的脑子里始终闪现着一个问题：在战场上，谁是"敌人"？怎么样辨别"敌人"？阿卡告诉他，衣服、帽子、武器都好伪装，但往往忽略了鞋子，就像这些兵偶，衣服千差万别，但鞋子却大同小异。我觉得关键在于怎样去理解"敌人"。乐医生说，这话怎么讲？阿卡说，我这话没有针对性，你别在意。用我们的概念来说，"敌人"总是丑陋的，猥琐的，没有精神力量的，心里没有定数的。但这么一支漂亮的部队，一看就知道是正义之师，他们军歌嘹亮，他们步伐整齐，他们亮闪着刺刀和钢盔，威风凛凛的，他们会认为自己是"敌人"吗？不会。他们同样也不会认为对方是"敌人"，而只是把他们作为肩负了任务的"对手"。每一支军队都有它神圣威严的形象定位，这不仅是为了震慑对手，也是为了鼓舞自己。他们都是以正面的形象出现的，否则就没办法打仗!

现在说到你的问题，"敌人"是相对的，你看看这些漂亮的兵偶，一个个精神抖擞，美军、英军精神抖擞，德军也精神抖擞，哪个是"敌人"？都不是。只有当自己心怀叵测的时候，掠夺某种利益的时候，对方妨碍自己的时候，"对手"才会变成"敌人"。

阿卡最后说，权力之争就是要置对方于死地的，对方是你的"敌人"，你也是对方的"敌人"，反过来说，这东西属于你，同时也属于他，这时才会有纷争，才会有事件发生。

乐医生觉得阿卡说得对，说得很哲学，但也是越说越糊涂。不知不觉，他从阿卡的谈话中游离出来，他的注意力落在了阿卡的鞋子上，他想起阿卡说的话，鞋子是最能辨别"敌人"的。他过去从来没注意过阿卡的鞋子，今天注意了，发现他的鞋子很特别，是一双全红的鞋子，用双白线拓了格子，乍一看有点像蜘蛛侠风格。

12

回到家里的乐医生一直在回忆朋友的解释，无钢说的"敌人"，是有相同梦想的，白汤说的"敌人"，是有潜在威胁的，尤其是阿卡，说的"敌人"最可怕，这种人以伸张正义和维护秩序的面目出现，以消除妨碍为己任，这是乐医生没有想到的。他没有想到会有这么多类型的"敌人"，没有想到自己会"反主为客"成为别人的"敌人"。而自己的上进和追求，居然会出现这么严重的歧义，难道他的目的是心怀叵测的掠夺？是妨碍别人？那他的追求还有什么意义呢？

但是，不管怎样，乐医生觉得自己的进步发展还是主流，毕竟他是在公开的层面上，他姑且认为公开的就是主流的吧，而其他的，在背地里的，他就暂且把他们称为支流吧。这使他想起那个神秘的本命年短信，它似乎一直在暗中窥视着自己，似乎掌握着他的仕途走向和进程，时不时地给他提供些许惊吓和惊喜。看来这个本命年短信也很像"敌人"。这样想着，他的手机就发神经似的又震动了起来。现在，他不像之前那样惊诧了，但比起之前来是更加重视了，他屏住气，定下神，他想，不会真的又是本命年短信吧？抑或是手机的一对一经理服务？香港六合彩号码泄密？工资入卡的消息？催缴话费的提示？聊天找对象？定制彩铃？黄段子？他觉得自己已经被本命年短信弄得神经兮兮了。

他小心翼翼地打开手机，果然又是本命年短信，说：

"运势急剧逆转，不如意接踵而至，这个月有地丧、披头、灾煞、地解、丧门等不祥凶星光顾，工作节外生枝，险恶莫测。"

同样也有副歌："驱祸避凶提示：远离刀斧；用红、紫、棕及黄色布置房间，忌黑、蓝、绿色。"

难道又有什么事了？会有什么事呢？都公示了，难道还要推倒重来？但是，他又不得不想一想自己的背后，是不是又出现了什么漏洞？又被暗中的"敌人"瞄准住了？无风不起浪，苍蝇不叮无缝的蛋。在这件事上，他知识分子的弱点暴露无遗，他就是在自审、犹豫、等待。换了其他仕途的热衷者，早就跑起来了，不成的把它跑成，往有利于自己的方向跑。而他，顶多是借助本命年短信做参考，说是指点迷津也行。那么，这么多灾星，还有节外生枝，还有险恶莫测，指的又是他什么漏洞呢？他真的想不出来。

至于远离刀斧，他本来也不大动它，他不是外科医生，也不是妇产科医生，而是中医妇科医生，这些利器他一般用不着，他谨慎一点就是了。那个用红、紫、棕、黄装扮房子，简直就是开玩笑，这话说都不要说，要是跟老婆说了，还会被她讥笑一顿——这是家，不是寺院神庙！

就这样，乐医生在猜测短信中挨过一夜。

第二天，果然组织部监察室来了电话，说得很客气，说有个问题想咨询一下。咨询什么呢？几个药名。是觉得药名不解，还是觉得药名好听？中药的药名是很有意思的，有些药名就是一个典故。监察室说，是了解一下药的用处。乐医生当然很不愿意，但还是去了。他不是怕事情反复，但有点怕在某个问题上折腾，他去，至少能在问题上把握住，不至于在上面瞎折腾。

监察室说的药名很简单，但也很有指向。问，蒲黄、血竭、五灵脂三味药到底有什么用？有多少用？用的效果怎样？乐医生心里咯噔了一下。对于中药，他真是太了解了，就像了解自己的脚指头。他可以从中药的来历说起，说到《黄帝内经》，说到《本草纲目》，说出药名的寓意，说出药的性味，说每一味药在方中的作用，入这个方治什么，入那个方又治什么，他可以把中药的故事说上三天三夜，但现在不是他讲故事的时候。他掂量着监察室的问题分量，光是说三味药，不知是什么动机。他小心翼翼地试探着，是单独的用处还是合在一起的用处？监察室说，单独的、合起来的，我

56

们都想听一听。乐医生说，单独是解痛散瘀，合起来也是解痛散瘀，看用在什么方上。监察室问，那你一般用在什么方上？乐医生说，那我就记不得了。监察室笑笑，这是他们料想中的结果。

乐医生每天要看百十位病人，有不孕不育的，有卵巢囊肿的，有子宫肌瘤和内膜异位，痛经白带就不用说了。每一位开一张方，每张方十来种药，少说也有百十来种药，他会知道监察室说的是哪张方？治什么病？不，不，他是乐医生，是中医妇科专家，他当然知道，他清楚地记着，只是不愿意说起，不愿意触碰而已。这个时候，事情非常，走路也要谨慎地把草茎捉掉，一粒沙子都可能绊他个狗吃屎。

出了监察室，还没走出组织部大楼，乐医生迫不及待地给郁美谨打了个电话。

你最近怎么样？

还好。

情绪怎么样？

我不受情绪的影响。

怀孕后情绪有变化吗？这像是妇科医生的关心，但乐医生却在心里有别样的询问。

郁美谨说，开始有一点惊讶，后来是讨厌。

现在呢？乐医生心里有点吃紧。

郁美谨说，现在我不这么想了。

现在还想打掉它吗？

我老公想让我打掉，他不想对生命负责任，现在我偏不，我要好好地养着它。

乐医生偷偷地舒了一口气，这是他要的答案，乐医生承认，在这个问题上，里面有他的一大块自私。但现在，他只能说是万幸万幸，要是这时候郁美谨告诉他，她出血了，而且是块状的出血，那一切都迟了，说明她肚子里的小生命已经被他的药大浪淘沙一样淘掉了！

13

消息和真相是一点点明朗起来的。

消息说，这次组织部要弄个水落石出了。如果说前面的语录还有点含糊，那么，这次的药方则是实打实的了。乐医生想起阿卡的话，权力之争，就是要置对方于死地的。现在要置他于死地的就是那张药方，那张给郁美谨治痛经的药方，特别是那三味药，蒲黄、血竭、五灵脂，这些药力量猛，治疗顽固的原发性痛经是对症的，散瘀、松弛、舒缓。但，假如病人刚有身孕，请注意是"刚有"，也就是说受精卵刚刚从输卵管里排出，还没有在子宫里打洞着床，脉象还诊不出来，那这几味药下去，也许就把小生命给冲掉了！这情况对一般的医生来说也许是个疏忽，但对乐医生来说，就不能说是疏忽，他是专家，专家就像下棋的高手，要比别人多思考几步。所以，这药方要是乐医生开的，他就是犯了事故了。

还有假如，假如那张药方就是郁美谨的，假如郁美谨和乐医生有一腿，假如这小生命就是乐医生的，乐医生怕事情败露，怕日后麻烦，怕影响家庭，怕毁了前程，他偷偷地在药里做了手脚，那乐医生就不是医生了，而是克格勃了！

乐医生听到这些真相和假如时头都大了。还好，郁美谨现在是坚决要下了这个孩子，不管郁美谨出于什么动机，出于母爱，出于对生活的乐趣，出于自己今后有个寄托，抑或她知道了什么内幕，她没有像最初的态度那样要做掉这个孩子，那她也是无意中帮了他，他心里感激她，要不，他就是有一千张嘴也说不清了。

乐医生深感自己"敌人"的厉害，而且是知己知彼，就像高手出招，招招致命。语录的事如果成，那他就是利用工作在调戏妇女；药方的事如果成，那他就是出了医疗事故。一个涉及品格，一个涉及医术，在关键时候这两点都是政治，用政治去扳倒人，一百个有九十九个会被扳倒。

还有消息传来，说组织部已准备放弃乐医生了，说他的事情太多，且都是麻烦的事情，把这样的人提上去，今后的麻烦也许会更多。乐医生自己倒霉是罪有应得，组织部如果选错了人，那就是有眼无珠，就是工作失误。长痛不如短痛，放弃了，都没有事情，大家都省心。乐医生听到这些传言，心都凉了，彻底地失望了。

这天晚上，乐医生睡不着。前面的那些日子，刀光剑影，他也没有失眠过，躺下就睡，醒来就是天亮，很多的时候都是连姿势也没有动一动。他是个不愿意把事情带回家的人，为什么要让无辜的家人来承担他的不快呢？他躺在床上，身体做死睡状，呼吸也刻意地调出了均匀，但脑子却像冲床锻打一样静不下来。看来他还是在乎的，毕竟不是一件容易的事情，不是谁想进步就能进步的，有几个人能上到这个台阶呢？现在这个台阶说没就没了，心里还是非常难受的。这种难受表面上可以藏起来，实际上已经深入到精神，想装也装不像。有一下，老婆伸手过来捉住了他的东西，要是往常，即便他睡死在梦里，老婆的手一摸，他马上就会蓬勃起来。今天很不幸，他的东西一点也没有反应，甚至还缩小了许多，这东西最能见证成败了。老婆摸了几下，见没有响应，就放弃了。黑暗里，他听见老婆咕哝了一声，怎么今天像烂草绳一样。

　　乐医生想不出什么办法来补救这些。想来想去，自己也真是没用，也许自己根本就不是这条道上的人，不知道往哪里使劲儿。他想听听马勃的意见，就是那个打火机小业主，他没有多少文化，但往往对事物的认识最接近本真，说话最能说到精神上。乐医生也喜欢和他说话，因为身份的悬殊，他们说话反而没有负担，口无遮拦，往往都是真话。马勃说，乐医生，你去想这些事本身就非常可笑。你根本就不用理它，你还怕把你的医生给吃了，你就做你的医生，看你的妇科，比他爸还要大。告诉你乐医生，知识分子是有尊严的。不像我们，我们说得好听点是能屈能伸，说得不好听就是癞皮狗。你是知识分子，知识分子就是精英，就只能伸不能屈！乐医生没想到马勃会说出这么一番话，说得这么好，自己真是白读了这么许多书。前面的日子，他确实也想了很多很多，想到澄清，想到洗耻，想到身份和颜面，就是没想到骨气和尊严。他品掂着马勃的话，以他对马勃的理解，马勃说的尊严不是声张，也不是争取，甚至不是抗议，而是他妈的不屑！

　　他深有感触，在心里说，糊涂啊乐蒙，糊涂啊。

值得欣慰的是，一些老同志、老医生都在为他奔走游说，他们用自己的资格向组织施加影响，或者说传递着另外一种声音，说乐医生要是因为这些事上不去，那会是医卫界的一个笑话。他感谢这些老人，他不知是哪些老人，是他的领导？他的师长？他们是看着他成长的，看着他进步的，他们是过来人，他们知道进步是一件多么不容易的事情，一件多么好的事情，应该为他高兴，为他推波助澜。乐医生想，这才是人之常情啊。人怎么能够放冷枪、施暗箭、落井下石、冒头踩脚呢？

14

"太阳临堂，贵人招升，接下来易得国印贵人、太极贵人青睐，有众多吉星捧照，故运势畅旺。要注意人际关系，不可趾高气扬。要低调处事，低调做人，要有气量，要听得进话，要有则改之，无则加勉，否则容易适得其反。"

这是乐医生后来收到的本命年短信，从药方被揭露那天起，不，是从马勃教导他的那天起，他已经下定决心不看这些短信了。这些短信字字凿凿，但终究救不了他的事，他也没能力补防，他的运势在反复的提示中只顾下滑，他已经对它不屑一顾了。他嘱咐自己坚决不看，看看狗生（奇怪，他怎么会说出这么粗俗的话，他是被气疯了吗）。这一条是他在无意中翻出来的，也许被他压了好久了，也不知从哪里说起，说的什么废话，他苦笑了一下，鄙夷地说，都是无稽之谈。

打开了本命年短信，组织部的电话也适时跟了进来。乐医生当时正在看病，放下病人，接了。他问，有什么事吗？组织部说，有关你的事，你来一下。他说，我这儿正有病人，脱不了身的。组织部说，病人你安排一下嘛，叫她们改日再来。他说，我不想去，还去干吗？组织部说，我们分管的副部长找你，你还是来一趟吧。他说，分管的正部长找我也没用，我不想这件事了。乐医生想起马勃说的尊严，他说，我就看我的妇科好了，你们也别费心了。他觉得自己和组织部一点关系也没有了，他还顾忌什么。他想想自己前面也真是邪了门了，怎么就这么在意仕途，仕途有什么好，光是被人家戳来戳去，他就觉得很别扭。以往在任何场合，他都是以专家和名人的身份被人推崇的，被人敬仰的，自从和仕途挂上了钩，就等于和问题挂上了钩，被询问和调查困扰着，感觉真是不好。人要是想开了，境界一下子就高了许多。

既然不去，组织部也没有办法，就把最近的调查情况反馈给他。说起调查，乐医生的脑子里立刻翻飞起许多景象：组织部的车风尘仆仆地呼啸在调查的路上，监察室的人夹着包在一些部门进进出出。本地的部门已经摆不平这些事了，他们去的都是些权威的地方。黄尘弥漫，人颠得头昏脑涨。他们到过他学习过的江苏，到过他访问过的北京，到过最高的中医研究机构……组织部告诉他：第一，干部公示有人反映意见是正常的，有人多一点，有人少一点，但你是算比较多的；第二，调查举报内容是我们工作的一个程序，我们要给举报者一个交代，同时也要对被举报者负责；第三，语录的事就过去了，我们不会上纲上线；第四，药方我们也走访了一些专家，药方没有错，病人在这个时候怀孕是一个特例，脉象还没有上来也是因人而异的，七剂药先开了三剂说明你还是有所斟酌的，已在观察，已在防范，不是心里完全没有底的……乐医生在心里长叹一声，组织英明啊！

接下来是组织部对乐医生的忠告：给你提意见是对你的爱护，说明大家对你有期待，希望你更好，大家是把你当成了领导，才对你有这样较高的要求，你要是普通群众，人家才懒得给你提意见呢，希望你戒骄戒躁，不要去追究谁提了意见，要宽宏大量，要听得进不同的意见，团结大家共同把工作做好。

乐医生没等组织部讲完就咯咯地笑了出来，引得身旁的女病人也乐了，说，乐医生在接女朋友的电话吧。乐医生朝病人摆摆手，低下头捂住嘴，强忍着把笑咽进了喉咙里。他不是高兴他的事已经解禁，他是惊叹组织部的忠告居然和本命年短信一模一样，起码也是惊人的相似，甚至连口气都很像。

但是，乐医生已经对这些毫无兴趣了……

那个本命年短信还坚持着定期发来，倒是挺讲信用的，订的是一年，它就把一年发满。就像前面说的，像长了眼睛似的，乐医生的仕途折腾暂告段落了，它也就不再提仕途一词了。提的都是些无关紧要的废话，什么工作得心应手啦，什么从商宜守不宜攻啦，谨防在异性身上擦出火花啦，适时地请客会让人缘更佳啦，等等，放之四海而皆准，就和没有说一个样。但有一点是对的，说的都是文事，没有说拉板车要注意腰啊，出海打鱼要看天啊之类。

总之，本命年短信，乐医生觉得还是很有意思的，会经常地反刍出来嚼一嚼。现在可不是当"向导"用了，而是当故事讲了。那天去请教马勃的时候，他也把短信讲给马勃听，他讲得一环一扣，环环相扣，有因有果，因果分明。马勃吃惊地说，我们这些文盲信信还差不多，因为我们没有其他的教导来指点迷津，你一个科学家怎么也相信这个呢？乐医生不好意思，自嘲地说，我不是也没有门路吗？我不是也无助和无奈吗？马勃说，你也病急乱投医啊。乐医生说，我不是乱投医，而是无意中发现一个导医的。马勃说，真有你说得这么准吗？乐医生说，我也解释不了。马勃沉吟片刻，说，会不会是你身边的人发给你的？乐医生说，怎么可能呢？马勃说，那怎么会说得这么准呢？好像有人一直在暗中窥视你，玩弄你，玩得你晕头转向，疲于招架。乐医生也被说糊涂了，当真说，我身边的人哪有这等本事啊？马勃反问，谁有本事你都一清二楚吗？乐医生哑然。

那么，马勃说的这些玩弄和恶搞的人是谁呢？谁有条件这么做呢？谁有动机这么做呢？乐医生又想到了"敌人"，他不得不重新审视起自己的周围。马勃说，我再乱说一句啊，你多问几个假如试试看，有句话怎么说来着？什么什么之心不可无的？乐医生就顺着马勃的思路，重新审视起自己的周围，脑子里蹦出了无数个假如：假如是无钢，他要搞他的理由是很多的，他原来是内科主任，现在是医政科科长，他要是上一个台阶，搬掉一个绊脚石，也未尝不可；假如是白汤，他也有搞他的理由，他有他的忌妒，他练健美把性欲给练没了，他没有能力去接近女人了，那么，他会不会忌妒轻而易举能接近女人的他呢；假如是阿卡，他搞他也是有理由的，他收藏兵偶，钟情于兵偶，对真人没有感情，他厌恶老婆，他厌恶有着广泛人缘的他，他和他虽然没有精神和物质上的过节，但假如郁美谨是他的老婆呢？他心里还能像收藏兵偶一样装得下他吗？他还会无动于衷吗？他肯定不允许他在他老婆身上做研究做学问的！再说，他们都有接触乐医生的机会，都有拿捏材料的机会，又都懂得中医和药理，都知道深浅和利害……

乐医生想得气喘吁吁，大汗淋漓。

还有，抑或这"敌人"就是乐医生自己呢，是他自己心里生出了"敌人"呢，这个"敌人"就是虚荣、贪婪、不安分、不平和，于是，"敌人"就像败坏了的细胞，在他心里恶性繁殖，蚕食着他正常的精神和肌体……

现在，乐医生已经走马上任了，就像前面说的，该怎么样还是怎么样。但说句老实话，他一点儿也不振奋，一点儿也不上心，没有一点儿翻过身来的得意，反而觉得自己灰溜溜的。学习开会，要他去坐一坐，他就带了个躯壳去，坐无聊了，顾自就打起盹来；班子商量事情，他都没有意见，哈哈地应付，真的叫"做一天和尚撞一天钟"。不过，妇科他还是要看的，这是他的生命，他把自己每天安排起一个半天，美其名曰：专业不能荒疏。看看熟悉的病人，摸摸各种各样的脉象，偶尔也开句玩笑，当然不是"顶到痛不痛"这样的直白。穿衣、毛笔字、做记录，还和以前一样讲究，这是不能丢的。碰到郁美谨之类的病人，他还会很高兴，不过会稍稍地谨慎一点儿。更多的时候，他会想起退休，真奇怪，他以前从没有想过退休的，觉得退休离自己很远，现在却巴不得退休马上到来。甚至都渴望自己走路时被汽车剐蹭一下，把他的腿稍稍地弄个骨裂，不要弄断，他好名正言顺地在家里待着。这样最好。

自备车之歌

序 1

一个人有辆自备车就是好，方便自不必说，上班方便，下班方便，买菜方便，接小孩方便；晚上在家吃了饭，想出去逛个商店、看个电影、走个朋友，或者没有事情想兜个风，也方便。不仅是明的事情方便，暗的事情也方便，比如你有个女朋友，来电话了，说你这会儿有空吗？我想去一下哪里，你送我一下吧。你有车你不送吗？你肯定送，而且还特别积极。比如，女朋友又来电话说，我现在要陪母亲去看个病，我先去，等会儿看完病你过来接一下，你知道医院门口叫车挺难的。你肯定说，没问题，我知道，你只管放心地陪你母亲，差不多的时候你来个电话，我到了咱们就走。你还会特地抱歉为什么不提前等在那里的理由，你知道的，医院门口根本就不能停车，咱们只能是随到随走。再比如，有一天，女朋友跟你说，我们明天去东港吃海鲜吧，听说那边的海鲜特别好，有许多东西你见都没见过，你见过活的带鱼吗？你见过活的海参吗？你见过活的乌贼吗？你肯定没见过，你知道它们怎么游的吗？不等她说完，你会非常爽快地回答，那咱们去呗，为什么不去？咱们有自备车啊。东港是个好地方，这个靠海的小镇有许多僻静的酒肆，有上好的农家烧，有非常生猛的海鲜，那里的人和去那里的人都知道，来的都是一对对情人。情人扎堆是一种什么样的感觉啊，暧昧的感觉、心照不宣的感觉、相互理解的感觉，为了这感觉，你也一定会去一趟。

但有一辆自备车往往也是最不自由的，我们过去说有了 BP 机不自由，别看它挂在腰间挺时髦的，其实就是个跟屁虫，像铐上了一根铁链，那么，有了自备车就等于戴上了一副枷锁。表面上开来开去挺风光的，实际上完全束缚了自己。上述那些所谓的好事，虽然刺激，其实都是地下工作性质，都在铤而走险。更多的时候，都是被老婆钳制着，这个时候的自备车，还不如单位的公车，这样的时候，你就成了单位的司机一样，老婆则成了单位的领导一样，一切都得听领导的。无论是接还是送，无论是候还是走，无论是远还是近，无论是刮风还是下雨，无论你愿意不愿意，你都得绷紧了神经候着，你不知道什么时候老婆会突然来个电话，派你个差事。所以，这个时候，你如果还想着前面的那些好事，无异于玩火。

要想自备车真正地安全，真正地自由，让它物有所值，使自己舒心，为自己服务，就要把老婆也叫起来学车，继而再买辆车给她，而且还要买辆好点的车给她，千万不能因为她的车技不好而买辆"碰碰车"。老婆的车一定要比你的车好，比如，你是普桑，那老婆就得是宝来；你是广本，那老婆就应该是奥迪，不然，你等于还是没车，你顶多是个后备车队，老婆要出去喝酒，出去洽谈，出去同学聚会，她要调你的车给自己长长脸，你一点儿办法也没有，你都得愉快地配合，拱手相让。

直到有一天，你看到报上的一则新闻：某天晚上，一对情人开了车去山上幽会，正坐在车里谈心，碰上了一伙小青年骚扰，两边的车窗被砸，男的被殴，女的被猥亵，好在两人都坚守在车里抵挡，没有下来，瞅准了一个空隙，男的发动车逃离现场，但在下山途中，由于慌乱，由于环境不熟，车子还是偏出了山路，摔成了重伤……新闻就写到这里，实际上后面的内容还有很多，比如两人的关系、两人家属的反应，说不定还会揪出个陈年老账来。如果他们都有单位，在单位还有一官半职，那组织部就会考虑挂号了，是不是还要弄出个反面教材？要是警方万一也介入了，一切都要走案件程序，那就是想保也保不住了。反正是一团糟。这则新闻就像鞭子一样抽了你一下，你这时候会想，是不是自己应该收敛一点，别好高骛远地弄出个什么事情来。

序2

崔子节开车的时间比较早，大概是 2000 年。那时候，机关里的公车不多，如果有，也都是"拉达"之类，好一点的才是"皇冠"，样子都比较笨，不像现在的公车那么靓。私车就更少了。因为少，车管所在验车的时候都会在车身上喷上"自备"，以区分它和公车的关系，可见自备车当时是多么的荣耀。尤其是上路的额度，一个月才发放三百，这多么难受啊，所以，要让自己的车能够尽快上路，就要去投标车牌，他的00174就投了八万，还不算下狠注的。他虽然开的是东风富康，原价也就是十一二万，但一看牌照的先后，会换算的人就知道了，这辆车少说也要二十几万，相当于鼎盛时期的别克和广本。

　　所以，那个时候，崔子节一般都很谦虚谨慎，一是从不说自己有车，二是不把车开到单位里去，三是有时候有些方面还得伪装一下，比如吃穿得简单一点。因为有了车，人家就会猜揣他的收入，他的人情来往，他小孩读书，他住在什么地方，他还要养车。如果说有的开支他可以打打混战的话，那么养车的费用他是逃不掉的，别人会把他计算着，省都省不了。因此，有了车，他就相当于一个贼，他得藏着掖着，尤其是在机关里，他根本就不能"出头露面"。有很长一段时间，崔子节都把车停在外面，再在外面寄放一辆自行车，上班的时候，他都是吱呀吱呀地骑车过来，看上去又寒酸又辛苦。

　　但单位总会有用车的时候，总会需要摆摆体面的时候，这样的时候，总有人感慨和呼吁，谁有车啊，借单位用一用啊。哪怕是私车公用，单位给点补贴啊。这样的时候，崔子节就木木地假装懵懂，一声也不吭。他知道，这个声要是吭了，以后的事就会非常麻烦，要解释很多话，私车就会变成公车，而且谁都可以来差他。他还是一开始就自私一点好，无情一点好，多一事不如少一事。

这样说，好像在表明车是多么了不起，也像在解释车停在外面的原因。事实也确实如此，毕竟车不是一件小东西，不是他想藏就能藏得住的。有了车，就是与众不同，有了车，他的思想就会发生变化，虚荣心就会膨胀，一些情感也会流露出来，就会觉得自己有优越感，就会生出许多豪爽，就会发发善心，就会愿意扶贫。一句话，是自备车要出问题，要出事情，他是控制不了的。尽管现在有钱的人多了，买车也不稀奇了，有关车的故事也没人津津乐道了，原先好的故事也渐渐成笑话了，但车的故事还是会源源不断地生发出来。

1

崔子节的车停在离单位不远的一个车库里，这是个新车库，停的车不多，暂时也没有人去经营。

崔子节以前都把车停在路边，随意而方便。那时候车不多，停路边也不影响市容。主要还是为了省钱，有句话叫作"什么东西都怕乘"，看车费也怕乘，一次五块，一个月就是上百，乘起来就比较可观，如果再加上在别的地方停车，那就相当可观了。上百可以洗车十次，买油可以开两百公里，开车的人都会这么算。但停在路边也有不好，怕被其他车剐了，怕车窗被人砸了，怕后备厢被人撬了，到时候找保险公司都没用。最怕的是那些心理失衡的主儿，暗地里拿利器在手上，经过时往车身上一划，那个心疼啊，骂都无力。所以，有了这个车库以后，崔子节就把车停到里面去了。

看车的是个秦县女人，三十来岁光景，样子还算顺眼，突出的地方是身体敦实，眼睛扑闪扑闪的。身体敦实缘于她原先务农，务农就有些野味，有野味就显出了蓬勃，蓬勃了就和城里的女人不一样，崔子节就会在心里紧抓了一下。眼睛扑闪说明她并不木讷，说明她想交流，说明她心里有向往，否则，她眼睛扑闪干什么？她完全可以封闭和拒绝。后来，崔子节知道，女人名叫花柳英，是拿工资看车的，也就是说，车库还不热，是物业雇她来"看地"的，车多车少和她没有关系。

秦县的女人都是风流的种，她们都有这方面的潜质，只不过有些开发了，有些还没被挖掘出来。一方水土养一方人，花柳英也不会错。秦县的女人勤劳勇敢，她们特别喜欢做一件事——在全国各地开洗脚屋。开洗脚屋尤其讲究身体条件，要有顺眼的相貌，要有良好的手段，试想，她和你站着贴着，在你身上摸来摸去，她没有这两手过硬的，寸步难行。花柳英为什么不去开洗脚屋呢？崔子节相信，她是还未被开发的，或者说，她没有帮手，她没有本钱，她被家庭牵累着，她没有条件走出去。那么，她会不会在暗地里做这种事呢？车库是个好地方，看车只是一个掩护，在地下，在黑暗里，她要顺带着做点什么事，也太容易了。他这样想是基于她是秦县女人，基于她身体好，基于她在看车，也基于自己有辆车。人一旦有了地位，看人的眼光也是不平等的，是居高临下的；人要是有了一辆车，而且是雇人看守的，是不是也可以在心里"欺负"一下看车的人？

有了这些想法之后，崔子节停车的心情就不一样了。

现在，崔子节在这里停车也有个把星期了，他对花柳英也大致有了一点点了解，他开始注意她的细节了，比如她的吃、她的穿、她的住，总之一句话，她是简单的、落后的。他觉得自己应该做点工作了，而她又有他喜欢的潜质，只要他稍稍地一用功，是可以把她发展成某种角色的，或者说，他对她所做的工作是能够打动她的，从而使她自觉地成为他的"对象"。尤其是她的性格，最符合他的"审美"标准了，这样的女人，即便是出了点什么事情，她也会自觉地息事宁人，以大局为重的。

他清楚地记得第一次碰上她的情形和自己的心路历程。

那天的天气非常好，阳光亮得发腻，亮得让人觉得奢侈。崔子节开着车慢慢地拐进车库，车库的斜坡也被太阳渲染着，一半亮一半暗，这使得他的眼睛有点花，看不清车库里面的面目。直到他的车滑行到下面，他的眼睛聚了聚焦，适应了光线，他才看清她就站在边上。她大概也是个新手，不知道怎么接洽，也不知道怎么服务。崔子节以前去过很多车库，他知道那些看车人，要么老练得爱理不理，等你出来交钱；要么像交警一样乐于指挥，过一把教练的瘾。花柳英不是这样，她就是站在一边，怯生生地看着他进来，然后目送着他的车，看着他在位置上停好。她没有主动向他要钱，好像生怕他说她粗俗；她也不敢在他面前说话，好像很明白自己身份的卑微。在她眼里，有车人就是人物，就是大款，是车库的主宰，他把车停在这里，他给她钱，他就是她的衣食父母。

她就一直站在黑暗里。其实，车库里到处都是黑暗，有些地方微暗，有些地方漆黑，她为什么站在黑暗里？是不敢和他走得太近？还是她本来就是这样含蓄？黑暗的感觉如此美妙，崔子节的想象翩翩起舞，他走近她，看见她眼睛扑闪扑闪，他甚至感觉到了她的紧张，他把钱递给她，她的手半伸着，手心做成了碗状，不是接钱的样子，而是由他把钱放在她的手心里。

她也没有说话，她本来是应该有话的，比如问问他停车的内容，停多少时间？什么时候开走？是长期的还是暂时的？是论天的还是包月的？这样的情境也给了崔子节一种错觉，以为她需要什么，或者她正想兼做什么。她不是秦县女人吗？秦县的女人意味深长。而黑暗，也是最容易让人心生暗疾的，最适合偷袭一样的奇迹发生的。

崔子节喜欢这样的女人，羞涩、安静。喜欢很多时候是没有道理的，比如家里人苗条，他也许就会喜欢丰满；家里人长发，他就会觉得短发好看；甚至家里人漂亮，他见了相貌平平的也会怦然心动；所以，喜欢无所不在。但这里的喜欢有个前提，是他本来就向往前面那些"车的故事"，那些故事有趣，能激励人，虽然那些故事有点惊险，但稳当一点的故事、没有麻烦的故事，他还是愿意尝试的。

这之后，崔子节下班去车库开车，就很想看到花柳英。上午来时，他看到的都是黑暗里的花柳英，下午她不用置身在车库，他想看到光亮下的花柳英，是不是和他感觉得有点接近？但花柳英经常不在，她不在，崔子节就像踏空了一只脚，有点失重。花柳英会去哪里了呢？她不是生活在车库吗？她是出去买菜了、还是去散步透风了？还是寂寞了找人聊天去了？崔子节体会不出看车人的生活，但能想象出那种难受，在黑暗里，在地底下，久而久之，手指头都会发霉的。

有时候，他也会在斜坡下碰见一个男人。男人看上去有点猥琐，缩着肩，头发蓬乱，身上透着一股被窝的气息。男人还藐视着他，有些看车人的心态，你开车我看车，心里不平衡，好像想咬他的肉似的。贫富差距永远是一个不等式，崔子节也不和他计较，他只是想，这男人是花柳英的老公吗？若是，别的不说，光凭这股子被窝气，花柳英就是不幸的，生活也肯定是一团糟的。想到这儿，崔子节心里就酸了一下，就越发有了工作的愿望，当然，这种工作方式主要体现在扶贫上，扶她的贫，不管怎么扶，都是帮助，都是温暖。她不是生活在黑暗里吗？先把她带到地面来再说。

2

停车的事就是这样有趣，不是一锤子买卖，只要他和这个车库发生了关系，它就有理由延续下去，这对崔子节来说很有好处。

崔子节这天心情好，他早早地去了车库，在经过车库斜坡时，他看见了两件女人的衣服。斜坡是个好地方，对车库来说，它在上面，能见到日光；对地面来说，它属于地下，有自留地一样的感觉；晾在斜坡上的衣服，应该就是花柳英的吧？

花柳英在斜坡下迎住了他，她看着他的车下来。和平时一样，她跟着他的车走一点点，然后就站在了黑暗里。崔子节停好车，从里面走出来，把钱放到她手上。黑暗使他看不清她的样子，但他感觉到她莞尔一笑，这给了崔子节一个信息：这个女人是可以接触的。

在这个简单的交会中，崔子节没有说话，他觉得现在还缺少说话的契机，说什么呢？往什么方向说呢？说到什么份儿上呢？他心里一点儿也没有数。一切才刚刚开始，一切都还茫然，话说多了，她会不会以为他居心不良，自己也容易陷入尴尬，还是不说的好。他还是遵循着正常的秩序，停车，交钱，走人。但花柳英的笑，让他看到了前景，他想，只要他的车还停在这里，他们说话的机会总会有的。

在经过斜坡的时候，他又看了看那两件衣服，车库阴湿，斜坡是晾衣的好地方，这应该就是花柳英的衣服吧。最近的几次，他都是在黑暗里看见她，他对她的衣服没什么印象，如果是她的衣服，那衣服也太陈旧了，早过时了，按照城里人的标准，那都是两年以前的样式。

下午市里开会，崔子节要提前到车库开车。这意味着什么？意味着照顾，意味着恩赐。此话怎讲？一般人停车都是从早停到晚的，五块钱，包干到底，试想，看车人要多少精力对付啊，当营养费都不够。同样是五块钱，像他这样停停就走的，等于白送了五块钱。当然，他是很乐意这样做的，这不就是扶贫吗？这就是最切实的扶贫。在平时，他这种情况也是很多的，他是一个单位的小头目，头目是什么？头目就是忙，头目就是跑来跑去。他们这个单位不是很起眼，人员也不多，但五脏俱全，对内的部门暂且不说，对外的就有艺研所、出版处、直管处、社会处、缉查处，管的是图书馆、书店、剧团、影院等。要是放在市里，他们的工作就是配合中心宣传，建设文化大市。这样的单位，让崔子节也显得人模狗样的，经常地被呼来唤去地开会，所以，崔子节停在车库的车，说不定什么时候要开出去，说走就走。

崔子节在车库的外面碰到了花柳英，这次不是在黑暗里，是在往斜坡转弯的通道上，崔子节看清楚了，她穿的衣服是有点陈旧了。她领了一个小孩。车库外面有风也有太阳，她们的头发被风吹乱了，她们的眼睛被太阳晒眯了起来，她们毫无内容地站着，看上去有点傻。崔子节问她，你们站在这里干什么？花柳英说，我们在这里听歌。崔子节说，这里哪有歌啊？花柳英说，隔壁商店里有歌。崔子节这才意识到，旁边有个小超市，有音乐像烟一样弥漫出来。他说，这是你的小孩吗？花柳英点点头。他又说，怎么不去幼儿园啊？花柳英说，我们没钱去幼儿园。崔子节说，民办的幼儿园不会太贵的。花柳英说，民办的也要四五百，我看车一个月才七百呢。崔子节说，想想办法嘛，小孩儿待在家里总是不好的。花柳英不响，闷着嘴没有和他接话。

没有话，崔子节就没有理由再待下去，他就吧嗒吧嗒地走下斜坡，把车开上来。他原本想来之后再和她打个招呼的，他事先摇下了车窗，但他发现她已经不在外面了，他感觉出她有点儿小情绪，她是不是嫌他"躺着说话不腰疼"？是不是嫌他说了句没有水平的废话？抑或，她不想看到他貌似关心而实际是一副虚伪的嘴脸？

3

崔子节可以做的工作其实是很多的，对于一个生活在车库的人来说，无论做什么都有扶贫的意义。经过这些天的摸底，他目前有两件事可以先动起来，一是给花柳英买几件衣服，二是给她小孩儿买些吃的。他如果要做得得体一点儿，不要做得太猛，他暂时选择后一项水平低的，具体的他想买一些糕点。她不是收入低吗？她小孩儿不是上不起幼儿园吗？那么买些吃的，多少也能减轻点生活负担。这样，崔子节在开车的时候就特别注意路上的糕饼店。

从家里到单位，崔子节一般有两条路可走。一条是临江路，沿江一路地拉过来，比较好走，但要远一点；另一条是高教路，相对距离要近一些，但要穿过市区，而且还要经过一个医院。医院门口的情况是可想而知的，人影幢幢，车水马龙，有时候一堵就堵得石头一样。在崔子节的印象里，高教路上有一家糕饼店，叫什么稻村香，是台湾人嫁接的，糕饼的样式很多，大家都比较青睐。崔子节想，要买就买个最好的，要拿得出手的，这也是他身份的体现。他也知道，花柳英并不懂得糕点的好坏，一些超市就有包装好看的自制糕点，是专门卖给外地人的，根本谈不上口味。但崔子节不想敷衍，至少说明，他在这件事情上是上心的。

他一边开车一边留意着路旁，他有印象稻村香应该在一座桥的附近。这是一座环形高架，功能是为了快速疏通。这样的桥，交警就多。这样的重地，交警一般也都是森严壁垒，火眼金睛。轻者，快速地赶你走；重者，拍照抄牌；再重的，你和他争辩几句，拖车扣点。其实，开车也是挺孙子的。开车只是在某些场合、某些情况下才光鲜神气，其中就包括在车库。所以，崔子节在车库有扶贫的举动，也是情有可原的。这样，崔子节在接近高架的时候就非常小心，差不多像在匍匐。他轻轻地靠近糕饼店，快速地下车，像打劫一样窜进糕饼店，拿了包10块的糕点，丢下钱就走。还好，今天的交警善解人意，今天的交警睁只眼闭只眼。

现在，崔子节要考虑怎样把糕点送给花柳英了？不能直截了当地给，给了说什么呢？是看她可怜，还是说她缺少吃的？都不行，扶贫也要考虑别人的尊严。他如果把糕点给了她，她没有什么反应，两只手像铁棒一样戳着不接，他的脸就丢大了，就没有可能再走下去了。所以，关键是先看看她的态度，她是不是愿意接受他的扶贫。还要看是什么时机，最好有她的小孩儿在场，有小孩儿就比较好表达，他顺手一递，小孩儿嘴馋，拼命一接，这个过程就完成了。许多电影里都有这样的设计和安排，大人的情感都是借了小孩儿这个道具做掩护的，才慢慢含蓄地发展起来的。

崔子节想着这些步骤，车子也开得很顺，车库一下子就到了。他慢慢地拐进斜坡，他没有看见花柳英在那里迎着，也没有看见她的小孩儿，他开始还以为是光线的原因，他从明亮的外面进来，和车库的反差太大，眼睛不适应，看不清眼前的东西，而花柳英，本来就含蓄，又正好站在背光处，所以没被发现？他慢慢调整了眼睛，把焦距对准了，也适应光线了，还是没发现车库里有人。他只得乖乖地停好车，无精打采地走了出来。

后来想想，虽然没马上交接糕点，但还是留下了机会，他不是还没有交钱吗？对于心里有企图的人来说，任何机会都是发生故事的基础，一般的交钱当然是个简单的过程，但承载了想法的交钱，那就不一样了，就可以好好策划一下了。

中午，崔子节在单位吃。他有午休的习惯，这都是坐机关落下的毛病，没办法。前面说过，他在单位里是个小头目，他的办公室就安放了一张大沙发。他努力地躺一会儿，也强制自己闭了一下眼睛，奇怪，呼吸一点也不平稳，脑子也一点不犯困，这样躺着，一下子就腰痛了，似乎越躺越清醒。他索性坐起来，摸了一把脸，若有所思地想做点什么。他想起花柳英，想起她挂在斜坡上的衣服，他想做的就是这件事——给她买件衣服，让她的面貌稍稍焕然一下，让她不至于和这个城市有太大的距离。这也是他原先的计划里的。

单位附近有一条小柴巷，巷不长，也就两百来米，巷也不宽，仅供两辆车交会，但巷的两边都是店，专营打着外国旗号的冒牌服装。这是个淘衣的好地方，经常有附近单位的公务员趁暇过来，有工商的，也有税务的，他们的制服很起作用，往往能淘到又好又便宜的衣服。崔子节单位的同事也经常地结伴来淘，但讨价还价的困难要大一些。崔子节也想学学同事的样子，来捡些漏货，但来了之后发现，自己其实是挺茫然的。他从来也没有自己给自己买过衣服，更不用说替别人买过衣服，衣服对于他来说是一个很大的盲区，而对于女人的衣服，那盲点就更多了。花柳英穿多大的衣服？

具体应该叫什么号？他听说国外的衣号还分 A 型 B 型，好像有表示乳房的意思，但具体是 A 挺还是 B 宽，他一无所知。事实上，他其实什么也买不了，他只是一个意愿而已，他是被这种意愿催促着，推动着，才来到小柴巷的。他装作煞有介事地逛店铺，这个店进，那个铺出，看见自以为好看的衣服，也停下来摸一摸，翻一翻，问问价钱，但没敢讲价，他知道，这里的店主都是很会做生意的，一讲价就会上套，就像臭屎沾在手尖上，甩也甩不掉。

有一下，崔子节的心里也犯嘀咕了，觉得自己的做法有点不妥。他和花柳英有什么关系吗？停车和看车的关系。有多少钱的深浅？也就是五块钱的来往。现在，几件衣服要建筑在五块钱的基础之上，肯定已经过了，超出范围了。任何事情，要做起来，都应该在一个相对平衡的基点上，超越了这个基点承受的行为，就叫人猜疑了，就会往居心叵测那边想。这样一想，崔子节就觉得自己的动机有点荒唐，就算花柳英能听他解释，恐怕他自己也说不清楚。那就算了吧。

下午单位里没事，市里也没有开会，系统里也没有什么活动，崔子节就待着没出去。他一贯很反感开会的，同时也反感活动，觉得务虚的东西太多，有什么意思？大块的时间就这样被撕得七零八落。他喜欢有实质内容的工作，换句话说，他不喜欢清淡平庸的生活，这和他目前的状态相当对味，繁忙的工作之余，有一份闲情逸致去稀释，去调节，这样才是和谐的。也就是说，他对车库的念头是不奇怪的，"文武之道"，一张一弛嘛。

他在单位是抓业务的，这段时间，要考虑的事情很多。越剧团的工资还有缺口百分之三十，还得争取财政的支持；新华书店能不能走走第二渠道，把库存盘活起来；电影院线有没有办法另辟蹊径，不受全国的支配和限制；影像和音像市场，怎样来维护繁荣又怎样去打击盗版；图书馆的购书经费是越来越少啰，再这样下去，新书增不起来，和外地的差距也越拉越大。怎么办？这些都是他要考虑的问题，要拿出思路，要运作起来。但他想不下去，脑子里混沌一片，每一个问题，想着想着就会支离开来，想着想着，就会拐到岔路上去，都会出现车库的情形，都会被花柳英的样子重叠和覆盖。他知道，他还是想出去，去车库看看，通过开车的形式，把上午未竟的事情完成掉。

4

接下来的这个机会就比较好了，崔子节想要的条件都具备了，花柳英在，她小孩儿也在。他可以把两件事情都完成掉，先付掉上次未给的车费，再把糕点递给她小孩儿，不光是单纯的给，关键是要给出他预想的气氛。

花柳英和她小孩儿在做游戏，就在斜坡进车库的口子上，这是一幅很好的画面，花柳英坐在椅子上，她小孩儿坐在她的大腿上，她们的身体在有节奏地仰合，摇晃，她们在做一种拍手练声的游戏，有朗朗的民谣从她们之间蹦跳出来：

天上云黄，地下冰糖，

哥哥担水，妹妹烧汤，

猴子担去卖茶叶，

卖到明天下半夜……

其实，游戏是无聊的，但小孩却做得津津有味，崔子节觉得，这都是小孩没有上幼儿园的缘故。要是在幼儿园，老师教她唱歌跳舞，有空和小朋友玩耍嬉戏，她就不会稀罕这种游戏了。

花柳英也看见了斜坡上下来的崔子节，她说，今天又去开会啊？他说，噢不，今天要早点回家。花柳英说，你每天都早点走，我应该少点收你钱才是。崔子节说，这你就客气了，五块钱已经很少了。花柳英说，那多不好意思啊。崔子节说，你要是少收，我就更不好意思了。说着就掏出钱，正好是一张五块。花柳英双手还抱在小孩腰上，她没有接钱的意思，倒是小孩伸手把钱接了，崔子节笑一笑，花柳英也笑一笑，对小孩说，那就谢谢叔叔啦。小孩也小心翼翼地学了一句，谢谢叔叔。这是一个非常宜人的气氛，似乎把下面崔子节要做的事也铺垫好了。

接着，他下到车库里开车。一般情况下，回家的车都开得比较起劲的，像小孩放学时的心情，还没到斜坡就早早冲起来了，靠近斜坡时就一跃而上。但这会儿崔子节没有，他心里还有事情，在临近斜坡时他的速度反而慢了，他还故意打了一下强光灯。在车库打强光灯是很刺眼的，一下子就把她们给抓住了，她们的头一齐转过来，眼睛一齐看过来。崔子节把车停在她们边上，他摇下车窗，像变戏法一样突然举起手里的糕点，他还把糕点在小孩眼前晃了晃。

一切都还在前面的气氛里，表情和语言似乎都还氤氲着，他对小孩说，再谢一下叔叔好不好。他这话一下子活跃了现场，同时也示意了花柳英，告诉她，糕点是给小孩的，你就听之任之吧。花柳英笑笑。小孩是简单的、纯真的，农村的小孩更是这样，她立刻就被糕点吸引了。她迅速从母亲的大腿上滑了下来，跑到他的车窗前，快速地接走了他的糕点。这个动作使得现场的气氛又愉快了一下，崔子节和花柳英都瞬间笑了，他们没觉得这和小孩的教养有什么关系，他们都觉得那是一种童趣，花柳英说，小孩嘴馋，让你笑话了。崔子节说，小孩都这样，率真，不隐藏。花柳英说，那叫你用大了。崔子节说，用什么大呀，又不是什么金银财宝。花柳英说，下次别买给她了，吃惯了不好。崔子节说，没事的，让小孩高兴嘛。真的就像电影里演的那样，借着小孩的作用，推波助澜，虽然说还差那么一点点距离，但总的来说是在一个美妙的范围里，一说一答，有顾盼，也有微笑。说得差不多了，崔子节就适可而止地打住，自自然然地把车开了上来。

　　回家的路上，崔子节想，这件事看似平常，没什么大的动静，其实还是在进步的，是在往好的方向走。第一，她看他停车的时间短，要给他优惠，要少收他的钱；第二，她让小孩接受了他的糕点，她没有阻止，她顺其自然了。这说明了什么？说明花柳英对他也是有好感的，噢不，现在说好感还为时过早，但至少也是不反感吧。这就是基础，有了这个基础，接下来的发展就应该会是顺风顺水了。

5

单位今天去扶贫，几个人坐了小车去，由崔子节带队。单位现在也有了一辆新车了，是"桑2000"，平时都是一把手坐的，今天一把手公休，就跟着他跑乡下了。他们去的是熹县岩镇下田村，是市里定下的帮扶对象，扶贫的内容原先要帮助他们搞集体经济，单位怕麻烦，怕战线拉得太大，就简化为送钱了，每年给一万块钱。至于这个钱他们怎么用，单位也不去管，反正都是财政的钱，单位没有出血割肉的疼痛，算了。崔子节心想，这和他近来在车库所做的事，高度的一致啊。

扶贫还有个内容就是去看望一下村里的老革命，大概有十来位，每人送现金两百，再给些香皂、毛巾之类的东西。再就是在村府边上的小酒店里撮一顿，这倒是村里接待的。其实，扶贫讲的是政治，不一定对方都穷得叮当响。这顿饭每年都搞得像模像样的，以前来过的人都有深刻印象，上的都是精心挑选的土货，还有山羊和家猪，平时一般都吃不到，所以，再远的路，大家也乐意去。

崔子节还在这村里包了一个学生，市里规定，市管干部，一人至少包一个，崔子节也就意思意思地认了，一个四年级的小男生，学习一般，崔子节给他的承诺是，无论他读到什么程度，全包。其实，小孩家里也是不怎么穷的，崔子节还记得小孩和他接洽的那一天，是坐了家人的摩托车来的，拿了他一年的学费，又轰隆隆屁股冒烟地走了。崔子节心里怪怪的，他自嘲地说，前世欠别人的债呀，还债吧。

他为什么要提这件事呢？他是想告诉别人，或者给自己一个支持，扶贫，不一定是件很突兀的事情，不一定是件需要多少理由的事情，其实是一件很随意的事情，只要他愿意做，有心情去做。这就说到了在车库看车的花柳英，他也不知道她的生活到底怎么样，内容好不好？质量高不高？他只是感觉她生活一般，简单、落后，而他，又喜欢，又愿意，就可以扶贫了。就算不是扶贫，一个愿送，一个愿受，有什么不可以的。

扶贫的结果不仅仅是吃了一顿美味的农家菜，还带回了很多柿子，去的人人手两盒。柿子是熹县的名优特产。是礼品，没有人会嫌多的，给的都收下了，连半句推辞的话都没有。实际上，崔子节是不大爱吃柿子的，平时到季节时也是偶尔吃一个，说不上好吃不好吃，冬天吃柿饼也一样，也是勉勉强强的。据说，吃柿子容易结石，他怕结石，结了石化不掉怎么办？所以，两盒柿子，对他来说是个非常棘手的难题。

他决定把柿子送一盒给花柳英，他跟她说，是专门从乡下捎给她的，他说乡下人在城里本来陌生，情绪上有时会很压抑，多接触些土货，会感到亲切，也是排解乡愁的一种方法，能给心理上带来安慰。再卑微的人，也是有虚荣心的。有人关心着她，她自然就很高兴，尽管她含蓄着没有表露，但动作里还是看出了她的欢喜，说你这么客气啊，并且当场把盒子打开来。一盒的柿子，整整齐齐地码了两层，颜色和个头都十分诱人。花柳英说，还有点生的呢。崔子节说，放一放，很快就会熟的。花柳英说，我们老家也有柿子，但品种不好，多籽，涩口，不好吃。崔子节说，这可是名牌，都是出口的。花柳英说，我喜欢吃的，我等不及了。又说，你知道柿子要多久才会熟吗？崔子节说，这个，我也不清楚，你经常看看，红了，就熟了。花柳英说，你知道有快熟的办法吗？崔子节摇摇头，说，以前知道有几个办法，一是把柿子的蒂部用棒针刺一下，据说很快就会成熟，不知有没有道理；还有就是把它放在米缸里，用米捂一下，大概是给它一个合适的温度吧。花柳英笑笑，说，这些我都知道，但红得还是慢，有一个办法红得很快。崔子节说，有多快呢？她说，很快，一边做一边就红了起来。这个崔子节不知道了，他有点好奇，关键是他这时候想说话，渴望说话，觉得说话里契机多多，会朝着他预想的方向发展，他就继续诱导花柳英，说，你说来听听，我也回家去试试。花柳英说，把柿子和苹果放在一起，马上就会红起来，一下子就熟了。崔子节还想说下去，有这样的事？什么道理呢？她说，我也是凑巧发现的，也没有总结道理，后来有人说，苹果里有一种气味，这气味对柿子快熟起作用，柿子就有反应了。

崔子节这天很舒服，在车库，本来就是进进出出的事情，却让他说了这么多话；本来还是在探索的过程里，却一下子看到了美好的前景。话说多了，话也说好了，光凭这状况，他就觉得很进步，不光是就车论车，不光是停车付钱，他们有了更深层次的交流，已经开始向广泛拓展了。关于柿子，他仅有的知识也就是前面那些催熟的办法，再就是柿子和螃蟹不能同吃，吃了会结石，这是柿子里的鞣酸在起反应，使蛋白迅速凝固，且向钙的方向发展。而花柳英也有一手，能说出苹果的快熟原理，这已经有化学的倾向了，只不过她不擅总结，说得通俗了一点，但仍旧是知识啊。这充分表明这个人还是有情趣的，不是木瓜一个；还充分表明他们原来是有交流基础的，在某一个平台上，差异不是很大，是可以说说话的。

6

仔细想想，停车"交钱"这个环节，是大有文章可做的。经过前面两次的"扶贫"之后，他们的关系已经不那么"公事"和"铜臭"了，已开始往"人情"的方向发展。有一次，崔子节身边没带零钱，他有点不好意思，花柳英就说下次吧下次吧，再说吧再说吧；还有一次，他给她钱，她坚决不收，手忸怩地藏在身后，她先是说不用哪不用哪，后来又说反正空着也是空着，停一下又怎么啦。他说，那不行的，你是靠这个吃饭的，这个便宜我是不能占的。她说，那我都拿了你的柿子了，我小孩也吃了你的糕点了。这些话，崔子节听了就很舒服，也非常受用，说明她记着他的好，说明他们已经从单纯的停车中跨越了出来，奔向其他内容去了。最后还是他把她身后的手捉了出来，他捏着她的手，把钱塞到她手心，还把她的手合拢握紧，他占了她停车以外的另一个便宜。

交钱的事的确可以好好地谋划一下，因为他想延续，因为这里面有契机。他可以故意拿一张大额钱给她找，她肯定找不开，找不开他就有机会了，要么先把钱存在她那里，要么是他暂时欠着她的，只要他有心，一来一往，插科打诨，他会让机会应运而生的。

如果从喜欢出发，以扶贫的角度，崔子节应该给她包月才是。像他这个位置，跑上开会是比较频繁的，跑下联系工作也是比较多的，也就是说，真正把车完全停着不动的情况就比较少，一个月二十二天上班，他顶多在单位十四五天，余下的七八天车费，他等于就是贡献了，给花柳英扶贫了。但包月缺的就是情调，没有另外的枝杈和意外了，月初把车费一缴，一个月的"手续"就完成了，相安无事，甚至互不相关。崔子节肯定不想这样做，他还是每天付钱比较好，麻烦就麻烦一点。他现在喜欢这个人，他也喜欢这样的事，地面上的事，他觉得有点风险，且心有余悸；地下的事，车库里的事，他觉得别有情致，忍不住就想尝试一下。谁叫他有辆自备车呢，谁叫她在车库里看车呢，谁叫他们有缘结识在这么一个平台上，这不是一般人都有的机会，所以，他得珍惜，还要充分地利用。

扶贫不能光送吃的，崔子节想，送吃的显得太平民了，甚至有点儿俗，这与他的身份不符。扶贫要有崇高的心态，是一个舒畅和愉悦的过程，他想，他应该做得大一点才对。以他的想法，要扶就要扶要紧的贫。对花柳英来说，什么样的"贫"是她最需要的"贫"呢？就是给她的小孩找个幼儿园。不瞒你说，这件事他还是上过心的，还真的花工夫打听过。五幼六幼当然是不现实的，但那些私人幼儿园，还是可以试一试的，他办公室对面的那幢楼里，就有一家。每天上午十点，一拨小孩在裙楼的过道上做哑铃操，"哑铃"是自制的，五双筷子用橡皮一扎，敲起来也是噼里啪啦的，很有节奏感。他想，花柳英小孩上这样的幼儿园应该差不多。

有一天，崔子节还真的去问了这件事。他记得那个小老师还挺会做生意的，开口就和他套近乎，这位先生好面熟啊，好像在哪里见过。崔子节说，不会吧，我和幼儿园没打过交道啊。小老师说，反正面熟，你肯定是附近什么单位的。崔子节也不隐瞒，就说了是对面某某局的。猜中之后的小老师一脸的坏笑。崔子节说，你笑什么？小老师边笑边说，我在猜你的身份呢。崔子节说，此话怎讲？小老师说，像你这个年龄吧，为自己小孩来吧，似乎不像；做爷爷了吧，好像也不大可能。崔子节急忙补充说，噢，我来替我的一个亲戚问问。他这样说了，小老师也切入了正题，说，我们这儿不贵，还算比较实惠的，一般生人一月四百五，像你算邻居了，四百，如果是两个月一起交的，再优惠点，算七百六。

一个月三百八，对崔子节来说，这数目也太小了，就如同洗澡时褪掉了一根毛。而对于花柳英，那也许就是恩赐了，是解了她的燃眉之急了，把她从雪地里救起来了。但这个想法最后还是被崔子节自己否定了，也没有什么特别的原因，就是和前面"买衣"的性质一样，"女儿不能大过娘啊"，大了，就不自然了。那怎么办呢？他现在已经被这种心思怂恿着，扶贫的心也是铁定了，他自己也在不停地告诉自己，扶贫，不能光停留在口头上，要落实在行动中。思忖再三，他给了自己一个折中的方案，去买些小人书给她小孩，让小孩在车库里自学吧，这也是行之有效的一个举措，比空口讲白话要好。

主意已定，他就屁颠屁颠地往新华书店去了。

崔子节好久没有去逛书店了，以前去时他都是看看美术书、装帧书，他以前是学舞美设计的，现在走上了领导岗位，书店就去得少了。现在的书店像个大商场，尤其是少儿区，摆上了玩具，隔出了游乐场，还有妈咪休息的地方，连香肠、茶叶蛋也摆上了，进来一股的五香味，这都是因为少儿图书价格昂贵的缘故，好卖，好赚。不过，崔子节的运气比较好，他偶尔来一趟，正碰上"读书日"打折，少儿图书尤其打得厉害，底线至二折，跟白送差不多，这很符合他的胃口，他不是给自己买书，他是买书送人，而且是送给花柳英，这样，他就可以用最小的付出做最大的人情。他稍稍迟疑片刻，想了想花柳英小孩的大小，想了想她小孩的样子，样子决定了心智，有了这个判断，书就好买了，他零零星星地挑了几本，基本上都是飞禽走兽之类，大概也就二三十块钱吧，实惠。

送书是可以好好设计一下的，这可能会引发激动，有很大的发挥余地，发挥好了，就可能有很大的收获。比如，花柳英有意请教，这就正中他下怀了。他可以讲讲意义，也可以讲讲形式，故事的深浅可以讲，画得好不好也可以讲，可以从介绍的角度讲，也可以从帮教的角度讲，最好能在一个特定的环境里多停留一会儿，不要匆匆忙忙，更不要被什么干扰了，这样想着，崔子节预期的效果就非常美妙。

现在，崔子节拎着小人书走下车库的斜坡。经过一段时间的过往，他对车库的环境已经很熟悉了。斜坡的下端是一个小房间，好像是配电间或者水泵房，现在成了花柳英的卧室，他不知道里面是什么样的，每天从斜坡上下来，里面都是黑洞洞的。这样的地方，显然不适合做赠予仪式，也不适合说话，万一有人从上面下来，看见里面有两个人，他们会怎么想？倒是车库进口的拐弯处，一个凹角还比较好，花柳英平时在这里烧菜做饭，这个地方背光，又背视线，就算人人都是火眼金睛，也看不到里面的深处去。就看花柳英在不在他设定的位置上了，她要是正好在，那就是天赐良机了。他把书送进去，用书堵住她，一切随风逐愿。

但是很不巧，他没有看见花柳英。像他前面猜想的那样，她是去外面买菜了，还是去散步放风了？还是郁闷了找人说话去了？他也没有看见她小孩，如果她小孩在，这样的时候，他也会降低仪式的条件，把书给她小孩，反正等会儿她就知道了，只要她是个明白人，她就知道书是谁给的。在这个黑暗的车库里，还有谁会这样关心她呢？只有他。

没有人，崔子节只好往里面走。他不能喊人，也不能刻意地寻找，他只是一个车主，是来车库开车的，他只需把车开走就是，无须什么手续。

失落，扫兴，崔子节坐进自己的车，门也关得特别的响，他无奈地把车往外面开，回家吧，撂心吧，未竟的事情明天再说吧。但他不甘心，他还想有事情发生，他把车开得很慢，连沙沙的声音都没有，他把车窗摇下，亮着眼睛，洞察着黑暗里的一切。突然，他听见了咣当的一声，他警觉起来，马上就发现那个凹角里有灯光，声音是从那里面发出来的，花柳英在里面！这样最好了！

他把车开到凹角边，轻轻地停下，连关门都很轻，他怕关重了会把花柳英惊出来，出来就没有意境了。他拿上小人书，悄无声息地靠近，她确实在，背着身在案板上切着什么，他马上意识到是在切土豆，因为他闻到了古怪的气味和沙啦沙啦很质感的声音。他的接近也惊觉了她，她半侧着身转过来，她说是你啊？他说是我，我是不是吓着你啦？她说没有啊，有什么好吓的。又说，你找我有事吗？他说，我给你小孩买了些书。她开始有点不解，说，买书干吗？他说，买书给小孩看啊，学习啊。她噢了一声，马上高兴地接了过去，我看看什么书。他趁她翻书的时候有意去靠近她，他差不多挨着她身体了，他说，小孩不上幼儿园不好。她说，我知道不好，但我没办法。他说，所以要买书让小孩看，虽然比不上去幼儿园，但总是好一点的。他的话嗡嗡的，像梦里传出来一样，有力地撞击着她。她顿在那里，没有说话。他觉得此刻的她一定有哭的倾向，不说话只是想控制着不哭，但她还是哭了起来。她一边哭一边说，你为什么对我好啊……他也顿了好久，他在找一句话，这句话要有分量，要有力量，要像催化剂，要么把她的委屈催起来，要么把她的身体摧垮，他说，我愿意，我喜欢，我看见你高兴……他想，她的心一定会酸得一塌糊涂，她会扑向他，然后伏在他身上呜啊呜啊的……但他们的氛围被一声喇叭无情地打断了，接着斜坡上又响起了车轮下来的声音，哗啦哗啦的。有车进车库了，花柳英马上要去接洽了，她急忙振作了一下，快速地跑了出来。也许，这声喇叭是叫给崔子节的，示意他的车停得不是地方，是他的车影响了进入的通道，他也急忙地跑出来，钻进了自己的车，迅速地把车移开。他在心里咬牙切齿，他在诅咒这辆下来的车，该死的车，"棒打鸳鸯散"，该死的车库，不是"谈情说爱"的地方。

7

这一天，崔子节休息。崔子节平时休息都很舒心，觉得有很多事情要做，去看一部好的电影，去超市进点货，把书房整理一下，顺便把下周的工作想一想，但这个双休日他有点空落落的，不知做什么好。上述的这些事情，好像都不值得让他马上紧张起来，倒是车库的花柳英，却结结实实地袭击了他。其实也不是袭击，说袭击有点重，说惦记和侵扰一点也不假。

怎样去解释崔子节的思想和行为呢？崔子节自己就曾经试想过无数次。这么说吧，第一，他向往前面那些自备车的故事，他觉得好，觉得有意思，希望自己也应该有；第二，他也有车，有条件制造故事，不过，他不想冒险，不想出事，他追求廉价和安全；第三，他的生活太安逸了，太平淡了，每天昏昏欲睡，他想要一份紧张的生活，同时又是有承受感的生活，忙碌而且带点有情感的付出。

他觉得自己现在才稍稍地有了一点承受感，他在为一个人操心。操心也得有它的可能性，有些事，他是操心不着的；有些事，他操心了也没用，所以，操心既是一次实践，也是一次完成。花柳英的事，他正好可以操心，也有能力来完成，所以，意义就显现出来了。

在家里，崔子节突然想起了一本书，他不知怎么会有这样的念头，万涓泉水，终究汇流成河，他在为自己的思想行为寻求一种理论基础。他待在自己的书房里，他在翻找书橱里的藏书。书橱有点乱，有些书搁得不是地方，很无序。这是个有趣的现象，每一次整理藏书，他都会觉得自己已经做得很好了，有序而整齐，但之后再置身书房时，又会发现许多摆法一点也没有道理。比如，一本《欧洲美术史》居然和《红楼梦》放在一起。《欧洲美术史》是他的钟爱，里面介绍的意大利美术，在他的意料之中，但对法国美术的描述，却有着别样的拓荒意义；《红楼梦》是线装本，陶令纸印刷，木版刻效果，他把它当作装饰品买的，而不是为了阅读。他至今也想不明白，这两本书怎么就摆在一起了呢？就在这时，崔子节发现，他今天要找的《郭沫若文集》，也摆在这里。那还是他在美院学习时读过的，他记得有《女神》和《孔雀胆》等篇什。诗歌和戏剧，他没有特别的兴趣，倒是小说里的一篇，他记忆非常深刻，叫《叶鲁提之墓》，他还记得当年读它时的那份心境，读一段，屏住呼吸回味一下，再读，再闭上眼睛体会，文中的奇丽和迥异，让他生出了怅然和感叹。

七岁的叶鲁提迷恋上他的嫂嫂了。

嫂嫂的手就像象牙雕出来的，嫂嫂的手掌就像粉红的玫瑰。嫂嫂的无名指上戴了一枚精致的金顶针。

他起了一个很奇怪的欲望，他想去触摸嫂嫂的手，但他又不敢。

他的心就像被风吹着的竹尾梢，不断地在乳色的天空中摇晃。

他为了要接近嫂嫂的手，挖空心思，遇着上坡下坡，过溪过涧，便多次地去牵挽她。

牵上她的手，他就要加紧地握一握，加紧地，他小小的拇指深埋在嫂嫂柔软的手掌中。

叶鲁提十三岁以后便到省城去上初中了，但他在心里依然惦记着嫂嫂。

暑假回家，他喜欢从嫂嫂的手里接抱她的儿子，他的手背总爱摩擦着她的手心。

那瞬间的感触，就像风拂一样温柔。

我远远地听着脚步声，便知道是你来了，我的心便要跳得不能忍受。

你的声音是那么的中听啊，我再也形容不出，甜得像甘蔗一样。

以前我在人面前嘴是很硬的，现在渐渐地软下来了，我听见有人在说不贞女子的话，我的耳朵就会烧得厉害。

我怕睡，我怕在梦里会唤出你的名字来。

叶鲁提中学毕业了，十五的满月高朗地照着，他们俩待在一起。

你想什么呢？

我想你把右手给我。

给你做什么？

给我——亲吻。

啊，那使不得，使不得。

你不肯吗？你连这一点也不肯吗？

唉，我，我，我肯呢。嫂嫂说着，脸色在月光下晕红起来，红到了耳根上。

她慢慢将右手伸给叶鲁提。叶鲁提跪在地上，捧着嫂嫂的右手，深深地深深地亲吻起来。

嫂嫂立着，把左手搭在他的肩上，把头垂了半面，她的眼睛紧闭着。而叶鲁提的眼睛也是紧闭着。他们都在战栗，觉着热，在发着微汗，在发出无奈的喘息。

如此过了十五分钟。嫂嫂扶着叶鲁提起来，紧紧地拥抱他，颤声地说，啊，啊，我比以前更爱你了。

后来，在省城的大学里。一天晚上，叶鲁提接到了堂兄寄来的一封信，信里说嫂嫂在夏天的产褥出血后死了，临死还在念叨着他的名字。

他读完信，买了瓶白兰地回到宿舍，一边喝一边哭着玩着嫂嫂给他的顶针，他的眼泪一滴滴地落在酒杯里。

他把一瓶酒快喝完了，最后把顶针也丢进了嘴里，倒在床上睡去……

叶鲁提终于被嫂嫂的手牵引着去了。

医生在他的死亡通知书上写着"急性肺炎"，但没有进行尸体解剖，谁也不知道他真正的死因。

崔子节拿起书就想躺下来。他的书房里有一把贵妃椅，他喜欢躺在贵妃椅上看书，喜欢看着书自然地睡去。但这一天，崔子节在看《叶鲁提之墓》时没有睡去，他唏嘘不已。

每个时段的阅读都会有不同的感受。年轻时看《叶鲁提之墓》，他更多的是惊叹，惊叹郭沫若的想象，也惊叹故事的凄美，甚至希望自己也能经历这个过程。现在再看，便看出了许多平和，看出了许多理解，这和他的年岁有关，也和他的阅历有关。

世间万物，随遇而安，都在遵循着和谐的规律。什么是和谐？自然的、舒服的，就是和谐。看看叶鲁提和他的嫂嫂吧，在月光下，在竹林里，风是有情的、清香的，交流如诉如织，如歌如泣，他们是优雅的、美丽的、幸福的。

崔子节还有个不可告人的心理，他在拿这篇小说做参照物，用这篇小说来阐释自己的行为，他前面说过，喜欢是没有理由的，叶鲁提不用有理由，他也不用有理由，叶鲁提发生了惊世骇俗的爱情，他发生点平庸的故事难道不可以吗？

这天上午，崔子节内心是释然的。但下午，他稍稍地有点不是味道了。他突然想起要去车里拿点东西，车的后备厢，是他的另一个仓库，一个人总有许多自己的秘密的，总有一个自己的空间，有些东西，他是不会放在办公室的，也不能如数地带回家，就放在车的后备箱里。比如有一次参加一个企业的群文活动，企业送了他一套精美的指甲油，一个小包装，外盒上印的是企业广告，里面却装着各种各样的指甲油彩。这样的东西，他能带回家吗？不能。送给老婆，她也看不上，她一般都用兰蔻和CD的，她不用杂牌。其他人，他一时也没有对象好送。而花柳英，她的当务之急是温饱问题，而不是指甲的好看问题，先放着吧，以后再说吧。

他今天不是去拿指甲油，他把一个文件落车里了，最近一段时间，他感觉自己有点丢三落四的。就在他打开车门的一刹那，在阳光的映衬下，他发现自己的车门上有些奇怪的痕迹，不是被撞的痕迹，也不是被踹的痕迹，而是用脚在上面蹩过后的痕迹。这一脚有点“恶毒”。他的车上的是“珠光漆”，是新款，颜色特别漂亮，光洁度也非常好，但这一脚明显是从上而下用力的，且鞋底好像还故意沾了些沙子，蹩在他车门上就像砂纸擦过的一样。这是谁干的？这么龌龊！

他的车平时都在两点一线上，要么停在车库，要么就停在家门口，家门口不会碍事，是没有人拿车出气的，那么就是从车库带来的。这样一想，他的猜测就走上了路径，这一脚一定是花柳英老公蹩的。她老公是不是知道了他的事啦？或者说，她老公不喜欢他对花柳英扶贫，不喜欢就明明白白地说嘛，干吗拿他的车出气。他相信就是她老公干的，看他那样子，你叫他真刀真枪地打一架他敢吗？他也就会冷不丁撂一下别人的阴囊。

当然，他也不会太在意，车嘛，就算是不小心磕碰了一下，很快他就无所谓了。

8

上午市里开报告会，是机关工委组织的"学习论坛"，说起来也是挺花心思的，每一次都请了中央党校和社科院的专家，讲过去，也讲当下，要求签到，不去还不行。论坛的会标上有这样一句话"终身学习终身受益"，说得很对，太对了，学习肯定是无止境的，就是今天的课讲得不好，"基层的民主与法制"，说的是乡镇选举的一些杂事。乡镇不是崔子节关心的内容，和他所从事的工作也不大挨边，坐着自然就困乏丛生，加上主讲人口齿混乱，一口的北方腔，听得累，于是，借了小解的机会，崔子节义无反顾地溜了回来。

开车去车库，他相信这时候是最容易碰上花柳英的，车库最闲的时候就是十点来钟，这个时候，该进的车都已经进了，该走的车也走得差不多了，她正好没事。

崔子节想和花柳英说说话，他今天的话题很多，隔了个双休日，话题已经积累了起来，他可以说说小人书，说说车库的生意，说说车门上的脚印，说说《叶鲁提之墓》，反正都可以发挥。他的车就这样从斜坡上下来。种种迹象表明，他和花柳英是存有感应的，不是有去无回的单频道，而是可以交叉的复合频道，他发出了信号，她不仅能接收，并有微弱的响应。不过，今天的花柳英"天线"断了，频道串位了，接收不灵了。她看见了他的车，本来她都会唰地一下子站起，但今天她却头也没抬，坐那里一动不动。她在洗脚，一双脚泡在塑料桶里，很专心致志的样子。

崔子节想，白天怎么会洗脚呢？车库也不是洗脚的地方啊，况且，洗脚也没有什么好专心的，又不是绣花。心里有事，想象力就特别丰富，他马上意识到这是一个信号，就像那些老电影里演的地下党，开会也好，碰头也好，执行任务也好，总会有一些反常的举动做出来，告知自己人今天危险，那么，花柳英的洗脚是在给他发什么暗号呢？她要提示的是什么意思呢？说她老公在凹角里？说她这会儿不方便？说小人书她老公知道了？说她老公不喜欢？

他的车就只好径直地往里面开。平时，他看见她都会示意一下，或摁一下喇叭，或打一下强光灯，有时候她不在眼前，他这样表示一下，她就会受喇叭和灯光的牵引，从暗处走向明处，从远处跑到跟前，和他点个头，露出一种只有他们才能会意的表情。可今天，他被她的提示制约了，他觉得车库里危机四伏，他不能无事生非，他就装作很本分的样子，停好车，木然地往外面走。

但他马上又改变了主意。他觉得自己完全没有必要躲躲闪闪，躲闪是心虚的表现，是懦弱，人家一怀疑，他就收敛了，好像真有什么事似的。他要用逆向思维，要反其道而行之。他曾经用这样的办法对付过交警，有一天他忘了带驾驶证，正好碰上路上有交警设岗，他没有躲避，他灵机一动，直接把车开到交警面前，他问交警什么路怎么走，交警就告诉他怎么走怎么走，他非常诚恳地谢完，走了，巧妙地躲过一次处罚。这叫什么，这就叫插科打诨，交警完全没有察觉出他这是手段，他那天要是心虚，要是躲闪，肯定被交警瞄住了，让你车扣在那里，回家拿证去，这就麻烦了。所以，越是不利，他越要迎难而上，以证明自己的坦荡，有什么呀，不就是和花柳英说几句话吗？不就是送点小恩小惠吗？他就用这样的办法来克服眼前的境遇看看。他大模大样地走向花柳英，一边走一边拼命想着话题。花柳英还在那里无聊地洗脚。他就问她，你的车库有下水道吗？花柳英说，下水道有的。他又问，有水龙头吗？她说，你问水龙头干吗？他们的说话惊动了她的老公，他从凹角里踢踢踏踏地现了出来。崔子节想，出来得正好，他们可以好好地交锋一下，省得老是在他的车上做小动作。他就把话头朝向她老公，说，你们这里要是有水，有下水道，就把我的车洗一洗。这是个赚钱的好机会，她老公立刻就堆下了笑容，说好的好的。崔子节又说，洗车房洗车十块，我不少你，也十块。她老公说可以可以。他又豪爽地说，你把车里面再擦一擦，我再加你五块。她老公眼睛亮了一下，拼命点头哈腰。崔子节说得不动声色，完全一副"公事公办"的样子，心里却在感叹，毕竟是乡下人啊，毕竟是车库看车的啊，怎么和他打心理战啊，使点小手段，马上就把他给打败了，把他给俘虏了，危机立刻就平息了过去。

9

其实崔子节知道，在车库洗车是没有一点好处的。他们没有高压枪，轮胎就没法洗，泥板就冲不掉；没有高压枪，车身的灰尘就会黏着，布一擦，就会把车漆擦出许多丝路来，光洁度就会大打折扣。这些他当时没有考虑，现在当然也不会多想，他当时只想稳住她老公，不让她老公生出是非，现在达到目的了，也挺好的，一箭双雕，看来扶贫的形式是多种多样的。

花柳英真的把他的车洗了，看得出她洗得很用心，一般刚洗的车都会残留些水痕，她却把车擦得油光锃亮。他给她钱，她坚决不要，身体连连往后退，头摇得像拨浪鼓，她说反正我也没事，洗一洗很方便的。他说那不行，叫你麻烦了就得给钱。他还说，你不收钱，我以后就不叫你洗了。她说，你停在我车库，我就是要洗，看你怎么样。他见她说得有趣，就故意逗她，说，那我不停在这里了，看你拿什么洗。她说，你不停在这里，你有地方停吗？他说，到处都是停车的地方，随便停哪里都可以啊。她说，我知道你会停这里的。顿了顿，她又说，你其实尽管停这里的，你不用付钱，反正我是拿工资的，多一辆少一辆老板也不知道。崔子节笑了，他很高兴听到这样的话语，这可是一个飞跃啊。如果说，花柳英前面对他的态度仅仅是接受，那么现在，她已在开始"吃里爬外"了。这说明他前面的努力没有白费，故事总要有主角和配角，她如愿配合，这个戏演起来才不会夹生，才会比较和谐。

对于花柳英，崔子节心里是有数的。在花柳英看来，他是潇洒的，开着车走来走去，就是大款。他的生活是奢侈的，有稳定的收入可以挥霍，有足够的精力来布置情调，与这样的人交往，不会有错。谁叫她是秦县女人啊，秦县女人，风生水起，她们就是靠依附生存的。

有一阵子，他甚至还有过龌龊的想法，他在心里和那些老板做了比较，很多老板为什么喜欢对用人动手动脚呢？第一，精神上一个优越一个低贱，他可以欺负她；第二，他有恩于她，她靠他养着，他支撑着她的生活；第三，他付出了，她也接受了，他们等于有了一个默契；他不索取是他的事，他要是想索取，她就得顺从。事实证明，他的整个过程之所以这样顺利，也有点这个意思。

现在，崔子节的车又拐进了斜坡，开下了车库。他起先没看见她，后来从后视镜里看到了她的剪影。她是从那个凹角里走出来的，好像在特意地等候着他，他的车一出现，她就尾随了过来。

他下了车，她已经在车旁站着了。他觉得她一定有事情，有点紧张兮兮的样子。他例行公事地给她钱，她说，我说过不要。他说你不要我就不停这里了。她说，不要就是不要。她的口气有点硬，他不知道她今天怎么啦，他想缓和一下气氛。他看见她手里端着饭碗，她刚才正在吃饭，是吃着饭跑出来的，可见她等他的心切。她的碗里是那种清水泡饭，还有一股焦味，这说明她没有用电饭煲，而是用柴火烧的。这使他联想到其他，这个城市好像已经看不到柴火了，她哪来的柴火呢？一定是附近工地上捡的。他还看见她碗里没有菜，连咸菜酱瓜都没有，这更加证实了她生活的简单、落后。他说，你平时就这样吃？她说，我就是这样吃，我每天都这样吃。他说，你生活有困难吗？她说，有，有很多困难。他又说，你老公不做点什么吗？他应该帮帮你。她说，他能做什么呢？他也没什么好做的。他又说，他对你好不好？她说不好不好不好，怎么会好？因为她情绪里有内容，他们的对话就像 QQ 一样简短，话刚刚一开始，马上就结束了。他觉得很尴尬，不知道说什么好，说什么都不能延续。他看着她，走也不是，留也不是。他最后问，你到底怎么啦？他的话像是点着了她心中的火药，她立刻就燃烧了。她一只手擎开饭碗，一只手抓住他，身体迅速贴了上来，说你带我走吧！她的声音颤得厉害，他没有听清，他说你说什么？这会儿她说得慢了，说得很坚决，咬字清晰有力，你带我走吧！他狐疑，带你走？你要去哪儿？她说，随便，你说去哪儿就去哪儿，反正我也不知道。他说了一句废话，你不看车啦？再说了，我也有事，我能带你去哪里呢？

　　崔子节想起自己对秦县女人的印象，心想，花柳英是不是在提要求呢？是不是有那个意思？他知道她们有这个潜质，她们要运行起来是得心应手的，但这件事他确实还没有想过。他原来只想娱乐，只想花点小钱，来点小情调，改善一下自己的环境，真的要是占有她，要带她走，这就上纲上线了，他不会找这样的人的，也不会这么傻。正这样想着，他的手机响了起来，车库里信号不好，他一边往外走一边故意高声，什么？到部里开会？我在去单位的路上，那我单位就不去了，部里我去一趟。

这个电话解救了崔子节，至少没让他停留在刚才的窘迫里，他装作很无奈的样子对她说，我现在要出去一下，有个要紧的事要处理一下。他又告诉她，你不要想得太多，有些事得慢慢来，慢慢会好起来的。

崔子节重新钻回到车里，发动，神情像紧迫得不得了，迅速地离开了。他从车内的后视镜里看花柳英，从左边的倒车镜里看她，他有意识在注意她的反应，她站在原地，似乎还在刚才的情境中，似乎愤懑不平。他想起自己最后那句话，这句话说得不好，含含糊糊的，一点也没有说死，还留有许多尾巴，容易再引起她的误解和想入非非。

10

再一次开车去单位，崔子节就在思忖，还要不要把车再停到花柳英那里去？按照他心里的想法，去还是要去的，一是离单位近，二是看车人还可以，三是关系基础还是有的，不至于那么紧张吧。当然，事情发展得这么快，甚至偏离了方向，他是没有料到的。如果还把车停在那里，那他就要把话说清楚，但怎么说他得动动脑筋，不能让她觉得他不严肃，更不能让她往玩弄上面想。

他这样想着，车还是往那个方向走。他开过高教路，开上高架桥，现在正开在医院的卡口上，再右转一下，就开到那条往车库的路上了。在医院前面，他不得不慢了下来。这个医院分左右两个院区，一边是门诊，一边是住院部，中间的斑马线画得也比一般的宽，但还是被匆匆而过的医生、病人、家属和担架不断地阻隔，遇上急救车在这里转弯，那就耐心地熄火等吧。

就在崔子节将车放慢速度的同时，他居然发现了路边的花柳英，他吃了一惊。她拎了个有颜色的背心袋，里面不知是什么杂七杂八的东西。她肯定不是偶尔在这里出现的，偶尔出现的神态是木然的，而她的神态里有紧张和焦灼的成分。他觉得她在寻找，是从车库顺着这条路找过来的，并且等在这里，正在这时候，她看见了他的车，她毫无顾忌地朝他走来。她要上他的车，动作指向还比较坚决。在这个纷闹的路口，不管发生了什么事，拒绝总是不明智的，何况是一个秦县女人，他很难预料她会弄出点什么举动来，他只得乖乖地打开门，装作欢迎她上来的样子。

他的脑子里在拼命地活动，快速地搜索相关的信息，"怎么回事？""她要干吗？""她不看车啦？"她还沉浸在昨天"带我走吧"的情绪里？抑或是，他昨天最后的那个话对她有误导？那么，她等在这里就是要堵截他？如果是这样，那她要做什么呢？

事实上，当花柳英上了他的车，他已经被她"劫持"了，他的尊严马上就受到了挑战，他们的位置调了个个，他没有了身份的优越，他成了听她指挥的车夫了。而她，她只是木讷地坐着，却完全地控制了他。他问她怎么啦？她不响。他问她要去哪里？她也不说。这样一种局面，崔子节越发不能轻举妄动了。他的车就这样机械地向前滑行，他走的是和单位相反的方向，他不知道要去哪里，先开着再说吧。

花柳英肯定是怨恨很多的，崔子节想，她怨恨他介入了她的精神，怨恨他扰乱了她的生活，他的行为给了她信号，让她知道了自己的分量，因此，她完全有理由去劫持他。这个优越的城里人啊，他是多么的忙啊，生活是多么的好啊，工作是多么的重要啊，他还有精力腾出时间，把心思花在她的身上，那他一定是严重的，深思过了的。现在是她要认真了，而他却要逃避了，这是不能容忍的。在她看来，他就是这样。这话怎么说呢？怎么说了她才会接受呢？根本就说不清楚，只会越说越糟。现在他知道了，他们根本就不是一个波段的，他们的频道也根本不对，没办法，现在他只能察言观色，想办法把她稳住。以自己的诚恳，来化解花柳英的情绪，最好能重新回到对话的平台上来。

这样的时候，崔子节想得最多的还是单位，倒还不是身份，身份一时还没有问题。他在想这天单位的公务，突然地失踪，有人问起，总得有个说法吧。这天应该没有开会，要有的话早就有通知了；也没有什么下访和检查，要不，这个时候，电话早就打爆了。几个已经启动的旧事，都在紧锣密鼓之中：图书馆有一场"学人讲座"，那是几天后的事情；博物馆有一个"新貌"图片展，刚刚开幕，还早呢；新农村送书下乡，也已经下去了；就是艺研所的戏曲进校园活动，还在接洽，还没有得到校方的许可。其他的，都还算稳当，都不会有什么突如其来的岔事。那就当自己调休一天吧，反正每年的公休也都用不完，浪费也是浪费了。

崔子节突然想到了一个办法，带花柳英去看看新城，换一个思路，也许能放松一下她的精神，现在也只能死马当活马医了，试试看吧。

新城还是值得一看的。这个城市的特点在老城，青砖黑瓦、花墙石路，但新城也比较有创意，那是一个完全没有负担的规划，一张白纸，可以画最新最美的图画，尤其是时代广场，二十年内的标志性建筑都在这里了，报业大厦、歌剧院、国际饭店和进城口艺术群雕，这些景致，崔子节以前也没有认真看过，今天权当被乡下的亲戚抓差，新城一日游吧。当然，没那么轻松罢了。

花柳英倚靠在他身边的副座上，毫无表情地看着窗外。这时候，上班的高峰已经过去，宽阔的新城大道慢慢地呈现出秩序和清爽来。这里没有老城的喧闹，也没有老城的杂乱，这使得花柳英的情绪稍稍得安宁一点，她终于开口说话了。她说，你能送我去一趟老家吗？这是一个非常正常的要求，抛开前面的"关系"不说，就算是一个路人，这样的要求也不算怎么太过分，崔子节很高兴听到她理智的想法，他问，你家里有事吗？她说，我想我妈妈了，我想去看看她。他马上说，好啊，这一点也不难，你早说嘛。

事情真得就这么简单吗？他不是很相信，先假惺着吧，走一步看一步吧。不管怎么说，崔子节的内心还是明显有一些松弛下来。而花柳英，也许是说了一个比较一般的要求，她自己也不沉重了，她坐车的姿势也稍稍自然起来。他们掉转车头，"兴致勃勃"地往城外开去。

他们上了平川路，这是一条通往机场的大路，开阔、通畅。路的两边是一片片高新产业区，都是些与化工有关的企业，有做药的、做皮革的、做塑料粒子的，也有卖汽车的，厂房都很漂亮。花柳英看得目不暇接。有一下，崔子节失口问起她的小孩。她说，在车库嘛。他说，好像最近都没有看到嘛。她说，有时候她爸爸领出去玩了。这不是一个好话题，料不到接下去会说出什么，他又赶紧把话头掐了，不再说下去。后来，他们就上了高速，这段高速有两百公里，高速的另一头就是秦县。

上了高速的花柳英话就多了，问到哪里啦，问还有多远啊。高速的下面是斑驳的老路，地界都还是以古塔为标志的，远远地看见一座塔，就知道，又一个县城到了。高速都在僻静的地方走，看不到塔影，因此，对于花柳英来说，高速带给她的，只是茫然和紧张。崔子节耐心地讲解着这些知识，但也没说得太多，毕竟在高速上，他不敢掉以轻心啊。他想起前面的那个故事，那对开车在山上摔落的情人，他可不想在高速上出任何差错。出事就糟糕了，不仅自己糟糕，单位和家庭都会连累着糟糕，关键是不值得。如果他死了，也许还好一点，反正什么也听不到，也就没事了。如果他摔了个半死，那么，他就会听到很多他和这个看车女人的话题，这样的话题，任何时候都会成为经典，会有很多人参与传诵，而且会有很多很多各式各样的版本。

11

秦县的这条路，崔子节以前也曾经跑过，那是有一次去搞非物质文化遗产调研。秦县有著名的布袋戏，一个非常古老的戏种，真正的独角戏，一个人唱戏里的所有角色，一个人奏所有配戏的乐曲。他记得下了高速就是云水关，是分界的意思，往南是临省，往北就是秦县，一派崇山峻岭。平时要去，也都是在崎岖和云雾中穿行，一句话，颠簸得人仰马翻。听说最近修了条新路，从云水关一步跨到秦县，差不多"天堑变通途"了，只是还没有验收，还不能正常地放行。这倒没什么，崔子节就动用了秦县的关系，冠冕堂皇地说自己陪省厅的领导下来走走。这个借口好，关系就疏通到修路指挥部，于是，在各个卡口，绿灯为他而亮，他的车号在电话中被一段段传递，他的车也像箭一样一路疾驶。

这个过程，崔子节并没有多少自豪，总感觉是在讨好花柳英，心里很别扭。这种感觉，在余下的时间里仍然在延续。比如，在花柳英家的村口，她就不让他的车进去，她叫他停在外面等，她说她不想让人家看见是谁把她送过来的，她说她讨厌有人问七问八的。崔子节心想，把他当什么人了，他觉得自己很塌神气，但现在他只能隐忍。他提醒自己，危机还没有过去，还没有彻底安全，还不是计较名誉计较得失的时候。

这天中午，崔子节过得也极其简单，他一直待在车里，他没有心思对这个村庄做任何意义的造访，他的中饭也是在车上解决的，他平时有在车里储存食物的习惯，八宝粥、火腿肠、矿泉水，都有，但他吃得并无滋味。他想得最多的是花柳英能够早点出来，尽快地结束这次莫名其妙的远行，结束他们无端的"恩怨"。当然，有那么一会儿，他也曾想象过花柳英回村时的情形，她走得很挺拔，脚下的笃的笃的，丝毫看不出她在城里的艰苦和遭受的委屈。大家都以为她是开洗脚屋的，都以为她赚了钱凯旋回来了。她尽情地笑着，一路和乡邻打着招呼。乡邻也与她开着玩笑，花柳英，回家休整来啦？花柳英，带钱回来造房子啊？她只管笑，笑而不答。这越发体现出了花柳英的神秘。乡邻想，花柳英毕竟是在城里待过的，花柳英越来越像个城里人了。村里的喧闹也惊动了她的家人，她母亲抢先跑了出来，远远地望着她，驻足门口，掩面而泣……

这期间，崔子节还接了一个电话，是单位办公室打来的，说下午有个会，问他什么时候来单位？崔子节心头一紧，觉得自己出来前已品抠得很仔细了，怎么还有事情疏忽了？忙问，是什么会？办公室说，不是你自己召集的吗？下属单位的正副头头会议，要推选一名政协常委。崔子节啊了一声，嘴巴一下子就僵住了。想想也真有这么回事，也确实是他布置的，他们系统要产生一名政协常委，他觉得还是民主一点好，叫大家过来议一议。

政协常委不是什么实职，也不和工资挂钩，但有时候也是挺有作用的，惦记的人挺多。在崔子节的考虑里，人选应该有这么三个，一个是图书馆的馆长，这人渊源挺深，学识也不错，有一定的人气；另一个是越剧团的当家小生，在地方家喻户晓，也有号召力；再就是他自己。崔子节对常委的名头也是想的，如果他不想，他就直接指名和提议了，正因为想，他才叫下属来，走个过场，那两个毕竟是孤军奋战，票数肯定不会太多，而他，怎么说也是单位的头目，这个面子大家还是会给的。但现在，鞭长莫及啊，他在花柳英老家啊，他被琐事缠身啊，关键是他心里混浊啊，政协常委也只好"拜拜"先了。他只得告诉办公室，他正在县里搞一个活动，刚开始呢。办公室说，你能赶得回来吗？他说，恐怕是来不及了。办公室说，那会还开不开呢？他说，会议就只管开吧，这个会，有没有主持人都无所谓，集思广益嘛。放下电话，崔子节有点懊恼和自责，真是该死，怎么会忘了这件事呢？看来，一个人的精力确实也是有限的，他最近心思太多，心思也乱，事情能干得好，不出乱子，那真是奇了怪了。

花柳英是下午一点才回到他的车上的。她在家里吃了饭，和妈妈说了一会儿话，哭也哭了，笑也笑过，现在是稳稳当当地回来了。而他，有了刚才的这个电话，回来的车，就开得恍恍惚惚了。

三个小时后，他们进入市区。崔子节又不知道该往哪里开了，他在车里沉默着，机械地让车滑动，无所适从。

花柳英不想回到车库去，她说她与老公吵架了，她想在外面躲一躲，她要他找个地方住一住。崔子节看看她，屏着心呼出一口气，还好，她不是活不下去了，也不是真的在要挟他，她只是和她老公吵架了，这也许才是她今天"发飙"的真实原因，和他没什么直接关系。此时此刻，他真的愿意往好的方面想。当然，他现在也吸取教训了，他不会去问她吵架的原因，一问，也许又要牵涉到他，牵涉他前面的动机，牵涉出"你带我走吧"这句话。现在想想，这句话看似平常，其实也是非常可怕的，也是非常麻烦的。他能带她到哪里呢？带回家？带回家干吗？不带回家又带到哪里去？带几天？问题最终还是会悬在那里。所以，归根结底，还是崔子节在调情，在玩弄，或者说得再难听一点，在猥亵，他根本就没有往下走的意思。

对于花柳英的要求，崔子节心里是不舒服的，一个看车的，居然还和他提这样的要求，这分明是在"讹诈"嘛，想测试一下他会怎样？但他现在已经心平气和了，事情已接近尾声了，他愿意再付出一点，把这件事情圆起来，结束掉。实际上，自从她上了他的车，他已经做好了"逆来顺受"的准备，只要她的要求不是太过分，他都决心"奉陪到底"，让她满意。

其实，不就是在哪里住几天吗？这根本不是什么问题，他是单位的小头目，这一点能耐还是有的。他想起"市府招待所"，现在叫本级饭店，离他们单位较近，他们有时候来客人了，也都往那里带，好说话。这里的环境也比较安全，因为都知道是机关事务管理局直辖的，一般盘查之类的情况不多，也就是说，不会有人突然闯入，要抄查一下花柳英，继而问出点与他有关的"小道消息"来。

计划好了，崔子节就把花柳英开到饭店。他在总台为她办理了入住手续，他把她当作自己单位的客人，他还特地交代了费用和单位结算，为了打消总台的疑虑，他还主动留了手机号码，预缴了一些押金。一切都做得又自然又公事，总台就问他要二号楼还是贵宾楼？他知道二号楼是新楼，要好一点贵一点，而贵宾楼是原来的老楼，又简陋又便宜，是搞噱头才故意叫得好听的。他想都没想就高声说，要贵宾楼。

现在，他们就站在二号楼的大厅里，贵宾楼在二号楼的后面。为了不让花柳英看出两个楼的区别，他故意把她请进了电梯，他们嗡嗡地上了四楼，四楼有一座天桥，天桥做得像隧道一样，布满了塑料紫藤，掩饰得严严实实，一点也没有比较，一点也看不出两幢楼的面貌，直接就下到贵宾楼去了。他心里想，花柳英住贵宾楼，已经太可以太可以了。

他们找到房间，他安顿好花柳英，以他城里人的优越，介绍一些注意事项，卫生间的非赠品是不能用的，电视、空调弄坏了是要赔的，当然，他也会适当慷慨一下，说，吧台上的饼干和话梅，你可以尽管吃。他想，这些东西，就是吃撑了，也用不了几个钱的。

都差不多的时候，他开始计划着和她告别。他不想让她觉得有撇下她逃离的意思，他要找一个合情合理的理由。他说，我们今天都走了一天了，你也早点休息。她说，那你呢？你现在去哪里？他说，我得回单位一趟，今天都还没有去呢。她噢了一下，又说，你单位离这里近吗？他说，很远，开车过去还有一段路。其实他单位就在附近，不然，他对这里怎么会这么熟。

在走出饭店的一刹那，崔子节就像是"胜利大逃亡"一样，他下意识地回了回头，看花柳英有没有跟出来，没有。他想，按理，如果气氛好，如果还像在车库里，他就是陪她吃顿饭，也不是不可以的，虽然情调会差一点，味道会差一些，但现在，算了，他觉得自己已经做得很好了，他也该走了。

12

命运就是这样残酷，换句话说，事情就是这么凑巧。

崔子节一大早去单位，一眼就看见过道里贴了一张"公示"，就是有关政协常委推选的：经系统全体中层以上干部会议协商，推选尹小飞同志为市九届政协文化新闻体育界常委候选人，特此公示。崔子节怎么看都觉得不真实，主要是事情的过程太简单了，没有什么反复，如果这件事上上下下弄了好多次，最后不是他，他心里也许会好受一些。尹小飞就是那个当家小生，人当然也不错，但和他怎么好比呢？无论名气、成绩还是参政议政的能力，都和他不能相提并论。如果他在场，哪怕他一句话也不说，甚至他客气地提提别人，这个名额还会殊途同归到他的名下。这件事想起来都很窝囊、委屈，如果他真有什么要事脱不开身，手头什么事比这件事更重要，那他也认了。可他是为了车库看车的花柳英，并且一点事也没有，就那么被她"劫持"了，去了一趟秦县，他的政治生命就这样给断送了。崔子节站在那里，很不情愿地摸了摸公示上的名字，名字当然是真的，是电脑激光打印出来的，不是虚的。他又看了看举报期限，这也是下意识的，其实他非常清楚，这都是"官样文章"，难道还会把尹小飞举报下来，再补上他？不可能的。

崔子节仔细想想，还是自己不好，是自己的灵魂深处发生了一些问题。他所做的一切，归根结底是对现实的迷惘，是对是非的混淆，所以才会有心灵无聊的游走，才会在游走中不慎滑落，才会在滑落中不断沉沦。一辆车怎么啦？一辆车就了不起了？一辆车就可以欺负人调戏人了？

这一天，崔子节基本上都在单位度过，他甚至很少下楼，连厕所也懒得去，同事们都在议论，说他是因为"常委"的旁落而郁闷失神的。其实只有他自己知道，他还在担心着花柳英，花柳英的事完了吗？显然远远没有。她现在怎么样了？有什么新的动向？她最后是什么反应、什么态度？他心里一点数也没有。以他的经验，断头的事最玄，现在这件事就是断头的状态，搁在那里。所以，他决定挨到下午看看，不知为什么，他觉得挨过下午再问，也许会有什么结果了。

下午，崔子节把电话打到饭店总机，要总机转一转花柳英的房间。他已经想好了要说什么话，问问她住得习惯否？晚上睡得安稳否？吃得东西对口味否？他想，还得以关心的基调为主，关心是合乎人情的，不关心就容易再起波澜。电话响了很长时间，一直没有人接。他想她肯定出去走走了。这里是老城的闹市，门口有很多特色街，有卖挂件的，卖化妆品的，就是不买，看看也是很享受的。他又把电话打到总台，说自己是什么单位的，问某某房间的客人怎样？总台说，你来得正好，我们也正想找你呢。崔子节暗惊了一下，说，怎么啦？没出什么事吧？总台说，会出什么事啊？我们是觉得奇怪。崔子节犹豫着说，你们，你们没把她当暗娼抓了吧？总台哈哈大笑，说，我们哪里逮得着她啊？我们一大早进房打扫，她就已经走了。崔子节说，走了？去哪里了？总台说，你都不知道，我们怎么知道啊，人是你带来的，我们只能通知你了，就是要报失踪也得你自己去报啊，就是结账你要早点过来，呵呵。

放下电话，崔子节心里一阵轻松，真的是轻松。现在，花柳英怎样来评价他概括他，已经不重要了，重要的是他知道，他将不再被缠绕，彻底地没事了。花柳英的自动离去意味着什么？意味着她放弃了，放弃了对这段关系的保留，同时也放弃了追究。崔子节很难想象花柳英在这个晚上做出的思想斗争，一个睡在阴暗潮湿车库里的人，突然睡在了饭店柔软的席梦思上，她会怎么样？她在车库里吃的是什么，面对饭店免费的早餐，几十种东西奢侈地摆在那里，她是什么感受？她在饭店的空调间里，拿着遥控看背投电视，她是躺着看还是坐着看？她肯定是翻来覆去的，她肯定是无所适从的，她肯定会想得很多很多。想出入于饭店的那些人，想那些人的生活，想那些人的情感。当然，她也会想自己的现状，想老公怎么找她，想跑来跑去的孩子，想那些非常实在的生活，想车库进进出出的车，想自己的职责，如果没有她，那些车会怎么样，会不会停得乱七八糟？她也会想到自己的收入，一个月七百块钱，少是少了点，用起来也是非常的拮据，但比起老家秦县来，已经是很好了。她这样想着，很快就想通了。自己想要的，自己的出走、自己的逃避，是非常不现实的，她最终还是要回去的。

现在，崔子节的车已经不停在花柳英的车库了。他怕碰见她，不知道说什么好，干脆就避开来，避得远一点。就像他前面说的，到处都是停车的地方。他现在停在另一个车库，也在他单位附近，不过是两个方向，甚至不用经过花柳英那边的那条路。花柳英那条路是捷径，途中有学校、高架、医院。他现在从家里出来可以一直走，走得稍远一点再折回来，他现在的车库就在那里。这条路他以前也知道，只是没想过要这么走。

车停得挺好，停得也很方便。现在的车库是房开公司的，经营有段时间了，管理得也很有秩序。车位有些卖给了业主，有些是附近商店的老板临时停车用的，很宽畅，也很充裕，开了日光灯，光线没有问题。看车的是三个女人，一个是物业公司经理的妹妹，五十来岁；一个是房开公司老总的岳母，六十出头；一个稍年轻的，大概也有四十好几了，是街道的困难户，手有残疾，看车没问题，据说是抽签抽到的一份工作。她们对崔子节很礼貌，热情地欢迎他来停车，而崔子节却像例行公事一样没有感觉。有一句话怎么说的？一些细菌的滋生，都是因为有合适它的环境。现在的这个车库，没有繁衍他毛病的土壤。他缴的是月费，中间没有枝权，省了许多没有必要的环节，车唰地进去，回家时唰地出来。

崔子节再也没有碰到过花柳英，他想她吗？有时候也想。既然是故事，总会有一些回味的地方。她会想他吗？这个就不知道了。开始的时候，他以为花柳英会在路上拦截他，就像那天拦他去秦县一样，不过他变更了行进的路线，他不怕。后来，他以为会接到她的电话，也没有。他想，事情虽然过去了，她要是找他的麻烦，也是很容易的。现在看来，崔子节很庆幸，幸亏她是从秦县出来的，她不知道找他(车)的相关知识，如果她是城里人，她肯定知道怎么去找他，她只用把电话打到交警队，说有辆车堵住她家门了，车牌是多少多少，她要叫这辆车快挪，越快越好，交警马上就重视了，在档案里找出他的信息，把他的电话给她，她就轻而易举地把他找到了。他至今没接到她的半个电话，可见她真的什么也不知道。

贴身人

1

春节一过，邱仲达就要到新的岗位上班去了，他暗暗对自己说，这年，无论如何，他要把自己的事情解决掉。什么事情？就是自己的"身份"，身份是何等的重要啊，身份过去是粮票，后来是户口，现在是台型和风头。这件事很纠结，一直让他不能释怀。

邱仲达原先也是在一个行政部门上班，做的是文案工作，就是坐在办公室里，管理着一些柜子，听听头头们的使唤，和材料打打交道。他不是公务员，他已经过了能够成为一名公务员的可能性，他只能聘用。他最大的可能也是做到长期临时，因此，他时刻感觉到自己的卑微，他不能像公务员那样轻松自如。

公务员的轻松自如有时候是很刺激的，比如在大楼的电梯里，公务员们的那种神态就让他很反感，是那种刚从被窝里出来的神态，是什么都无所谓的神态，连相互寒暄的口气都是这样。这个说，江岸路这么大也堵得一塌糊涂；说先到楼上去打个卡，等下再送女儿到幼儿园去。那个说，母亲还说烧碗面给我吃，吃什么吃啊，烧起来都寅时卯月了；说来单位吃多好，现在去吃都还来得及。邱仲达站在电梯的角落里，听着他们的说话，觉得自己的脚骨都是冰冷冰冷的。这就是公务员的优越感啊！是饱汉不知饿汉饥的矫情！要是换了他，他哪里敢这样怠慢啊。这些"路堵"和"吃饭"，以及其他"皮屑毛发"，他会早早地考虑进去，严谨地准备着，他即使还在路上，还未到单位，也已经是一副上紧了发条的样子。这就是正式和聘用的区别。

应该说，邱仲达也算是一个有心计的跟班。我们所说的跟班是一个概括，泛指秘书、司机、内勤，等等。在前面那个单位，他虽然没有和领导直接接触，但他留意着领导的嗜好。后来，这个领导调走了，大家都觉得应该表示点什么，有人提议和领导照个相；有人说请领导吃个饭；有人已经买了东西给领导做纪念，比如手机、真皮信封包什么的。这都是一般的思路。邱仲达默默地做着自己的"心意"。后来，他把自己的心意悄悄地递给领导——一本小册子，是领导在单位这几年的会议发言、谈话记录、调研提纲等，有小有大，从开始到结束，整理得很齐全。领导接过去一翻，马上就惊住了。他当然不是惊诧自己的能耐，不是惊诧自己的积累，而是惊诧邱仲达的这个想法、这个用心。

这样说邱仲达是不是一个很无趣的人、很没劲的人？也不是，一切都是为了生存，或者说，为了给人家留一个好印象。其实，邱仲达也算是一个有趣味的人。他开得一手好车，经常被单位抓差跑一趟长途；他喜欢打乒乓球，可惜领导们没有这种爱好，否则他也有可能把自己打成"高俅"；他还有一些旁门左道的"知识"，比如饭店里端上的每一道菜，他都能说出烧制的步骤。有一次一拨同事小吃，一道菜叫"时令三鲜"，有人就疑问，为什么叫三鲜呢？其实远远不止三鲜嘛，除了基础的粉丝和花菜，还有肚片、猪肝、香菇、木耳、虾球、泡胶、鹌鹑蛋、七星丸……每一种都撮中药一样配上一点，早已超过七鲜八鲜了。邱仲达说，三鲜不是指三样东西，而是指三个概念，天上的鲜、海里的鲜、地上的鲜，要是一定说还有四鲜，那就是我们人做出来的鲜，比如桂花鱼，用鱼嘴裹上淀粉，用中油一炸，那种鲜，鲜得非常特别。众人愕然，把他的话放在嘴里品抿了半天。

一般领导调走，都会对自己的手下有所关照，要么带走，要么提个半级，如果都没有什么提携的，也要换一个实惠一点的差使，真要是没有什么表示的，那说明你自己做得很不够格，或很不对趣味，八小时之外没有内容；或不知底细，手上没有领导的私密；或不是真正的走近，还是工作关系，没有变成哥们；这样的关系，领导凭什么要想着你，提携你？

当然，邱仲达的情况不同，他是聘用的，不在那个编上，他做得再好，也只是博得领导的一笑而已，实惠的事，早已许愿给了别人，一时半会儿还轮不到他。所以，痛定思痛之后，邱仲达现在要做的就是，改变自己的身份，而当务之急就是—— 走近领导。

2

邱仲达新的工作就是做司机，是朋友介绍的。开始的时候，邱仲达很难接受，觉得自己是做文书出来的，做司机有点儿掉价。掉价的司机当然有，那些嫌自己没有尊严的、嫌自己不自由的，或没有守口如瓶的、在外面散布领导隐私的，价自然就掉了。但朋友不从这方面说，说做司机实惠。实惠吗？朋友说，一、等于自己买了辆车；二、修车时还可以拿拿回扣；三、出一趟车就有补贴，是无形中涨了几级工资。而司机也是被称为秘书的，甚至比一般的秘书更贴身，光知道领导行踪这一项，就不得了。邱仲达马上就想通了。经过一段时间的尝试，邱仲达的确尝到了司机的实惠：领导外出开会，他就在车里听听歌，看看书，或发发短信；别人送领导的礼物，一般也都会给他一份；还有很多"公车私用"的机会，他自己私用就不说了，领导的私用就很值得玩味：回老家看看父母、送女儿去外地读书、给大领导送送礼、去会些局外的朋友……这些内容如果掌握得好，派上了用场，那就是更大的实惠了。心，也就慢慢地安下来了。

邱仲达的领导是教育局的一位女局长。一般来说，女局长喜欢干净、斯文、年轻的司机，这些"品格"邱仲达都有，他长得清爽，又做过一阵文书，虽然有个五六岁的小孩，但三十七八岁的年龄，无论怎么说都还略显"青涩"。

教育局也有很多领导，正儿八经的副局和享受副局的"副调"就有七八位，车队也是一大班人马，但办公室把邱仲达特殊安排了，给局长配起来专用。

邱仲达从一开始就给自己定下这样一个要求——我不能做一个一般的司机。他做文书的时候就见识过许多司机的恶习：打赌、蹭费用、议论领导，这几项他都要坚决地杜绝。他也知道司机就那么几件事：去领导家接车、在办公室里守候、为领导的私事走差。邱仲达当然不能这样，这样了就是混饭吃，就和其他司机没有区别了。以他的习惯，以他做文书的经验，他要做就要做得有特色。什么叫有特色呢？就是不仅仅限于工作，还要介入领导的生活。要知道，他告别过去，从事现在，是有具体诉求的。他没有什么太大的诉求，他的诉求很实际，就是想得到一个身份，哪怕是工人编制的身份也行，或他的女儿也快要上学了，能不能去一个像样一点的学校？而这些，领导要是帮忙，都是一句话的事情。教育局自己就办了许多经济实体，像出国留学服务中心、考研培训机构、校办工厂、劳务公司，等等，局里的家属们，都是在那里安排的。他不用多，和局里的家属们一样也可。而像样一点的学校，那都是自己开的，就像鼻涕流过了嘴巴——顺路，根本就不是什么问题。就看领导要不要帮你这个忙了。就因为你车开得好？你帮她拎过包包？抑或把报纸送进她的办公室？给她的茶杯里续续水？为她桌上的滴水观音修过黄叶？那这个面子也太小了吧，邱仲达自己都觉得底气不足。他设想要做的是两件事，要么是知道了领导的底细；要么是帮了领导的大忙，她受你牵制或依赖于你，这样就好办了。所以，邱仲达想，要善于观察，寻找领导的突破口。

邱仲达首先发现的是车屁股后面的行李箱，简直是领导的一个私人仓库，放了领导的许多东西。这些东西，一些是别人送给领导的，一些是领导准备送给别人的，而这些东西她都不愿意放在家里，或不愿意让老公知道，这是为什么？它们每天躺在小车的行李箱里，漫无目的地运来运去，不用想都觉得有很多秘密。有些东西，领导不知道怎么处理是情有可原的，比如烟与酒，她知道什么价？比如化妆品，她也许知道一件两件，但她知道哪个好哪个更好吗？又不好问人家，一问，人家就知道了，她兜里又注入活水了。所以，这些，邱仲达就把它安排起来，把它调剂出去，不一定都换成现金，换回一些代价券也行，这样领导心里就踏实了。邱仲达还通过朋友问来了化妆品的档次，比如羽西、欧莱雅、香奈尔、迪奥、兰蔻，乃至海蓝之谜，给它们排了队，领导就知道谁谁送礼的轻重了，这对她工作有指导作用。

邱仲达还发现，领导的穿衣不怎么样。领导的走路还是挺有"范儿"的，她无论在行政中心，还是在集体食堂，还是在办公楼的过道里，她的走路都是挺拔和精致的。她一定意识到自己身份的特殊，她不是一个普通的官，她还有学校和知识的背景。但她的穿衣太行政了，每天都是正装，不黑即灰，看似稳重，其实一点也没有个性，邱仲达等候着机会要提醒她。一天，市里在新闻厅开领导会议，邱仲达在门口等领导，刚接上正想走，台阶上下来一个女人，穿衣很得体，衣服也好也新颖。邱仲达就指给领导看，说那女人穿衣可以。领导一看，说，你知道什么呀，她是文艺界的头儿，不一样的。邱仲达噢了一下，说，这就是理解的问题了，她文艺界可以这样穿，你教育界为什么就不能这样穿呢？领导说，外事办的、审计局的、旅游局的，她们也都是女领导，妇联和计生委的就不用说了，她们也和我一个样。邱仲达说，那她们也是想不开啊，主要还是不敢，你要是敢穿你就好看。领导说，我现在每天都是会啊会的，怎么穿啊？邱仲达说，她也是每天都在会里泡啊。领导说，我每天都要跑学校，这样的衣服，我穿不出来。邱仲达说，你整天想着自己是个头儿，就穿不出来了，你要想着自己是个女人，就穿出来了。又说，穿衣和身边的人也有关系，身边的人都穿得黑不溜秋的，你也就黑不溜秋了。领导说，是啊，你看我们局里的那些人，都穿得不男不女的。邱仲达停了停，说，这其实是有设计的，我知道一个地方，报纸也登过的，我哪天找来给你看看。

　　几天后，邱仲达真的找到了那张报纸，是《九州商报》百业才俊栏目登的，叫"郭氏国际形象包装学校"，主持人是个男生，南大服装设计专业毕业的，家里就是学校，也是理发馆，他的理念是"形象从头开始"，把头发做出了气质，其他就好办了。他的服务过程是三部曲：第一是给你上课，把形象包装的理念带给你；第二是帮你分析，告诉你你是哪种类型，适合哪种包装，怎样包装才好看；第三是陪购，陪你上街买衣，每小时三百元。邱仲达把这张报纸拿给领导看，领导感慨地说，你还真有心啊。但看了看，领导就摇头了，说，啊，是个男生啊，男生就算了。邱仲达说，男生怎么啦？男生要是做专了，都要比女生做得好。邱仲达还开玩笑地列举了一些印象里是女人擅长的行当，比如烧菜，比如裁缝，比如弹琵琶，其实做到顶尖的都是男人。领导说，这我知道，但让我去向一个男生请教设计，让他来打扮我，陪我逛街买衣，这个我有点障碍，我觉得别扭。这也仅仅是提议，做不做得看领导的心绪。但领导能和他说这些了，说明他已经进了一步，也说明邱仲达之前给自己定下的"行为规矩"，领导是认可和欣赏的。

3

有人发现，有一天，领导和邱仲达一起乘电梯时，是领导先去摁的钮，这说明领导和邱仲达很随便，没有主仆之分。这说法迅速传播开来，那些副局的司机、办公室的司机，就有意无意地和他套近乎，出去吃饭，也会叫他一起去；出差回来，也会给他带个礼物；还经常向他打探领导的消息，比如，领导今天情绪好不好啊？手头的事是不是棘手啊？要是不好或棘手，他们就不敢拿去签发票，怕被领导的那张"婆婆脸"吓着。婆婆是其他司机背地里封给领导的，他们说，阿婆要是心情不好，总会拿发票问来问去——说你的车怎么又修啦？你的轮胎怎么磨得这么快啊？你在开拉力赛啊？说你的车油是怎么用的？你不会是口渴喝掉了吧？说上次高速是从东进口上的，这次怎么改南进口啦？是不是开小差跑错路啦？总之，问得又多又细，一张张发票看。司机们说，其实我们都是公事公出，被她这么一问，好像我们假公济私一样，真不是滋味。

其他科室的同事也是如此，他们有时候找领导，也都会先来问问邱仲达，领导今天在吗？领导下午有安排吗？领导什么时候回去啊？邱仲达像个风向标，会提供一些领导的去向。慢慢地，邱仲达在局里的"特殊性"也显现了出来，大家都觉得邱仲达和领导走得近。不知不觉，邱仲达也觉得自己的身份似乎在改变，好像不仅仅只是个司机了。

邱仲达是既满足又不甚满足，满足的是，自己的"介入"在慢慢增多，不满的是，自己的"发现"还算不上什么"重大"，他还是站在"外围"，还没有接触到"核心"。他觉得自己应该做得更好，比如八小时之外，不是被领导放回家去休息，而是被领导支使起来跑东跑西，做其他私事。比如他的一些潜能还荒废着，像生了锈，像围上了蜘蛛网，他过去打过乒乓球，现在都没有发挥作用，这实在是有点可惜。

邱仲达喜欢把车里的后视镜调到最佳位置，能够观察到后座的领导。在他看来，小车不仅仅是个运载工具，其实也是个很私密的空间。有时候领导在车里吃东西，小车就是一个小餐厅；有时候为了坐着舒服，领导会暂时敞开一下衣服，小车就是她的换衣间、休息室；有时候她在车里打电话，她的手随着她的表情自如地挥着，好像对话的那个人就坐在她对面一样，这时候，小车就是她的办公室、是她家里的客厅。只要邱仲达愿意，他稍加留意，他只用眼睛瞟一瞟，领导的一举一动都落入了他的视线里。有时候，他的脑子里会闪出某个奇怪的念头，比如，领导有一个不为人知的又十分珍贵的"经典瞬间"，正好让他有幸瞥见了，成了他独有的"专利"，那就有文章好做了。

有一天，邱仲达终于从后视镜里看到了新鲜的一幕——领导在揉肩，在悄悄地试着举手，有时候，她把手抓在车门上方的把手上，似乎在"锻炼"，似乎这样抓着舒服一些。邱仲达目视前方，专注地开着车，嘴上却忍不住问，你的手怎么啦？领导似乎像掩饰，说，没什么呀。邱仲达说，是不是有时候突然地一阵刺痛？刺痛时手抬不起来？领导勉强应着，说，算是吧。邱仲达说，你这是"五十肩"，知道什么叫五十肩吗？领导被这个话题调动起来，说，有什么说说的吗？什么叫五十肩？邱仲达说，就是人到了五十岁上下的一种常见病，肩膀疼痛。又说，其实也是职业病，你过去是不是当过老师啊？侧身，拿教鞭，戳着黑板，姿势不对，手半举不举，长期的肌肉疲劳加神经粘连，所以，你的五十肩就在所难免了。

邱仲达悠悠地开着车，脑子里已经映现出一幅美妙的图景，图景里有他，也有领导，他们的关系不是领导和司机，而是同伴和朋友，图景是活泼的、有情调的，那是一个特定的空间，不是在车里，而且意象丰富。如果说，这之前，邱仲达还觉得自己的行进过程缓慢和迷茫的话，那么现在，他感觉接下来的前景已经清晰和豁然起来。他们的说话仍在继续，虽然也是有一句没一句的，但内容已跨越了工作之外。领导说，看不出你还知道得挺多的。邱仲达说，我杂书看得多，最近在看些养生方面的。领导呵呵地说，你还知道些什么呀？邱仲达说，人身上类似五十肩的症状是很多的，比如"网球肘"，很多人不知道这是病，以为是打网球落下的伤痛，其实不搭界，就是手肘肌肉炎。领导说，那为什么要叫网球肘呢？女人有时候对一些问题是比较弱智的。邱仲达说，就像为什么会叫五十肩一样。过了一会儿，邱仲达又说，也许和网球反手削展现的某块肌肉类似吧，呵呵，瞎说瞎说。领导说，那有什么办法解决吗？邱仲达说，锻炼啊，有意识地抬手，你不是在抓车门上的把手吗？经常抓，有意抓，当然，这还是被动的，要有外力介入的锻炼才有效。可是你这么忙怎么办呢？邱仲达觉得自己的这句话有点故意激励的意思。领导马上说，锻炼锻炼，现在这样难受死了，手一痛，什么心思都涣散了，真是没救。

邱仲达慢慢把车滑向路边，他要找个地方把车停好，他不喜欢在开车的时候多讲话，这也是他开车的规矩之一。况且，他现在要和领导具体讲了，那要面对面才是，才会找到感觉。

熄了火，邱仲达尽量地把脸转向后座的领导，说，如果让你选择，你喜欢做什么样的锻炼？领导沉吟了一下，说，游泳。整天坐着坐着，都快没型了。这个年岁的女人，一般都开始注意自己的形体了，尤其是做了领导的女人。邱仲达说，你喜欢游泳没错，游泳能协调全身，能调节功能，但不是每个女人都适合游泳的，你就不适合。领导说，为什么？邱仲达说，也不为什么，就是麻烦嘛，你觉得不麻烦吗？邱仲达没把麻烦说了出来，其实，对于女人来说，脱衣是最麻烦的一件事，一脱，早上精心打扮的效果就全没了。邱仲达顺便讲了一个笑话，说有一年市里提倡冬泳活动，揭幕式那天，请了个副市长过来支持，本来只是安排副市长在入水前鸣一枪，但副市长突然来了兴致，也要带头下水一游，不就是50米的距离嘛，与民同乐嘛。那天的气温比较低，副市长脱了衣服，换上泳裤，在众人的欢呼声中跳下水，扑哧扑哧地游到对面，起来时人小了一圈，为什么？冻的！在场的众人热烈鼓掌，但也暧昧地呵呵暗笑，也有把话悄悄说出来的，说市长那泳裤穿得，像个女人了。言下之意是，市长这一冻，下面缩得只剩个"螺蛳丁"了。当然，邱仲达也没把螺蛳丁向领导说出来，只是呵呵了过去，但他的话让领导产生了许多联想，她会联想到自己穿泳衣的样子，联想到泳池的灯光和男女比例，联想到会不会碰到熟人，联想到男人的目光，联想到池水的卫生，她想着想着自己也觉得非常麻烦，还是算了。领导说，那你觉得我要是练，练什么好呢？邱仲达说，乒乓啊，我觉得乒乓最适合你的情况，圈子小，比较易学，说起来也不难听。关键是乒乓是自主挥拍，对你的五十肩很有好处。领导说，你还想得多。邱仲达说，如果跟普通人说，我就一句话，去还是不去。跟你说不一样，我得说服你。领导说，乒乓我不会啊？我就是在小学里打过，水泥板上意思意思的。邱仲达说，你只要有个态度就行，具体我来教啊。

4

现在，邱仲达坐在领导的办公室里，与领导隔桌而谈，他要和她谈谈锻炼。他还特地带了一只乒乓球拍，一种相对小一点的日本型直拍，非常漂亮的。胶皮也是他自己贴的，他贴了正反两面的长胶，他准备教会领导打旋转，以拉为主，这样，好针对她的五十肩。

许多年以前，邱仲达在少体校打过乒乓，打得还不错，曾经有一段时间，家人都以为他会靠这个吃饭了，后来一深入才知道，打乒乓是最没有出息的一项技能，打到哪个份儿上才算个头呢？就算你打到了国家二队，说白了还是个陪练，最终还是没有出头之日。邱仲达想不到，他的"三脚猫"球技，今天碰到了领导的五十肩，派上用场了。这是他刻意设计的，又似乎在一直准备着，万里长征今天跨出了第一步，他想，只要他努力地伺候好领导，他的年度计划就可以预期展开，成功也就是迟早的事情。

领导确实被邱仲达的球拍吸引了，她已经拿着爱不释手了，做出一些自以为是的打球动作。这种球拍洋气、小巧，很适合领导的审美。这是女人的特点，喜欢上一件事，首先是被它的形式感所打动的。但领导担心自己的悟性不行，掌握不了乒乓球，因为就小球而言，乒乓球的技术是最难的，变化也是最多的。邱仲达迎合着说，但乒乓球是最适合领导练的，练智力、练心计、练反应、练速度，据说，乒乓球一个来回是 0.04 秒，你要集中思想去迎接它，又要全力以赴去应对它，这都是你主观的反应，就像你对待工作。领导说，还不知能不能练下来呢，说得这么具体。邱仲达一连说了好几个"能"字，说怎么不能呢，乒乓球就一张桌子，就那么大一块地方，你要是打得斯文一点，连衣服都不用脱。换了羽毛球，你跑都跑不动是不是。我们是意思意思的健身，不是想打成运动员。领导说，把腿脚跑粗了也不好看。邱仲达笑了一下，说，关键是我们练乒乓球的目的，以手腕、胳膊和肩膀为主，远的、近的、接球、发球，要判断落点，要判断旋转，这都跟你的肩膀有关。领导眯起了眼，也许她已经在想象自己像"王楠"一样的身手了。她说，你说得头头是道，你真会这个啊？邱仲达说，我们试试不就知道了。领导呵呵呵，说，那我们去哪里练呢？不要太远，不要太闹。邱仲达说，我先去踩个点，选好了再来通知你。

邱仲达带领导去看的一个点是少体校，坐落在美丽的夕山湖畔。夕山湖的名，出身本地的一首民谣："夕山湖边，白玉瓯儿开，一对对一双双，在这里谈恋爱。"夏夜的湖畔，白玉瓯儿怒放，黑黑的花丛中，都是发了烧一样的青年男女。领导也因此对夕山湖畔的少体校有了一些好感。邱仲达选择这里，主要是图它的方便，这里也可以说是他的根据地，他的许多师兄师弟，现在还在这里教球。

这里有十几张桌子，平时有一些学生在训练，领导要是来，邱仲达可以让师兄师弟们先准备起来，留出位置。这里还有许多公用的保险柜子，领导训练的行囊，都可以寄存在这里。有一段时间，邱仲达没事，也曾被别人请来教球，帮别人捉一捉。有一次卫生系统球赛，邱仲达就受邀帮第三医院练了一个月，完全不会的几个人，被他练得居然拿了个团体第三。有时候一些球友也会邀请他出出局，搞个对抗赛，这是冠冕堂皇的话，实际上就是赌球，打100块钱一局。邱仲达其实不喜欢这样，这样挺变味的，但赌球刺激，从某种程度上说，可以真正检验心理和水平。他们还延续着过去的规则，打21球，现在的11球他们不喜欢，偶然性太大，稍稍落下几个球，就很难再赢回来。21球其实更考验人的智慧、谋略、耐性、技术，更有意外和变化，呵呵。邱仲达想，这些，等过了一段时间再给领导说说。关键是这里的气氛好，像个训练的样子。那边，学生们打得噼里啪啦，乒乓球满地滚，空气里都是汗味；这边，一拨朋友正在打比赛，又激烈又轻松，骂声笑声都有。人物也是参差不齐的，有老运动员，也有退下来的领导，也有漂亮浓烈的女将。这样的场合，他想领导会喜欢的。

邱仲达因为太熟，怕有人招呼，没有靠近，只是远远地站在外面；而领导，显然是被热闹吸引了，正好打的是两位女将，边上又有男伴在瞎起哄，她也不知不觉地走入场内。邱仲达暗暗高兴，知道领导被气氛抓住了，接下来有戏了。有一下，他看见领导朝他这边看看，他朝她努努嘴，示意墙上的"注意须知"，领导侧了脸默默地读了一下。这些须知邱仲达早已烂熟于心，什么爱护公物、注意卫生、节约用电、球拍衣物注意保管、最后出去的自觉把门锁上，等等，这些都太平实、太呆板了，一点儿也没有创意。他看见领导微微一笑，他想她一定是看见"不许在场地内吃零食"了，他又看见领导做了一个鬼脸，接着轻身地往外挪，他想，领导一定是看到"不许穿硬底鞋进入场地"了。领导今天穿了双中跟皮鞋，如果像她平时走路，走在木质的场地上，一定像弹钢琴一样叮叮咚咚的。

这天，他像个主角，领导是配角，领导在看他的神色行事，这样的感觉非常好。领导走到邱仲达身边，轻声说，这里不好，太闹。我们又不会打，来了被别人笑死啊。邱仲达说，笑是不会的，他们也是从不会到会的，你要是练上个把月，说不定就超过他们了。领导说，你现在说好话都不打草稿了，我也没想到要打得怎么样，主要是锻炼，肩痛，想起它，我就想试试。你还有别的地方吗？邱仲达说，当然有。

他们又去了另外一个地方，广电中心的地下室，这里就很安静，就两张桌子，还不是天天有人打。邱仲达知道，广电的副总是个喜欢乒乓球的胖子，因为喜欢，他才把地下室隔出个打球的地方。从位置上看，这里是演播大厅的下面，是半地下设计，有高高的窗，有排风通道，也有调温设备，原先的用途也许是演员的换衣间，加进乒乓球之后还搞了个浴室，具备了锻炼的一切条件，据说，喜欢打球的领导都知道这里，也因为经常有领导来，这里才愈加变得私密和舒适了。邱仲达曾经几次来过这里，都是那个胖子副总请他，说某某领导喜欢打横拍，喜欢回拨，要邱仲达过来给领导"喂球"，邱仲达推不掉，就过去了。邱仲达是圈子里喂球喂得最好的一个，他喂的球恰到好处，球落在台的边缘，弹得刚刚出台，领导摆好了姿势，机械地回拨，几乎百发百中。陪领导打球，不是为了展示自己的球技，而是看你知不知道自己的角色，能不能善解人意，球正好喂到领导手上，你的球就是打得好的，反之，就是不会打的。领导要是想打比赛，你也要掌控好火候，炫耀自己，打得领导落花流水，领导的脸上就挂不住了；明显的让球，领导也不会领情，说你在玩他；最好的程度是气氛上认真对待，而输赢又掐好在一两分之间，让领导感受到赢的希望，又享受到输的惊险。这些，邱仲达都会做。领导说，这里好，这里安静，就这里吧。邱仲达说，先试试吧，说不定过几天你又嫌冷清了。领导说，嫌冷清说明我进步了。又说，我们什么时候开始呢？邱仲达说，这个你说了算，你要是心急，现在就可以开始。领导说，我们都准备准备，这个周末吧。

这天，邱仲达很高兴，终于要陪领导打球了，终于要纳入他的轨道了。他想起领导在少体校时的一个细微动作，她看到了墙上的

"须知"，看到"不能穿硬底鞋进入场地"，她自觉地轻轻地退出来，这说明，在这个地方，他是有尊严的，而领导也会尊重他的。

5

领导把训练很当回事。她和邱仲达约好，每周星期二、星期五的晚上，只要不出差，快下班的时候，她就会拨一下他的电话，说，去食堂的时候叫我一下噢。这样的时候，邱仲达就知道，领导今天要训练了。他会立马行动起来，先下到车库，从行李箱里把两人的球拍拿出来，用洗洁精把球拍的胶面擦一擦，尽管每次练球后他都会把球拍洗一洗，把击球后粘上的污垢洗干净，但每次练球前，他还是习惯性地把球拍再清洗一次。对于不打球的人来说，球拍的性能他们是感觉不出来的，但邱仲达知道，球拍上粘上了污垢，胶面就会发硬，弹性就会发闷，击球就没有干净利落的声音。邱仲达很乐意这样做。

邱仲达很愿意领导在八小时以外将他安排起来。以前放他回家，他的心里其实是芜杂的，没有轻松和舒服，反而有空落和怅然之感。现在不一样了，现在他要是向家里请假，他会说，等着吧，再忍忍，再过段时间，情况会有所好转的。

这样的时候，邱仲达会提前把电话打给那位胖子副总，问那边有人吗？如果有，胖子就会叫他们提前结束掉，腾空了等候邱仲达。如果没有，那最理想了，胖子会问邱仲达，还需要怎样的安排吗？安排，就是要叫些人过来助助兴。邱仲达当然希望就是他和领导两个人最好，因为现在还不是打比赛，还是在喂球阶段，有时候领导会做出一些滑稽的动作，有时候会爆发出几句夸张的叫声，所以，领导也不喜欢有外人在场。有时候，邱仲达会让胖子叫一个女将来，球台边有女人，就会有许多娇情的气氛，就会有许多莫名其妙的开心。这样，领导也会觉得邱仲达挺有心，挺会安排的。

在邱仲达的建议下，领导还买了一套宽松、纤薄的运动衫。领导穿着高兴，觉得像模像样了，好像球也打得好了。邱仲达也觉得很舒服，因为没有了压抑感，这一刻，领导和他的差别不大，他们就是两个乒乓球爱好者。有时候，甚至还有"喧宾夺主"的感觉，比如，领导在攻球的时候不知道脚步要前跨，不知道身体要稍稍地下蹲再前倾，她的身体还很木，僵硬得不会顺势就势，手也只会"横扫"，不知道由下往上地带。这样的时候，邱仲达就会先打几个示范给领导看看，再走到领导身边，抚着她的手做一个规范的姿势。这样的时候，邱仲达才真正地有了主导的感觉，而领导就是一个跟从。

这段时间，在熟悉了乒乓球的最初性能后，他们主要练一些基本动作，正手提拉，反手推挡。邱仲达端了一筐的球放在球台中央，抓一把拿在手上，然后一个个发向领导的正手。打了十来手，他们换了一个方向，邱仲达又一把一把地把球发向领导的反手。这是他多年攒下的经验，他发得恰到好处，球刚好跳起来出台，领导就机械地拉了起来，一个个挡了回去，打完一筐，他们就各自散开来捡球。这些球先是那个胖子副总准备的，准备得不多，邱仲达后来又添了不少，他不想打一会儿就停下来捡球，那样不过瘾，特别是对初学的领导来说，那样更容易泄气。在邱仲达看来，这些球和他的计划以及最终的目的相比，算得了什么呢。现在他们打的是红双喜一星，就是打二星、三星又有什么呢，就是用再多的球，也都是小菜一碟。

捡球是最好的休息方法，可以喝口水，可以歇歇气，他们拿着"戳球管"到处找球，顺便舒缓一下自己的手脚。刚来的时候，领导不知道球场角落里放着的戳球管是什么东西，他们的场地不很规整，又摆了很多柜子，球打得满地都是，有些还滚进了柜子之间的凹陷处，那种正规的"取球器"根本就派不上用场，打球者就自制了这种戳球管，用8米长的塑料管截成1米长短，一头切出斜度，打两个小孔，穿上橡皮筋，把球一个个戳进管子，戳满了，反过来倒进筐里。这真是实践出智慧啊，领导感慨，她要是不来打球，怎么会知道这样巧妙的发明创造呢。

现在，邱仲达在给领导喂高球。提拉已很熟练，推挡也很熟练了，领导的手和肩，比刚来的时候自如多了。那时候，她的手是僵硬的，犹如一只机械手，只能在小范围里做做样子，没办法，她有五十肩，手抬不起来啊。经过一段时间的强制性锻炼，球飞过来的时候，她能下意识地把手伸过去。球高她也高，球快她也快，慢慢地，她的手就有了自主意识。

邱仲达把球一点点地喂高，他无疑是个喂球的高手，这种球对他来说就是球拍轻轻一点，想到哪儿就喂到哪儿。他喂些短的，领导就扑上去打，喂些长的，领导就不得不踮跳一下，手臂也相对地抡高了，幅度也相对抡大了，击打也有力量了。越是手臂抡得高，越是击打有力量，手臂就越刺激，越刺激就越有感觉，疼痛也就不知不觉地溜走了。

领导尝到了甜头，练得也越发卖力了。她现在能打出很好看的高球，能连续击打好几个，这要是打比赛，一定是最精彩的地方，一定是呐喊最热闹的地方。舒服的喂球，很有节奏的扣杀，领导的兴奋被调动了起来，似乎是越高越好，越高越过瘾。有一下，她可能是太使劲了，幅度太大了，领导突然哇了一声，俯着身捂着胸口。邱仲达看着领导的样子，远远地问，你怎么啦？领导摇摇头说，没有，没什么。邱仲达想走近看看，领导忙止住他，说，你站住，别过来。又说，不好意思，我得去一下换衣间。领导说着仍捂着胸口，样子别扭地跑了。

邱仲达趁这个间隙用戳球管戳球，一边惦挂着换衣间里的领导，他想不出领导会是什么事，是胸口疼？之前没听说过她有这方面的不适啊；她挥拍时幅度过大击中了自己的胸口？好像也不至于啊。邱仲达仔细回顾刚才短暂的过程，他的球喂得不错，从低到高，从近到远，已经是连续喂了好几个了；领导也是退得及时，跳得也顺势，一个比一个扣得精彩。邱仲达的回顾停在了这里。就是这时候，领导的扣球突然地收住了，挥拍的手突然挡住了胸口……这会是什么样的意外呢？

这时候，领导出来了，但已经换好了衣服，一副完工了、收拾好了的样子，她对邱仲达说，今天就到这里吧，我们改天再来哦。邱仲达有点狐疑，但又不好多问，只说，你没事吧？领导尴尬地笑笑，说，没事，真没事，就是不想打了，这有问题吗？这会儿轮到邱仲达不自然了，是啊，他问那么多干吗？他不是一直都顺着领导的吗？领导说不打了，他收拍就是了。

邱仲达悻悻地收拾好球拍，他把两只拍子都放在饮水机下冲一冲，用手把污垢抹干净……他们静静地往外走，没有话，这感觉怪怪的，他们一般会边走边说，说些感受，进步的或遗憾的，但今天他们都没有话，这很不正常。邱仲达偷偷地瞄了一下领导，他发现了领导的蹊跷——胸前松垮着。以此推测，也就是说，领导的内衣没有穿结实，这是怎么回事呢？

坐回车上的邱仲达疑窦像杂草一样生长出来，他不停地从后视镜里看领导。他送领导回家时还特地凑近看了看，好奇心不断地激励着他，推动着他，他的感觉没有错，领导的胸口确实出了问题。最后，他在心里形成了这样的结论：领导因为五十肩手痛，够不着身后，因此，她内衣的搭扣是设在胸前的，就跟一般穿衣服的方向一样！她扣球的幅度太大了，她的动作太凶猛了，她前面的搭扣被她迸开了，而且是迸断了，一下子无法修复了。这就影响到领导的训练了，她只得草草收场。外衣掩饰不了里面的"瑕疵"。邱仲达还发现，领导的胸脯其实是不对称的，一边高一边低，这在正常情况下看不出来，但内衣松垮了，尤其是被别的眼睛盯上了，它的问题就暴露了。据说，没有一个女人的胸脯是完全对称的，这本来不奇怪，但邱仲达觉得奇怪，甚至是诧异，因为她是他的领导，领导怎么可以有这样的瑕疵呢？不知道他这样分析得对不对？

6

人的感觉有时候是很怪的，比如自己的胳膊，一条勤勉，一条荒废，明显的一条粗一条细，你不仅熟视无睹，还原谅了它的特殊，说因为是打球打的。换了明星、公众人物抑或是领导，我们的要求就不一样了，我们不允许他们与我们等同，更不允许他们有瑕疵，因为他们承载了我们的许多愿望，美好的，或者是隐晦的。

邱仲达好几天都被自己的发现纠结着，他不知是后悔这样的发现，还是在庆幸这样的发现。回想自己和领导的接触，从陌生到熟识，到一起训练，到性质上有点像伙伴，应该说，他是被领导关照着的。但现在突然发现了领导的瑕疵，这个他没有想到，有点措手不及。如果是普通人，他不会纠结，因为那不值得一提。但领导的瑕疵就不一样，搁在心里闹心，拿在手里烫手。

邱仲达还有纠结的是它的部位，如果是一般的部位，知道了也就算了，又不能退回去。但敏感的部位就不一样，常常和美联系在一起的部位就不一样了，这无端地让邱仲达有了一种亵渎的感觉，说又不能说，说了也没有人相信。他怎么也想不到，一个有着漂亮样子的女人，怎么会有一副不对称的胸脯呢?

如果一定要平复它引起的波澜，唯一的办法就是将领导的形象平民掉，甚至粗俗掉，这样也许就比较好接受了。

邱仲达平时经常去的一个地方是机关理发室。他虽然是聘用的，但单位为他办的卡还是不错的，他可以去食堂，可以去小卖部，可以看病，可以理发，还多少有点补贴在里面，从这一点来说，他这个临时工还是很实惠的。主要是感觉好，卡一刷，什么都灵，和其他公务员无异，心里也挺舒服的。他喜欢去理发室，也是他跟了领导之后养成的习惯，领导每次出去都要去理发室修一修，每次都是清清爽爽的，他也要跟着修一修。

理发室也是一个小社会，有点像山上的"老人亭"，散讲盛行，流言盘旋，也就是说，尽管是机关的理发室，也是五花八门的信息都有。他坐在靠椅上，半闭着眼睛，任老司在他的头上驰骋，有一句没一句地和老司接话。老司那天共讲了三个故事。第一个故事说有个人模狗样的领导，理发时要求挺高，这样那样，完了要刷卡时，正好接了一个电话，就拿了手机边说边往外走，开始还以为他说几句就会回来的，稍不留神，人就闪了。邱仲达说，是机关里面的人吗？也许是外面跑进来的？老司说，废话，外面的人大门都进不了。邱仲达说，那他是说得投入了，忘了。老司说，当时也许是忘了，但现在还没来还钱，就不是忘了。邱仲达哑然。老司第二个故事是，一个领导先在这里理发，后面又来了一位女人，两人有了伴，发也理得格外的热闹，有说有笑。前面的领导先完，结账时要为那女人也一起埋单，后来一听，女人做的是漂染，贵了点，领导就说，那算了，让她自己买吧。老司总结说，别看是领导，其实局门也小得很。第三个故事是这样的，一位领导来理发，说要什么样的服务、什么样的药水，结账时听说是八十块，马上说自己没有带卡，说太贵了，说外面都只有二十块，最后掏了半天兜兜，摸出三十块丢下走了。老司说，三十块买药水都不够。邱仲达说，真的吗？老司说，我编这个干吗？邱仲达就呵呵呵呵。这些故事也可以反过来理解，领导也是从平民过来的，领导的骨子里还留存着龌龊的残余，还有些去不掉的劣根性，领导在位时是领导，下了班就是粗人一个。以此类推，邱仲达也把自己给说服了——领导也是普通人，普通人总会有这样那样的毛病，包括一些瑕疵。他原来只想通过训练和领导走得近一点，顶多想知道一些领导的其他去向，现在意外地发现了她的瑕疵，像这类瑕疵，有比没有好，他就笑纳吧，没什么不好意思的。关键是他不是领导的政敌，如果是政敌，他收藏了这些就有点小人了，他只是一个司机，又是偶然发现，顺便先收着吧，也许今后还可以用用。

领导并不知道这些。就算那天有了这个小小的意外，她也是及时弥补了。她从来也没有这样的身手敏捷过，本能的反应真是非常的机警。整个过程，从内衣掉链子，到身体落地，到用手捂住胸口，简直就是一气呵成，天衣无缝。后来，她在换衣间里也非常地果断，干脆就收拾停当不打了，像下了班一样走出来。如果一定要说有什么遗憾的，无非也就是那一会儿胸口不那么挺拔而已。而这些，作为司机的邱仲达，谅他也不敢多去琢磨。

训练一如既往地进行，领导的挥拍自如多了，打球的回合也明显多了起来。邱仲达的正手提拉、反手推挡、放高球、大弧圈，她都能应对几下，她的"五十肩"，就好像碰见了"特效药"，没怎么感觉就好转了。她原来真是苦不堪言啊，自主的、有力度的、大一点的动作根本就做不了。现在的情况是：她俯在桌上写字，肩不会酸；坐车，不用拉那个把手；她能够前后甩手，能够双手抱肩，桌上的那盆滴水观音，她也能端到窗台上晒晒太阳。她要是不说自己有五十肩，不叫她拿特别高的东西，根本就看不出来。她唯一还觉得别扭的是，内衣扣后面还比较勉强，皮带穿后腰的扣还有些吃力，但比起以前来，明显地好多了。

最近，她也开始试着打一些比赛，这也是邱仲达安排的。邱仲达说，打比赛更能激发自主性。他找了个女将陪她打。女将是邱仲达的师妹，球也打得不错，她跟领导打一般都让五个球，让得也比较好看。要是邱仲达让，无论怎么让也是不好看的，都会有讨好拍马之嫌。关键是女人在一起就热闹，除了打球，她们会有很多话，聊爱好、聊审美、聊身材。这些，领导也慢慢地融入了。

女将在银行当职员，整天制服素面，但工作之外，女将追求穿衣，穿有个性的衣、有品质的衣。女将又注重身材，因此，她又练形体，在文化宫跳民族舞，平时嘴里哼的都是《梁祝》《摇篮曲》《雪山飞狐》。她还有个爱好就是写地书，用海绵做成一支大笔，到公园的池塘里拎一桶水，每个星期天早上，只要是晴天，她都会在松山广场上写大字。以前一直以为，在地上写字的都是乞丐，原来现在也成锻炼的形式了，练性情，练手臂，练书法，练记忆力。女将平时写的都是毛主席诗词，从"风雨送春归"，到"独立寒秋，湘江北去"，再到"才饮长沙水，又食武昌鱼"，边写边干，干了再接着写，三十七首写完，回家。这才叫生活啊，这才叫情趣啊，领导感慨着女将的生活态度，也一点点地被这些影响着。后来有一天，领导自己开口问邱仲达，你上次说的那个"郭氏形象学校"在哪里啊？她想去看看。

郭氏形象学校邱仲达以前去过，是陪师妹去的，那个老师他印象很深刻，留了一小撮胡子，扎了长长的辫子，讲话和动作都有点娘娘腔，写板书会习惯性地翘起兰花指。邱仲达也听过他的课，开始讲气质，慢慢地就会讲一些身体，讲得生动的也有，讲得暧昧的也有。邱仲达陪师妹听听无所谓，陪领导听就觉得不是很妥，所以，他只是把领导带到，之后就回到车上坐等。后来干脆她上课，他逛街，到点了，领导打电话来，他开车去接。领导不知道上了几节课，不知有没有让老师陪着上街买衣，但很快，邱仲达就发现，领导的装束开始发生了变化。现在，在机关的过道上，经常能看见同事拉着领导在说衣服，你这身衣服是定做的吗？你这是什么牌子啊？你穿起来真好看啊？她还经常会穿出套装和休闲装。就是开会那样的场合，领导的衣服也有了变化，严肃的外衣上会翻出一条鲜活的领子，不仅领导的端庄没有丢，还多了几分女人的妩媚。

　　在大家的一片赞赏声中，邱仲达也窥见了领导衣服上的一些细节——她的襟前或领口，总会有一些装饰，或蕾丝皱，或像蝴蝶花一样的花边，或从脖子上结下一条丝巾，邱仲达想，郭氏也一定发现了领导胸脯的瑕疵，他那么毒的眼光不会漏掉这个的，他也许没有点破，他会说搞点修饰就更好看了，他会说气质好还要搭配得好，那才叫相得益彰。的确，有了这点修饰，大家的视点就被它错开了，就没有人注意领导的胸前了。毕竟是形象老师啊，火眼金睛啊，邱仲达想。

　　因为他，领导在发生着一系列的变化，邱仲达感觉，领导在心里是感激他的。司机的感受和一般同事的感受是不一样的，一般同事的感受是以时间来衡量的，时间一到，他们就下班，不下班就觉得单位欠他的。而司机的感受正好相反，是超越时间的，他们愿意领导多差使一点，差使得越多越好，尤其是私事家事都能叫上他，这就说明领导把他当成自己人了。邱仲达现在就是这样的感觉，最具体的表现是，领导私下里还和他谈了"工作"。

这些工作，在邱仲达看来，领导应该是和副书记商量的，而现在，商量的对象是她的司机，这非同小可。要是往常，邱仲达会当自己没听见，不敢接应，现在不一样了，他心里有一些东西撑着，他的胆子大了。当然，这也说明领导对他是信任的，话从他这里经过没问题，不会流失或添油加醋。那天领导在车里发牢骚说，真的，整天被一些报销啊什么的纠缠着，烦都烦死了。单位一支笔，就是权力的象征，就是说话算数的象征，好多人拼死拼活就要争这个签字权。但领导骨子里不是行政干部，她原来是教师出身，脑子里没有那种运筹帷幄的概念，虽然大的用钱都由计财处考虑，但钱的责任还是在她身上，她得把钱弄懂，知道钱用在了哪里，用得对不对。她说，我真想把有些钱放下来，让办公室去做。邱仲达正在开车，他没有回头，他装作轻描淡写地说，你交了吗？领导说，我只是这么想。邱仲达说，你最好别这么想。领导说，让他们也知道知道这事的麻烦，这个权不好抓。邱仲达说，权力相对地集中总是好的。又说，有了第二支笔，虽然对你的权力没有什么影响，但有些事，自己心里就没有数了。领导说，你说的也不无道理，但大家都是为单位做事嘛。邱仲达说，有些人可不是这么想的。这事仅限于闲谈，没有具体的指向，说着说着，话也就溜走了。

　　事后有一次，邱仲达拿着小车的维护费找领导签字，领导说，现在三千以下的都归办公室了。邱仲达愣了一下，原来领导真的把权力下放了。邱仲达想起工作中的一些细节，故意问，那每一次的出车都要向办公室汇报吗？办公室要是刁难我的发票怎么办？领导挥挥手说，放心吧，你开好你的车，不会有人和你过不去的。听话听音，真正的权力还是捏在领导手里的，而对于他，领导还是会继续罩着的。

7

　　现在，邱仲达准备送领导去南大学习。他的车就停在机关大厅的外面，机关的车都习惯这么停，都挤在那里，好像生怕自己的领导从楼里出来看不见，不高兴。他已经把领导的东西都放进了行李箱——她工作的包包，她生活的小旅行箱。他们这次去南大要三四天，这是"县处级研修班"的后续部分，先是在市委党校上几天课，再到南大去补一补，现在的学习班都这样。此刻，领导还在她的办公室里，不知在收拾什么，她在整理那个随身带的小包吗？可以想象，那里面一定是一些更私密的东西——她的化妆品、她的电话簿、她的各种卡、她偶尔戴一下的首饰，抑或还有些小东西，一些不知吃什么的药片、四季平安油，等等。他有好几次都看见了它们，也许吧。趁这个工夫，邱仲达也去办了两件事，给领导的随身杯泡上茶，大厅的开水间里有烧得滚烫滚烫的开水；再就是去楼下的小超市里买一些水果和点心。这是他每次必办的，因为领导在路上经常会突然嚷嚷，饿死了，饿死了。如果这时候邱仲达接应一句，有水果和饼干，你要吗？他想，他们两个人都会觉得很舒服的。

领导从电梯里面走出来，她径直地走向自己的小车。虽然机关的小车都是清一色的，但邱仲达一开始就告诉领导认车的办法，要么停在门口的柱子旁，只要这个位置有空，他一定是停在那里的。要么看车背的天线，天线本身就是个装饰，没多大的用处，邱仲达就把它拧了下来，也就是说，车背上就剩一个天线座的，就是她的车，眼睛一扫就看见了。要是领导出来时到处找车，那多塌神气啊。领导就喜欢邱仲达这样的细心。

领导上了车，门一关，邱仲达就把车像游蛇一样滑起来。机关在新城，地大路好，车开得沙沙响，细微得声音听起来很柔和。他们驶出市府广场，往车站路走，这条路的8公里处，就是高速的进口，再走一段绕城，就上了G15线，四个小时后下来，就是南大的所在地了。前面有辆洒水车在呜啊呜啊地慢行，车后像孔雀开屏一样喷洒出闪亮的水花，午后的阳光浓而又烈，水洒之处，能看见细微的尘埃腾空而起，又像烟一样消失了。许多车都避着水花绕道而去，领导说，我们跟着水，让它冲一冲。其实，邱仲达昨天就已经洗过车了，这是他的习惯，就像出门前要修个发、换件清爽的衣服一样，他觉得车就是他们的颜面。领导有这个建议，说明她今天心情非常好，也说明她骨子里是个有趣的人。邱仲达就把车开进了水势范围，不前不后地控制着，让水刚刚爬上他们的车头，发出嘭嘭有力的声音，挺刺激也挺好玩的。这样开了一会儿，邱仲达再把车退出来，撇开道，提速向前驶去。

领导的心情为什么会这么好呢？邱仲达想，是因为这个学习班的重要吗？这个班，不是普通的那种干部班，不是每年一轮的那种，那种是走形式，而这次，名称就有点不一样，叫干部研修班，据说是一种规格，是为稍稍有些资历的干部设置的，不仅仅在党校过过堂，还要和南大合作研修，听领导说，市委副书记和组织部部长也要跟班，似乎有那么点考察的意思。说话间，他们已上了高速。

领导外出，喜欢带上自己的车，不就是多一个油钱吗？不就是多一个买路钱吗？但感觉就完全不一样了，总而言之，表面上有型，背地里方便。特别是学习的自由活动时间，领导肯定要出去跑一跑的，跑领导，跑同学，抑或是跑跑商店看看衣服，自己有个车也机动灵活一点。

高速很快就下来了，有自己的车，直接就可以奔南大去了，南大在霍家湖，是一所百年老校，邱仲达安上了 GPS，不用费什么劲儿，一下就抓住目标了。现在，是轮到同时报到的人羡慕了，他们的行头总是大包小包的，他们签到时身后就拖了一大堆，而我们的领导，邱仲达早就帮她打点好了，她在画押的时候，邱仲达已经在电梯口等了。有人还趁机套领导的近乎，说自己开车过来啊？领导说，给自己方便嘛。那人说，那我回去搭你的车哦。领导说，好啊，你第一个说，我就先把你号下了。一个小小的插曲，让领导里外都虚荣了一把。

领导读的是继续教育学院。虽然动机大家都明白，但高校确实有高校的优势，有些课，一般的党校是听不到的，比如"怎样听音乐""书画鉴赏""生活中的礼仪""领导艺术学"等。教室坐落在绿荫丛中，有院子的感觉，好像是新盖的，可能就为了吸引领导们学习。和学生们上课截然不同，他们还在教室门口摆上了茶点水果，供领导们撒尿歇脚的间隙享用。

邱仲达偶尔也会溜到教室外面看一看，他反正没事，也不敢跑远，跑远了，万一领导想溜课，又找不到他，那他就是擅离职守了。再说了，他虽然不能坐进教室里，但有些课他还是感兴趣的，他也是一个有趣味的人嘛。有时候，他也透过窗户看看教室里面，看看他们上课的样子，他们上课的样子他是很难想象的，像学生吗？不会；像领导吗？好像也不会。顺便他也看看领导，看领导上课的姿势，他觉得领导上课的姿势应该是很有范儿的，因为她是教育局的领导，又是女领导。

窗户很自然地开着一条缝，邱仲达的眼睛很容易就溜到了里面，他一个个位置搜过来，他看见他的领导了。领导微俯在桌上，她的背是笔直笔直的，他是第一次这么长时间地看她的背，这样，他就发现了领导背部的变化——她内衣的搭扣在后面了，这是个欣喜的发现，这说明领导的五十肩有好转，他们的乒乓球训练有成效。前面后面虽然只是个位置的问题，但表明领导像其他女人一样回归正常了，他真为领导高兴。邱仲达想，不知领导有没有为他高兴，因为这都是他鼓励她这样做的。

看了后面就忍不住要看看前面，邱仲达自然地走向了前面那扇窗，正好也有一条缝，他把眼睛瞄起来，啊，不看不知道，看了吓一跳——领导上课的神情很专注,领导的坐姿也很漂亮,但领导有一点点疏忽了:她衬衣的领口敞开了,好像是把守的那个纽扣没有到位。她笔直坐着的时候还马马虎虎,她要是俯身做笔记,领口就开放了一下。邱仲达有点着急起来。自从他发现了领导胸脯的秘密之后,他总会有意无意地关心这个,对她的瑕疵上瘾,只要是她的瑕疵,他就特别敏感。好像这是他的专利,他有责任去维护它。现在,领导被老师的讲课所吸引,她全然忘了自己的胸脯,如果她身边的座位上也是个女的也就算了,但偏偏是个男的,还是个秃头男。这个秃头男邱仲达在哪里见过,好像是什么局的副局,不知是监察局还是机关事务管理局。他不仅是个高个子,而且眼睛还特别快,领导的身体俯一俯,他的眼睛就斜一斜,居高临下,眼睛又像长了钩,一下子就把领导领口里面的东西钩住了。这怎么行,这有损领导形象,邱仲达真想冲进去把这个"局"搅了。

人就是这样大无畏,邱仲达决定给领导发个短信,他要去提醒她。怎么发呢?这个短信很难发。说你的领口漏风了,不好,虽然是提醒,但也把自己的猥琐暴露了;说请注意你的坐姿噢,也不好,角色不对,口气也不对。最后,邱仲达想了想,编了一条:你身边那个男的个子很高噢。看似莫名其妙,但容易引起领导的好奇,好奇了,她就会看看那个男人,一看位置这么悬殊,她就明白了。就这样,邱仲达把短信发了出去,他偷偷地观察领导的反应,领导的手机可能是放在包包里,他在心里说,看啊,看啊,拿出来看啊。领导也许是感觉到手机的震动,但她表现出了女人特有的矜持,她慢吞吞地把手伸进抽屉,半天才摸出手机看了看,一看,她的神情立刻就警觉起来。她首先警觉的是邱仲达，他在哪里？怎么好像在教室里一样？应该不会。这样想了一下，领导才想起了短信的内容，说旁边的人个子高，她侧过头慢慢地仰起来，确实有点高。这样一感受，领导就觉得这样高高的眼睛是个威胁，像探照灯一样。女人对自己的某些地方是很敏感的，她下意识地用手摸了摸自己的领口，然后，像是无意地、不易觉察地将那颗擅离职守的纽扣码了起来。

　　这天下午，领导好像不怎么高兴，这一点邱仲达马上就感觉到了。本来，领导出了教室，只要看见他，她都会很自然地把手里的包包递给他，这个包不是她随身的那个包，这是她的工作包，里面都是她学习的东西，笔记本、资料、笔，还有些老师新给的课件，刻到 CD 盘里的，都由他拎着，或走路或坐车都是这样。但今天领导只管自己走了，她甚至连环顾一下左右都没有。她出了那个院子，径直往湖边走去。霍家湖是学校里面的一个湖，湖因为学校而被人记住了，学校也因为湖而显得更有内涵了。领导悠悠地走着，邱仲达远远地跟着，邱仲达想，领导是因为什么不高兴呢？是因为位子边上的那个男的？是因为那个男的向她斜眼了？是啊，想起这她显然会恶心，会不舒服的。抑或她是在生邱仲达的气？嫌他不应该偷窥她？嫌他居然还提醒她的"胸前"？这样想着，邱仲达就有点自责起来，自己是不是真的醍醐了？是不是忘乎所以连身份也搞不清了？当然，邱仲达也可以争辩，说那个男的确实眼睛不干净嘛，他的出发点是在维护领导的形象。这样想回来，邱仲达心里就坦然了许多，觉得也许是自己想多了。

邱仲达有了一个新体会——女人的秘密有时候像是武器，但也经常被她们自己弄得像一个弱点。

这天晚上，又一件事惹得领导生气起来，局里的办公室主任居然也赶到南大来了。他自以为是领导的心腹，自以为领导对他很放手，连招呼也不打，就驾车来了。他是怎么知道霍家湖的？说不定他早就留意了学习班的文件？有心计的人都有这一手。

高速一出来，主任就秘密地打电话问邱仲达霍家湖怎么走，邱仲达虽然受领导直管，但办公室主任，邱仲达也是不敢怠慢的，只好违心地引导他。引得差不多了，邱仲达才把消息告诉领导。他是打领导房间电话的，电话响了半天没人接，邱仲达猜想为什么不接电话呢？是房间里有人在说话，还是她正在卫生间里摸索？还是她今天情绪不好，躺下了？这个电话打扰了她，因此，在接通这个电话之后，邱仲达明显听出了领导的不快，她的话都是短促的，像打电报，她应了嗯？她说什么事？她问他来干什么？领导都不知道他来干什么，邱仲达怎么知道。最后领导说，他到了，你叫他在楼下大厅等。显然，领导正准备休息，她房间的床铺已经摊开，她不喜欢让人看到这样的房间，同时，"在楼下等"也表明了她此刻不爽的态度。

主任到了霍家湖，邱仲达已经在大厅等了，他问主任要不要先住下来？主任说，不用，我跟领导说几句话，马上就走。就走？邱仲达纳闷，你大老远地跑过来，就为了说几句话？主任说，就走，明天单位里还有事。邱仲达看看主任，觉得他脸上都泛着兴奋的油彩，说话的气息也有点砰砰作响。这时候，领导从电梯里走出来，老远看去，领导很严肃，甚至都没有看他们的样子，走到他们等着的沙发前，也没坐，就问，什么事？主任搓搓手，说，这几天领导学习会很辛苦。领导抢过话，说，学习有什么辛苦的，你想说什么？主任说，我带了一些虾干和鱼鲜，一则可以给你下饭，二则可以让你请客送人。领导说，谁叫你这么干的？请什么客？你用你的钱请客？莫名其妙。又说，你东西还没搬下来吧？不要搬了，原封不动给我弄回去。说着顾自走向电梯，边走嘴里还掉出一句，脑子都不知道放哪里了。这个过程邱仲达都站在旁边，他看看主任并没有半点难堪的意思，也许主任一直就是这样被领导骂的，骂惯了，也骂熟了，一直是在骂声中进步的。主任看着电梯口，对邱仲达说，你把东西搬到你车上去，放这里领导有用。邱仲达说，我不要命啦，她连你都骂，骂我还不是狗血喷头啊？他听别人说，领导有时候会故意当着别人的面骂自己的亲信，目的是想通过这种骂，把自己的意思传达出去，告诫大家。但邱仲达觉得，领导今天并没有假骂的意思，好像就是真骂。领导今天心情就不好，主任又节外生枝，关键是此举有点过头了，他以为自己会给领导一个惊喜，他以为现在的领导都是趁学习之机拉关系搞贿赂的，所以他就想"千里送鹅毛"，想感动领导，但主任的马屁拍到了领导的马蹄上去了。邱仲达在心里感慨，拍马屁也要先翻翻皇历的，日子不好，被马脚弹打了，就不奇怪了。最重要的是，今天这件事，让领导看到了下放签字权的弊端，"三千块以下主任可签"，他就签了钱买东西送礼来了！

现在，邱仲达担心的是主任回去的情形，心情被泼了水一样，时间又迟了，又是在高速上行驶，但愿别出什么意外啊。

那天夜里，邱仲达准备睡下的时候，领导打了个电话给他，先问了下外面有没有下雨，几点钟了，接着说自己忘了带药了，叫他辛苦一趟，看看附近有没有药店，去买一下，一种叫"西比灵"的药，没有的话，"酚氨加敏"也可以。邱仲达噢了一声，一一记下，这没得说的，就是下雪下铁也要去，就是远在天边也要去，于是就披衣穿鞋出来。霍家湖这个地方他不是很熟，作为教育局的司机，去得最多的是省厅那边，省委党校那边他也跑过几趟，就是大学城这边他没有来过。无所谓，就当自己在"夜走"吧。现在喜欢锻炼的人时髦一种"夜走"的方式，说是入夜了，尘埃落定，露水下来，夜走非常滋润。呵呵。但此刻，邱仲达想的是，领导到底是什么事啊？要在半夜里吃药？是睡不着了，还是吃坏了肚子？还是什么原发性痛经？他老婆就是这样，老朋友还没有影子呢，就开始痛了。这两种药他都看不懂，想到这儿，邱仲达龇牙咧嘴坏笑了一下。

很快找到了一家药店，叫"回春药店"，药店经常和春字沾边，他又想起那个"某某市长春药店"的说法，还挺经典的，他又捂嘴吞了一下笑，这个叫"回春"，没有歧义。店里有个驻店医生，大概是退休后走穴的，所以，夜班也值。像这类医生本来也许是专科的，到了这些药店，慢慢地就变成全科了，就是说什么都懂，什么都看。果然，邱仲达一报出领导给的药名，医生马上就滔滔不绝起来，说这是治标的药，压偏头痛。又说偏头痛由好多因素引起的，失眠、抑郁等都可能导致，你那个病人是什么情况呢？邱仲达说，我也不知道，起先还好好的，噢，也许白天开始就不对劲了。邱仲达突然想起领导一天前的情绪，难道是因为偏头痛？医生又问，她是有先兆的还是无先兆的？眼肌有麻痹吗？视网膜有痛吗？邱仲达头摇得像拨浪鼓一样，他想不到买个药还这么麻烦，就说，这两种药有没有啊？医生说，这两种药没有，有一种还是处方药。但是，这类药可以吃的是很多的，布洛芬、苯噻啶、尼莫地平片、麦角胺咖啡因，都可以。我觉得有两种药效果不错，可以一试，如果你明天还有空，到新特药店去找找看，一种叫"舒马普坦"，还有一种新加坡出的中成药叫"马来眠"。邱仲达谢了医生，最后买了药店里仅有的散利痛和芬必得酚咖片，就像医生说的，都是治标的，吃吃都可以。

回来的路上，邱仲达觉得自己一直想笑，一是笑这个医生，热心得可爱，还喜欢卖弄，特别是最后推荐的两种药，都有个"马"字，好像马吃了也会舒坦了，也会呼呼大睡，那治人就立刻被拿下了。二是笑自己无意间又有了新收获，知道了领导的一个病，而且还挺有成就感的，一下子了解了这么多药，那个带马的什么药，说不定还是个特效药。他想，他明天出去找找，把它介绍给领导，又会和领导亲近了一步。

8

领导的乒乓球打得越发的好了，虽说还算是在训练，其实都是在打比赛，和原来约好的女将打，也和其他偶尔来访的朋友打。他们还是在广电大楼的地下室，这里清净，就那么固定的几个人。领导的让球也越来越少了，原先和女将让五个，现在基本上让两三个。和邱仲达打倒是没有让过，但为了增加趣味，邱仲达也变着形式在和领导打打，有时候打左手，有时候打横拍，有时候干脆是"一国两制"，11 对 21，领导老规则，他新规则，所以，打得也别开生面，领导也很喜欢。原先那种针对"五十肩"的训练没有了，什么正手提拉、反手推挡，甚至放高球扣杀，现在都趋于正常了，邱仲达觉得自己的训练是对路的，不仅治好了领导的痛，还着实提高了她的球技，成了领导的一门生活乐趣，这是没有想到的。

但邱仲达还是对自己不满足，他又在想着领导的偏头痛，显然，他对改善和领导的关系已经上瘾了，对一些私密的探究也上瘾了。他觉得有些事不一定都按照传统的路子走，旁门左道也是可以走通的，也许效果还更好。那天帮领导买药后，他真想问了问领导的病情，是不是像那个"全科医生"说的，她是有先兆的，还是无先兆的？眼肌有没有麻痹？视网膜有没有疼痛？是不是那些药都可以用？那种带"马"的药试了吗？是治标的，还是治本的？深夜里有没有再度痛起？是不是真的要依赖四季平安油？如果四季平安油也有用，那他的另一个办法也可以试试，也许还有可能产生奇效。这想法让邱仲达有了豁然之感，真是"有思路就会有花路，有花路才会有出路"。

他知道一个朋友在开"香道馆"，玩香好多年了，越玩越神秘，说现在有闲有钱的人都玩这个，还说这东西是从高层那里兴起的，现在大家都在赶这个时髦。说现在请人吃饭唱歌的没有了，一提就俗；现在也不兴送烟送酒，一出手就土；现在请人闻香，听起来多雅。香道的功能邱仲达只知道一点点，当然是朋友告诉他的，他记住了——于闻香中心慢慢静了，于闻香中专注地守住了精神，精神守住了，百疾不侵。

有一天，领导赢了球高兴，邱仲达就把自己的想法说给领导听了，在他说来，他要想方设法地给领导提建议，帮领导走出困境，给领导带来快乐。对领导来说，她今天赢球了，心情舒畅，心情好，就容易接纳各种建议，况且，她抽空去闻闻香怎么啦，有什么不可以的。有作用最好，真没有作用，也没有丢失什么呀。再说了，她还没听说过所谓的香道呢，居然还有这享受？还能治病？邱仲达忙补充说，我们不偏听偏信，我们去看看，权当见识一下新鲜事物吧。

在这之前，邱仲达很有心地联系了这位朋友，说了领导的情况，也说了自己的计划，朋友说，那好办，我们把她伺候好就是。朋友还特地交代，很多人不接受这种东西，主要还是不知道，以为没那么神秘，其实就有这么神秘，你可以先到我博客里看看，你自己先武装起来，我们再一起解除你领导的武装。邱仲达就趁着上班没事，搜了朋友的博客，叫"闻香识女人"，进去了，把相关的东西都拷下来，整理成一份资料，打出来。为了给领导加深印象，邱仲达在搜集时还专挑了那些吊人口味的点，什么关于沉香、沉香的产区、沉香的辨别、沉香的用途、沉香的香系、怎样使用沉香、沉香之风水观、沉香的灵修价值、沉香的药用价值、怎么制作沉香手串、从无人知晓到一飞冲天、沉香在宗教上的功能特征，等等。有些说得比较有趣的话，邱仲达还把它摘录下来，比如，沉香不是木头，而是一种特殊的树——风树（越南的叫法）受伤后分泌出来的油脂和固态凝聚物，具体讲，就是受损的风树被真菌侵入后的寄生体，在菌体的作用下，使木壁细胞储存的淀粉产生了一系列变化，形成了香脂，经多年沉积而成。还有，一百年不受伤的风树不会结油，而五十年来不断遭受外来侵害的风树，则可能结油的程度最好，沉香的油脂需要四五十年持续结香，才能结成复写纸厚薄的香层，而让整棵风树都结成了香油，那就是一种造化。邱仲达把这些资料拿给领导。领导漫不经心地翻着，翻到一些地方，领导就会做稍许停顿，眼睛亮了一下，邱仲达知道，那都是领导心里所在意的，比如，解秽流芳，驱虫避邪，正念清神。比如，对神经性抑郁有效用，可使中枢神经平衡，镇静情绪，理诸气而调中，助行气入定。再比如，沉香纯阳，味同三界：用于风水能冲阴合阳，成化生机；顾守家园能聚气生财，助旺磁场；于庭院能连接天地灵气，促家庭和谐融洽，使居者康健安泰；置职场能避离小人，升权贵名禄，得正气缭绕。显然，领导被这些内容吸引了，她愿意一试。

　　邱仲达要去的地方其实不是什么香道馆，而是朋友的公司，在一座写字楼的四层，有七八百平方米，外面是一间间的办公室，做的是工程核算。里面顶到的一间，以为是会议室，门开处却是另外一幅景象。前面竖着一扇"屏风"，写了小楷的《心经》——观自在菩萨，行深般若波罗蜜多时，照见五蕴皆空，度一切苦厄……好像人的心瞬间就被收紧了。拐过来又是满眼的风景，好多房间都像花一样开着，可以看出主人对布置的独具匠心，一间摆奇石，一间置陶器，一间展书画，一间做琴室，立定时，有烟一样的音乐从地底

158

下冒出来。那天晚上，一个房间里还躲着两个漂亮的女生，她们俯在一张檀香桌前用香拓在做香，一个做的是"莲花"，一个做的是"祥云"。主人介绍说，这两个学生是来跟他学修炼的，做香最能训练一个人的细心、耐心、注意力和入定力，你要把香做得有型、烧得匀速、烧后不塌，还能保持原来的香样，那是需要些心劲的。柔和的灯光下，远远地望去，那真是一幅优雅恬静的"淑女修香图"，显然，这幅画也深得领导喜欢，领导的内心也慢慢"安静"了下来。

他们坐在客厅的长条桌前喝茶，主人坐一面，邱仲达和领导坐一面。这张长桌像个工作摊，摆着茶具、观赏石、观赏花木，摆着糕点和零食，摆着做香用的香拓和复杂的工具、各类香粉和形式不一的炉具。主人是一位工程师兼会计师，专业是建筑工程的核算，为政府招投标做参谋，他不是做香的生意人，他是爱好香道。

客厅里缭绕着玉质一样的音乐，是埙曲。主人说，五官的享受是最奢侈的享受，日本人老早就看到了这一点，他们最讲究"五道"——琴道、花道、香道、茶道、书道。他一边说；一边泡茶，一边点燃了一支香，叫"梅子香"，放在一架紫檀做的香盒里，香韵和烟云从镂空的花纹里漫出来。他说，你仔细闻，它有深深的梅子的香韵，你再仔细闻，它的头、中、尾三段都有不同的香韵递出来。这是他自己做的。他做香，也对室内的温度和湿度有讲究，在邱仲达和领导还没有来之前，他把这两者都调控好了。领导轻声说，怪不得我进来时就感觉到不一样。这话被主人听到了，他接话说，场景是会影响人的心境的，我们听琴、看画、闻香、喝茶、赏花为什么？就是为了寻找自己的静。领导若有所思地点点头，她觉得这话说得好。主人又说，香无宗教，香无国界，同时我要说，谁都会喜欢香，热爱香，好香上头，好香你只想把它拼命地吸进去，是不是？邱仲达和领导好像受了他的暗示似的，深深地在空气里吸了一口，也装模作样地做出享受状。主人又说，香是什么？是正的气，是百通之气，它有打通的功能，还有引领的作用，你闻了之后会体味出，什么香是对的，你接受了对的香，其他香就无法对你形成侵蚀了。邱仲达和领导都傻傻地窝在位子里，好像香已经把他们击中了。

　　主人说，你们体会到没有，香的根本是来自人的体香，说不出的百感交集味。这话说得玄乎，邱仲达侧脸看了看领导，领导摇摇头，露出不易察觉的浅笑，虽没有做当面辩驳，但肯定也觉得这话有点过了。主人也不解释，慢慢地拿出一个香盒，香盒里隔出许多小格，写了各种香的标签，领导被这些陌生的东西所吸引，也钻了头看，那些标签上写着白奇楠、黄奇楠、绿奇楠、黑奇楠、芽庄奇楠、红土奇楠……主人说，我这里两个香系的香都有，惠安系的和星洲系的，惠安系的味凉甜，星洲系的味则浓郁、醇厚。说着打开一个小盒，邱仲达眼快，看见那小盒上写着"虎斑"字样。主人拿出一块，其实也就是碎木头的样子，用小刀切下一片，然后拿出一个白色的小炉，用喷枪烧着一块炭石，埋在炉里的白灰下，再在灰上放一块云母片，把点着的香搁在上面，立马，整个厅里就只有这一种香韵了。邱仲达好奇地看着主人做着这些，领导也提着兴趣问这问那，问这些专用工具是哪里做的？问这些香的来源有什么途径？问炉上的白灰是什么？问闻香的都是些什么人？有些问题，主人含糊不答，让其溜过；有些问题，他轻描淡写地一句带过，也不做详细解说，比如那灰是宣纸和松针烧的，比如什么东西被有钱人瞄上了就不雅了。有一下，大概是那香烧到最起劲的时候，主人让领导端着小炉，用手把香隔住，拿鼻子凑近闻，他说，你吸一下，再吸一下。他说，你闻到什么了吗？话音未落，领导好像一下子恍惚了，话也不会说了，眼睛也迷乱了，她的身体明显地战栗了几下，接着就情不自禁地打了几个喷嚏，之后才慢慢地缓过劲来。正常过来的领导感觉到自己的失态，她弥补说，我刚才出现了一个幻觉，像腾云驾雾一般。主人笑笑，说，你现在再感受一下，脑子是不是豁然清明了？领导晃了晃脑袋，附和着说，真的，很神奇，很美妙。邱仲达感觉到领导的舒畅，不知领导说的是不是她的偏头痛轻了？反正邱仲达心里也是暖洋洋的。

又坐了一会儿，领导起身要走，主人就一层一层地送下来。送到楼下的黑暗处，大家再道别一次，等领导稍稍一转身，主人轻声对邱仲达说，你领导是个真性情。邱仲达听不明白什么意思，也没有追问。他猜想大概是指领导不经意间露出了本真。他脑子里闪过一句什么地方看到的话——静观众妙。转身，追上领导，打开车门，两人都坐定，领导也说了一句，这人再弄下来就成巫师了，呵呵。

领导的心情是显而易见的好。她在车上提议，要去"明前茶馆"喝茶。邱仲达知道，这是家庭院似的茶座，里面有个小姑娘在唱评弹。接着，领导就一路打电话，相约她的朋友，不知不觉间，茶座也到了。

领导有几个要好的朋友，有点像盟姐妹的那种样子，隔一段日子，她们都要聚一聚。一个是企业家，搞 IC 卡的；一个是画家，在家自己办学习班；一个是华侨，老公在西班牙开餐馆，她坚决不出去，在家里坐吃；只有领导从政，钱不多，但位置还算显赫。四个人不知是什么缘分搞在了一起，大概是某个场合聚会，觉得说得来，就黏上了。她们坐在镶着花窗的包厢里，邱仲达帮她们点上了茶，配上瓜子话梅什么的，就退开了。

一般情况下，邱仲达会坐在车上硬等，这是他的工作，况且，今天领导有朋友，他更得守着，要给足领导面子。但邱仲达今天也是心情好，香道馆的安排很成功，领导也对闻香有了好感，同时，他又掌握了领导的一个秘密，她在情不自禁的时候会控制不住自己。所以，这会儿，他离开车子，独自一人来到茶座后面的院子里，聆听评弹。唱评弹的是个扬州过来的小姑娘，还是专业的，那边改制了，她一个人就过来跑江湖了。邱仲达喜欢评弹演员的恬静气质，更喜欢这种环境，假山边的凉亭里，一个小台子，小姑娘笔直地一坐，射灯一打，把她照得层次分明，凹凸有致，此刻，她唱的是"我失骄杨君失柳"。

突然，邱仲达接到了领导的电话，领导要他先回家，把车留下，把钥匙拿来，她自己迟点儿开回去。邱仲达说，你行吗？领导说，放心吧，我还是老驾驶呢。邱仲达说，那你多久没有开车了？领导说，少废话，赶紧。领导以为邱仲达在停车场里坐着，过来要一会儿工夫。其实他就在领导的包厢外，转过来就是。邱仲达到了门口，但他并没有推门进去，因为领导正和姐妹们说着话。他听到她们在说"年轻""阳光"，说到什么"面首"。声音一低，也就停了。这时候，邱仲达才推门进来，几个女人含笑着看他，似乎有意味深长的味道。

把钥匙给了领导，邱仲达就打的回家了。回来的路上他在拼凑几个女人说话的内容，有人说，女人在一起说话，说得比男人还高。她们在说情人吗？要年轻的？要阳光的？她们居然还说到了面首，那说明她们真的在说情事。她们说的面首是指他吗？这可不是什么好角色。他虽然心存期望，心生晦涩，但面首他还是不喜欢的，他看过《大明宫词》，做面首的辛苦，做面首的大多没有好下场。他是靠劳动吃饭，靠智慧吃饭，有些付出是出于无奈，但还没有到犯贱的地步。

9

那天夜里，虽然邱仲达提前回来了，但他也没有早睡。他总觉得晚上的领导有点亢奋，亢奋了难免会弄出点什么事情来，所以，他就在电脑前坐着，翻翻微博，上上QQ，最近有个新流行的"微童话"，他喜欢，也顺便点进去看看，压着声音呵呵地笑。正有味着，手机响了起来，果然是领导，说自己把车撞隔离带上了。邱仲达问，在哪条路上？领导说，快到家了，在立交桥那地方。邱仲达没有二话，看一下挂钟，十二点，轻着脚就想往外走。床上的老婆翻了个身，嗡嗡地说，现在还出去啊？他也嗡嗡地说，没办法，去顶一下包，去去就来。

赶到现场，他没有看到领导，但见车子一只轮爬上了石坎，也许是底盘搁住了，推也推不动。正准备打电话，看见领导站在对面的马路上，他就跑了过去。邱仲达问，你喝酒了吗？领导说，没有。邱仲达说，那怎么会爬到这上面去？领导说，恍惚了一下，没看清。邱仲达呵呵了几下，说，那你躲什么呀？躲到这里来？领导说，你还想招交警过来谈话啊？邱仲达噢了一下，是啊，身份不一样，事情的性质就不一样了，领导的车爬上了隔离带就是新闻，他的车就是开翻了也只是个笑话。但是，邱仲达要送领导的时候，他靠近她的时候，还是闻到了领导身上的一丝酒气，不多，准确地说，是啤酒发酵后的混合气。邱仲达没有点破，他准备背下这个黑锅，背了，他不会受损太大，但肯定是救了领导一"命"，那他的功劳簿上，又可以大书特书一笔了。他稍微定了定神，掏出手机打修理厂，要他们过来拖车，看情况，稍稍给它一点外力，是可以把车拉下来的。在这个等待的过程里，幸好没有交警经过，也许交警都回家去了。没出意外。

年底的时候，领导又要去省城开特级教师协会的年会。十年前，她拿了"正高"，那个时候，市里正高职称的人还是凤毛麟角，领导也挺自豪的。后来她从了政，先当重点中学的副校长兼教育局副局长，再是大学宣传部长，再到现在的局长，虽然职称已经不起作用了，但她的职称情结一直还在那里。她经常还会腾出时间来写一点"思考"，虽然大的论文她已经力不从心了，但她还是在意自己在专业上的建树，而不是行政上的业绩。她觉得职位就是过眼烟云，年纪一到，马上就被拿掉了。而专业，那是一辈子的荣誉。也因此，她对几年前被选上的"省特协"副会长的头衔，还是很看重的。

邱仲达一如既往地送领导去，他小心翼翼地开，按照规则来开。局里的那拨司机，经常会待在一起说路上的事情，说超车，说拼劲，说怄气，说一次被一辆重载车夹着，好半天上不来，后来超上了就压着那辆车怄气，故意慢在它前面，把它慢到上坡，慢到15码，自己嗖的一下溜走了，但那辆重载车要想再爬上那个坡，拉坏了缸也上不来。邱仲达没有这类故事，他觉得司机不光是开个车，还和领导有生死关系，她坐车，你开车，她等于把性命交给你，所以，你首先要有个好的车德。

省城在这个省的西北边，如果我国的南北划分是以长江为界，那省城已经算是北方了。气象说这几天多云转阴，虽然没有太阳，但也不会下雨。

实际上，这次年会，还有个重要议题就是推选参加全国特级教师大会的代表，全省有八个名额，常务班子按照三比一的比例，拿出了一个二十五人的候选名单。这天上午，主席团先要在饭店的小会议室审议一下这个名单。主席团成员基本上都是省城的专家、领导，几个主要城市的教育局局长也是。里面在审议，外面在闲聊，是几个"摆摊"的工作人员和几个跟领导过来的司机，邱仲达也在。突然，邱仲达接到了领导从里面打出的电话，说简介被他们搞错了，是个老简介，内容都是五年前的。邱仲达听懂了，领导也是候选人，她怕这个老简介会对她的票数产生影响。她要邱仲达到她的工作包里拿一个U盘，那里面有个新简介。领导说，一个写着"外用简介"文件名的就是。邱仲达奉命跑向停车场，他体会到了领导的着急，他甚至可以想象领导在看到这个简介时的情形：她看到了错误，这个五年前的简介可能一直被秘书组保存着，他们自以为就是这个了。五年前，她的论文还是影响平平的，而五年后，她已经有几个论文获奖了，简直有天渊之别。不行，要换，不然人家还以为这几年她一直在原地踏步呢。她看看主持会议的省厅领导，想跟他提示一下，但又怕说大了不好，人家会以为她虚荣，还有可能会伤害到秘书组。她犹豫了一下，直接走向一旁负责材料的秘书组长，说明了意思，组长也有点紧张起来，大概是告诉她审议后马上要印成材料发给大会的，时间有点紧，怕来不及。她说，没关系，我 U 盘里有个新简介，换一下不会很麻烦。就是这样。

邱仲达到车上领导的包里拿来了 U 盘，到会议室找到了秘书组长，两个人钻在一起在"手提"里把 U 盘打开，邱仲达一行行找下来，有干部年终考核表、拔尖人才材料、2011 年度总结、论文 1 论文 2，还有些打包的文件，写着老、新，写着提纲、初稿，看得出，这真是一个工作盘。邱仲达继续往下找，他看到了一个视频标志，标志上有个字母"r"，文件名写着"公主"，他下意识地把它点开，屏幕上慢慢出现一个打扮成公主模样的女孩，这人是谁？怎么这么眼熟？定睛一看，邱仲达马上想起是苍井空。他赶紧把文件关了，脑子里飞扬出许多复杂的信息，但手还在机械地滑行，鼠标的箭头指向了"单位简介"，停顿，领导说了，是"外用简介"，他又滑行了一下，找到了。他把简介打开，确实是，他就把文件拷给了秘书组，并嘱咐，一定要换回来噢，要不，我们会被领导批评的。这是玩笑。

中午吃自助餐，邱仲达心里怪怪的，就自己躲到角落里坐了。要是往常，他会帮领导找好座位，帮她夹一些菜，或替她离座时照看一下包包。他远远地看着领导和那些专家边吃边谈，她的姿势优雅又清爽。但邱仲达总觉得领导的形象是分裂的，揉不到一块去。一方面是个教育专家，是一局之长；一方面她的 U 盘里藏了个苍井空。

苍井空他也很喜欢，敬业，笑得甜美。但领导欣赏她什么呢？这样的视频，显然不是领导下载的，是有人做好了文件发给她的，那么，会是谁发给领导这样的东西呢？按心理和常理去分析，异性情人的可能性最大。

下午，大会的选举，尽管候选人众多，票数分散，但选取绝对高票，过程还是很顺利的。不知是换了简介的缘故，还是领导的人气本来就很旺，她当选为全国会议的代表了。领导很高兴。晚上，吃罢饭，领导要走了邱仲达的车钥匙，说要去看个朋友。邱仲达说，我送你吧。领导说，不用了。邱仲达说，你行吗？这可是外地啊？领导说，开玩笑，我大学就是在这里读的。邱仲达噢了一声，说，那你稍等，我把油加好了再给你送去。

加油回来，天色已完全暗了。邱仲达走进宾馆大厅，看见领导正靠在大厅中央的一张彩石镶嵌桌上打电话，那样子不像是工作电话，而是亲情电话，她的语速和表情都流露出委婉倾诉的信息。邱仲达慢慢地走近，也听到了一点点领导的电话，说比我们那儿冷多了，说足有零度，都阴了一天了，晚上还刮起了霜风，这会儿都飘雪了。邱仲达觉得纳闷，天气不冷啊？也没有下雪啊？那领导为什么这么说呢？领导看见了他，招手让他过去，接去了他递给的钥匙。邱仲达说，车在大门正对面的车位上。领导还在打电话，但做出"已知道"似的点头，边说边动身朝门口走去。

邱仲达看着领导离开，作为一个细心的人，他感觉领导晚上是去幽会男朋友了，她不是说自己在这里读的大学嘛，如果有一个男朋友，一点儿也不奇怪。奇怪的是她的电话，她为什么要"谎报天气"啊？是不是潜意识里在掩饰什么？她虽然掩饰得很巧妙，但还是泄露了她心里的"密码"。尤其是她匆匆出去的神情，一点儿也不淡定，不像一个地级市局长的样子。

第二天上午，邱仲达才拿到领导交回的钥匙，那是在吃早饭的时候，领导说，上午还有个闭幕式，完了不吃中饭了，我们回去。邱仲达早餐停当，习惯性地去检查车子，踢踢轮胎，看看水箱，油昨晚刚刚加满，没有问题，点了一下火，指示灯也全好，最后，他打开了车屁股的行李箱，这个作为领导私人仓库的地方，他平时也收拾得井然有序的，他把自己的东西都放在一只塑料箱里，而领导的东西他也是摆放整齐的，一眼望去，马上就知道少了两样——一样是亚热带研究所送的蚕花酒，是他们自己研制的，喝了补血强肾；一样是联通公司送的"天易"手机。邱仲达想，这两样东西都不是送给师长和女友的，一则不贵，二则不适合，那么，就是送给关系相当又比较随意的男朋友的。

10

邱仲达仔细想来，领导的"瑕疵"还是挺多的，你看啊，她的"五十肩"，她的"不对称"，她的"偏头痛"，她的"闻香失态"，她的"酒后驾车"，她的"苍井空U盘"，她的"省城男朋友"，他无意去收集这些，只是在心里稍加留意，它们却一个个地都冒了出来。人家还以为这个领导挺完美的，只有他知道她完美的外表下掩盖着许多"瑕疵"。知道这些瑕疵好不好？当然不好，他刚刚开始知道时，也是纠结得不行，现在知道得多了，心里反而踏实了，觉得这也是一个主动权，或说是一种武器，无形中给自己撑了腰，壮了胆。现在，要叫他对自己的身份再做个鉴定，他才不认为自己只是个司机呢。他从服务领导，到帮助领导，到为领导做了许多事情，他觉得自己和领导走得越来越近了，几乎已经贴身了。说白了，这都得归功于这些瑕疵，有了这些瑕疵，他的胆子才会大，才会一步步往前走。

现在，领导一星期会去打一次乒乓球。她现在打得很不错，无须再安排练习，她要打就是打比赛。有时候她会事先跟邱仲达说，晚上把你那个师妹叫过来，我们切磋切磋。她基本上不用师妹让了，发挥得好，一晚上也可以十赢二三。她开打前会正儿八经地热热身，做很夸张的拉伸动作，把手臂反绞到身后，看那个幅度和强度，她的五十肩已经完全地好了，和好人并无二致。

她一周也会去一次香道馆，她已经有瘾了，不去不舒服。领导说，"闻香识女人"这个名取得好。邱仲达说，这是国外的一部电影名。领导说，怪不得，怪不得，讲什么的？邱仲达说，其实跟闻香识女人没什么关系。领导说，不管怎样，这香还是有奇效的，闻了叫人心清气爽。她一般都会叫邱仲达先联系，问主人在不在，有时候，她也不说就直接去了。她是偏头痛发了吗？还是有其他另外的急需？她先会要主人点一支梅子香，她说，这香真叫人想吃进去。而一会儿，她就会问主人，那个虎斑奇楠的能来一支吗？那香上头，如主人所说，有抵达的力量，她认准那香了。有一次，领导闻香后居然还出现了短暂的休克。那一刻，她就像死了一样。这是第二天主人告诉邱仲达的，主人说，你这领导心里有事，或者有隐疾。邱仲达说，不是偏头痛吗？主人说，不是。邱仲达说，那是什么？主人说，我也说不好。邱仲达想，上次是激灵、喷嚏，这次更有甚者，休克了，呵呵。他不知道这是领导的生理反应，还是情不自禁的精神窘态，反正，这要是说出去是很难听的，说领导闻了香就把握不住了。

现在，邱仲达来这里当司机已经超一年了，不知不觉，日月如梭。这一年来，他付出得太多太多了，和他的付出相比，他的计划、他的诉求，一点儿也不高，一点儿也不是索取和要挟，他要是和领导提出来，还不是一百个答应、一万个照办？

但是，邱仲达有两件事情不知道，一件是领导马上要调走了，叫"转任重要岗位"，什么岗位还不明确。这件事领导都没有说，也许是有意想瞒着他。他后来还问过其他司机，他们说，好像有这么回事。这就不够意思了，这等于是没念他的好，也就是说，领导在走之前没有想要照顾他!

　　还有,他听说公车也要改革了,说得跟真的似的,说主任都到市里开过会了,也有说补贴的档子也下来了,说领导多少多少,普通干部多少多少。邱仲达真想去问问办公室,但又碍于自己的身份,主任要是反问他,人家正式的都不着急,你着急什么呀? 那他一定会很尴尬的。但他要为自己的前途着想啊,他不能糊里糊涂地挨日子。他又听说,即便真的车改了,也不是树倒猢狲散,到时候还是有出路的。市里要组织一个大车队,用车统一调配,司机统一管理,司机哪里来,就是各单位择优推荐上来的。邱仲达暗想,我被推荐了吗? 有人推荐我吗? 主任没有,领导就更没有了。他怎么都不知道啊?

　　邱仲达心思多了,有情绪了。他仔细回顾自己的工作历程,开车就不用说了,那是他的职业,他是以德开车,用责任开车。就说八小时以外,他教领导打球,打好了她的五十肩;他陪领导闻香,闻好了她的偏头痛;他替她解决酒驾,替她恪守这么多的秘密,他要是随便透露一点,领导的形象马上就崩塌了,都靠他为她兜着呢。通过这些事情,他也得出了一个结论,表现好没有用,多奉献没有用,等待没有用。从来就没有什么救世主,也不靠神仙皇帝,要让自己翻身做"主人",唯有主动出击,"英特纳雄耐尔"才有可能会实现。他准备"报复"一下,当然也不能叫报复,主要是想引起领导的注意,要让她知道,她身边的这个人,是需要她提携帮助的。那么,报复点什么呢? 当然是精神层面的,只有精神层面的,才有可能会触及灵魂的。以他的经验,只要他有心,他就会发现领导的瑕疵。同样，只要他留意领导的行迹，报复的机会应该是很多的。

机会说来就来——春节过后的元宵节，教育系统要搞一个团拜会。虽然市里明令禁止这种变相的招待不能搞，但规定是死的人是活的，领导就把它变通了一下，改以往的团拜为年度的先进颁奖，改宴会型请吃为自助型工作餐。其实请的人还是一样，老同志、各校校长、分管领导、和教育有关的关系户，就是多几个受奖老师。地点安排在颇有迷惑性的创意园区，一不会引起媒体注意，二也确实避免有铺张之嫌。不设主席台，但做了个简单的背景，去掉一贯的团拜意思，用一句口号叫"创新，发展，为建设教育强市做贡献"，这样就有点混淆视听了。

这天的领导打扮一新，她的品牌风衣里面是笔挺的裤子、独具个性的衬衫，外加一条丝巾，噢对了，还有一条爱马仕皮带。爱马仕的特点是皮带扣子，这一定要让人看到。按照这样的思路，等会儿上台颁奖时，领导是要脱去风衣的。衬衫、长裤、爱马仕，都很考验形体，经过近一年的锻炼，领导的形体越发精致了，她本来也是很不错的，但现在更多了一些精神。这些，领导坐进车里的时候，邱仲达就看到了，但邱仲达发现了领导的一个疏忽，也可以说是又一个瑕疵，看起来真的很别扭。如果是平时，邱仲达早就提醒了，她上次上课时的"春光乍泄"，他都会发短信提醒了，这会儿近在咫尺，提醒当然在情理之中。但邱仲达故意不说。他心里已经有一条虫子生起来了，他的"报复"念头已经占据了上风，他要等着看到领导的笑话。

晚上主要是请吃，但前面有几个程序需要走一下：先是主持人泛泛地汇报去年的工作，这稿子写得有点像散文诗；其次是市领导为名校长颁奖；再是部领导为师德楷模颁奖；再是领导为优秀教师颁奖；再就是大家举杯。领导的颁奖时间最长，因为这一拨人最多，邱仲达想，好戏就要在这个时候"上演"了……

邱仲达暗暗为自己的"设置"得意，但坐在那里的邱仲达，心里也是五味杂陈的，不是他卑鄙，而是他太卑微了；他不发出点呐喊，是没有人知道他的心声的；这也许改变不了什么，但发泄一下他会觉得好受一些。终于轮到领导颁奖了，邱仲达等的就是这一刻。他看着领导在一片掌声中站起来，她真的脱掉了风衣，她抚了下衬衫和皮带，风度很翩翩。下面有窃窃私语，他知道，那是献给领导光鲜的衣服和精致的身材的。然后，领导转过身，款款上台，受奖人笑容可掬地迎着领导，而领导却要背对着大家完成这个颁奖。这个过程太长了，像马拉松比赛一样长，这么长的过程，领导的疏忽就更加暴露无遗了。邱仲达看到了，大家也都看到了，是领导的爱马仕皮带，她裤子的后腰是两个扣的，但领导的皮带只穿过了一个扣，也就是说，一个扣露在皮带的外面，一个扣压在皮带的里面，这也许还是和她的手不够充分有关，但确实很难看，就好像裤子穿斜了！一边歪！这很不符合领导的身份！

下面有吱吱的议论声，邱仲达知道，这都是在说领导的裤腰扣，但大家都没有点破它，都任她的洋相在发扬光大。邱仲达心里真是舒坦啊，像出了一口什么气。但事情还没有完。邱仲达想了想，觉得应该把这个真相告诉领导，告诉她，她才会为自己的疏忽和瑕疵感到难受，才会受打击。他叫来一个服务员，要了纸和笔，写了自己的意思，然后要服务员送过去，他要看看领导的表情、领导的反应。他看着服务员走过去，远处，领导在陪同嘉宾吃饭，他们有说有笑，他甚至可以判断出他们在说什么，在得意晚上的布置，在表扬这样的做法。服务员走到领导身边，碰了碰领导的手，领导看了看服务员，服务员指了指他这边，然后把他的纸条递了过去。他看见领导展开了纸条，阅读，内容是：今天领导很精神，但美中有点不足，你摸一下后腰，你的皮带没穿好……领导一下子收起了笑容，还明显有了懊恼的表情，她真的摸了一下后腰，立即摸到了瑕疵，她赶紧站起来，环顾了一下，直奔洗手间而去。重新出来时，她的自信和笑容又回到了脸上，一路上与人挥手招呼。

机会还有，邱仲达的报复还在继续。他想，真是不能太小看我们这些跟班的，我们的尽心尽职是何等的重要啊，我们要是故意懵懂了，放之任之了，那后果真是不堪设想了。

有一天，领导在乡下的学生来了，给她送来了刚摘的梅子，梅子鲜红熟透，香气如酒，这样的梅子是不能放到明天的，要赶紧把它处理掉。地方人有梅子泡酒的习惯，都说放到盛夏喝，解暑最好。领导就让邱仲达先把梅子送回家，她老公今天轮休，让他先操作起来。

领导家的小区邱仲达是再熟悉不过了，他去小区接领导的过程，也是他进步的过程，他就是闭着眼睛倒车，都可以倒到领导的家门口。领导的老公已经在楼下等了，老公是个医生，医生一般都是个严谨的人，或者是小心的人。邱仲达把一筐的梅子拎下来，医生说，你看，又叫你麻烦了。邱仲达说，应该的。医生没话找话说，最近忙吗？有没有出差啊？邱仲达木木地说，没出差，好像出了很久了。医生说，你们出差一般都是在省城吧？上次你们在省城时还下了雪，你看，我们这里都好久没有下雪了。邱仲达脱口说，下雪？没有啊？什么时候？医生听了也愣了一下，他马上意识到了什么，一股莫名的情绪袭上心来，他不再说话。邱仲达也发觉自己溜话了，尴尬顿显，说也不是，站也不是，忙掉转身，开车走了。

如果说，医生的话里有"套"的意思，那说明他早就疑心了，他可以去查查当日的气象，也可以去问问省城的同行，他今天的套话，是对自己许久以来疑心的一个求证。如果说，邱仲达的脱口而出是自然的流露，那也说明他潜意识里对领导的"下雪说"是否定的。也许当时领导只是矫情，只是向老公"撒娇"，但多问几个为什么，马上会发现，领导的撒娇是"违背规律"的，有"不打自招"的嫌疑。那天晚上，她要出去是正常的，她要去幽会男友也是正常的，但她刻意这样说了就不正常了。没下雪为什么说有下雪啊？天气不坏为什么要把它说坏啊？她的潜意识里一定隐藏着一个不好实说的心迹，她需要撒个谎，伪装一下。如果当时有一台测谎仪在对她测谎，那反映在荧屏上的图像一定是乱七八糟的，点线乱飞的。

医生和邱仲达的这次对话，也许会掀起轩然大波，也许不会，因为医生是冷静和坚韧炼成的。医生可以不去追究，但医生要知道发生了什么。当然，这样的后果邱仲达也是不愿意看到的，假如真的有什么后果，那他也只能表示遗憾，这不能怪他，要怪只能怪领导自己。

现在，邱仲达也会经常地找其他司机闲聊，一则他觉得自己资格老了，二则他觉得自己有底气了，三则呢，他也看破了，无所谓了。他会和司机们一起抱怨，什么发票难签啊，油费卡得紧啊，私事太多啊，还让不让人休息啊。说起哪个副局的丑陋，他也会讪讪地怂恿，上去踩两脚。至于他的领导，他一般是不说的，或只说点伤伤"小雅"的皮毛，女同志嘛，面子比位子重要，要相对尊重的。他们有时候也会拿自己开开玩笑，模仿电影里地下党的口吻，一个说，你知道得太多了！另一个说，你可以永远去休息了！！还有个说，我代表人民判处你死刑！！！说着还做出"手枪"状，还配以啪啪的"枪声"。这都是处决叛徒时的台词。还有个说了一句更文艺的话，说昨晚看了个电视剧，是谍战的，里面有句话是这样说的：学不会闭嘴的人，恐怕今后连张嘴的机会也没有了！这话有点哲理，还有点关乎做人的规矩。大家听了，突然都不响了，像都被一枪击中了似的。这话也让邱仲达陷入了深思。

　　不明不白的日子总是纠结的，一点儿也不清爽。有一天，邱仲达忍不住问领导，领导啊，他们都说你要调了，调哪里啊？领导说，调哪里啊？没有啊？邱仲达继续说，你要是调，是不是也可以把我调走啊？领导狐疑了，说，我都不知道啊？你听谁说的？领导又说，你说这话是什么意思啊？是不是你想调啊？你在这儿做得好好的，为什么要调啊？你是不是有什么要求啊？

　　啊？邱仲达像吞了一只撞进嘴里的飞蛾，把握方向盘的手也禁不住痉挛了一下。

斧头剁了自己的柄

去江西把张富足叫过来

陈胜考虑再三，还是去江西把张富足叫过来。

陈胜在市场里做胶水和化学片，这两样东西都是做鞋的必需品，一个是黏合用的，一个是做衬里用的，陈胜对自己的生意还算满意。他原来在部队当兵，没打过仗，也没拿过枪，他是后勤兵，在食堂里养猪。复员的时候，领导给了他两个选择，一个是可以安排工作，另一个是可以拿一些补贴，陈胜选择了后者。回来再向朋友凑一些钱，生意就这样做起来了。

在热州做生意其他都好，就是有一样不好——赊账。没钱的赊，有钱的也赊，没有规矩，这就注定了生意难做。陈胜做了十年，有时候空忙赚吆喝，有时候赚个吃，有时候马马虎虎，但也慢慢地习惯了。

飞达鞋业一直在陈胜那里拿胶水和化学片，开始有赊有付，滚动得还算正常。后来，不知是形势不好，还是季节不好，还是销路不好，还是鞋做得不好，总之，等赊到三十万的时候，飞达想赖了。陈胜知道，这都不是什么不好，而是飞达老板的良心生坏了。

陈胜想过许多办法，想把这件事了结掉，请朋友讲过情，也特意请过吃，也准备一次性打个折，亏就亏吧，别梗在心里难受，但飞达的老板滴水不进，半步不退，还甩过来一句铁硬的话，要钱没有，要鞋有一堆，你要你搬些去。陈胜说，你这是什么话，你不能把什么形势啊、季节啊、销路啊算在我头上是吧。老板说，那我就说是你的材料做坏了我的鞋，可以吧？陈胜说，就算是我的材料做坏了你的鞋，也不是这时候说的。老板说，我现在才找出原因啊，我就是这时候说啦，我不叫你赔，我只是叫你顶，已经是很客气了。这话陈胜就不要听了，但他也知道，飞达老板硬是这样讲了，这事就不好弄了。

热州有一些企业老板，面目很神秘。他们原先都是江湖之人，大刀插在裤腰头，拳头扛在肩膀上走，现在年纪大了，想退出江湖了，就办了个厂子给自己养养身，实际上，行的还是"欺行霸市"那一套，骨子里还是强横的人。飞达老板就是其中一个。当然，陈胜也不是等闲之辈，他毕竟也是部队里出来的，血气还是有的；也知道像这类事，只可智取，不可强攻；于是，他想用"电影里的一些手段"来突破一下讨债的"瓶颈"。他想到了张富足。

陈胜刚做生意的时候不光是做销售，也为一些厂家做过加工，比如，用化学片加工厂家的子跟包头，张富足就是那时候的落料工。这个人的特点是认干、韧性好，除了吃喝拉撒，做事情就像钉钉板上一样。

一天，陈胜发现工厂里少了五件化学片，是谁拿的呢？进出工厂的就这么几个人：陈胜、管理、运输，以及落料的张富足。陈胜对他们说，我给你们一天的时间，你们想好了，最好是怎么拿出去的也怎么拿回来，我既往不咎，就当没发生的一样。但几个人都没有表态，还做出一脸无辜的样子，自然也没有把东西送回来。陈胜也不能说话当放屁呀，不能自己塌自己的台呀，他选择了报案。

陈胜来到派出所，民警说，这好办，把他们都叫到我这里来，他们就尿紧了。陈胜说，打不要打，万一不是，我还要靠他们干活呢。民警说，那你叫我怎么办，请客吃饭啊？陈胜说，这些都还是厮儿，打不好了害别人一世，唬一唬算了。民警说，你这样心软，下一次倒霉的还是你自己。陈胜讪讪一笑。

民警来到陈胜的工厂，把几个相关的人叫到一起，并排站好。像电影里演的那样，民警在前面走了两趟，一趟盯着脚上看，一趟盯着眼睛看。后来，民警又转到身后，这后面的目光就更有讲究了，只一分钟，马上就有人定不住了，张富足把背在身后的手换到了身前。民警又转回到前面，三个人中，也只有张富足的脸黄了下来。然后，民警就用手戳一下张富足，用电影里的口气说，你，跟我走一趟吧。

民警虽然带走了张富足，但陈胜心里并没有放下，他纠结的有

179

四点：万一不是他怎么办？万一打伤了怎么办？接下去没人干活怎么办？今后结了怨怎么办？于是，中午的时候，陈胜就忍不住去了一趟派出所，偷偷看了一下。

陈胜隔远看见张富足靠在楼梯下，还以为是民警罚了他"定境"。定境是气功里一种入定的方式，就是人站着一动不动，灵魂出窍了一般。但仔细看看张富足，一只手被铐在栏杆上，一只脚别扭地踮着，身体仅靠几个脚头支撑着，明眼人一看就知道这手段刁钻，虽说没有打，但程度一点儿也不亚于酷刑。陈胜想，这样下来张富足很可能会心生恨意，今天用石头砸了家里的窗户，明天用稻草堵了家里的阴沟，怎么办？

这天中午和晚上，陈胜给张富足送去了二十个肉包，每顿十个，他本来还想再送点酒菜，考虑到张富足手脚不便，才打消了这个念头。后来，大概是二十个小时之后，张富足被派出所放了回来。民警说，不是他。陈胜高兴地说，不是就好。民警又说，那要不要把那几个也叫来问问？陈胜忙说，算了算了。

民警是基于张富足确实说不出什么名堂才把他放了的。陈胜说，那为什么只有他脸黄了呢？民警说，有些人就是这样，一看到警察就慌，无端地紧张；有些人遇事会莫名其妙地不自在，与他不相干的事，他也会有一种"自认"感，精神病学里叫作"自我强迫症"，没病也说自己有病。民警还说了另外一个审讯出来的细节，张富足说，昨天夜里他"跑马"了。跑马一般都发生在睡得很死或梦得很怪的时候，如果昨夜张富足"作案"了，那他应该是清醒的，或彻夜未眠的，也就是说，跑马不可能发生，所以，盗窃案与他无关。

那天后来，陈胜还给了张富足五十块钱，作为他这天的误工费，也作为精神补偿。张富足犹豫了一下，但还是收下了。陈胜原以为张富足第二天就会拔脚离开，他无端地受了伤害，心里肯定有许多不满，但张富足什么也没说，选择继续留下来干活，就像没发生过什么事一样。

张富足是前年冬天回老家去的，说是开春要给家里翻新一下房子，还想在夏日里养几垄蘑菇。陈胜理解农村人的想法，他是不可能在热州待久的，年纪大了，家里需要他，很多事在热州又解决不了。现在，陈胜就坐在南下的火车上，他不知道张富足在老家怎么样，他想把他叫出来，有一件事要和他一起做。这样的人，还是比较可靠的。

陈胜没去过张富足的家，连大致的概念都没有。往年春节过后，陈胜想让他们早点来上班，都会一个个地打电话，陈胜一催，他们就放下家里的事，像鸟儿一样扑棱棱地飞回来。但这次，陈胜不打电话，他觉得这次的事情太大了，打电话显得随意，不尊重，他要亲自跑到张富足的家，站在他面前，让他觉得，请他之事非同小可，他才不会薄面和推辞。

张富足的老家在江西乐安，再细致一点是乐安江岸村，这是陈胜唯一粗浅的线索。他以前知道的江西，是从"两把菜刀闹革命"的故事里得来的，当时他有一个滑稽的质疑，觉得这个革命形象包装得不够高明，两把菜刀并不能说明揭竿而起的贫穷，我们现在大部分家庭都只有一把菜刀呢，他当时居然已有了两把菜刀？后来，热州大量地涌入了打工者，而这批人又以江西人居多，陈胜才知道，江西农村，相比于其他内地省份的农村，如安徽、湖南、贵州等，还是江西更羞涩一点。也是出于这个原因，陈胜觉得，去找张富足更靠谱一点。

陈胜出来前做过这方面的功课，他大体知道了乐安怎么走。乐安在江西的北部，看地图上的颜色，那应该算是一个山区。这里没有直达的交通工具，公路也不怎么样。但这里有一个特殊的地理标志，国家地质队261分队就驻扎在这里，这也让陈胜有了一点信心，他可以先坐火车到南昌，再由南昌转一个慢速货车。为什么还有货车抵达那里呢？就因为那里有一个铀矿。但铀矿并没有给这个地方带来富裕，多少年来，它仍旧沉寂，仍旧没有发迹，要换了任何一个矿，煤矿或者石矿，早发起来了。就是铀矿没有用，不关民生，不关地方发展，铀矿又不好宣传。矿石一车车拉出去，也不知拉到了哪里，也不知怎么提炼，也不知用到了哪里，一切都是相当的神秘。

陈胜的这趟远行也是神秘的，不管他的计划成功或是失败，他都要绝对地保密，不能有半点儿的差错。窗外是连绵的群山，是散落的民居，是片状的油菜花，是泛着亮光的水田。有独立在风中的黑牛，有木讷观望的老人，有三五成群的男女在田里插秧，有捧着饭碗的小孩在半坡上傻笑。桃花点点，梨花零星，天黑了又亮，地雨了又晴。饿了吃，困了睡，客车到了换货车，山路尽了走田埂。实际上，那天下午，陈胜已经抵达了江岸村，也许是这个地方从来都没有外人光顾过吧，也许是因为落后和贫瘠，陈胜觉得自己自始至终都处在路人疑惑和贪婪的目光下，好像稍不留神就会吞噬他。但陈胜还是挨到了天黑，才慢慢地靠近了张富足的家。当陈胜打听到张富足的菇棚，站在外面等，吓得从棚里钻出的张富足差点儿没有摔倒，张富足惊讶地看着陈胜说，老板，你怎么从天上飘下来的一样？陈胜也嗡嗡地说，我确实也有点恍恍惚惚的感觉。

这天晚上，陈胜在张富足昏暗的小屋里说了很多，说了张富足准备的翻屋，说了他遥远的姻缘，说了反复又艰难的农事。最主要的是，说了陈胜三十万的欠款，说了他准备采取的计划，说了当下的讨债趋势，说了他们的上风和有利条件。当然也说到了利益分成，陈胜说，事成之后的报酬是本金的十分之一。万一不成呢，被对方擒住或陷入班房，最坏的打算，陈胜也答应一年给予三万元的补偿。如果是这样，张富足就会被关押在热州或发配至金州，在热州做鞋，在金州做砖，做个三五年出来，背后也有十来万打底了，什么钱这么好赚啊。

在他们说话的过程里，张富足脑里一直闪烁着作为老板陈胜的所作所为，他对这个老板还是认可的、信赖的，加之自己眼下的现实和窘迫，他觉得"理论上"这也是一条可走之路，不妨一试。条件越恶劣，回报越丰厚。难度越大，成功就显得尤为刺激。他们都是处过艰难的人，懂得要拼才会赢的道理。把这当作一趟生意来做，这样的点题，张富足马上就想通了。陈胜最后说，你放心，你也不要怕，我既然把你叫出来，我就会对你负责任。我们一起干，完了我还会把你送回来。

他们在小区外窥视了两天

陈胜把张富足带到嘉年华门口，已经是四天以后了，他告诉张富足，那个欠我们钱的老板就住在这里，是里面的 A 区 3 号。然后，陈胜和张富足穿过马路，来到小区斜对面的一座房子。这里是一处快要完工的公园，看起来嘈杂和忙乱，很适合这两个陌生人在这里出没。这座房子，原先是一位殷实农民的住所，这一带被征作公园后，这座红线之外的房子也被侥幸地保留了下来，做了拆迁办的办公室。现在，这里的马路平好了，公园也马上要完工了，这座房子也完成了它的历史使命，估计会改为公园门口的一处茶室，或重新推倒盖个服务设施什么的，这会儿暂时被陈胜利用起来，作为观察动向的一个"瞭望台"。

这是陈胜老早就踏好的一个点，但他一直没把它"布置"起来。三天前，他把张富足带到热州的时候，他还在为自己的计划犹豫着，他不希望这么重要的计划是在亢奋的状态下做出的，那样会毛糙和疏漏。他希望自己能够平静下来，再慢慢消化计划的步骤，使之趋于稳妥和周到；张富足也一样，也应该仔细权衡自己的目的，把利弊想清楚。那三天，陈胜对张富足好酒好肉招待，除去他承诺的报酬外，不管怎么样，他都希望张富足在这里的几天是满意的、无悔的。那三天，陈胜有意陪张富足吃睡在一起，他们安扎在一处私人客栈里，私人客栈不用登记，私人客栈人员较杂，私人客栈疏于管理。他们都没有出去，怕万一引起人注意，引起人闲话。他们的吃喝拉撒也都在房间里，自带的美食摆了满满的一桌，显得丰盛而热闹，每一次都喝到很晚，然后倒头便睡。但陈胜没有完全睡死，他还留着一个心眼，他想在张富足熟睡时判断一下他的反应，人在不经意时总会露出一些心迹的，他会说些什么呓语？或是在噩梦中突然惊醒？但不知是客栈的床铺太舒适了，还是过量的酒精起了作用，张富足睡得都像死猪一样，一点都没有反侧，有时甚至连呼吸都没有，两次一觉睡到天亮，一次凌晨起来撒泡尿，接着又睡。这说明张富足的决心也非常定，陈胜这才踏实下来。

陈胜和张富足要进到这个房子里去。房子的前门已上了锁，他们是从后面的窗户翻进去的，楼下有一些前面机构丢弃的桌椅，二楼也一样，一楼二楼他们用不着，他们直接上了三楼。三楼已经被陈胜简单地布置了一下，一箱瓶装水，一箱闲趣饼干，一张旧沙发已经擦过，沙发上还搁了一条棉胎。还有就是窗户上靠了一些木板，可以隐蔽，可以眼观六路，像一个执行任务的哨所。现在，陈胜和张富足置身在这个小房间里，有了这些布置，他们自己都产生了一些错觉，觉得这个地方非常安全，他们可以肆意地向外窥视，而别人却不知道这里面还藏有两双敏锐的眼睛。当然，他们不是在看外面的热闹，不是看路上流星一样的车流，不是看那些慵懒散淡的行人，他们监视的是对面嘉年华小区的一幢别墅，以及他们要熟悉和掌握的人——飞达老板钱世仁和他的家人。

这天是双休日的星期六，从早上六点开始，路边停放的小车就渐渐地多了起来。这个公园还没有完全整理好，入口和外墙还在做最后的修饰，但里面的内容基本告一段落。这时候，喜欢晨练的人们早已经等不及了。如今人们喜欢一种叫作"暴走"的运动，马路上经常可以看到那些鱼贯而行的人，但马路和公园怎么比啊？公园里有小山，有小河，公园里的小路平坦又弯曲，比起马路上要有趣得多、丰富得多。人们早早就按捺不住，早就把公园计划起来，纳入了自己的"轨道"，他们准备把暴走的线路移师公园。

陈胜在房间里教张富足如何窥视，如何筛选，如何聚焦，如何在散乱的景象中准确找到自己的目标。他们的斜前方就是嘉年华小区，应该说，陈胜对这里是再熟悉不过了，为了讨债，他不知来过多少次了。C区是门口的一排矮楼，它把小区的内容遮掩着，使里面的面目更神秘、更稀奇；B区是围绕了半圈的连体别墅，它又像另外一种屏障，把小区和别的住宅区分割了开来；A区是小区的精华，五组精雕细琢的小楼坐落在中心地带，镶嵌在花园和鱼池中。陈胜告诉张富足，钱世仁就住在A区3号，就是进来右拐道旁的那一幢。

这本来就是一个豪华的小区，现在对面又建起了公园，小区业主当然也不会放过这个得天独厚的空间，无论他们原先怎样的不喜欢运动，相信近来也都要赶一下暴走的时髦。有鉴于此，陈胜觉得，钱世仁一家一定也会对这个公园感兴趣的，哪怕不是去锻炼，哪怕是看看热闹，他们也会在双休日里溜达出来。他要把他们一一介绍给张富足，免得他接下去碰到时心里没数。

小区里有零星的人出来，也有零星的人进去。那些进去的人，都会被门口横着的栏杆挡在外面，都会受到保安的盘问。一切，都缘于小区的高档。那些送外卖的、搞装修的、做卫生的，一律缩头缩脑的，一看就知道，一点也不像业主那样趾高气扬。这时候，小区里松松垮垮地走出一拨人来，陈胜说，注意注意。张富足就像被抽了一鞭一样马上精神起来。两个人一丝不苟地瞄着前面，陈胜像讲解员一样依次介绍：那个走在头里的，穿宽松衣服的男人就是钱世仁，别看他穿得像一个琴师，实际上素质差得很。他身旁那个女的，穿一身绿白相间运动服的，是他的老婆，她是个全职太太，全职太太知道吗，就是闲在家里什么都不干的。后面五六米距离的那个小孩和那个乡下女人，是他的女儿和保姆。陈胜说，你看见那个保姆了吗？手里拎着个篮盒，这种篮盒你们乡下有吗？没有，只有我们城里有，城里也只有殷实的人家才有，里面是一格格的屉子，放了各种吃货，牛奶、糕点、鸡蛋、水果什么的，你看多么地养尊处优啊。他们现在装模作样地要去锻炼，或意思意思地伸腰踢腿，其实他们哪里是在锻炼呢，他们是在家里待腻了，想换个地方透透空气，他们等会儿会在凉亭里摆开那些吃货，享用东西也享用风景。陈胜的话里明显地带了点煽动的意味。这样的生活你有吗？张富足摇摇头。陈胜说，连我也没有，你当然没有。这样的语句刺激着张富足，说得张富足闷声吞气的，仇富的情绪也一点点高涨了起来。

陈胜又问张富足，你看见钱世仁走路的样子了吗？右脚并不踏实，好像很痛一样，在地上轻轻一踮，就马上揭走了，是不是？张富足仔细看看，若有所思地点点头。陈胜说，为什么告诉你这个？是为了让你心里有底，他这是承重脚，没力，吃不上劲儿，也就是说，你要是和他打起来，你不用怕，他只是一只纸老虎。张富足说，你怎么知道得这么清楚呢？陈胜说，他做这个手术的时候我还去看过他呢。他年轻时打架伤了腰，年纪大了慢慢地影响到了脚上，日夜疼痛，卧多起少，生活不便，也做不了生意，不得已才做了手术。你知道他这是什么病吗？叫外伤引起的椎管狭窄，开始可能只是突出，慢慢地堆积钙化，最后塞住了，完全把神经给压死了，就走不了了。张富足说，这我知道，人的腰就好像我们乡下的鸭脖子，也都是神经，要是把鸭脖子轻轻一扭，鸭子就瘫了。陈胜说，我为什么会去看他？因为我们有生意关系，也有人情来往，但这些人心硬，过境就忘，不记人情不说，连道理也不讲，那你就拿他没办法了，所以，我们也是被迫的、不得已的。这时候，张富足提了一个愚蠢的问题，说，老板，你对环境这么熟，手段又这么内行，又知道他的底细，为什么不自己做呢？为什么还要叫我呢？陈胜看了看他，长叹了一口气，他觉得这个张富足，还是和以前一样，一点儿也没有进步，看来有些话还必须要和他讲清楚，否则他办不成这件事，说不定还会坏了事。陈胜停顿了一下，他说，首先你要搞清楚我们不是去杀人，要杀人我用得着叫你去吗？要杀人我现在就可以把他杀了，那样的话，除非我也不想活了，是不是？我们的目的是什么？是讨债，是要用吓唬的办法把自己的钱讨回来。现在我回答你这个愚蠢的问题，我跟他熟，我们还有生意，我能公开做这件勉强的事吗？不管做成做不成，都是把脸撕破了，你说我日后还怎么在热州？还能在圈里混吗？你就没有这个关系，他也不认识你，你就是去吓唬吓唬他，不管成不成，我都会连夜把你送回老家去。你说你来了这么多天了，我让你抛头露面了吗？我把你保密得怎么样？为什么？不就是让人觉得你没有在热州出现过？你等于是来无踪去无影，像飞侠一样。陈胜说，说到底，我们的目的是一致的，我们现在在做的，就是为了万无一失，我们神不知鬼不觉，就当没有过这回事一样。张富足听了，用力地点了点头。

陈胜还告诉张富足，他们做这件事的基本条件，就是钱世仁现在是要命的，爱生活的。如果他是个白身人，如果他现在还在江湖上，如果他不是家大业大，那我们和他干就没有意义，他比我们还无牵无挂，他就会狠过我们。今天的场景你都看到了，他一家其乐融融。他等会儿还要在公园里"退步走"，说明他现在在保养身体。他老婆比他年轻多了，说明他是用钱和势力把她娶到的，他会珍惜。他年龄比我还要大，有五十多岁，他的小孩还这么小，顶多才一二年级，说明他是老来得子，不容易。他们家还请了全职保姆，说明他们的生活是多么优越啊。这样的人，一般都是会舍钱保命、花钱消灾的，这也给了我们机会和信心。再说了，他心里也非常清楚，他欠别人的太多了，别人找他，肯定是事出有因的，他只要稍稍地想一想，马上就会明白的，也就是说，他本来就是心虚的，知道总有一天，有人会找上门来索要的。

这一天，陈胜和张富足就待在那座房子里说着这些，他们站在窗边，在那些木板条子的遮蔽下，窥视着外面。外面非常热闹，熙熙攘攘，那是一些过路的人，但更多的是一些来公园休闲的人。他们能清楚地看见别人，而别人一点儿也不知道他们，他们觉得非常有趣。他们站累了，在沙发上坐一坐，甚至可以躺下来。渴了可以喝口水，饿了有的是吃的东西，尿尿也不要紧，后面的窗户外面就是还没有修理过的山坡，他们拿一张凳子站一下，伸一伸就解决掉了。他们计算着时间，提前站回到窗前，他们要等来钱世仁一家的动静——钱世仁锻炼完了怎么样，保姆去菜场买菜，老婆送小孩上学，钱世仁赴约喝酒，这些场景都像电影一样摄入了陈胜和张富足的眼睛，存进他们的大脑。他们对这一家人休闲时穿的衣服熟悉了，出去时的"正装"也见识了，他们的面目虽然不很清晰，但大致的轮廓还是有的，闭着眼睛想一想，还是有一点印象的。

第二天是星期天，陈胜携张富足又守了一天。他要求张富足那根弦要绷紧了，不能因为熟悉了就有所松懈，有一句话叫作"百分之一的疏忽，就是百分之百的失误"，他要求张富足再巩固一下。在这次和张富足的接触中，陈胜应该是更了解他了，还是和过去一样，好像什么也不懂似的，有些地方甚至还有点"懵"，什么都无所谓，也许是穷傻了，也许真的是被钱激荡的。这样也好，要真的太清醒、太明白了，这事也干不成了。最后，陈胜拿出自己准备好的东西，一些潜入小区的伪装物品，一些吓唬人的"危险"物品，陈胜说，我们不是去害人，我们只是无奈之下用我们的方式来要回我们的钱，我们点到为止。不过，陈胜还是强调了几个关键：第一，对钱世仁，我们可以强硬一点，擒贼先擒王，他可不是什么好人；第二，妇女和儿童是弱势群体，最好不要动她们，动她们没意思；第三，那个保姆也是，最好也放她一马，不放也不要伤害她，她和你一样，都是到城里来讨生活的，赚一点钱也是猩猩的血一样，不容易。张富足记在心里。他们想，只要准备得充分，思想上高度重视，这件事，应该是没有问题的。

傍晚进入小区是最好的时机

张富足是这天傍晚进入嘉年华小区的。陈胜觉得这个时间最好，这个时候，小区的感觉最恍惚、最脆弱。忙碌了一天的人们，像归巢一样，从四面八方汇拢过来。在里面做事的人，也都换好了衣服，陆续地出来，这些搞绿化的、搞家教的、搞管理的、在会所上班的，他们卸下了一天的劳动，喜气洋洋的神情也冲淡了保安的劲头，使得保安在行使职能中也潦草起来，敷衍应对，张富足就这样轻而易举地混了进来。

张富足打扮成一个送外卖的，他扮的是一个韩国的品牌，叫江北便当。保安拦住了张富足，问哪里叫外卖？张富足答，A区3号。就这么简单，像对上了暗号，保安身一闪，就放进了张富足。张富足在热州的那几年还是有用的，就是学到了热州人身上那种无所谓的味道。也是这股无所谓的派头，让保安觉得这个人没有什么怀疑的理由。

张富足骑着送餐车在小区里转悠，小车后面的铁箱，在石板路上颠得砰砰作响。开始的时候，张富足怕这个响声引来人们的注目，后来发现，这响声似乎也是磊落的象征，完全可以掩盖住自己的不自然。这真是一个非常好非常美的小区，已经是深冬，这里的树木一点也没有谦虚的意思，乔木依然蓬勃盖天，灌木依然丛深角落，张富足想，就是逃，这地方也可以提供许多便利。这里的别墅也都相隔得较远，没有遥相呼应的条件。陈胜说过，这小区，直通的小道都有监控，拐弯抹角的地方，你就是跳舞也不要紧。最难得的是人们的冷漠，张富足都东张西望了，也没有人上来过问。最后，张富足还用上了陈胜教给的一个"部队经验"，他把围裙盖在头上，这样，他就是落入了监控，也是没有面目的。

这样在小区里扰乱了几圈，张富足觉得，监控早已被自己弄糊涂了，他的胆子也越发地大了，就猫了一下腰，直接蹿到 A 区 3 号，敲响了钱世仁的家门。里面传来了保姆清脆的接应声，谁啊？物业吗？张富足应道，送外卖的。保姆说，外卖？我们没叫外卖啊？张富足说，没叫？荷香牛腩砂锅饭，不是你家的吗？保姆说，没有，我自己都在家呢，叫什么饭？张富足故意说，B 区 3 号不是你这里吗？保姆说，B 区在南边，南边第 3 幢，这里是 A 区。张富足说，老司母，南边是哪边啊？你帮我指一下。保姆被张富足说得烦起来，她瞄了一下猫眼，看见了一身"小二"打扮的张富足，索性开门出来。这样，张富足就一个跨步挤了进来。

挤身进来的张富足，在保姆的尖叫声中拉开了自己的上衣，他的身上整整齐齐地绑着一排雷管，雷管有热州特有的美食血肠那么粗，也有血肠那么长，用报纸包裹着，一排八个，从这边的腋下到那边的腋下，显得威武又震撼。他手上还有一个遥控器，摁一下就会发出一点耀眼的红光。张富足低沉而缓慢地说，闭嘴，再叫，我把你这座房子炸飞了。

一切都在陈胜想象和设计的范围内，似乎一模一样。

保姆不响了，还很怪异地举着手，像是投降又像是做给谁看。在吃饭厅里写作业的小孩马上就看到了，接着，旁边的钱世仁老婆也看到了。张富足说，把你家男人叫出来。保姆说，他在楼上。张富足说，在楼上也把他叫下来。老婆问，我叫还是她叫？这时候，小孩抢先叫了一下，老爸，下来，有人找你。于是，张富足就听到楼上缓缓下来的脚步声。先是看到一双拖着拖鞋的脚，然后是深色的隐花平绒睡袍，然后是一张白皙和诧异的脸。他们是在同一时刻看到对方的，男人看到了有点滑稽的张富足，因为他穿着外卖的衣服，而胸前却绑着一排雷管。张富足看到的是清瘦干净的钱世仁，他心想，怎么和窥见的不一样啊，这个更像是一个"军师"。

　　钱世仁的确具有军师素质，他淡定地说，朋友，有话好说，这样没意思。张富足说，少废话，我本来就没意思，没意思我才做这样的事。他命令他们都到客厅里来，他们都很听话，都老老实实地来到了客厅的沙发上。张富足按照计划指挥保姆把他们绑起来，保姆尴尬地犹豫着，看了看钱世仁。钱世仁说，都听他的，照他说的做，不要反抗。保姆就在门边的柜子里找绳子，柜子里有点乱，她找出一些编丝绳、一些电线头，最后找出了一卷胶带纸。张富足说，就这个吧。按照陈胜的教导，张富足要保姆把钱世仁的手反绑在背后。把他老婆的手绑在前面。小孩和保姆，张富足想了想，一个小孩，一个同类人，他心一软，就把他们给免了。现在，眼前的局面被张富足基本都控制了，他的心也安定下来，开始了自己不怎么擅长的"入室宣言"，他告诉这家人：第一，我手里的遥控器性能非常好，很灵敏，你们看见它闪烁的红点了吗？我只要轻轻地一摁，这座楼马上就炸飞了。第二，你们不要侥幸我这个雷管点不响，我家那边就是矿山，我从小就在矿里炸石头，非常好用。第三，我明人不做暗事，我不是打劫的，也不是绑架勒索的，我是替人家讨债的，我没说错吧，你有没有欠人家的，肯定有，没有我不会来，不会摸得这么准。第四，我不会伤害小孩，这你们放心，但你们大人要规矩，要好自为之，不尊重，或用什么花招来糊弄我，那就对不起了，那你们后悔也来不及了。第五，这个保姆你听着，你和我一样都不容易，我不想为难你，但你要一起来帮助我，我们平安地度过余下的时间，我们大家的命都捏在你手里，你懂我的意思吗？保姆眼睛不敢眨，拼命地点头。这时候钱世仁接了一句话，说你能告诉我，你是在为谁讨债吗？张富足说，你看你这个人，到这时了还心生歪念，我会告诉你受谁之托吗？做人要厚道，你敢说自己没有赖钱吗？你想想，我如果是来抢你的、讹你的，我会对你这么客气吗？我早就把雷管点着了。我只能告诉你，等我要的钱拿齐了，我不会让你猜谜语的。

现在是晚上七点，小区里的温馨已渐渐弥漫开来，但被张富足侵扰的家庭，笼罩在一派压抑之中。钱世仁无奈地坐在沙发上，因为他的手被反绑在背后，他显得很不自在。他老婆也无趣地靠在沙发上，木讷地看着自己被绑着的手，她现在一定在想，以后做人要做好一点。小孩依偎在妈妈的身边，她也许觉得张富足并不是那么的凶神恶煞，所以，她的眼睛在好奇地扑闪扑闪。那个保姆，已经在厨房里准备吃的了，尽管她做得还算认真，但明显地有点不利索了。这是张富足的提议，他说，生活要继续。他没有觉得这是件多么大不了的事情。他还说，我只用一碗方便面。这也是陈胜的计划，控制住局面以后，慢慢来。晚上有的是时间，时间越拖，他们的压力就越大，也就越可能动摇，越容易接近成功。一切都很正常，在这个嘉年华小区，在夜幕下，埋在草丛里的"地音"袅袅地流淌出低缓的音乐，柔和的夜灯，也已经悄悄地铺洒开来，偶尔有零星的小车和行人沙沙地经过，但也似夜雨一样地安静。

吃罢方便面的张富足突然站了起来，他说，我要到楼上看看，是不是安全。他还说，这个雷管绑在身上太重了，我得把它放在你家最保险的地方。他要钱世仁带着他走，他告诉其他人，你们在楼下好好待着，该干吗干吗，我相信你们都不会开小差的是不是？因为你们都很爱这个家，很爱这样的生活。我告诉你们，我和你老公等会儿从楼上下来，就几分钟，如果你们中有谁不在这客厅了，那对不起，你们这个家就没有了，就轰的一声不存在了。张富足说着，又噢了一下，像是又想起了什么，说，手机手机，把你们的手机都交出来。钱世仁对家人说，听话，别拖，把手机都拿出来。他带头晃了晃自己的腰，示意睡袍的兜兜，张富足毫不客气地伸手去掏。接着收缴了他老婆的，再收缴了他家保姆的。轮到小孩时，保姆说，小孩没手机。这一点张富足相信了。然后，他把那些手机都放到了厨房的水槽里，呼啦啦地放满了水。这也是陈胜教的，陈胜说，隔绝了外界，里面就是你最大了，你就没有"后顾之忧"了。

钱世仁乖乖地给张富足带路，张富足要看看楼上有没有薄弱的地方。陈胜觉得，如果张富足都这么做了，那就万无一失了。这个别墅的设计是非常合理的，楼梯都在中间转，每一层的布局都像花瓣一样向四周绽放。这是座欧式装修风格的房子，楼梯口都会摆一架花台，嵌一幅大框油画。油画张富足看不懂，但他觉得风格还是很协调的，是一些简单的花卉和暖色的田园。在张富足的指挥下，他们先是上了顶层的阁楼。张富足悄声地警告钱世仁，你不用抱什么幻想，也别想靠有利地形来和我拼打。打，你根本不是我的对手，况且，你的承重脚也没有力气，是不是？钱世仁听了惊了一下，张富足诡异地笑笑。阁楼布置的是家庭影院，大概是为了音响的效果，整个阁楼被封得严严实实。张富足命令关灯，关门，上锁，钱世仁不敢怠慢地一一做了。

他们退回到三楼，三楼是卧室，有钱世仁夫妻的，有保姆的，有小孩的，还有一间是客房，是给偶尔造访的亲戚预备的。张富足径直来到了钱世仁的床前，在枕头下一摸，摸出一把短剑，短剑很沉，样子像"越王"的那种，但明显是开了口的。钱世仁又一次地被惊到了，张富足坦白地说，我不是蒙的，我连你的老底都知道。传说，这是钱世仁过去打架时留下的习惯，夜里枕剑睡觉。张富足趁钱世仁没回过神，又说，我把雷管就放在你床底吧，你有钱就赶紧拿出来，免得等会儿炸了可惜。钱世仁很有心机地说，你到底为谁讨债？既然是讨债，你也明确说个数，我好给你准备，我不能不明不白地被你糊弄。张富足说，那好，我明白告诉你，我讨四十五万，你准备吧。钱世仁疑惑了一下，四十五万？四十五万没有，现在谁家里还存现金啊，家里顶多五六万。张富足想，陈胜说得对，这些人家里都有钱，他们有时候在家里赌博，赌的都是现金，输赢都是几万几万。这时候，钱世仁已经被张富足手里的剑顶着，他只得把张富足带到垃圾桶前，指了指。垃圾桶在墙角的衣架边，里面有一些纸巾、一些饼干包装、一些果脯盒子，这些是用来伪装的，下面才是一沓沓现金。张富足吁了一口气，不客气地拎起了垃圾桶。

二楼是他们的茶座、吧台、棋牌室……墙壁上是一排排酒架，一格格都搁着炮弹一样的红酒，既是装饰，也是摆设，看得张富足眼花缭乱。当然，张富足不是来参观的，不是来开小差的，他是来执行任务的。他们从四楼的家庭影院开始，每一层都关了灯，关了窗。别墅还做了"防火墙"，就是楼梯口的密封铁拉门，张富足且退且拉，每一层都被锁死了，好像把危险都隔在了身外。现在，沮丧的钱世仁被张富足拿剑押着，回到了一楼客厅。小孩看见了说，这是我爸爸的剑，怎么在你手里啊？张富足说，是的，我暂时借玩一下，一会儿就还。

此刻，这座三四百平方米的别墅，只剩下一楼客厅的这个空间了，其余的空间刚才都在钱世仁的协助下，被封死了。如果不知道，从外面看，这一家人都在一楼的客厅里吃饭，楼上的生活还没有开始，还暗着。这样一关，整个别墅就只剩下了一个进口，张富足只用牢牢地盯住了那儿，他的主动权就掌握在自己手里了。

在张富足上楼下楼的几分钟时间里，那几个妇孺都乖乖地待在沙发上，这个，张富足在下楼的那一刻都看到了。他们都很配合，他们确实很听话，他们怕他手上的遥控器。接着，张富足让钱世仁也坐过去，他现在要仔细地数一数那些钱。他不是打劫，不是勒索，他是奉命讨债，他要为他的上家负责，他们有协议，哪怕是口头协议，那也是君子协议。他们说好，讨回了三十万，那张富足就可以拿到十分之一，一分一厘都和他上家的委托有关，都和他自己的收益挂钩。他什么时候见过这么多钱啊，没有，他都不知道一捆是多少张，每一捆有没有规律。他把垃圾桶里的现金都倒在饭桌上，有五个整捆的，还有一些零散的、用橡皮筋扎了叠的。他把缴获的剑放在左手边，把遥控器放在右手边，他这是以防万一，如果有万一，他当即都可以够得到。他开始拆钱数张，他当然不能像银行职员那样数，他没有数过这么多钱，也许一数就数乱了。他只能一张张地数，数十张，放一堆，再数十张，叠在上面，还常常要错了重数。远处，钱世仁一家在看着他数，他们都替张富足着急，他们巴不得他不数，拿了就走。保姆说，你不用数，一捆是一万，有五六万了，你可以了。张富足说，那不行，我还没完成任务呢。他起先说的四十五万是为了蒙蔽钱世仁，是不想让他猜出受谁的委托，他的计划是三十万。六万算什么，六万他回去怎么交代，六万他要是也拿，那真是打劫了。他只有完成了三十万，才算是完成了此行的目的，才能够实现他回家的打算。他对保姆说，今天先这样，你再去找个袋子，把这些钱给我装起来。

电视上怎么会有小区的镜头呢

陈胜也和张富足一样，也只是吃了一碗方便面，他是惦记着张富足，惦记着他的过程，没口味，吃不下。方便面权当是水，泡好、胀好、不烫了，端过来草草喝掉。

陈胜一项项地想象着张富足的步骤，他进门、震慑、集中、绑手、吃饭、检查、封闭、数钱，加之谈判，加之晓之以理，这些费时的工作都算进去，如果顺利，八点前就可以结束了，八点半就可以凯旋了。如果有打斗，身上有血，不敢坐车，就是在巷弄里穿梭，再加半个小时，也应该到了。现在是晚上十点，张富足还没有消息，那百分之八十以上是出事了。会出什么事呢？张富足可是个庄稼人，力气大得很，就算是钱世仁一家人都扑上去打，也不一定是他的对手。除非是他们原本就有所防范，张富足刚一踏进别墅，就被他们设置的罗网给罩住了，把他五花大绑了。这不是没有可能，老实笨拙的张富足怎么会是老奸巨猾的钱世仁的对手呢，也许这会儿正被钱世仁按在私设的公堂里会审呢。以钱世仁的性格，他才不会把张富足交给派出所呢，他会拿张富足玩玩，折磨折磨他，用什么酷刑陈胜想不出来，但他会搞得张富足很难受，要撬开他的嘴巴，让他说出指使的后台，谁在出谋划策。

要是这样，张富足真的会出卖他吗？陈胜想，不会，张富足这个人还是挺实诚的。当年他把他误送进派出所，刑讯逼供虽然委屈了他，但他出来后还是留在他身边，说明这个人还是重情义的。再说了，他们都这么多年没有联系了，尽管他跟他来到了热州，但没有人见过他，他也没有到外面去，他身上没有一点陈胜的信息，他就是说，也说不出什么名堂来，说糊涂了，人家还不一定信。

也许，钱世仁会翻翻张富足的手机，看他最近和谁联系过。

当下的条件，最容易暴露信息的就是手机。这个，陈胜一开始就注意到了。自从他准备去找张富足，他就没有动用过手机，他情愿多花点时间，麻烦一点，事必躬亲，身体力行。他和张富足的手机联系，还要追溯多年以前，那时候，他是他的老板，他是他的落料工，也就是春节催他过来上班，他们才会用手机联系一下，也是简短得犹如电报：什么时候出来啊？下星期吧。路费给你报销，明晚能赶来吗？噢，这个好。就是这样，都没有太多的话。陈胜听人说，一般的手机资讯，程序里可能要保存三年，三年的蛛丝马迹，都可以在手机里翻找出来。陈胜想，那是专门对付干部的手段，干部有风险隐患，这可以起到监督的作用。对于平头百姓，谁会花这个心思呢？合算不合算呀？在浩如烟海的芸芸众生中，谁知道谁啊，知道了有什么用啊，也许过不了几秒钟，就被无穷无尽的资讯覆盖了。就算是张富足有手机，也不一定是真的，乡下人先天就有防范的意识，自我保护得好，他们喜欢用假身份证，买临时卡，说不定连张富足这个名字都是假的……

　　噢，不不不，不会，这种倒霉的事才不会发生呢。倒霉的事，一般都只会发生在坏人身上，刁钻的人身上，也就是说，要倒霉也应该轮着钱世仁倒霉。不不不，现在想这些还为时过早。

　　那么，会不会是张富足在等现金呢？这真有可能。这个老实人，这个固执的人，你跟他说到哪儿，他就做到哪儿，说了三十万，他就是三十万。陈胜交代了，像钱世仁这样的家庭，一定数量的现金应该是有的。但三十万现金也许会有问题，这一点他疏忽了。因此，张富足可能是拿到了少量的现金，尝到了初战告捷的甜头，他可能是在等更多的现金。当然，这都是陈胜单方面的臆想，具体实施得怎么样，他心里一点也没有数。

　　张富足确实是在等钱。事实证明，他们这件事是做得对的。有些人就是这样，不见棺材不落泪，敬酒不吃吃罚酒，不给点厉害看看，他不知道怎么妥协。反过来想，陈胜这个钱容易吗？按照百分之八的生意利润测算，他这三十万中，可能有二十九万多就是本金。本金加上一些附加值，加上许多服务，花费了生意人多少血汗哪，才成就了三十万这个数额。钱世仁有这么想吗？这些心狠手辣的人，只知道仗势欺人，打倒了人还要把睾丸咬了去，连本带利都想赖，这怎么行！所以，就得用这种极端手段来对付他，就得借助于原始的手段，刀枪棍棒、炸药包手榴弹，这样他就老实了，叫他坐，他不敢站，叫他吃，他不敢喝。

张富足说，六万怎么够呢？你打发小孩啊？六万我根本不好交差。张富足这会儿数好了钱，也坐回到钱世仁他们前面，他一手拿着遥控器，一手拎着钱袋子。他的对面是钱世仁一家及其保姆，看起来力量悬殊，其实优势还是在张富足这边的。他耐心地告诉他们，他们之间的对峙，不是谁对谁错的问题，而是钱的问题。他说，也许一开始是有对错的，但这个对错不是原则性的，是可以改变的，你把钱还给了人家，也就没有对错了，也就没有现在的对峙了，我也不用在这里影响你们生活了。所以，不是我为难你们，而是你们行行好来帮助我。钱世仁说，我知道我们之间没有纠结，但我现在真没有钱，我仅有的一点钱都拿出来了，你还想叫我怎么样？张富足说，不是我想要你怎么样，是你还没有怎么样，你没有钱就可以算了吗？你没有钱可以向朋友借呀。钱世仁说，手机都被你泡水里了，怎么借？张富足得意地说，手机是一定要泡在水里的，你们的手机不泡，我就有危险了，我就控制不了你们了。但这难不倒我，手机我有，我的手机不好，但通话没问题。张富足掏出自己的手机，一看就是个老诺基亚，还是人家用后退下来的。他打开手机，傻了，居然没电。这种机子，本来存电量就少，因为紧张的筹备他又忘了充电，但不要紧，恶劣的环境下他也有应对的办法。有一年陈胜开玩笑告诉他，部队里有一些生存知识，其中就有给手机充电的。张富足叫钱世仁等着，他走进卫生间，但门没有关，他的耳朵和意识都还在客厅里，他掏出东西对准手机尿了一下。这泡尿又臭又长，这泡尿就像是浓度很高的药水，立刻在他的手机里起了反应。这是个什么道理陈胜没说，也许尿里面有什么特殊的成分。反正手机再开时，就顺利地启动了。张富足回到钱世仁面前，钱世仁报号，张富足拨号，再把手机塞在钱世仁的耳朵旁。开始的时候，钱世仁支支吾吾的，像在说什么暗语，张富足就拿遥控器在他的面前晃了晃，钱世仁就识相了，才编出许多借口，什么明天厂里发工资啦，什么有个贷款要到期啦，等等。钱世仁效仿着对方的说话，把它传达给张富足——现在谁家里还放现金啊，现在大额的都通过"网银"转账了，就是有，也没有那么多，要拼了命去筹，送过来也是明天上午了。钱世仁补充说，晚上，你就是把银行都吵起来，也没有钱。张富足想想也是。

这个夜晚，注定是漫长的，注定是难熬的。

这天晚上，陈胜觉得真的叫作百无聊赖，他想象着嘉年华里面的景象，这是他设计的，但不知张富足执行得怎么样，是不是不折不扣，他只能让想象来打发自己焦躁又纠结的时间。陈胜在无聊中打开电视，其实也没有想看什么，就是无所事事，想打发时间。私人客栈大多没有卫视，都是地方频道，他打开的是热州综合台，正好是十点钟，好像是《新闻现场》栏目。画面上出现了某个小区，有几辆警车停在门口，有红蓝灯在无声地闪烁，有领导模样的人在交头接耳。镜头又从门口往里推，有警戒线把地段拦了开来，有警察在指挥疏导人群，有几座别墅安详地镶嵌在黑暗中。这些别墅怎么这么熟悉啊，刚才门口的样式也是，进来的通道也都有点印象，陈胜想，要是在白天，要是镜头稍稍地停顿一下，他一定会认出这是个什么小区。热州有几处好的别墅群，都是香港和台湾人造的，两个地区，审美和设计的理念不一样，自然小区的格局也不一样。陈胜看到的是台湾风格，理念讲不清，但样式是传统和朴实的。他正在心里分析着，突然有意识跳了出来，这不是嘉年华小区吗？怎么啦？怎么啦？

小区里发生了什么事啦？是火灾吗？但没有火灾的场面。是小车交会时剐蹭了？现场也没有人吵架。是小孩失足掉入水池了？没有混乱也没有嘈杂的哭声。陈胜又意识到，好像这电视里没有声音，连平时张扬的警笛声也被掐掉了，仅剩一个画面。为什么会这样？为什么要悄无声息地进行？答案只有一个，这不是电视节目，是在现场直播，是在记录警察的工作，在完成一项神不知鬼不觉的任务。那目标也只有一个，是要对业已潜入民宅但仍蒙在鼓里的、毫无察觉的张富足实施包围。也就是说，张富足的行动已经暴露了。

陈胜马上起身赶到嘉年华去。但在接近小区门口时，陈胜又犹豫了。他远远地望着小区那边，门口已围了许多人，好像在议论，好像在围观，他真想也过去听听，到底发生了什么事，是不是和他想象的一样。若是，他是多么想进去通报给张富足啊，让他提高警惕，让他谨慎行事，抑或是早点放弃。哪怕并不是这样，或者是陈胜神经过敏，小心和提防总是有益无害的。但眼下这情形，陈胜如何能进去呢？在保安那里他怎么说？怎么能通过警察的封锁线？怎么能靠近Ａ区3号？

　　假如事情真是这样，那么，到底是什么环节出现了纰漏，从而暴露了张富足呢？陈胜想，张富足的步骤应该是没有问题的，第一，把大人绑了、把手机泡了、把房门锁了、把楼道封了、把人员集中在一起，可谓滴水不漏啊。第二，道理也讲清楚了，我们是无奈之下的讨债，是不得已而为之，不是入室抢劫，不是绑架勒索，更没有以夺取为目的的伤害，他们应该是明白我们的动机的。第三，事实证明，我们不是拿了就走，拿了就走你可以说我们是强盗行径，但我们还在等待，期望他们良心发现。现在看来，事情已经是不可逆转了，甚至朝着不利于我们的方向发展。那么，会是什么样的纰漏，造成了眼下这样的被动呢？在短短的时间里，一家人都没有可能迅速离开，实施报案，大部分时间都还在张富足的视野范围内。那么，是在钱世仁假装配合的关灯时，启动了什么报警装置？这个别墅安装了火警、匪警、急救装置？或者有什么特别的装置，是外人所无从知晓的？张富足看似胸有成竹的胁迫，实际上已经被钱世仁使了诈，不知不觉中报了警？这不是不可能的。陈胜回想起一段往事，有一次自己去上海进货，供应商客气，把他安排在位于浦东的新房里住。那真是一座江景豪宅，陈胜在里面像一个乡下人那样很不自在。睡到夜里，他被莫名其妙的陌生弄醒过来，他想尿尿，想到其他房间里转转，想到阳台上看看下面的江景，但他找不到准确的开关，他挨个儿按过来，也不知哪一下按起了警报，他自己都不知道。一会儿，外面有人敲门，他钻在猫眼里一看，一群保安堵在门口。他惊愕地打开门，保安说，你们家发生什么事啦？他说，没有啊？保安说，那你按警报干吗？他傻了，他说，啊？我按警报啦？当然，最后，他的解释也是令人愉快的……那么，钱世仁家是不是也是这种装置呢？他传递的是什么样的警报？是火警、匪警，还是急救？按理说，不管是什么警，保安都会上门询问的。现在直接由警察插手了，而且刻意不惊动Ａ区３号，而且悄然地实施了包围，可见不是开关，可见里面的报警不是含糊的，而是准确的——有人抢劫，人质被控，有雷管，有武器。那么，警察讨论之后的措施就是，不能强攻，只能智取。

　　陈胜苦思冥想，那会是哪一个环节出了差错呢？他一步步地想过来，忽然，他惊出了一身冷汗，会不会是小孩那里呢？小孩是最容易被忽视的。张富足收缴了钱世仁的手机，收缴了他老婆和保姆的手机，但他忽视了小孩的手机！他以为小孩没手机！热州的小孩一般都是有手机的，只要他到了上学的年纪，只要他离开了父母、有独处的机会，那大人是一定会给他配备手机的，手机的好坏要看家庭条件而定，可以是小灵通，可以是一般的手机，像钱世仁这样的家庭，小孩如果要，那拿一个Iphone4都是有可能的。会不会是这样一种情况，当张富足把钱世仁押到楼上做这做那的时候，小孩摸出了手机嘿嘿一笑，这样家庭出身的小孩一般也都是古怪精灵的。妈妈说，躲卫生间里，报警报警。于是，妈妈在客厅里望风，小孩和保姆闪进了卫生间，小孩拨出了手机，由保姆口授情况。在那个万分危急的时刻，他们肯定不会说得那么详细、那么准确；不会说讨债，只会说抢劫；不会说手段，只会说雷管；也许还会添油加醋地说有凶器，甚至还会杜撰出乌黑乌黑的"手枪"。报警的经验是，不报得凶险一点，不足以引起警察的重视。按照陈胜的上述所想，显然，钱世仁他们是报了"假案"，把讨债报成了抢劫，那对于张富足来说，程度就严重了，性质就起变化了。短短的几分钟，报警被传递了出去，等张富足和钱世仁从楼上走下来，他们已回到了沙发上，三个女人看上去战战兢兢，仍旧老实地待着。粗心的，或者说被胜利冲昏了头脑的张富足，哪里看得出什么异样呢。

陈胜后悔啊，他事先只差再交代一句。他前面只和张富足说了一句谚语：瘸狼难斗；他就差再补充一句电影台词：出卖你的，往往是你的同类。

但也有另外一种可能，小区里出现的异常和他们这件事没有关系，是别的不测和意外，这也说不准，但愿是这样。

小区里，一边幽暗，一边灯火通明

现在，在A区3号的客厅里，轮着钱世仁在周旋张富足了，他们的话题仍然是借款。钱世仁装模作样地要了张富足的手机，要再联系几个人，钱世仁"叹苦"说，不是他不愿意还债，实在是大家都是这样的，好欠就欠，能赖则赖，拖一天是一天。张富足说，你就是想把它拖没了。钱世仁说，这是热州生意的特点，我也是随大

206

流，跟跟不用动脑筋。张富足说，这就是你们不规矩，市场都是这样被你们搞乱了。钱世仁说，我以前也是定期付的，后来我也被别人欠了，我为什么就不能欠别人呢。张富足说，你还理直气壮啊，你还有歪理啊，都像你们这样，生意还怎么做。钱世仁说，生意不能勉强，生意也是适者生存的。张富足说，你这就是无赖的说法，所以，我要炸你。

有一下，钱世仁的小孩也要看电视，说他们老师说了，晚上十点钟，有他们学校的艺术节录像。张富足允许小孩打开电视机。电视打开了，不像往常那样立刻就跳出图像，进入节目，而是出现了一个厂家标志。标志在屏幕上移动，一会儿又跳出一个方框，写着"没有信号输入"。其实，电视早就被外面的警察掐断了，目的就是让A区3号与外界隔绝，让它看不到外面的"情况"，让它成为一个"孤岛"。张富足傻乎乎地说，是不是外面输入不好了？要不要找物业问一下？钱世仁也许已经心知肚明，知道了外面什么情况，他故意说，算了，算了。

晚上十一点的时候，张富足想到了睡觉。送钱反正是明早的事情，这个漫长的夜晚要怎样度过呢？让他们都回到楼上休息？不行，那太不好控制了，他的注意力根本顾不过来。万一在房间里发出什么暗号，里应外合，那他就完蛋了。那就照旧，大家都待在客厅里，一切都在他的眼皮底下，一举一动都别想有什么企图，反正这几张沙发也够他们用的。张富足说，小孩睡沙发上，她明天还要上学，你们就委屈一下。但是，我也会奉陪到底的，你们坐着，我也坐着，你们躺着，我也要坐着。我也很辛苦，我希望你们都不要犯傻，好好配合，我们平安度过这个夜晚。

张富足还叫保姆关了灯，只留下卫生间里的一盏小灯，门还要小开一点，这样，没有了太大的光亮，空间一下子就缩小了，感觉也似乎是更集中、更安全了。最后，张富足还要去检查一下，他走到门边，先是侧耳听一听，再把眼睛凑在猫眼上，其实，外面早已被警察"布置"过了，他能够看到的竹园，竹子在轻轻地摇曳；旁边的鱼池，像一潭死水，只有浮萍上反射的光点，呈现出柔软的意境。左边是卫生间，封闭得可谓严严实实；右边是厨房，也只有一个小小的气窗，缓慢地转动着风扇叶子。沙发的背后是落地窗，双层的、钢化的，外面还隔了精致的栅栏。张富足悄悄地把窗帘撩了个缝，对面是出租的一间会所，叫万象阁，不对外营业，都是老板的一些朋友过来，喝茶、听琴、作画、习字，今晚烛光依旧，琴声依然，笼罩在一片鹅黄色的安详里。

看来，平安无事，只等时间消逝，只等天明的到来。

陈胜却把这一切看作是暴雨前的沉闷，大战前的静谧。如果他猜测得没错，这时候的警察，应该已经在疏散住户了，尤其是A区3幢附近的住户，他们正挨家挨户地做工作，劝离劝退，他们做工作的借口不知是什么，当然不会说周围有炸弹，那样会引起恐慌，甚至会引起不满。最好的借口是发现了什么流行性疾病，类似于非典或者禽流感，这些富人区的住户，生活得很安逸，一个个都很爱命，你轻轻地说，他就重重地听，你叫他不动声色地慢慢撤，他也许像射出的箭一样就奔出去了。这不怪警察，因为他们接到的报警就是雷管，有粉肠那么粗，有粉肠那么长，还是八根绑在一起的，是从矿山里带出来的，估计的威力有多少多少当量，这使得没有文化的人也能联想起"夷为平地"这个词。为了不被张富足夷为平地，他们就是要做到万无一失，要把一切布置得天衣无缝，A区3号猫眼所能及的地方，窗户所能及的地方，门口的竹园、鱼池，背后的花坛、会所，都要呈现出一派温馨祥和的景象，最好还要是歌舞升平的景象。当然，警察也一定考虑到晚上强攻的不便，晚上，总会有一些目力所不及的角落，要是别墅里再关了灯，那更是寸步难行了，那等于"我们在明处，敌人在暗处"，这是侦破工作的大忌。破案，是不能以牺牲和损失作为代价的。

在热州，对付类似的事件，还是有经验可鉴的，有很多方面的力量可以调动。热州地处东南沿海，海军警备区的特战队，就是一支很好的队伍。陈胜在当兵的时候虽是养猪，但对这支队伍则是特别仰慕，因此，还特地在复员回乡后，以一个老兵的身份去参观过。他对他们有几个训练课目非常有印象，一是实弹射击，不是打移动靶，也不是远距离射击，而是在小舢板上、在海浪里、在不稳定的条件下进行射击，那要求在扣动扳机的一瞬间非常果断。二是长距离负重跑，不是跑平地，也不是跑山路，他们练的是负重沙滩跑，负重雪地跑，还专门挑那些软沙滩和深雪地，这需要很大的腰腹力和身体的协调性。三是练从天而降，直升机架在二十米空中，舱门打开，特种兵利用缆绳飞速下滑，三秒钟完成，这是个身体完全失衡的状态，要求身体不打转，落地能射击。他们还有手绝活是掷震爆弹，震耳、刺眼、烟雾笼罩，特种兵要在这个环境中眼睛雪亮，迅速占领有利位置。陈胜想，嘉年华里的专案组，第一时间肯定是想到了这支队伍的。但是，在一个高档小区，这支队伍恐怕不行，间隔不大的别墅，容不得直升机舒服地飞行；而张富足眼下已躲在一隅，况且是夜晚，况且A区3号的窗户全都被封死了，只有正门尚可出入，不存在要抢占什么地形，用这支队伍，显然是有点"大炮打蚊子"了。

后面的会所里，灯光安详，那是靠通道边上的几个包厢，是为了蒙蔽给张富足"看"的。而后面的几个房间，却是灯火通明。第一个大间，原来是台球室，现在站满了荷枪实弹的防暴警察。这些年轻的战士，平日里也是训练有素的，但真正面临了战斗，还是会有点紧张，有的在拼命地喝水，有的抑制不住地干呕。这也是一支必须被想到的队伍，哪怕是条件和环境的制约最后没被用上，那这支队伍也应该都在的，造造声势，维护秩序，就算是配合拍电视，也整齐划一一点，非常有画面感。中间的一个小间，已经被通信人员占据了，他们都是公安部门的专家，但和公安有着截然不同的形象。一般说来，电脑的、视频的、音响的以及无线微波的高手，都是藏于民间的，但一旦被公安用上，那一定是更不同凡响的，你会觉得他们才是严谨、细微的化身。还有一个小间，是几个领导坐镇的地方，市里的领导、委里的领导、局里的领导，他们围在一张临时找来的小区平面图前，指指点点。他们的样子，就像电影里那些踌躇满志的将军，一副"官大表准"的派头。他们的主意总是智慧的，不仅高屋建瓴，而且简洁实用。他们一定会说到强行突破，在一个不经意的瞬间，以迅雷不及掩耳之势，发起突击。这样，他们就自然而然地想到了公安的"三人小组"。

三人小组要来，就意味着张富足凶多吉少了，陈胜担心的就是
这个。他虽然远离小区，但心里惦记着小区的情况，张富足的每一
步，都在他的预想之内，八九不离十。他知道，张富足前面所做的
铺垫，都是到位的，高处和背后，似乎无懈可击。但由于在小孩手
机上的疏忽，或钱世仁在开关上传递了什么信息，他的后患已慢慢
地显露出来。怎么办？怎么办？他现在才感觉到什么叫作鞭长莫
及，什么叫作远水救不了近火。再好的设想，也架不住现场意外的
失误。

三人小组，陈胜早在多年以前就听说了。那一年，热州城里发
生了一起案件，一位下班回家的民警，被人杀害了。民警在黎明派
出所上班，家住三脚门外的北庄。按理说，民警是不会有什么危险
的，因为他骑着摩托车，身上还佩了手枪。但骑车让他的腰弓了起
来，腰间的枪也凸显得特别触眼，潜在的危险也就显露出来了，而
他所去的这个地方也是一个"软肋"，热州有一句很有特色的话——
"棺材都抬到三脚门外了"，意思是说，事情都可以落结了。过去给
死人送葬，三脚门外是一个界线，到了那里，亲人磕头，送者止
步，棺材也要送往坟地了。也就是说，这三脚门外是个城市的边
缘，是个荒凉之地，民警就是在这里被人瞄上的。摩托车从热闹的
黎明路一路骑过来，威风凛凛，风驰电掣，到了三脚门外被守候在
这里、蓄谋已久的自行车一撞，就稀里哗啦地四脚朝天了。埋伏在
这里的歹徒一拥而上，抢了民警的枪，还残忍地将其射杀了。这件
事开始没有引起足够的重视，没有往蓄意上想，以为只是街头混混
的偶然而为。

可是，一个星期后，也是在三脚门外，又发生了类似的一件事情，也是一位落单的民警遭到了袭击，也被射杀了，也抢了枪，这就是一起有组织、有预谋、有针对性的恐怖行为了。而且，大家都知道了，现在有两把枪落入了歹徒手里，不知道他们接下来会做出什么。一时间，没有人单身行路了，没有人晚上出门了，民警也不敢穿制服了，商店也不敢开夜点了。

但公安肯定不是吃素的，案子很快有了眉目，有眼线报告，东门的闲人阿四，某日曾出没过三脚门外。东门距三脚门外有八九里地，加之交通不便，加之阿四没有亲戚朋友在那一带居住，他突然现身在这个地段，定然有蹊跷所在，有值得分析的地方。此时的阿四，正在三角巷家门口卖茶叶蛋，看似平淡无奇，但以阿四的能力，不应该仅仅操持着这份营生，是不是背后蕴藏着更大的志向？于是，有一天，公安借口送茶叶蛋，把阿四请到局里面去了。

公安知道，像阿四这类人一般都是个滚刀肉，也不和他废话，直接放过来一头狼狗。阿四坐在审讯椅上，双手固定在扶手上，狼狗慢吞吞地走近阿四，低着头装作没看见他，突然一个耸立起身，两只脚搭在阿四的肩上。阿四哪里见过这样的场面，当场就尿了裤子。狼狗才不理他这种伎俩，只顾伸了舌头，在阿四的脸上猛舔。阿四仰着脸，脖子扭来扭去，但狼狗的舌头舍不得放下他，一会儿舔舔鼻子，一会儿舔舔嘴巴。阿四知道，就是狼狗的舌头没有准则，说不定啊呜一口，就把他什么咬下了。阿四就大喊救命，就竹筒倒豆子，把抢枪的那几个都招了出来。后来，据说，就是公安的一个"三人小组"，摸了十六铺那边的一间民房，演绎的就是前后左右相互照应的配合，一个撞门，一个开枪，一个再补一枪，以此类推，一瞬间就结束战斗了。

这件事过去了有将近二十年，但三人小组的配合，从此作为热州公安刑侦的一个特训课目，被一直延续了下来。

现在真的叫作"度夜如年"

三人小组是不是已经被派到了嘉年华现场？陈胜不知道，按照眼下的局面，应该是已经到位了。此刻，他们也许正在领导的房间里，聆听领导的指示和分析——A区3号的布局、里面有几个人质、哪几个已被限死了、哪几个相对自由些；他们现在在什么位置，如果破门而入，会有什么不测；房子的天花板上是什么灯、是筒灯还是盘灯、这些灯可以派什么用场、能不能扰乱歹徒的视线；进去后谁开第一枪、第一枪打什么、第二枪解决什么问题、三枪之内要做到怎样；黑暗中的夜战能有多少把握、有没有第二方案；诸多的问题，使得他们最终不敢在夜间贸然行动。

现在，三人小组撤回到另一个房间，他们开始擦枪，尽管他们平时也经常地擦枪，但紧张的枪战，枪膛瞬间发烫，会不会卡弹都很难说，还是擦一擦好。他们也会在沉闷的气氛里没话找话，一个说，你枪里有几发子弹？一个说，我四发，下午训练后还没补齐。一个说，我本来是满的，下午有领导视察靶场，被他解馋了几枪。一个说，我下午练到一发臭弹，不知剩下的这些还臭不臭？三人最后说，没事，凭我们的枪法，一般只用打一枪，不会补第二枪。他们用的是"六四"式的，配齐了一枪七发子弹，枪是老了点，但座力小，近距离射击准度不错。

三人又钻头说了一下战术，一位领头的主讲，他在一张白纸上写写画画，解说着破门之后的步骤。他先开第一枪，在没有摸清真相的情况下，第一枪先打一个有巨响和飞溅的东西，顶灯、镜子、鱼缸，在巨响和飞溅的作用下，一般人都会本能地抱头躲身，就在这一个瞬间，第二、第三枪已经捕捉到了目标，子弹也应声赶到。当然，第一枪能够找到哪个是歹徒，一步到位，则更好。

危险，已经具体地降临到了张富足，似乎是迫在眉睫，伸手可触。但张富足可能一点儿也不知道。如果嘉年华小区此刻不是森严壁垒，陈胜一定会偷溜进去，他已经想出了溜进去的办法，报几个熟悉老板的名字，做眼镜的阿康、做灯具的阿德、做电镀的阿国、做皮鞋的阿胜、做打火机的阿隆，他们像繁星一样镶嵌在小区里，很长一段时间，人们一说起这个小区，都会说，知道，谁谁谁也住在那里。他只要报准了他们的幢数和室号，保安放过了，就可以大摇大摆地进到小区去。但现在这样的情况，能不能接近 A 区就很难说了。这时候，如果陈胜大喊一声，张富足快跑，夜深人静下，他的喊声一定会非常尖厉，像玻璃砸在地上，像山区深夜的狗吠，那一定能够惊动张富足的。这时候的张富足，神经一定也是高度地紧张，意识也会特别地敏感，外面一点点的异常响动，他都有可能及时地收到。如果能这样，那事情就简单了，张富足只要乖乖地举起手，走出别墅，老老实实地让警察捉住，然后原原本本地复述真相，说了未遂的过程，警察还会说他是歹徒吗？顶多是说他讨债的方法不当，教育几下，或拘留几天，就放他回家了。

　　但是，现在的张富足，可能已成了瓮中之鳖了，陈胜也不敢这样做，他想，要是能打个手机就好了。张富足的手机，他一开始是有意回避的，那是为了安全起见。他去张富足家找他，他把他带到热州，他教唆他方法，都没有用手机联系，那也是为他好。什么资讯都没有，什么信息都没有留下，那是最稳妥的。这会儿想想，要是能知道张富足的手机该有多好啊。张富足的手机，他只是在多年前用过，还不知是不是那个号码。他记得他的号码很像一句歌词，这是他当时的感觉——流水长长长，前面加上地方的一贯号就是134×××64777。他想试着拨它一下，但马上就放弃了，不管张富足的手机通还是不通，是关机了还是销号了，一旦他拨了，他的号码就留下根了，那最后要是分析起这件事，他还是会露出马脚的，这样的话，他前面的保密工作就白做了。

　　张富足暂时还是安全的。他的安全，来自他的心无旁骛，他只是在讨债，在等钱，等到明天，钱一到手，他就完事了。至于他做的那些防范行为、限制行为，他觉得这都是"例行公事"，是象征性的，目的不是想害别人，而是为了安全起见。所以，在夜晚的这段时间里，张富足是坦然的。为了方便大家，他留了卫生间的一盏小灯。他又让空调开大，在沙发上，他们虽然不能安心地睡觉，但如果有空调，还是可以马虎对付的。他还把钱世仁绑在背后的手解开了，这样便于他休息，不过仍旧像他老婆那样绑在身前。他不是不放心，只是不想有什么节外生枝的变故，保险一点。

　　张富足觉得大家都可以睡上一觉，尽管条件有限，不能酣然入睡，但松弛地眯一下，应该是没有问题的。经过一个晚上的接触，他发现他们配合得非常好，是啊，大家都不容易，大家心里都明白，事情就好办起来了。长夜漫漫，张富足没有一丝睡意，陌生的任务，惊险的场面，紧张和小心，还有维护和坚持，这些工作一直在他的心里激荡，也不断地激励着他。他就坐在那张单人沙发上，但手中的钱和遥控器丝毫也没有放松。他可以不睡，他有长时间不睡的习惯，他以前在热州就经常地熬夜，老板说要赶任务，他就白天夜晚地连轴转，他的精神很好，从不知疲倦，有多少任务他就吃多少任务。陈胜说他是被钱烧的，提了神了。他今夜也是被钱驱使的，也是提了神了。现在，钱世仁一家就窝在他的对面，他告诉他们，不好意思，你们就将就将就吧，等天亮了，我们大家都解脱了。他们没有听他的，但也没有抵触情绪，他们似乎也在等待时间的退去，或许他们心里暗藏着更大的期待，这一点张富足不知道。他们都闭着眼睛，看似养神，也许是在蓄力。钱世仁坐在另一张单人沙发上，仰着头，他的手现在绑在身前，自如多了。他老婆、保姆坐在大沙发上，她们蜷缩在一起，把腾出的位置让给小孩，显然，小孩子已经熟睡，她躺在那里，手脚和身体是那种肆意的姿势，也许她一开始就没有意识到危险，在她的心里，这件事多少有那么点游戏的成分。这和张富足穿的外卖衣服有关，也和他的所作所为有关。

　　总的来说，张富足觉得这家人还是比较好掌控的，也许他们是自知理亏，特别是钱世仁，他现在一定在暗暗地反思吧，俗话说，肠子都悔青了。

张富足都没有回过神，就被收拾了

陈胜这样想着，操心着，一夜非常难熬又飞快地过去。他待在那个私人客栈，坐不是，躺也不是，从不抽烟的他，也抽了一夜，堆了满满一缸的烟头。

天微微发亮的时候，陈胜马上又起身出去了，他打的去往嘉年华小区。嘉年华名气大，司机一般都知道。后来他在车厢里跟司机解释，他其实是要去晨练的，他有晨练的习惯，听说嘉年华对面刚搞好一个公园，景很美、路很好、人不多，他要去那里看看。司机一边噢噢，一边驾车呼啸而去。

车是东向行驶，正好停在嘉年华门口。下了车，陈胜径直往对面的公园走，给人的感觉是，他就是为晨练而来，他迫不及待了。在马路中央，他左顾右盼，似乎是在看过往的车辆，实际上他的眼睛都在瞟嘉年华门口，在判断和分析情况——警车还在，警戒线还在，有身穿蓝衣服的协警站成一排，和昨晚他看到的大致一样。陈胜想，看来里面还没有动静。或者，就像他想的，警察不是来针对张富足的。

陈胜也没有到那座小房里去，尽管它就在旁边，按理，他应该在那里再停留一下，再仔细地窥视一下，多了解一些情况，那个三楼，还放着他们此前留下的饼干和水，也许还有指纹和脚印。他想，如果这件事最终没被破解，那这里也许会成为哪个细心的警察牵挂的地方，他把它做成了"案底"，留在自己心里，多少年之后峰回路转，他就立大功了。所以，陈胜觉得他不能第二次踏入同一个地方。也许这地方已经被设了埋伏，也许有警察在远处注视着这边，他只要一进去，就是踏入了天罗地网。他甚至都不能在这边停留，他要装得按捺不住晨练的兴奋，像鸟儿愉悦地飞入森林，像鱼儿欢快地跃入江海，他深吸着公园新鲜的空气，融入人流，一下就不见了。

这里的山，像是从天外搬来的，这里的树，像是神仙剪修过的一样，曲径通幽，溪水附唱，这真是一个暴走的好去处，陈胜真想撒开双腿，尽情地挥洒一下。但他没有心思，他还惦记着张富足呢，如果都按照他的设想，张富足也只是完成了一半任务，行百里者半九十，他最后没有走出来，都不能说是完成或成功。陈胜不敢走远，他只能在附近转悠，草地上、凉亭里，有人在练瑜伽，有人在舞长穗剑，有人在运势太极，他连看都是心不在焉的，他有意保持着与嘉年华的"距离"，如果嘉年华现在是个"旋涡"，那他也要置身在这个旋涡的边缘，每时每刻感受着它的律动，触摸着它的肌理，这样他才放心。

大概一个多小时后，陈胜无意中转到了出口附近，他下意识地瞟了一眼对面的嘉年华，愣了一下，那些警车啊、协警啊、警戒线啊，都撤销了，这怎么回事？难道里面发生了意外，警察们都扑到里面去了？难道张富足得手了，趁人麻痹金蝉脱壳了？事情以钱世仁出来宣布"没事了""我们自己解决了"，这样幽默的方式结束了？不知道，不知道。陈胜突然莫名其妙地紧张起来，想刻不容缓地往回走。

他现在要去哪儿？他只能回到客栈去，如果是他想象的那样，出事了？逃走了？或是和解了？他也要在客栈里等消息，不然他的心脏受不了。他想象着属于清晨的那些情节，张富足早早就起来了，他指挥着他们的生活起居，等待着人家送钱上门，但这样的想象一直没有结果，一点也连接不上，想着想着就断了。他也想象着张富足能逃出 A 区 3 号的样子，"胜利大逃亡"似的，或者像雄鹰一样挣脱出来、掠得瓦片啦啦响的，但都没有。当然更没有张富足拎着钱袋子在马路上飞奔的想象，拎三十万的没有，拎六万的也没有，想着想着脑子就空白了。想着想着，就会有另外的景象斜插进来，打断他脑里的意象——密布在暗处的警察，武警防暴队的铁桶阵，交叉得像五花大绑一样的警戒线……

陈胜就这样在房间里瞎想，这时候，门下有窸窸窣窣的响声，他钻头一看，是服务员塞进来的一张报纸，《热州资讯报》，其实相当于商报的性质，估计也是客栈去缴管理费的时候分摊下来的。平时谁还看这类报纸啊？正好这会儿没事，陈胜就捡过来翻起来，才翻了两版，就看到一条醒目的标题——嘉年华小区昨发生入室抢劫案，副题是：歹徒绑架了人质，警方与其交涉无果。陈胜的头立马就烫了起来，看来事情真的坏了！但也不能这么说啊，这么说会出问题的，什么入室抢劫，什么歹徒绑架，什么交涉无果。陈胜急切地浏览内文，还好，都是空话，都是些含糊其词的话，像路上听来的小道消息，比他想象的还要逊色，也单薄得多。这是昨天夜里的消息，是白天的报纸清样结束前截止的，所以，这个仓促而偷懒的记者，基本上就是把指挥部那些敷衍的口述抄抄过来，根本就没有实质内容。

陈胜稳了稳心绪，心想，下午等等晚报看，根据时间的推测，晚报应该是有结果了。但是，陈胜的脑子里还是会不断闪烁出张富足金蝉脱壳后的情形，警察的包围算什么，森严壁垒算什么，理论上说都是不可能的，但一个意外的疏忽，完全是有可能的，比如，有警察忙乱之中失足于鱼池，众人呼喊相救，场面一时混乱，这时候，张富足就有可能混逃出去。他原先在屋里是穿外卖衣服的，这会儿说不定已披上了钱世仁的睡袍，装作出来询问，瞬间就匿影了，一切皆有可能。张富足还是有一点农民式的狡猾的。

　　那么，在这样一个上午、中午，现在又临近下午，张富足会去哪里了呢？他如果手上拎着现金，走路会不会不方便，是不是先躲到哪里避一避风头了。这样的时候，警察一定在全城搜捕，他会去哪里呢？荒野处的桥洞？还是背阴处的涵道？抑或是哪个他非常铁的、都没有说起过的老乡家里？这样浑浑噩噩地想着，陈胜就迎来了下午早出的晚报。是他在客栈门口的烟摊上买的，第一版就撞痛了他的眼睛——嘉年华入室抢劫案告破，人质被解救，歹徒被击毙。还配了一张照片，一看就知道是张富足，他仰靠在沙发背上，眼睛像盯着天花板，手脚大开大合，手上还拎着一个背心袋，黑色的，就是家里头装垃圾的那种，估计里面是钱。这下完了，陈胜突然感觉到一阵眩晕，心脏像炮轰一样疼痛，冷汗也从头顶冒出，拿报纸的手也不由自主地乱抖起来。陈胜怕自己失态，想赶紧返回客栈，他的房间在二楼，他扶着楼梯，发现自己连抬脚的力气也没有了，他想，这会儿要是照照镜子，脸上一定是煞白煞白的。

　　回到房间，陈胜六神无主地坐在床上，不知道自己要做什么。

和他有关的人，这个张富足，原先一直是近在咫尺的，一直都想着的，突然一下就没有了，化为烟尘不知飘到哪里去了。他知道，这灾难已经远远超出了他所能承受的范围，他接下来怎么办啊。

他哪里想到张富足会被一枪毙命呢？在他们最初的设想中，这只是一趟生意，两人一起去做。在他们看来，这件事是情有可原的、在情在理的，他们甚至都没有想过会失败，他们想，在一个经济秩序混乱的地方，在江湖气很浓的地方，他们这样的事，每天都有发生，太正常不过了。当然，他们也想过斗不过钱世仁，张富足刚一进门，就被他制服了，那也不过是被暴打一顿，被一脚踢出，或被押送至派出所，派出所再铐起来让你"定境"，让你一点点供出主谋同犯，那无非也是说你方法不对。他们哪里会想到，事情会如此的急转而下，会朝着不以他们的意志为转移的方向发展。他们要是想到过死，想到过以生命为代价，那还会冒这个险吗？那样的话就提都不提了。

现在，陈胜慢慢地冷静下来，依照他前面对嘉年华的想象、对张富足的想象，对最后那个时刻做无用的回顾：天渐渐地亮了，张富足和钱世仁一家都好像苏醒了过来，噢不，张富足一直就没有睡，他不能睡，他就当自己是在加班，他知道自己身上的重任，越是接近胜利就越不能松懈。钱世仁和老婆像是眯了一会儿，或者眯都没有眯，但他们装作眯着了。保姆和小孩是真的睡了，沙发很大，保姆侧身搂着小孩，他们一动不动，要不是睡着了，姿势保持不了那么久。大概六点来钟，大家都像熬过了漫长的冬季那样缓过劲来，大家像自家人那样各忙各的，在张富足看来，他们这只是昨晚氛围的延续，昨晚他们最后的话题是筹钱，那么今早，他们只需耐心地等待，门铃一响，钱一到，他们就 OK 了，钱世仁一家解脱了，张富足也完成任务了。所以，他们心里都是在准备迎接。当小孩说自己要去上学，当保姆说要帮小孩洗漱一下，张富足一点也没有疑义，他当然是支持的，他还说，要不要我先烧点开水，早上还吃方便面。他目送着小孩和保姆走进卫生间，关上门……也许就是在这个时候，小孩一直藏匿着的手机又发挥了一下作用，它可能传递了一个至关重要的信息，这个信息也许是传给物业的、保安的、业主委员会的，抑或是门口小卖部的，但不要紧，他们马上会把信息传递到公安手中——我们在卫生间，爸妈在沙发上，歹徒有点疲惫、松懈了……

不知过了多久，也许是几分钟，A 区 3 号的门铃响了，钱世仁自言自语地说，可能是送钱的来了。钱世仁老婆侧了头问，谁啊？门口应答，我。钱世仁说，好像是阿元？他老婆看了看张富足，有请示的意思。张富足说，那你去看看。也许这时候张富足真的是疲惫了，他坐在沙发上没有起身，也没有警惕。钱世仁老婆犹豫着向门边走去，装模作样地瞄了瞄猫眼，回头说，是阿雷。钱世仁补充说，是我师兄弟，昨晚你听过手机的。张富足点了一下头，钱世仁老婆随即打开了门。从张富足坐着的角度看，钱世仁老婆正好挡住了整个门框，他就是再睁大眼睛，也看不到外面的景象。突然，钱世仁和老婆像是事先预演过的一样，老婆先是侧身躺到，钱世仁同时也顺势扑地，张富足还没明白是怎么一回事，门口的"三人小组"已冲了进来的，子弹同步地钻进了张富足的脑袋。"三人小组"用的不是"六四"，为了不扰民，他们用的是准度更高、可以消音的比利时勃朗宁 A1910……

要是人没有死，要是人只是伤，陈胜也许还可以站出来，作为一个同谋者，来分担一点张富足的责任。但现在，说什么都已经迟了。

不管怎么样，总得为张富足做点什么

这件事定性的关键是钱世仁。他要是把自己打扮成一个无辜者、倒霉蛋、运气不好被流窜的张富足摸了门，那就说不清楚了。人死了，真相都在他一个人心里，一切都由钱世仁说了算。他如果心安理得，只字不提背后的隐情，那这件事就是这样了，就这样盖棺定论了。

对于公安来说，一切都结束了。他们一点儿也没有错，从接案到部署，到准备，到实施，人力物力，夜以继日，这么大的投入，大家都很辛苦，最后没有损失，应该说是圆满的。至于那些雷管、凶器，乃至"手枪"，虽然经过最后的认定都是假的（雷管就是粉肠，遥控器是格力空调的，手枪是报案时顺便虚拟的），但公安是当作最危险、最严峻的一级现场去准备的。不怕一万，就怕万一。万一是真的呢？万一歹徒孤注一掷提前引爆呢？那造成的影响和破坏是不可估量的，所以，要坚决彻底地制止它。

从分析案件的角度看，这件事的疑点确实是很多的：第一，张富足是个外地人，身上没有证件，手机里没有信息，可见他事先是

223

有准备的，不是瞎撞的。第二，他的外卖打扮是哪里来的？怎么就进来了嘉年华？怎么会知道 A 区 3 号？可见是有备而来的，或背后有人指使的？第三，里面怎么还能报警？可见环境还是相对宽松的？第四，关键是张富足是来干什么的？如果是讨债，那钱世仁为什么不说？如果是来抢劫，那拿了钱又为什么不走？第五，他在里面待了一个晚上，他和这一家人是怎么相处的？这么长时间？没有打斗痕迹，个个毫发未损，甚至还能够"正常生活"……除非公安里面有个别福尔摩斯，觉得这个案有些蹊跷，他们喜欢琢磨，喜欢推理和分析，喜欢以人物的心理入手，来建立案件的可能性。看来，这种可能性也只能等到日后了。

陈胜不知道是怎么退掉房间，怎么回到家，怎么回到自己的店里的。这几天，他可以说自己在外面跑业务，江浙沪一带跑了一圈，但他都懒得说了。见到老婆小孩，他也没活泛起来。他的脑子里都是张富足，他的音容笑貌，他狗熊一样的样子。几天前，这个憨厚的乡下人，跟随他从乐安的老家走出来，满怀憧憬，想做一单美满的生意，却因为他的失算和意外，让张富足被一枪毙命。难过，像化学药水一样浸泡了陈胜的全身，他浑然不知接下来要去做什么。稍稍地清醒之后，他觉得有些事是一定要去做的——去看看张富足！张富足现在在哪儿？还会在哪儿？当然是在殡仪馆的冰库里。他找到殡仪馆的朋友，问清楚有没有警察看着，说明了自己和张富足的关系，当然没有说现在的关系。朋友理解，就安排了傍晚下班后带他去看。殡仪馆的上面，陈胜以前是去过的，那是去告别一些故人。但底层的冰库，他还是头一次下来。幽暗的通道好像水洗过一样，道旁的停尸车，一辆接着一辆，一盏红灯在前方缓慢地转着，引领着他，也无端地制造出一些压抑的气氛。陈胜悄声地问朋友，这红灯有什么意义吗？朋友说，没意义，就是提醒，不让人在这里产生幻觉。陈胜体会了一下，确实，若没有这盏活动的红灯，这里就像是阴曹地府。冰库赫然在目，张富足就躺在里面！旁边有几个单人冰柜，朋友说，这是有钱人租的，干净一点，张富足应该是在厢式里。厢式就像是集装箱，是"统铺"。朋友开启了铁门，一股冰气喷涌而出，张富足被当作一具"无名尸"，和那些车祸的、溺水的、坠楼的、自杀的搁在一起，不分男女，不分老幼，他们将在这里挨上一段时间，挨到一定的期限，挨到确实没有人认领了，就拉出来烧掉。陈胜隔远地看着，雾气笼罩了张富足，那身外卖的衣服已经被冻得像塑料一样，手脚大概是死时就已经"错位"了，看起来非常别扭，他的脸上都是冰霜，像长满了许多白胡子，额头的枪眼已结了痂，像一个很大的痦痣，人，早已经没有模样了。一阵反胃袭来，陈胜捂住嘴呕了一下，勉强地没有吐出来。这是生理反应，但更多的却是心理反应。两个原本一起的人，一个好好的，一个却在冰库里，反差太大了。后来回到上面，他又呕了几次，最后回到家，他就忍不住吐了，吐得鼻涕眼泪都是。他老婆说，你怎么啦？中了什么邪啦？他说，没有，和你说你也不懂。

　　陈胜时常会想起张富足躺在冰库里的样子，有时候还会叠映出他自己的样子，自己被冰得铁硬铁硬，冰到猴年马月，永远也回不了家，家人也不知道，这是非常可怕的。不行，不能这样。他虽然不能公开地为张富足做点什么，但也不能让他再躺在那里。他想起多年前热州的一桩民事，也是在他从事生意的工业区，一个厂家的基建工地上，一辆运土方的卡车把一个农民工倒死了。司机逃了，留下的身份证是假的；卡车没有档案，车是报废后买的、套牌的。没办法，厂家只好报案，先报派出所，派出所说，我们只管治安案件，你这是企业内部的责任事故。再报交警队，交警队说，人是车倒死的，但不是发生在马路上。呜呼，厂家只好先把人冻起来，又不能烧，烧了讲不清楚。但不烧也不是，冷冻费在一天天递增。后来，十多天之后，死者的老爸从贵州羌岭赶来了，死者怀了孕的妻子从东莞石碣赶来了，路费还是别人给凑的。但他们付不起冷冻费，烧不了人，更别说带走骨灰。陈胜记得，在这桩民事的报道中，死者老爸的一句话叫人扼腕，那老爸说，我没有钱，要不，这人我就不要了；要不，我卖了肾再来烧他！后来，还是一个民间的"司法援助中心"出面，拉了个赞助，烧了人，让他们回家。

何不也找找这个"援助中心"看看？这样一想，陈胜就稍稍地回了一点儿神，无论如何，这也是无奈之下为张富足做的一件事，有做比没做好，做了他心里会踏实一点。人死了是悲伤的，但死了成孤魂野鬼，就悲哀了。都说，收尸要收个全尸，张富足虽然死得有点难看，但基本上还算是全尸。可死了没有人认领，死了回不了家，那比残肢败体的更悲惨。但这个"援助中心"在哪里呢？这是个民间机构，还是司法局下面的服务实体？关键是怎么去诉说这件事，详说？略说？别说着说着漏了"马脚"，不但帮不了张富足，还可能把自己也搭进去。

陈胜试着上网搜了搜，还真有这么一个平台，叫"热州市司法援助中心"，还像模像样的，上面有几张照片，成立大会的、招募志愿者的、进社区服务的。队伍也挺庞大的，有十几支分队，力量遍布城乡各地。也有服务内容，什么为空巢老人争取权益啊，为见义勇为讨回公道啊，等等。陈胜想，张富足这个算什么呢？就算"让死者安然回家吧"，或说"给他家人一个交代吧"。在一般人看来，这都是一个出自仁义的理由，而在陈胜的心里，这个"理由"比天地还大。因为张富足是为他死的，想方设法，他都应该让张富足的家人来热州一趟。

陈胜不再犹豫，他在"援助中心"的平台上这样留言：嘉年华死的那个人，很像是张富足，他以前在热州打过工，好像是江西乐安的，你们要帮他找到家人，毕竟这也是一条生命……他写得"滴水不漏"。

那些天，陈胜饭也吃不安，店也不去了，日夜都倒在平台上，他留意着平台上面的反应：

可怜的人。

家里还不知道？真惨。

谁能帮帮他？

我出钱。

也有不同的声音：

死就死了嘛。

也许他本来就不想活了。

现在这样的人太多了。

死有余辜。

也有质疑的，质疑的人可能就是个分析高手，也可能是一些无聊的好事者，但陈胜感觉到他们还是有针对性的：

这个留言的人可能就是个指使者，不然张富足不会摸得这么准。

如果是后台，他为什么不自己去，太自私了。

那他等于是过失杀人，或见死不救。

别人死了，他还活着，他能安心吗？

他应该以死谢罪！

陈胜吓了一跳，好像突然被人窥见了，好像知道他就躲在幕后，他慌乱地盯着电脑不动了。现在，陈胜也在想着这些"刻薄"的留言，哼，网络的话不能当真，网络上就喜欢起哄，网络那些人都是"躺着说话不腰疼"的。但陈胜也承认，这些话说得对，像一枪击中了他的要害。是啊，张富足死了，他还活着，但他怎么可能会安心啊，他每天想着张富足，安心吗？他梦见变成了张富足，安心吗？他甚至会莫名其妙地叫着"大大"，热州人叫父亲不叫"大大"，他仿佛是"鬼魂附体"了。但是话又说回来，他是不可能"以死谢罪"的，他为什么要死啊？现在死有什么意义啊？现在死能救活张富足吗？现在死了不又是"亲者痛仇者快"了？当然，他在想着这件事，他不能只停留在看望和帮忙上，他还要做点什么，他真的很难受很难受，自己心里都过不去，他尽管还活着，其实已经是行尸走肉，煎熬着，挣扎着。

陈胜想好了，他要再去一次江西

就在陈胜煎熬、挣扎的时候，"援助中心"的志愿者也应该已经上路了。

他们应该在第一时间就看到了陈胜的留言，他们有的是人，无时不刻不挂在平台上，他们也在平台上留言询问：你是谁？你怎么知道的？你还有什么要补充的吗？我们怎么样联系你？我们能找到他的家吗？但陈胜不能回应。他要当自己是个偶尔的"过路客"，只是好心提供个线索，并没有特殊的情感，成不成和他没关系。自从他把张富足接到热州，他就是一个隐身人、幕后人，他已经隐藏了很久了，他还要继续地隐藏下去。

得到信息的志愿者们先是展开了调查，他们想找到这个留言者，但无功而返。倒是陈胜提供的张富足，他们一找就找到了，还真是确有其人，虽然在案件的卷宗里他没有名字，也许叫歹徒，也许叫叉叉，但在劳务市场、在鞋料市场、在鞋都工业区，他就是一个有血有肉的人，一个在热州打过工的人。张富足是不是真名不知道，外地人善于用假名，善于伪造身份，他在家是叫这个名吗？会不会找到了他的家却找不到他这个人？但他们猜测这应该是一个真名，农村人应该想不出这样的名，取这样的名是需要灵感的，但穷的地方、吃不上饭的地方、巴望着上边救济的地方，这样的名也许就诞生了。这样的想法应该是合乎逻辑的。

找到这个方向后，他们很乐意做这样的事，年轻人做事都是不会想很多的。但他们知道张富足老家怎么走吗？陈胜去请张富足的时候，走的是一条艰苦的路，这取决于他当时的思路。坐火车不用身份证，再搭一段运矿的货车，噢，他忘了，这还不能到达张富足的老家，还要走一条路。那都是一些跑偏了轮的客车，写着从哪里到哪里之外，还会在挡风玻璃上搁一块牌子，上写"老路"。老路是一条即将废弃的路，这条路尘土飞扬，黑灯瞎火，沿途要停靠许多自然村，好处是一路上没有监控。陈胜当时是隐晦了自己的行踪的，所以他选择那条老路。而志愿者，则不会去体验这些劳顿，他们会先坐飞机到那边，然后再转一条刚刚铺成的新路，新路虽然不是高速，但完全是省道的规格，开起来沙拉沙拉的，从这个隧道穿过去，从那个山腰里钻出来，把蚊香式的盘山路拉直了，把原来一天的路程缩成了半天。

一切都如陈胜想象的那样，志愿者找到了张富足老家，找到了他的老爸，他们是怎样说服老人的陈胜不知道，但肯定是实话实说的，乡下人对灾难的承受力是出乎城里人想象的，总之，张富足老爸到热州来了。

好事传天下，这件事也报给了记者——他们帮老人认了尸，帮他料理了后事。虽然张富足是被击毙的，但妆还是要化的，不一定画得多么好看，但一定能认出是自己的亲人。张富足最后的衣服不是他的，也比较寒碜，但推进火炉的那一刻要让他盖一床缎被去，冬寒夏凉，唯有缎被能够兼顾。张富足到死都没有待在家里，再给他配个纸棺吧，人总是要有一个归宿的，这个纸棺就是他心灵的小屋，这样他才会真正地安下心来。他们甚至还募集了一些钱，送给老人，不一定很多，但都是大家的一片心意，权作温暖吧。

记者有时候也会没心没肺的，为了追求自己的效应往往忽略了其他，他们在《热州资讯报》上登载了上述报道，还从另外一个角度延伸了它的意义，大意是"张富足老爸向热州人民说声对不起""恳请大家忘了这件事"，报上还印了一张照片——老爸手里拿着张富足生前的照片，眼睛混浊，表情木然，嘴角边都是苦意……这些记者有没有想过老人拍照时的感受，咔嚓一声，虽然是一张照片，却写着生死、阴阳、物是人非、永远的别离。张富足死的那天也是这样，也是这么一张照片，人四仰八叉躺在沙发上，张着嘴，瞪着眼，手脚歪歪扭扭。这些记者，难道还嫌张富足的样子不难看吗？今天又是，难道还嫌他老爸心里不够痛吗？无奈啊、无助啊，有奈有助的话，张富足老爸还会拍这张照片吗？还会说这样的话吗？

这也更加坚定了陈胜接下来的决心。他在下什么决心？现在还在抓紧地收账，把一些好收的账先收上来；在抓紧盘货打折，把好处理的东西尽快处理掉；店面也抓紧了"转让"，贴出了"优惠"，这是他多年前投标抢的，是他赖以生存的，现在谁要谁便宜点拿去。他老婆说，陈胜，你怎么啦，自从你上次"出差"回来，就没有正经过。陈胜也不做解释，说，反正我不做生意了，我被生意做伤了，我想快快地把它结束掉。老婆说，你疯啦，你不做生意，我们吃什么喝什么呀？陈胜说，你爱吃吃爱喝喝，你以后不用再指望我了。陈胜算是彻底地想通了，他心里明镜似的，这件事要是解决不好，还有什么能做好的？生意能做好，还是生活能过好？他是不会安宁的。

他唯一放不下的就是自己的父母，他去见他们的时候是多么难受啊，在他们面前走来走去，不知怎么说好。父母都是正式的人，一个是机关出身，一个是护士长退的，他知道他们最听不得这样的事，但他还是忍不住说了。他说了两个意思。第一，嘉年华那个案子和他有关，人是他请来的，但不小心把他弄死了。他父母听了当场就傻掉了，父亲更傻，身体好像还咯嘣了一下，好像灵魂倏地出窍了。陈胜以为他是突发的脑溢血，问有没有头痛，眼睛会不会转，还好。第二，对不起啦，是他导致了张富足的死，他要去守护他老爸，替张富足尽孝。他要到江西乐安去，可能要很长一段时间。你们是可以原谅我的，但我没有办法再请张富足原谅，我已经活在了他的阴影里，我只能这样。母亲没有反对，只是说，你再想想，我们能用钱赔吗？又说，他一个农村人，你去守护他，性价比不相符啊。陈胜说，一样的，即使张富足是个残疾，是个傻子，也是他父亲的儿子。母亲不响了。

陈胜打探到张富足老爸回去的路径，他一路暗暗地护送。先坐火车，再坐汽车，他隔远注视着，用心陪着。这个时候的张富足，已经从冰库来到了一个小盒。他老爸捧着他，一刻也没有放下。一路上，他老爸像一座雕塑，一动不动，不吃不喝。一路上，他只有两个表情，木然地望着窗外，或偷偷地摸一下无泪的眼睛。后来，陈胜跟着张富足老爸回到乐安。再后来，他老爸在家里三天没出来，陈胜在门口守了三天。

第四天，张富足老爸开门出来。陈胜迎上去，差点儿不认识了。这三天，他老爸一定和张富足说了很多话，说了家事，说了父子情，说了今后的打算，他把自己的嘴巴都说破了，起了很多泡，看上去比原来沧桑太多了。陈胜说自己是从热州来，想留下来陪他过日子。老爸说，你是搞志愿的？不用了，已经很好了。陈胜又拿出一个鞋盒子，打开，里面是他带来的三十万元。这是他歇掉生意后收齐的，也是他眼下的全部家当。他想好了许多话，想说明这三十万的"出处"——他和张富足，为这三十万走到一起，他们说好了要合伙做一单生意，他们有一个口头协议，如果顺利了怎么怎么，如果被关个三年五年怎么怎么，这钱是张富足的……老爸没有让陈胜开口说，他把话抢了过去，他说，那些搞志愿的已经给了，足够了，他一顿只用吃一块钱，他们给的钱，他再吃一辈子也吃不完。也许是老爸真的很感激志愿者，也许是老爸刻意地回避"张富足的热州之行"，越是这样，陈胜越是难受，他轰地跪下，说，是我把张富足带到热州的，是我把张富足弄没了……老爸看着陈胜，他抓住自己的衣服，好像是生怕自己会摔倒。他的嘴巴抖索得厉害，但说不出一句话，也许他前几天把要说的话都和儿子说完了，没有了。他打了陈胜一个闷响的巴掌……

巴掌打了，陈胜好受了一些，说明老爸需要一个发泄的对象，说明自己的守护是正确的。守护不是口号，守护也要生活，陈胜要安排自己一个怎样的生活呢，做点小生意，这里没有钱世仁，生意的环境要好一些。热州人就这个特点，百折不挠，有孔就钻。

乐安有什么生意好做呢？陈胜听人说，乐安有许多废弃的铀矿，何不找人合包一个，开了铀卖到伊拉克去；乐安又刚刚想到了修路，陈胜见过那些修路的人，手茧很厚，冬天里烧炭取暖，能直接撮了炭点烟，何不开一个修路家什的仓库呢；后来，陈胜想想，还是开一个小超市好。热州人到处开超市，他们有一支庞大的队伍，有供货，有跟踪，在张富足老家开个超市最实用。

有空的时候，陈胜也会到张富足的菇棚看看，那是他来乐安找到张富足的地方；他也会在他家门口坐上半天，他就是从这里带走张富足的。他想，他好好地做，好好地表现，张富足老爸会慢慢接纳他的。

一个月后，陈胜母亲打来电话，说他父亲死了。陈胜急忙赶了回去，心情复杂地安葬了父亲。他知道，要不是他出了这件事，他父亲不会这么快死的。父亲一生小心、敏感，这样的事是可以把他吓死的。陈胜告诉母亲，让她保重，坚持着，他守护好乐安张富足的老爸，马上就回来敬她。

又过了一个月，他老婆的律师来乐安找到他，带给他三份离婚协议书。理由是：第一，他这人其实挺窝的，生意做不好，她对他一直有怨恨。第二，讨债叫上了张富足，还做出这等蹩脚的事，本身就是个傻。第三，现在为这事又去了乐安，说明脑早已瘫了！老婆说，这事完全是可以"假懵"的，所有的迹象表明，张富足就是一个人，没有同伙，他认什么认啊。和这样的人一起生活，啥时能出头啊。陈胜二话没说，在协议上签了字。其他的条件他也都一一答应。他想，老婆是对的，这些事都是他引起的，是他不好，他理应净身出户。

并蒂莲

1

　　我的店开在工业区的宽带路，工业区里鞋厂多，我的店就是卖鞋料的。鞋料是什么？许多人不知道，以为鞋料就是鞋材，其实不是。鞋材是大件，比如皮、革、衬、胶、鞋底，那叫鞋材。那鞋料呢？那是说得好听，是为了和鞋材沾点边，其实它应该叫鞋杂，比如鞋带、鞋扣、鞋钉、鞋线、鞋纸、鞋撑，还有榔头、帮钳、剪刀等等，说白了，都是些不起眼的东西，旧社会叫作小头生意。

　　经常来我们店里买东西的有几种人：第一，采购员，过来一看，丢下一张单子，里面写着要买的东西，说，这些东西，你先配起来，我转一圈之后再过来拿。这些人，虽然也来采购，但心里其

235

实是看不起的；第二，小厂老板，事必躬亲，又斤斤计较，一分一厘也杀来杀去，目的只是想告诉你，别想糊弄我，我精得很；第三，也是小厂老板，夸大口，甩大袖，拿了再说，搞起来很豪爽的样子，心里根本就没有底，到时候逃债的就是他；第四，外地人仓库员，东西好坏不管，便宜要紧，而且言必谈回扣，哪怕吃一碗面也好。这样的人，我一般都会和他们老板提醒一下，吃里爬外，和过去的叛徒差不多，等于身边挖了一个无底洞。

据说，台湾人来这里找合作伙伴，不一定找员工众多的，不一定找设备精良的，不一定找厂房宽余的，但一定是要看合作人品行的，人是不是正派，做事靠不靠谱，平时讲不讲信用，能不能吃苦耐劳。从这一点得到启发，我们做小头生意的，也往往喜欢上述人等的第二种，勤力、顶真、节省、不含糊。我老公说，这是一种精神，大老板都是从这些开始的。

2

经常来我们店里的一位女老板叫李回珍，人不是很漂亮，穿着也中性，这个样子我们一般都认为她干练，觉得她管的厂一定很规范，很有秩序。尤其是她开的那辆宝马车，单门敞篷跑，马上就显现她的经济效益了。我老公说，这种车，58万，没有足够的实力，养都养不起。要知道，我们尽管做鞋料多年，但也才刚刚接触轿车的滋味，一辆12万的桑塔纳，平时兼坐骑和运输，宝贝似的。

我前面说过，做生意也在挑客户。不对胃口的客户，也不是不做，只是一般地应付应付，而对味的客户，我们就重点巩固他，研究他。女老板的老公叫李金锁，他们原是九州下面文县的，那个叫刘基故里的地方，还是一个族里的，从小在一起玩大。后来，也是听了别人的蛊惑，结伴到外面讨生活，其实是弹棉花，走南闯北，风餐露宿，按照现在的说法，只能混个吃的。几年下来，所有的收入也仅是五十床棉胎，还是截留顾客的棉花攒的。后来，又听了别人的鼓动，到武汉去卖鞋，才渐渐有了一点基础。很多人不知道卖鞋是怎么回事，以为一定要懂鞋，或自己做鞋，其实不用。你只用知道九州是中国的鞋都就行，在九州可以找到鞋就行，能看懂鞋的信息就行，就可以在外面吹嘘鞋了。那时候的九州，在外面都是鞋的名声，外地人误以为全中国只有九州人会做鞋，误以为只有九州的鞋子最好，李金锁和李回珍就是钻了这个空子，出去蒙的。他们先是到武汉租了一个柜台，租柜台是当时九州人在外面的典型形式，生意刚刚起步，资金捉襟见肘，开店肯定不行，只能租个柜台施脚练手，就好像在赌桌的边上押一个角，也等于在别人的锅里蹭一碗汤喝。他们把九州的鞋子带出来，摆在别人的柜台上，李回珍在武汉守柜台，李金锁则武汉、九州两地来回跑。1994年的九州来福门，还不是一个很正式的市场，只是一个自发的地摊集市，从信河街这边走过来，沿松台山边上拐进去，一条小路一直通到茶厂桥边。1994年的九州鞋，也是鲜有档次的，都是刚刚从家庭作坊里脱轨出来，刚想尝试做工场阶段，都不知道什么鞋才能适销对路，也没有销售渠道，于是，摊子就这样摆出来了，鞋也是这样开始展示的。李金锁像一条嗅觉灵敏的狗一样，在来福门一带巡过来巡过去，他相中了自己喜欢的样鞋，马上就摆上了武汉的柜台。这样来来回回，辛苦是自不必说，但乐趣也是层出不穷的，这一年，他们的第二个孩子出生了，李回珍的月子都是站在那里"坐"的，能腾手做饭的时候，李金锁又跑回九州了。

现在，夫妻俩就在工业区里面办厂，武汉的店，丢给别人看了，自己杀回来做真正的鞋佬了。老公说，勤劳的人，卖针也会赚，卖葱也有吃。但他们毕竟是小打小闹，毕竟还没有大钱，他们想在工业区里买一个厂房还是很难的。怎么办？他们找小的、地点偏的、价格便宜的，最好是有什么说说的。还真找到了一个，什么小啊偏啊便宜啊都符合心意，就是死过人有点不爽，这就是所谓的说说，而且还是比较要命的说说。很多人一听到这个就向后转，讳莫如深，太不利市了。但李金锁和李回珍没有放弃，这是他们吃苦耐劳后练就的脾性。他们找派出所、找管委会、找鞋厂鞋佬了解情况，信息综合过来不是传说的那样。说这个厂欠了债，债主逼上门了，双方像古时候打战一样，拉了阵势在门口吵架，结果恶语将债主的妈妈骂死了。这件事本来是民事的却走上了刑事，本来可以协商的却走上了判决，这个厂也从此被恶名缠绕，瞬间倒闭，厂房也一直荒废在那里。李金锁可不是这么想，他给自己找到了理由：人死在门口，就好比点球踢在门柱上，弹下来也没过球门线，还不算进。于是，李金锁咬咬牙，把这个厂房买了。

老公还调查来，李金锁真正的赚钱不是在武汉卖鞋，也不是在工业区办厂，而是在上海炒楼盘。前日子又相中了一处烂尾楼，是和朋友一起相的，但因为价格高，一班人正纠结着。李金锁却偷偷找到业主，撇开朋友，斜出一刀，把这幢烂尾楼独吞了。这件事做得有点糗，朋友们齐声痛骂李金锁。但老公却认为，李金锁厚道上是有点问题，但为了利益的最大化，他果敢，有魄力，还是难能可贵的。现在我们知道了，把生意看得很重的人，做起事情来一般也都是比较认真的。

<h2 style="text-align:center">3</h2>

九州的生意一直是被人诟病的，也是全世界最烦人的生意，以赊当账，但九州人非但没有不好意思，反而觉得是自己的特色，真是"把陋习当文化，把缺陷当传统"。就拿我们这些鞋料生意来说，大的如皮革、胶水，小的如剪刀、鞋带，要货不带钱，赊账成传统，都是家常便饭。久而久之，赊成了关系文化的一个载体，觉得赊是看得起你，赊是照顾你生意，反之，不赊就是不懂规矩，就是没人情味。赊账唯一的好处就是客户高兴，拿了就走，好像不用钱一样。但赊账的弊端却是很多很多的，忘了的、反悔的、耍赖的、退货的、逃债的，只要他手头没钱，什么事情都可能发生，因为主动权在他的手里。杨白劳真没有钱，黄世仁再逼也没有用。我们曾一度想把它正规起来，一律现金结算，但马上发现自己是徒劳的，而且还犯了忌，不仅寸步难行，还丢了不少生意，所以最后，我们只好妥协。但我们也定了一个规矩：三百以内的鞋杂，一律付现，否则，宁可不做。而一些有关系的、有规模的、有信用的客户，我

们也设置了条件，比如李回珍的厂，我们就给她"三月一结"，也算给她一个面子了。

4

李回珍的厂叫"福禄寿"。她总有别出心裁、异于常人的地方，那个"死过人"的厂房，她精打细算，只在一层安了条流水线，再搭了些违章建筑挤一挤，上面的两层，都被她布置起来出租了。按照李回珍的说法，小厂嘛，能做鞋就行，不要搞那些虚的。这样说起来，她的福禄寿就有好几条水灌进来，厂房出租一条水，武汉的店一条水，上海的烂尾楼也是一条水，再加上自己做鞋一条水，日子是丰饶而滋润的。

这时候的福禄寿，日产女鞋两千双，不算大也不算小，但名气已经有了一点点，地方上给女鞋排个队，勉强还能挤上个前十。他们已经不像刚办厂那时那样拼命了，因为钱已经有了，力肯定也会少了一点。他们还在做鞋，纯粹是出于喜欢，就拿李回珍来说，她就有女鞋三百双，看中了就买，不一定都穿，但一定是一个绝佳的资料库。李金锁也经常从中寻找灵感，他画女鞋有感觉，他觉得女鞋就像花，时开时变，一个时期一个样。做女鞋最讲究与时俱进了，女鞋换季快，样式多，做靴有高帮和中帮，冬鞋有里毛和外毛，凉鞋有全凉和半凉，拖鞋有盖掌和夹趾，有皮带草的，也有皮带布的，更有布带草的，有带饰和不带饰的，有正打带和斜打带的，总之变幻无穷，每一款都在考验人的智慧和心志。男鞋就不是这样，千篇一律，不分季节，一以贯之，万变不离其宗。

据说，每月的头三天，李金锁都要到武汉去。这事一直都是这样传闻的。我们这个店，正好在工业区的进口处，有时候像个联络点、中转站，总会有这样那样的人歇歇脚，总会有这样那样的话头。到武汉去干什么？当然是自己厂里的事，门市业绩看一看，店里的库存盘一盘，有瑕疵的鞋子修一修，把员工的工资发发掉，再就是到商场里转一转，看一下其他鞋样。这些事，都是明摆着的，李金锁就是向李回珍汇报，都是可以摆到桌面上的。但李金锁心里清楚，他是去幽会店员周节如。而每月的头三天，正是周节如最干净利落的日子，那些烦人的缠绊，怎么粘也粘不上这三天，挺让人放心大胆的。

有细心的人留意，那天一早，李金锁都是准时地从厂里出来，自己开车到汽车西站，停进了地下室，然后乘七点头趟的班车赶到武汉去。车子走出太平岭，上了绕城高速，进入沈海线，就可以眯眼打个盹了。一路上，不是高山就是隧道，当然，高山和隧道对于李金锁来说都一样，他都不会去关注，他的心早就飞到周节如那里去了，她会怎么样呢？这会儿起床洗漱了吗？还是早餐后在准备开张？她是忙碌而憔悴的，还是绷着心里的热闹而神情淡然的？只有到了江浙接壤的地方，眼前的景物才会突然地豁然起来，或一片江海，或一派欣欣向荣的都市，李金锁这才稍稍地精神起来。他走出车站，打的前往利德商厦，他们在武汉的店就开在商厦的四楼。那是他和李回珍在商厦开盘之初买下的，面积90多平方米，辟了门面，做了个小仓库兼修理间，还可以安一个带厨房和卫洁的小卧室，像一个小家。这时候，已经是下午两点时分了。

　　进入商厦之后的李金锁，我们就可以想象他了。在这个楼层的商户看来，这一天就是这个门面的节日，他们放了假，还会很不合时宜地拉下卷门，然后像杳无音信了一般。他们是这个楼层的另类，所以会有人留意，暗中惦记。店里来了什么人？发生了什么事？什么时候离开的？抑或就一直躲在店里？他们怎么工作、怎么吃饭、怎么休息，大家都不知道，都在猜想。这样的状况沉寂了半天，准确地说还要加上晚上。直到第二天，李金锁和周节如又会泰然地出现。他们似乎像刚刚才来到店里，装模作样地清点鞋子，一丝不苟地盘存仓库，中饭简单地对付一下，下午又仔细地核对账目，再安顿好面上的事情，人们就看到了一顿相对丰盛的外卖被叫了过来，摆在店里的柜台上，他们或站或坐自由地吃着他们的晚餐，这也是李金锁来了之后的一次公开亮相。路过的其他商户见了，都会热情地招呼，小周，你老板来看你来啦？周节如也会大方地应对，嗯，一起坐下喝一杯哦？气氛和情绪都是恰到好处地友好着。

　　晚饭用罢，李金锁开始逛商场，这也是他每次武汉之行的必修之课，美其名曰：了解行情，掌握信息，为接下来的鞋样设计做准备。他也会顺手买几双时令的女鞋回来，一般是李回珍两双，周节如一双，这种表面文章周节如懂，因此她也是欣然接受的。李回珍脚大，38 码，周节如脚小，34 码，李金锁每次都会说 34 的难买，但他都能像采宝客一样给周节如买到一双别致的，周节如心里也是暗暗高兴的。第二天，利德商厦四楼的福禄寿门面又照常营业了，隔壁有心的商户会发现，周节如的气色很好，较之上月底的那几天要更好，就像花儿刚刚被施过了肥浇过了水，有时光鲜得简直判若两人。

5

李回珍有一次偶尔说起，李金锁给她买鞋，也是有一些年头了，没什么可惊乍的。开始的时候也许是出于心意，现在即便是买，也是在走一个程序。买与不买，都没有什么可强调的。李回珍也是很久没有认真穿鞋了，情绪上不由自主地淡了，主要也是自己的脚脚出了问题。脚出了毛病，穿鞋还会有什么心思呢？没有。

李回珍三天两头都会来我们店里坐一坐，每次，她厂里要的鞋料，她都会自己来。她要鞋料也很经济，一般只要三天的量，这样好掌握，便于调整，不会浪费。李回珍要是来，老远就会听得到她，宽带路是工业区进口的一条大路，她的宝马车一进来，声音就不一样了。宽带路好，进来的车普遍都开得快，她的单门敞篷跑开得更快，一快，声音就像是野兽吼，一快，车子就像是离弦箭，一下子就蹿到了我们店前。

这会儿，李回珍坐在我店里，一五一十地要东西，鞋油、鞋刷、鞋撑、鞋纸、鞋溜，这些扫尾工序上用的东西，要不了多少钱，但她也都要一一过目，一一敲价，才踏实。她坐在我店里的时候还抽烟，她说自己是抽爽烟，但那会儿她就抽了两支。我知道，她一抽烟，心里一定有不爽的了。她一抽烟，我就会说她，说她最近脸黑了，说她乌星又多了。她掩饰说，原来就这样啊。她说，弹棉胎时我生了第一胎，月子里我一天也没有休息，就把脸给坐黑了，乌星满地。我说，那以前看不出来。她说，以前人舒服嘛就化一化，现在都死人一样，哪还有心思化这些啊。化一化指的是收拾一下，人确实也是这样，身体不清爽，什么都毫无心绪。李回珍说的"死人一样"，指的是"不宁腿"。这个病我没有听说过，但经她这么一说，也确实感觉到她的腿有点异样，她坐在那里的时候老是换腿，像是坐不稳妥，或无处搁腿的样子，手也不自觉地会摸一摸，拧一下。她说，在你这里我已经是硬忍了，在家里哪里是这样的，恨不得把脚割开来看一看。她还说，真是情不自禁地难过，坐着躺着都不安宁，做事情还会有心吗？她这样说了，我就可以想象，人要是手指上扎根刺，也都是浑身的不自在，何况她还是一条腿。我关切地问，睡着时会不会好一点？她说，就更加别提了。一句别提了，话外音就是无奈、尴尬、不便、隐讳，只好不问。我劝导说，有些事，放下给李金锁干，自己别那么用力，没看见，什么事都过得去。她马上接话说，放下给他？他快活死了，都巴不得我不要出来。

晚上，我回家跟老公说起李回珍的病，老公嘎嘎说，这病名还真好，有意思，但感觉就不是致命的，致命的病，名称都很直截了当。老公会上网查资料，他的很多奇形古怪的知识，都是从网上来的。我不会，我怕烦，我一看需要翻来覆去地点，马上就算了。老公查了百度，说这真是一种怪病呢，也说不出哪里不好，像是神经方面的问题，就是做脑电、肌电，它也没有反应，也没有神经系统的阳性体征，真是无从看病。我说，是啊，像我们有时什么阳性，什么这个＋那个＋，什么红血球、白血球，干脆就吃药。那没有阳性指标的，怎么也会不好呢？老公说，所以才叫怪病嘛，怪病的特征就是没有体征。老公又说，李回珍有什么说说吗？我说没有，我就是见她的脚脚老在动，好像很难受的样子。老公说，资料说有虫爬感和蚁走样，总觉得腿里有东西在爬，就忍不住要动腿，有事忙着还好，安静时尤其严重，资料说，有一夜动40次之多的。我说，40次？那还怎么睡啊？一夜算八小时，等于十分钟就要动一动，那怎么受得了。老公说，你有没有问她是怎么睡的？我说，这怎么问？我才不问呢，我只是和她做做生意，又不是她闺蜜，我只是替她难受。老公说，你也要关心关心她，看有什么好帮的。说白了，她的身体和我们的生意有关，她出了问题，生意就会受到影响。我说，那倒也是。

后来，我才有意识地问了李回珍的睡觉情况。李回珍也不忌讳，说她因为不宁腿，早就和李金锁分床了。李回珍说，他说我老动腿，像触电一样，颤一下抖一下。他忙，有时候会很困，刚一安下，就被我动醒了，弄得他很恼火。如此反复，分床也是必然的。分床了，有些事自然就省略了，分床了，亲密的程度也就淡弱了。

李回珍的腿根本就静不下来，自然也就没心思工作了。正好那段时间两夫妻在吵架，李回珍就更没有劲头了。吵什么呢？吵李金锁老往上海跑，上海的业绩好，厂里的前景无所谓。吵要不要用他哥哥的胶，乡下人就这样，舍不下兄弟亲，哥哥开店卖革，还是李回珍给铺的底，这回又卖胶了，想要李金锁再支持他。李回珍的意思是，我们已经尽心了，帮他开了店，又用了他的革，就不用管他了，管也管不尽。李金锁的意思是，反正要用胶，何不用一下哥哥的呢？我们生意场上有一句话很经典，生意如果都做成了朋友，那这个生意也就做到头了。也就是说，很多事就会被情面碍住，就没有原则了，就没法做了。李回珍担心的就是这个。李回珍说，再说了，你哥那人，你又不是不知道，很多事情都是讲不清楚的。这话里带了点贬人的意思，李金锁就不要听，他说，你要是这样说，我就偏偏做。李回珍也嘴硬，说，那好，你做，我不做，到时候我看你怎么收场。李金锁马上接口说，不做是你自己说的啊，我请别人做，正好你身体也不好，干脆在家里待着吧。李回珍一气之下就不出来了。

李回珍不出来，我也是有担心的，担心前面的账结不了，担心其他人不买账，现在竞争这么厉害，没有情面，也许生意就给做停了。但表面上，我又不能这么说，我只能装出一副宽慰的心肠，让李回珍趁机休息，磨刀不误砍柴工，调好了身体，再出来不迟。我还把老公网上查来的一些建议教给她：不要看西医，访访中医看，看有没有什么偏方之类的。中医说这病属于痹症，可能是外邪入中，湿邪痹阻，血脉瘀扰，肾脏虚弱引起的。另外，一些辅助措施也可以试试看，比如睡前用热水泡脚，比如用艾叶煎水擦洗，比如艾灸、针灸。办厂的人一般都忙得天昏地暗，即使去看病，也都是火急火燎的，没有耐心的。我这样和李回珍一说，她就很感动，说，还是你好，从来没有人和我说这些的。

我老公后来说，生意不等于铜臭，也是人情交往的一种形式，你稍稍地一动情，马上就把她巩固住了。

6

有人这样跟我说，说李回珍自己不出来，正中了李金锁的下怀，他就把武汉的周节如叫回来了，说她在武汉做得不错，说她管理上有思路，顺便把李回珍的班给接了。也有知情人说，周节如开始也是有顾虑的，毕竟这是进入了福禄寿的核心，她一个外人，她扛得住这么重的架吗？李金锁说她，你想那么多干吗？你就当换一个地方赚钱呗。周节如说，老板娘不会和我吵架吧？李金锁说，这就看你的智慧了，你把厂里搞好了，就是最大的说服力。周节如不知道深浅，噢噢了两声。

李回珍得知入主厂里的是周节如，心里不免有了一些忐忑。有时候来电话跟我说，说心里一点也没有底。是啊，这样的事，谁也没碰到过，谁也没有经验。开始的时候，李金锁还是极力说服李回珍，在武汉，你整个店都交给她看，现在是在你的眼皮底下管管厂，你还有什么不放心的。后来，李金锁干脆就两句话，要么，你自己来，你身体吃得消吗？要么，你来挑人，你综观全厂，有几个像样的能担你的重任？李回珍貌似回顾了一下厂里的管理，确实，"一篓的田鸡"，也只有周节如的眼睛亮一点点，就不响了，但她心里，总觉得李金锁像打着"冠冕堂皇"的幌子。

从福禄寿的全局来讲，李金锁是老板，李回珍是老板娘，而周节如只是一个具体做事的，要说得好听一点，就是职业经理人。叫人做事，就得给人权力，给人好处，李金锁给她的权力是可以签字付款，给她的好处是每双鞋抽一块钱。这两招都很有效，周节如马上就头兴尾兴了。这两点，细心的员工也马上发现了，李金锁和周节如的关系不一般，就算为生产应该给她这样的权力，那李回珍也不过如此啊；而周节如的待遇，显然已远远超过李回珍了，虽说整个厂都是李回珍的，但产生效益往往不是以人的意志为转移的，也不是一两句话能够讲清楚的，一双鞋要转换成利润的环节很多，鞋要做得对，做得没有浪费，又要卖得好，卖完了还没有压仓，钱还要都能及时地收回，投入再生产还都没有出错，那最后剩下的钱，才叫自己的钱，否则，中间任何一个环节出了差错，那钱都还是别人的。李金锁不计其他地让周节如抽头，显然是额外的照顾了。周节如的得意藏不住，据说，也曾跟李金锁提出，想借钱买辆车开开，说现在骑辆自行车，没地位没花路，不受人待见，拳也打不出去。被李金锁马上打消了念头，说你别招人啊，别上了凳子上桌子啊，你先定下心来做几件事，车还怕买不到啊。现在跑事情，先拿我的开，奥迪3，开出去不会叫你塌神气的啊。

工业区一带，都是中不溜秋的鞋厂，说得难听点，都是没赚过大钱的，即使有辆车开开，也都是实用型的。什么叫实用型的？柳州五菱面包，好一点的，尼桑皮卡，前面坐人，后面载货，既是代步车，又是工具车，经济又实惠。只有李金锁和李回珍的福禄寿做得稍好一点，又在外面待过，眼界高一点，车也好一点。以前是李回珍的单门敞篷跑在这条路上呼啸来呼啸去，现在她不出来了，换周节如了。周节如开车也挺闯的，她喜欢开快车，虽然叫得没那么响，虽然只是老板的奥迪3，但也算比较拉风的。

据福禄寿的工人反映，相比于李回珍，周节如的情商要稍稍地高一点，她会想到打"人情牌"。有一次在青海开订货会，就带了许多"昆仑雪菊"回来，厂里大小二十多个管理，人手一罐。周节如送东西的方式也很特别，一个个叫到办公室，问问生产情况，问问有没有困难，然后把雪菊塞给他，弄得一个个都觉得自己很心腹似的。周节如还会宣传，说这个是千年雪山上的野菊，喝了养肝保肾。这东西大家没见过，泡起来颜色诱人，喝起来沁人心肺，就觉得这东西很神秘，一定很贵。后来我老公说，我们是少见多怪，在新疆，这东西摊地，二十块钱可以装满满一罐。

私营企业的最大特点就是省，大家都自诩自己是"浙江省"，"浙江就是我最省"，精打细算，一毛难拔，为什么，都是过去苦惯了，先是苦干，再是苦熬，最后是苦苦经营。我们的店也一样，尽管生意也做了好几年了，但仍旧不敢大手大脚。店面能小则小，缴税好逃就逃，车也开得一般，助手也不敢乱叫……也因此，乍碰到周节如的这份慷慨，反响还是挺大的。有人说，还是周节如会体恤下属。也有人说，李回珍就不会这么做，整天进进出出，哪天想到带东西给我们啦？总之，周节如的一个小伎俩，就让李回珍的形象打了一点折扣。

消息传到李回珍那里，就有点不爽，就觉得周节如大手大脚，恬不知耻，说脑子也不想一想，真拿自己当什么人了，轮得到她来分东西吗？李回珍还把状告到了李金锁那里，李金锁也说，怎么搞得像机关那样的做派，确实不合适。又说，但出发点还是好的，也是人性化管理的一部分嘛。这话李回珍不要听，说，有本事她自己出钱去，拿厂里的钱做人情，谁不会啊。李回珍和李金锁这么说，实际上就是在打招呼了，她心里其实早就想好了，她要教训一下周节如。到了月底，工资还是要李回珍发的，在造工资册的时候，周节如的雪菊钱，李回珍毫不犹豫就将它扣了下来。李金锁发现了，说，过了啊，没必要啊。李回珍强词夺理说，那那个谁，把鞋子做软了，我们也照样扣他多少钱。那还仅仅是一双鞋，这雪菊的性质可不一样，那可有拉帮结派的嫌疑啊。李金锁也不好多说，嘿嘿一笑，掉了一句，神经过敏。

后来听说，周节如也找李金锁了，觉得委屈。李金锁安慰说，想开点，别计较这些，知道"堤外损失堤内补"的道理吗？这话有点老，周节如一下子没听懂。李金锁又说，吃得苦中苦，方为人上人，这总懂了吧。周节如看了一眼李金锁，鼻子里哼哼了两声！

7

周节如还是想干点事情的，她不是我们想象中的"寄生虫"。请原谅，我们平时都不叫她周节如的，为了表明我们对李回珍的立场，以及我们对这件事情的态度，我们背地里都叫她"小三"。我们一般说起小三，都觉得她们的目的就是敛财、贪吃懒做、破坏别人家庭，但周节如还真的不是这样。

时值四月，正是鞋业的淡季，冬鞋已经落市，凉鞋还没有计划，单鞋才刚刚出样，好卖不好卖还不知道，女鞋也不明这年的倾向，也忌讳贸然，一切都在观望而不敢轻举妄动。要是往年，李回珍就会趁机安排自己出去讨债，工人们则暂且放假，机器也适当地做些修缮，不对吗？很对。四月，也不知怎么回事，偏偏是外销鞋最热闹的时节，这个规律没有人去研究，似乎也已经模式化了。但外销鞋难做，外销鞋要求高，利润低，老外又特别爱挑剔，因此，专做外销的厂家就很少，一般的鞋佬也都对外销敬而远之，没觉得做外销是什么本事，有什么了不起。这时候，周节如偏偏在反其道而行之，她太想有所作为了，太想改变自己的地位了。她联系那些外销厂家，帮那些订单多任务忙的鞋厂做加工，按她的话说，就当不赚钱，就保个工资也行，把那些工人养养住，免得他们手生了，心散了。否则一放假，工人散马一样，好的被别人挖走了，差的也盲目流失了，到时候要用人，一个也找不到。对吗？也对，甚至感觉到更对。这不，我店里都明显闲下了，福禄寿的东西还照拿，这就有一点点意外了。

做外销可不是那么简单，除了前面讲的鞋要做好，老外对做鞋的外部条件也不含糊，就像台湾人合作要挑人品一样，老外挑厂要看看环境和秩序。为了这，周节如准备把车间理一理，"螺蛳壳里做道场"没有关系，主要是别那么乱，别那么无序，机器排一排，工序隔一隔，到时候要是老外来，一站就能看出个流程，一眼就能感觉出管理。尤其是在墙上新装了排风，那些东一个西一个的小电扇，周节如不管是谁的，一律都把它清理了。大家都说好，说这样理起来，就像虱烫了一样。

可是有一天，这些清理出来、堆放在车棚角落的电扇，就像长了脚一样突然不见了。周节如把管理叫来一问，说二姨拿去卖了。

二姨是李回珍的二姨，平时在厂里做做卫生，当然也对任何破烂情有独钟，且下手神快。捡破烂干吗？当然是拿去换钱。这事一旦上了瘾，那厂里的很多东西都会不翼而飞了。这还了得，这成了什么体统，说好听的是资产流失，说难听的是变相的偷盗。那些天，周节如的心里有一条虫子在爬，她突然觉得，自己接下来有事可做了。

还有一件事也是顺便撞在周节如手上的，要是往常，也许还不那么当紧，现在是外销业务，是非常时期，这就怪不得周节如不好意思了。就是李金锁的那个哥哥，他不是做花皮吗？后来又做了胶水。花皮做了外销本来也挺好看的，但烘箱一过，居然有褪色的！不用说，肯定是以次充好了。后来胶水又做了假，臭得不得了，被周节如结结实实抓了个现行。上面早就明文规定，含甲醛甲苯的胶水一律禁用，现在都用天然乳胶了，但天然的价高，所以就有人动起了歪脑筋。这还得了，这会出人命的，那些血小板减少、急性恶性白血病，就是这些毒胶水导致的。

周节如痛快淋漓地在心里报了"雪菊之仇"，处理了这两件事：二姨，赔！哥哥，退！

她和李回珍的较量也就这样不由自主地悄然开始了。

有一种心态是很有意思的，不管对错，被老板老板娘管着都是很舒服的，管死了也都心甘情愿。但被一个外人管着，而且是这样角色的一个外人，哪怕她管得都对，心里也是别扭的，也会生发出许多不服气来。工人们当然是无所谓的，或说没有主张的，他们一般都是随大流，不管厂里的好坏，你给什么料，他就做什么鞋，做坏了也不心疼，能不能做久他也不着急，甚至是身在曹营心在汉。而管理层就会不一样，就会有很多想法，就会有个情感倾向。管理层是些什么人呢？不是亲戚朋友，就是心腹手脚。他们的想法各式各样：开助动车的忌妒周节如开汽车，拿年薪的不满周节如抽提成，有签字权的觉得周节如削弱了他的权力，可以叫采购的现在连收回扣的机会都没有了。当然，他们也知道周节如和李金锁的关系，他们不会明目张胆地去说周节如，但他们会拐弯抹角地说，说别人还以为福禄寿改旗易帜了呢；说一些供应商有顾虑，怕她说了不算；说处罚那个处理这个，厂里的管理格局被打破了，原来是你一个我一个的，财务你一个我一个，领班你一个我一个，仓库你一个我一个，生意你一个我一个，相对平衡，互相制约，利益也都能照顾得到，这个你一个我一个就是李金锁和李回珍的关系，现在被周节如打破了；说原来的厂里为什么这么稳定，就是因为有这种伦理结构在起着作用，而且是巨大的作用。

于是，二姨哭诉到李金锁那里。李金锁本来对这些事也反感，就挖苦二姨，你那些东西放那里会馊啊？你家里储蓄罐就缺这几块钱啊？就算你积极，你换了钱贴补些厕所的卫生纸，添置些食堂的酱油醋，我也说你节约，说你爱厂如家，你把几块钱放兜里干什么？

哥哥的事，这么大，简直是咎由自取，是自己打自己嘴巴，李金锁一句话，你说都不用说了。

据说，李回珍也找李金锁探讨过这件事，她不是在为哥哥他们说情，她说的是另外一层意思。说打狗也要看主人哪，她这样，分明是在"打柱子应板壁"嘛。又说，我又没想做世界 500 强，她搞得那么正规干什么？还说，擅自接生活做外销，她想在这里搞试验田啊？做砸了，我们的身家性命也搭上了。李回珍说，我只想守住这个摊子，把亲戚朋友带带牢，让夫妻不吵架，让小孩有书读，让家里衣食无忧。李金锁说，你不要单头想，她看似在和你作对，但也是做得对的啊，就拿这几件事来说，她也只是想相对正规，守信经营，工人稳定。李回珍声音高起来，说，你就是手肘头往外拐，雨伞骨底戳出！她还说了一句很不恰当的比喻，说，她现在是蹲在我头上拉屎知道吧，已经在篡党夺权了。李金锁扑哧一声笑出来。李回珍说，你笑什么？李金锁回避说，我没笑什么。李回珍斜眼看李金锁，觉得他很不正常，尤其是在他哥哥这件事情上，他原先是力争用哥哥的花皮哥哥的胶，现在居然任由周节如"大义灭亲"了，他一定有名堂。

8

显然，周节如是动到了一些敏感部位了，也因此，很多人在呼吁李回珍重新出来。

李回珍和李金锁毕竟是两夫妻，他们就是天天吵，就是矛盾再深，也是正宗的老板和老板娘。而周节如不一样，就是能力再好、办法再多，就算李金锁喜欢她，她也只是一个职业经理，我们私底下还叫她小三呢。出于友情，我也常常跟李回珍说，你身体不好，可以不干，但你得走走到，就是坐那里一动不动，人家也有了主心骨。这是一个信号，老板是你不是她，你要是自己把自己给放弃了，对不起，别人就会得寸进尺。我老公也说，到最后鹊巢鸠占了，你哭都来不及了。

李回珍只得重新出山。她是老板，也是老板娘，她到自己的厂里去，不用经任何人同意，不用和任何人打招呼。

李回珍要重新出来，我想，周节如也一定是紧张的，毕竟她的位置还没有坐实，毕竟她也动了李回珍的"奶酪"，毕竟她们之间有那种微妙的说说，都说原配和小三是天生的宿敌。为了尽可能表现得好一点，尽可能展现一下厂里的新貌，听说，周节如也是赶紧布置手下，这样这样这样。

那天，李回珍是开着单门敞篷跑去的，在经过宽带路时，虽然没有到我们店里来坐一坐，但她过去的声音我还是听到了。敞篷盖上了篷，像是蒙上了油布，打上了补丁；敞篷放下了篷，像是小号的皮卡，露筋露骨；不知道的人，一定不会觉得它是什么好车。她开到厂门口，大门紧闭。她摁着喇叭，居然没有人响应。以前，只要她的车一过来，声音响起来，大门早早地打开等了。她本可以下车去敲敲门，照个面，但她今天却不想下来，她突然想端端架子，要做给周节如看。她又踩了几下油门，摁了几下喇叭，这个厂里的人，谁人不识她李回珍？哪个还不是"闻声而动"？但是她错了，她毕竟有好长时间没来厂里了，现在的福禄寿，是周节如在挂帅，旧貌换新颜了，连保安也都换人了。这时候，一个保安探出头来，说，老板有交代，外车一律不准进入厂内。李回珍坐在车里斜着头，说，是哪个老板说的？保安说，男老板说过，女老板也说过。

这可把李回珍气得，李金锁是老板还差不多，什么时候，周节如也成女老板了。李回珍说，你把那男老板和女老板都叫出来，我今天就是要开进去了。保安诚惶诚恐，不断地回头张望，似乎是不知所措，又似乎在寻求支援。这时候的周节如，其实就站在办公室的窗后，她是紧张的，也是犹豫的，既想阻挠一下李回珍，又害怕正面接触。看看情况不妙，就赶紧叫里面某个管理出来，把李回珍连车带人迎了进来。管理还装模作样地戳着保安，说，你这个呆头，你是不是不要饭吃了！李回珍有了一个台阶下来，心情也好了一点，就说，算了算了，不怪他们。

李回珍下了车，驻足在办公楼前看了半天。这个办公楼，其实是个简易的小四层，是她在布置厂房时，心血来潮突击盖起的，算没有手续偷的。私营企业的厂房都这样，好偷就偷，好违就建。她在时，这个四层小楼是这样安排的：四楼是他们的卧室，有时候弄迟了不回家，就在这里将就一下；三楼是李金锁的办公室；二楼是李回珍的；一楼原来是陈列室兼洽谈室，有时候朋友过来喝喝茶、打打扑克。现在，一楼成了周节如的办公室，还挂上了窗帘，好像很有秘密似的。她知道这会儿周节如就躲在办公室里，她还猜想，她是知道她要来的，就故意布置了难堪她，李回珍那时候真想踹门而入，和她大乱一场，但她忍住了，不和她一般见识，只是拿脚在门上比画了一下，假踹了两脚。

李回珍带着情绪来到车间。我们可以想象，她的眼睛瞪得像铜铃一样，她要捉一下周节如在生产上的漏洞。但一看车间与她当政时完全不一样了，心里也不免愣了愣。流水线有条不紊地走着，工人们都各就各位，也没有闲杂人等晃来晃去，工序的安排也合理多了，一眼就能看出个先后，看出个秩序，灯也明了，排风也齐整了，前后的呼应声错落有致，精神面貌是那种平和的、自得的，她还真挑不出什么要说的话茬来。李回珍缓步一隔一隔走过去，工人也频频抬头与她招呼，老板娘好，老板娘来了，李回珍也没有感觉和以前有什么不一样，还似乎向好了。突然，她在后手的修边工序上停了下来，她拿起一只鞋，再拿起一只鞋，两只鞋在眼前瞄来瞄去。李回珍这样一动作，后面跟着的管理就心头撞鼓，就赶紧弓着腰钻到前面来。管理叫阿三，也不是什么技术人员，只是亲戚心腹而已。李回珍说，阿三，我们没做过外销你不知道吗？阿三木讷地直着眼。李回珍又说，知道外销的条件苛刻吗？阿三密密摇头。李回珍说，跟你也讲不清楚，你去把周节如叫过来。阿三就吧嗒吧嗒地去了，一会儿把周节如叫了过来。出于心理的原因，李回珍并不正眼瞧看周节如，但侧眼还是看的，眼前的这个姑娘，是那个所谓的小三吗？是那个能干的主管吗？是那个和她以牙还牙的对手吗？她也没什么妖精特质啊？穿一身品牌的运动服，身材不紧不松，相貌一般平平，顶多算半个"丑风流"，并没有厉害的倾向，李回珍莫名其妙地松了一口气。再看周节如，似乎胆小，似乎老实，站在边上一副洗耳恭听的样子。李回珍这才撒了开来，说，你本事学大了哈，居然有胆接外销的业务。周节如说，我怕闲月里工人散了，接点鞋把他们留留住。李回珍说，工人还怕没有吗？任何时候，我拉一车皮给你都有。又说，你看看你做的这些鞋，皮皱的也有，脸歪的也有，线脚不齐的也有，鞋眼割手的也有，要是内销，说几句好话，赔几个笑脸，也就过去了。外销难做你不知道吗？老外厉害你不知道吗？到时候斧头剁了自己的柄，牌子砸了自己的脚，你吃得消还是我吃得消？周节如低头不响，咽了几次口水，半天才说，老板娘，你有话慢慢讲哪，你这样讲起来，这样凶，好像在讲别人，好像不是自家的老板娘一样。李回珍看看她，心想，你现在知道服软了？叫你老，老就把你搞搞死。

据说，李回珍并没有就此当算。第二天，她真的叫来了"夜来香"的老外，周节如接的就是夜来香的外销加工。这时候的李回珍，不是不知道损失，不是不知道心疼，她只是昏了头，理智短路了，她是真希望夜来香过来叫停，退货，索赔，罚款，她管不了那么多了，她就想打压一下周节如，杀杀她的气焰。说得好听点，她也是在维护福禄寿的声誉。李回珍神情激动地陪在老外身边，他们查车间，查鞋子，老外一边看一边和她叽里呱啦，说得很起劲，说得面红耳赤，但李回珍只会"耶耶"，或者"耶是耶是"，她听不懂老外的话，她也不知道怎么回复老外，但她结结实实地感受到，老外生气了，老外要叫周节如"吃不了兜着走"了！

现在，轮着周节如抓狂了，她拼命在向老外解释，说服，她和老外肩靠着肩，边走边说，她耸肩舞手，赔笑点头，显然，他们是在用外语交流，他们的交流无障碍，也显然，他们的交流并不很成功，因为，老外也在瞪眼红脸，也在摇头挥拳。远远地，李回珍在后面看着他们，他们虽然走远了，但她依然能听到老外激烈的声音，甚至是不依不饶的声音。李回珍心里暗暗高兴，就像亲手扇了周节如几个大嘴巴一样惬意。

9

我前面说过，我们这个店就像联络点、中转站，有人在这里寄存东西，有人在这里委托发票。有时候，这里还像个"老人亭"，大家在这里说坏话，说哪个厂赖皮，说哪个厂欠债。这段时间，说的最多的就是李回珍如何打压周节如。我们可以想象李回珍的那个得意。她得意地跟李金锁说，我把周节如干掉了。李金锁诧异地看着李回珍，像在看一个陌生人，说，你这是干吗？自己闹自己的，被人家笑话都不知道！李回珍说，我不管，我就是要她难看，要她塌神气，她不是想出风头吗？我让她风头霉头两隔壁！李金锁叹了一口大气，说，你真是"钻你肚子里死一双"，报复都不计成本了，损失不都还是自己的？他又说，你也别高兴得太早了，她这个人是很"会"的，别到时候弄得，站在台上下不来。会，指的是圆润、圆通、玲珑、喜面。这不，那些外销鞋，那些被老外诟病的外销鞋，以为要退货压仓了，现在被周节如两弄三弄，软磨硬泡，本来是销往意大利的，最后都弄到中东去了，中东的要求，和皮鞋王国意大利的要求怎么比！

李回珍本想在家里坐等周节如的倒霉，哪知等来的是这么一个消息，她血往脑里涌，好几天粒米未进，真是"打蛇不死，反成蛇精"啊。

周节如也把这一段描述给李金锁听，那个得意，那个扬眉吐气，自己把自己都笑得前仰后合。李金锁听着，先是笑眯眯，后来也阴阳怪气了一下，说，你自己当心啊，要有底线啊，老外都是很色的啊。周节如用手轻撞了一下李金锁，开玩笑说，你是不是吃醋啦？放心哪，老外身上臭，我闻不得那个味。李金锁说，我吃什么醋，你有本事你远走高飞试试，看我眼睛会不会眨一眨？又说，你们这两个冤家啊，就好像美国动画片里的汤姆和杰瑞，那个猫和老鼠。周节如说，我不要做老鼠，老鼠老是被猫撺来撺去，难受。李金锁说，那你还想做猫啊？周节如喃喃地说，我也不要做猫，做猫也挺辛苦的。李金锁说，就是嘛，好好做事，少惹麻烦。

至于李金锁有没有暗中助周节如一臂之力，那就不知道了，一般会有吧。应该说，狡黠的李金锁，会用人的李金锁，借着她们两个各自的优势和力量，怂一怂抑一抑，打一打抚一抚，互相平衡，互相牵制，还是很有一套的。

闲月没有闲，还做了鞋子，还把工人留住了，还维护了正常的生产秩序，还有了效益，这事以前没有过，是好事，这都是周节如的功劳，要奖励。为了表彰周节如的表现，李金锁同意她买辆车。他说，你现在是企业的主管，有时候出去照个面，有时候出去谈个事，有时候到区里开个会，没有车不好看。周节如说，我想买一个好点的车。李金锁说，什么是好点的车呢？怎么个好法？周节如说，我来之前存了 20 万，这次做鞋我又抽了 20 万，你再借给我一点，我就可以买个保时捷。李金锁同意，说，福禄寿的主管，形象很要紧。福禄寿是什么？区明星企业，区纳税大户，李金锁还是区人大代表，李回珍家里有个远房侨眷，区里就三天两头动员她加入侨联。那么周节如，当然也不能塌他们的台。周节如要买的车是保时捷单门敞篷跑，63万。李回珍听了又不舒服了，觉得周节如是故意的，不仅在物质上压制她，精神上也要欺负她，是有意在和她的58万的宝马单门敞篷跑较劲。

但是，李回珍又没有办法反对，不管她有多么不舒服，不管借钱的事是真还是假，周节如工作有成效却是事实。况且她都是在家休息，都没有出力，她再反对这反对那，再有什么说说，李金锁就会说她"更年期"，说她"神经病"。但是，有一点李回珍是清楚的，就是：这个周节如没那么简单，她也不只是这样的空白，她和李金锁不应该就是表面的这样。李回珍觉得，她要拿住他们的把柄，捏住他们的软肋，才会立于不败之地。

李回珍告诉李金锁，她要到乡下去看看不宁腿，是朋友联系的医生，专治疑难杂症。李金锁说，别病急乱投医啊，心里多一根弦啊，别人说要钱的时候你就把口袋捂捂紧啊。

李回珍告诉我，她想偷偷去一趟武汉。周节如不是在武汉看过店吗？且不止一年两年，雁过留声，人过留痕，总会有一些蛛丝马迹的，尤其是她和李金锁的关系，不会毫无征兆。我对李回珍说，你如果身体好，斗一斗也是可以的，毕竟是家里的大事。身体都不好，厂里也没有塌下，别好好的肉抠起来烂，睁只眼闭只眼吧。李回珍说，你不知道哪，李金锁现在是看都不看我一眼哪，动不动就说，再乱，再乱我就到上海去，这里都给你。他哪里是给我啊，他是想给那个周节如。我说，我也不会说话，你现在就是把厂里保保牢，护护住，不要搞得这么用力。李回珍说，不瞒你说，我做梦都和他们打过几回了。有一次还在梦里把他们堵住了，两个人在床上蒙头睡觉，我气啊，我拉开被、脱下鞋、跳上床就打。我看不清周节如有没有穿衣服，她一直蜷缩在床角落里，外面被李金锁护着，我打来打去都打在他的身上。他那个身体，那个瘦啊；自己都柴骨一样，还拼命护着周节如，我就越打越气，越打越难受，打得自己都筋疲力尽，眼泪都打出来了，最后打得自己也瘫坐在地上……李回珍说，所以说，我一定要到武汉去，把他们搞搞清楚。我现在看见周节如，头兴尾兴，小乳房一抖一抖，心里就不是滋味。

到武汉去，李回珍心情是复杂的。说心情复杂，是因为她虽是去调查周节如，其实却是在求证李金锁，她既希望他们没事，又巴不得他们确实有事，就像某个小品里的一句话，她是冒着恶心的危险去打探一个恶心的结果，结果自己先恶心了起来。

李回珍说，现在的武汉店，是当地的一个大学生在打理，店招还是福禄寿，但效益已大不如从前了。以前周节如看店时，李金锁总是每个月的一、二、三过去，雷打不动，现在虽然也有去武汉盘存、结账，但明显已是心思不足，日子也往往是随机而变的，有时是上旬，有时是中旬，有时来不及就不去了，凑起来两三月去一次。一句话，无所谓了，有赚没赚也不着急了，只是把它作为一个窗口，让大家知道还有个福禄寿。

李回珍去武汉，我们也是可以想象的。她去的也是利德大厦，不过没有去福禄寿，尽管店里铺陈了简单的卧室，她完全可以去住一宿，但此次，她有点微服私访的意思，就忍下了。她知道，要了解福禄寿背后的真相，在福禄寿里面是听不到的，尽管别人也不清楚你们内部发生了什么，但基本上都会是你好我好大家好，也就是说，一般是不会有真话的。最好的调查，就是从自己的对手那里着力，下功夫深挖一下。因此，李回珍在利德大厦的头两天，基本上都是在其他店里转悠、搭讪、闲聊。无疑，李回珍是痛苦的，虽然心里别扭，但她要强装笑脸，言不由衷，迂回躲闪，旁敲侧击。从全国的鞋业行情，说到眼下对鞋的理解；从地域的审美角度，说到南北人穿鞋的习惯；从原材料的选择到鞋样设计；从残酷的竞争到自身优势的发挥。李回珍从这些天南地北的闲谈中，细细品味着他们对福禄寿的闲话：说店里暧昧的气氛，说经营过程中的照顾，说老板定期按时的出现，说那个下午必定关门的诡异，说那个时间的听房成了大家津津乐道的话题，说偶尔也能看到西洋景，从那些铁门眼里，从楼上往下的角度，从洗手间的气窗上，他们光光的身子在卧室里闪烁，抑或在生意的间隙，也会让人捕捉到他们像蛇芯子一般的手在两人身上闪电似的"偷袭"。够了够了，李回珍听得面红耳赤，心痛气短，她脑子里呈现的不是门市，不是生意，而是一片群蝇乱舞。

在武汉，李回珍还接到了一个家里的电话，是厂里的表姐打来的。李回珍尽管退出了厂里的核心位置，尽管权力旁落，但在关键时刻、关键问题上，总会有亲情站在她一边，总会有人向她通风报信的。表姐说，你在哪儿？李回珍说，我在武汉呢。表姐说，你还有心思死那么远，你脚脚好啦？李回珍说，我说是说在乡下看脚脚的，你也别乱说啊。表姐说，趁早快死回来，出事情了。李回珍说，什么事，慢慢说。表姐说，你们两个平时关系怎么样？李回珍说，什么怎么样，吵吵乱乱总是有的嘛。表姐说，不说这个，说啦啦啦,正常吗?这里的女人,经常把夫妻间的房事说成啦啦啦。李回珍也不避讳,说,他也忙,我自己身体也不好,没把啦啦啦当回事。表姐说,那平时他都在家里睡吗?李回珍说,除了出差,平时晚上都在家里啊。表姐说,这个"河西鬼",他今天一早从"狐狸精"的房间里钻出来,蓬头散发的。河西鬼是专指蒙自己人的骗子,那狐狸精自然是指周节如了。李回珍再也没心情电话下去,利德大厦也不调查了。她慌忙赶到汽车站,不知怎么的,她心里慌得很,甚至有点尿紧。但她知道,自己并不是真的尿紧,是一种心理在作怪,在压迫。说起来她也是老出门了,乘车坐船,有票没票,时紧时宽,她早就习以为常了,都是拿得起放得下的,但今天,她有点担心了,虚空了,像在赶一趟末班车,好像赶不上,她就再也回不去了……

10

李回珍和李金锁吵架了,这回可吵大了。因为一大早,我就看见李金锁把他乡下的父母亲接到厂里去了。吵什么?为什么吵?可想而知。

李回珍问李金锁,每个月固定到武汉去是怎么回事?到了店不做生意反关了门又是怎么回事?平时你都在店里吃饭、过夜?周节如是你雇的工人,还是你养在外面的小三?李金锁说,你跟踪我?李回珍说,我脚不好,走不动。李金锁说,那你叫别人跟踪我?李回珍说,全世界的人都知道哪,还用我跟踪吗?李金锁不理,他觉得和李回珍讲不清楚。李回珍又说，一大早从狐狸精的房间里跑出来，你又怎么解释？李金锁这回跳起来了，说，什么乱七八糟的，你说我睡觉，我说找她有事，你截住我啦？你把我裤头抢住啦？李回珍说，有人看到了。李金锁说，你是更年期啊，还是神经病啊？你要是这样顶着，那我们离婚吧。

我老公说，他们这样的情况，离不了。这是真的。他们要离婚，还真的不能从情感上说了算，他们的关系要从家族说起，说到两家的关系，说到血缘和伦理。他们还会从艰苦的出走说起，说到讨生活、弹棉花，说到打拼、开店、办厂，说到生孩子和产后遗疾。

他们确实是很难分割清楚的，他们有店、有鞋、有牌子、有专利，有厂房、有设备、有客户、有债务，有孩子、有房子，有投资项目、有上海的烂尾楼。他们要想分，不用实施操作，想一想都很麻烦，说不尽，扯不断，千丝万缕，难解难分。

当然，有一点李回珍也是知道的，她是舍不得这个厂的，她也知道自己的身体，也知道离不开李金锁，也知道周节如会做事，会把事做好，她已经初见成效了，现在真把她赶走了，说不定这个厂就塌了。李回珍的吵，只是想李金锁收敛一点，不要太过明显，不要把别人当傻子。而周节如，也不要太过张狂了，老老实实地打工，她也不会把她怎么样的。

于是，李回珍也不和李金锁吵了，她也没元气吵，一吵她的脚就更加不宁，像有一万条虫子在爬、在咬。她悄悄地把这事捅给了文县的公公婆婆，老两口像野营拉练一样连夜就赶了过来。

现在，老两口就堵在厂里缠着李金锁说话，说坚决不允许他离婚，说你们离婚他们的老脸就丢尽了。说当初你们出去弹棉花，上路的三百块钱还是李回珍父亲给的，现在离婚就是过河拆桥。说现在还有几十床棉胎垒在家里呢，那是你们用血汗换来的，是你们情感的见证，说你们离婚，这么多棉胎怎么办？说李回珍给你在外面生了两个小孩，都因为没有坐好月子而落下了病根，一个没休息好把脸坐起了乌星，一个老站着看店直接把腰给坐坏了，现在的不宁腿说不定就是那个腰坏衍变过来的，你怎么离得下手？你离就是没良心！说那个狐狸精，别说她没有李回珍漂亮，就是比李回珍丑得多得多，你想作贱自己，他们也不允许，做人要厚道。说你要是再提半个离字，他们就从这楼上跳下去，死给你看。说你真的要留，他们也不反对，过去的大户人家，纳一个小妾也是有的，但不能休了原配的。李金锁听得扑哧一下笑出来，说好了好了，不说了，你们要是再说，我干脆钻茅坑里臭死算了。

日子还是这样过，鞋子还是这样做，微妙的关系还是这样维持着，现状原地踏步。但吵一吵，乱一乱，还是有好处的，至少在一段时间里，李回珍没有来我们店里叹苦了，李金锁和周节如也会黯默一点了。

11

李金锁自己躲到上海去了。九州的福禄寿，他也不插手了，任由李回珍和周节如在那里"糨糊儿煎饼儿"。他冠冕堂皇的说法是，现在是什么时候了，还做鞋？做鞋怎么赚啊？做鞋只能捡捡铅角子，做鞋让你们两个玩去吧。现在赚钱要靠大项目，那个烂尾楼已经初见端倪了，那个地段、三产、服务业、写字楼、租赁，做什么不行？日没有工夫，夜里都滚钱来，睡觉都笑起来，做梦都放脚弹。但李回珍知道，李金锁躲上海，是他们的话说白了，他们的事挑明了，两人别扭了，他是在回避她。

李回珍来到我们店里，送了我一条她做的棉胎。说这是她的宝贝，一直当钞票一样存着，都是在外面弹棉时攒起来的，好棉花耐弹，攒一点不觉得，她的家就是这样发起来的。现在谁还盖棉胎呢？现在都盖太空被、鹅毛被，现在都有空调，天也不冷。但我知道，这是李回珍的心意，是最能代表她情感的东西，她送我棉胎，是想让我继续支持她，支持她的福禄寿，特别是现在，她脚脚难受不在的时候，无论是周节如来，还是其他管理层来，无论是他们打电话，还是他们偷懒不来，我都要把最好的东西给他们，不能因人而异。我体谅李回珍的苦心，这真是一个爱厂如命的女人，我答应她。

李回珍这个人，我其实也是喜恶不一的。她吃苦耐劳，字字血声声泪，我是既佩服又尊敬。但她的做事风格，我又是不喜欢的。我前面说过，她到我们店里拿东西，无论是拿多拿少，无论是复杂的还是简单的，她都要求多，锱铢必较。而算账呢，又烦琐，又拖沓，总想找理由扣你一点。对于周节如，我也是有喜有恶的。她的身份我不喜欢，她的钉头对铁、以牙还牙，我也不喜欢。但她的爽快、担当、三块板两条缝，我又是欣赏的。其实李回珍不知道，周节如也是来我店里拿东西的，相比之下，周节如就比较好说话，比如我们有什么新产品，想让周节如用一用，她就会客气地说，好啊，拿来试试看。也许有人会说，她不搭自己的本钱，顺水人情谁不会做啊。其实，这不是搭本钱和做人情的问题，而是做人的性格和做事的方法问题。有一天，我还忍不住求助过她，是一次进货缺钱，我问她能不能帮我先垫付一下，下次在福禄寿的欠款里扣？她说好啊，没问题啊，大家都是关系户，有借有还，再借不难嘛。那一天，我真的觉得周节如特别好说话，我就真的忍不住劝导她了。我问她，老板娘这个人怎么样？她说，还算好，就是气量小了点。我说，我说句难听的话，她身体不好，你们相互维护一下，不要刺激她。我又说，你好好干，她也不会为难你的。她啧了一声，也算心直口快，说老司母啊，我何尝不想好好相处啊，这样弄起来，我也难受啊。但现实就是这样，各种因素会把我们对立起来，会让老板娘恨起我来，我们都被一种东西推着，都身不由己。停了停，她又说，我也无奈啊，我也想好好干啊，但好好干没用，好好干太慢。我只有付出，付出了，人家才会待见我，付出了，人家才会对我好。对我好了，我才会有一个好好干的平台，我有了平台，同样是上进的人、奋斗的人，我才有可能比别人少奋斗五年、十年。老司母，我这样说你懂我的意思吗？我不懂，但我陷入了深思。

啊，说远了说远了。周节如可没有闲情逸致去纠结这些呢，她现在正被一件事头疼着。什么事？"三改一拆"的事！"三改"改什么我不知道，"一拆"就是拆违章建筑。拆违的指标是上面下达的，工业区也摊上了不少，为了完成这个指标，工业区的"特务"们削尖了脑袋，到处在搜罗。工业区里的厂房，没有不违章的，这取决于这些小厂的格局，以及得寸进尺的心理。开始只考虑到生产设施的安顿，后来碰到局促了，才搭食堂、搭车棚、搭浴室、搭卫生间等等，东一块，西一块，要是从空中往下看，肯定像烂脚疤一样，非常的不堪。福禄寿也被抓住了违章，就是那座四层的办公楼，平地而起，原来规划里是没有的，现在要限期拆平。李金锁从上海赶回来，攻关了，没用；李回珍拖着个不宁腿，也攻关了，也没用；久攻不下，周节如也被"逼上梁山"。周节如把福禄寿的厂房研究了半天，找出了一处"可钻之孔"。原来，福禄寿的厂房是一座三楼半建筑，什么叫三楼半？就是当时设计的是四层楼，后来考虑到外观，只审批了三层，但框架已经铸下来了，只好在三层上面留了个"帽子"。微妙就在这里，周节如就花功夫从这里攻关，怎么攻、攻什么大家都不知道，但工业区最后同意了，允许在楼顶上搭几个玻璃房，做临时办公室，不至于让老板们坐在露天下。这事当然非常好，李金锁高兴，李回珍也高兴，但是大家都知道，这个擦边球打得非常准，难度非常大。于是，流言乍起，说周节如为这事不仅卖了笑，还卖了身。也有人说，周节如真是爱厂如家，从某种程度上讲，比李金锁和李回珍还要爱。当然，还有人看得深远，说这是周节如的新阶段，说她前面也有几个阶段，打工阶段、立足阶段、争锋阶段，现在有了这件事，身价立马就翻番了。

12

周节如真的去买了一辆保时捷，我们都看见了。真的是 63 万，比李回珍的宝马多了 5 万，不知她就是喜欢，还是故意要把李回珍比下去，但大家都说，保时捷确实比宝马好看，说宝马是车中的传统贵族，而保时捷是车中的时尚新锐。现在，周节如每天开着自己的保时捷在宽带路上进进出出，她的车也会叫，且叫得更加响，内行人说，她是特地把排气管改装过，多打了几个洞，把消音效果弄得差一点，叫起来就歇斯底里了。这样，人们就知道了这辆车也是福禄寿的，这样，大家就会说，看这神气，福禄寿现在是周节如说了算了。

周节如才无所谓这些"声势"呢，她渴望着平等的地位和可以商量的对话。对峙不是办法，弄得人很累；靠李金锁也不是办法，一旦失宠，凉荫就没有了；只有赢得人心，才能真正地安身立足。经过一段时间的调研，周节如觉得有一件事情可以一试。什么事？吃饭的事。

私营企业对吃饭都是最不当事情的，觉得众口难调，觉得价格上掌握不了，主要还是不想在这个上面投入和付出。因此，工人们也习惯了自己吃，自由吃。每当吃饭的时间，工业区里的厂家才会真正地歇息下来，工人们像蚂蚁一样从厂里涌出，马路上顷刻就是黑压压的一片，然后，纷繁杂乱的热闹也开始了。他们或吃饭，或放风，或玩耍，或活动活动筋骨。工业区的路，有纵有横，有大有小，大路上都是我们这些店，卖鞋料的、卖工具的、安装门窗的、洗澡堂、理发室、录像厅、棋牌桌、柜员机、小超市。小路上基本都是饭摊，都不是本地人开的，本地人知道饭摊赚不来，而外地人则知道自己人要吃什么，怎样来经营这样的饭摊。这些饭摊没有面积可言，没有装潢可言，炉子和桌椅都摆在露天，白天搬出来，晚上搬回去，要是晚上开得迟，连灯线都是现拉的，路边搁一块招牌，上写"三元吃饱五元吃爽"，吃饭，就是在一片油烟和煤气里。我问老公，三元五元他们吃什么？老公说，这还用问吗？你自己也做生意，不用看，算算就知道。吃什么？肯定是地沟油、霉变米、菜场里的菜脚、辣酱代替味精，否则，他就是把手指都炒进去，也还是亏的。这里面，唯有铁锅和炉火是真的，其他都是假的、次的、坏的。周节如目睹了这一切，在厂里办起了食堂，人均一天十二块钱，早饭两块钱，中饭和晚饭各是五块钱，虽然也是经不起推敲的，但比起吃路摊来，已经进步多了。关键是不用工人掏钱，全部由厂里支出，这是工人们最欢天喜地的，吃厂里的，比什么都有说服力。用周节如的话说，十二块钱能笼络到人心，太合算了。我老公说，这一招好，特别灵。

李回珍当然是反对的，没办法，她的出身摆在那里，骨子里长出的省。她到处讲，跟李金锁讲，跟周节如也讲，跟我们这些关系户就更讲：说这下好了，变民政局福利院了。说只知道搞噱头，账都不会去算一算，一个人倒贴十二块钱，全厂多少人？说还有还有，老司人工算了吗？清理人工算了吗？场地算了吗？橱具算了吗？盘碗桌椅算了吗？煤气、作料算了吗？好像都不用钱似的，好像是山水冲过来的。但是讲归讲，现在的情况下，李回珍发脾气也没有用了，兵败如山倒。而周节如，却正以排山倒海之势节节推进，胜利在望。形势到了这一步，已经由不得李回珍了。但周节如还是给了李回珍一个面子（不知是不是李金锁在背后出的主意），说，我给她下下台吧，她毕竟也是老板娘嘛。每人每天扣回两块钱，意思意思，权作厨具和盘碗的折旧。这点血，工人们当然也是愿意出的，出了也会念周节如的好。

13

周节如的脚步还没有停止，这不，还有一件事在背后酝酿着……

那是周节如去了一趟香港回来之后。去香港是去开展销会，开始的时候，李回珍叫李金锁去，李金锁说自己在上海走不开，回掉了。李回珍自己也不想去，香港热，一热，她的不宁腿就更加不宁，白天晚上都像虫爬一样。于是，李回珍很不情愿地派周节如去了。周节如在香港没学到多少鞋样回来，按照她的说法，福禄寿的女鞋，已远远超过外面的样子了，就是展示给别人看，别人也学不去，这不是眼光的问题，而是理念的问题。倒是周节如带回的一个想法——私营企业也可以成立工会，却是很鼓舞工人的。这一点李回珍没有想到，有一次跟我说，这一脚踏失空了。

在香港时，隔壁那个摊位就是百花鞋业，驻摊的老司就是企业的工会主席，他们叫首席参事。老司讲，他们既有同业工会，又有下面企业的分支工会，目的就是给工人谋利益，有渠道让工人发声，这样才能稳定军心。我老公解释说，就好比机关里的总支和支部。周节如在那里被那个老司洗了三天脑，回来以后心里有了新的萌动。正值国内新的《劳动法》颁布，各地都在强调工人的合法权益，同时又在寻找这方面做得好的典型，周节如把成立工会的设想和工业区一沟通，管委会立即想在福禄寿搞试点了。

那段时间，周节如开始在厂里灌输工会思想，这种思想在私营企业里面是很能蛊惑人心的。工会就是代表工人利益；工会是工人自己保护自己的组织；工人虽然服从于老板，那是工作的从属关系，而不是人格的等级关系；只有在工会这个平台上，工人才能真正地和老板平等对话；没有工会，通往对话的途径就不通，因此，工会是桥梁也是工人自身的砝码；工会以前就有，不是现在才开始的，当年刘少奇在安源搞路矿工人大罢工，就是以工会名义组织实施的。江汉铁路那边，施洋大律师，也是工会出面邀请的；工会也是一级组织，可以利用自己的章程，完善和保障自己的权益。总之，工人们一听到平等和对话，就会生发出一种莫名其妙的亢奋，在他们看来，老板就是天敌，不管老板怎么好，在划分阵营时，他们就会毫不含糊地与老板对立起来。在他们看来，乌鸦就是乌鸦，无非是颜色深一点浅一点而已。工业区管委会也因势利导，推波助澜。

阵营在悄悄分开，悄悄地活动，拉票也在私底下神秘地进行。李回珍一派送出的是牙膏、洗衣粉，周节如一派则是电话充值卡和年底回家的火车票。如果说，周节如他们是蠢蠢欲动，那么，李回珍他们就是垂死挣扎。我老公听到这些就嘎嘎乱笑，说，新的和老的、传统的和现代的，光凭这出手，胜负已然见分晓了。

工会成立大会在福禄寿流水线车间召开。在车间开这样的会，很有现场感，试想，如果有哪个导演来拍电影，一定会拍出《列宁在十月》那样的效果。前来参加会议的有工业区分管副主任、中小企业决策咨询师、劳动和妇女部长。李金锁也从上海回来参加，手心手背都是肉，他心里想两碗水端平，但小算盘和倾向性还是有的。李回珍也像新娘出嫁一样出来参加会议，她有好长时间没有正式露面了，但作为现有的法人，不管结果怎样，她心里还是想争一争的。说真的，她也不想简单地失去这块阵地。流水线车间本来就有四五十人。所谓的流水线，就是把原来装置、夹帮、上胶、上底、烘干等工序组合在一起，而上面的划料、批皮、车帮，后手的修边、整理、上色、验收，加上内勤、财务、仓库、车队、保安、清洁等，总共也有一百多号人，规模也不小。

会议的议程有领导致辞、章程解读、选举办法等。李金锁会有一个讲话，那是管委会要求的，说你老板不讲谁讲？他推不掉，就勉勉强强地讲了。可以想象，肯定是"打蟹酱"一样。李回珍也必须讲几句，也可以想象，差不多也是"撕破布"。她这人，本来就不会讲话，正式场合马上就抖抖掉。

周节如的讲话也是工业区有意安排的，目的就是要让她亮亮相，显然，周节如也是会讲话的，那姿态、那声调、那气象，我老公后来听说了，说，她是不是干过共青团的？说团干部都有这一手，讲话如背书，像演讲。周节如讲了这几层意思，第一，她爱女鞋，因此也爱穿女鞋，喜欢卖女鞋，也喜欢做女鞋。第二，她还年轻，什么都想尝试，做事也可能不周，有大家不能接受的地方，请多多包容。第三，对于她，大家有很多猜测，其实没那么复杂，希望大家能善待她。第四，她的想法很简单，趁年轻，抓住机会，多赚点钱，要是大家不喜欢她，她攒好嫁妆就回老家⋯⋯

工会主席的人选，其实也就是这三个人，李金锁、李回珍、周节如。做了票，让大家自愿投，最后当场唱票，看绝对票数。

李金锁的票数不多，这也是预料之中的，完全可以忽略不计。票数主要集中在李回珍和周节如身上。李回珍的票数基本上都是亲戚、朋友、心腹、手脚、老工人，尽管他们不一定都喜欢她，但碍于面子或本能地反感周节如，他们还是会有保留地支持她。这显然远远不及那些看热闹的、幸灾乐祸的、外来打工的、真正对李回珍不满的、真正想谋求自己利益的、发自内心喜欢周节如的。唱票时三人的态度也很能说明一切：李金锁无所谓，谁都一样，所以，他对唱谁的票都不关心，一直在陪着客人说话、递烟、嬉笑。我老公其实是喜欢李金锁的，说他有农民的狡猾、农民的精明。但我不喜欢，尤其那么"外面彩旗飘飘，家里红旗不倒"，听起来就烦。李回珍对票数还是紧张的，所以，唱票一开始她就悄悄地退了出去，回避了。后来李回珍说，和这个狐狸精一起唱票，想起来就觉得塌神气。她还说，那时候真希望有个人出来倒场，一乱了之。

周节如也是不关心票数的，但她心里是有数的，因为劳动和妇女部长向她交过底：工会法禁止企业负责人的近亲属在本企业工会任职，排除了老板和老板娘，工会主席一职非她莫属。她只是想，这样的场面，她和老板娘不要搞得太难看，难看了，对她一点也没好处，只会引来别人的嫉愤。所以，在一片热闹的混乱中，周节如一直关注着李回珍的动向，李回珍一出来，她马上也跟了出来。她在后面叫老板娘老板娘、老司母老司母，她是想示好老板娘，想表现得嫩头一点。李回珍就是不理她，当自己没听见。李回珍先是去了隔壁食堂，想坐一坐，平平气。周节如从后面跟了进来，她马上就起身离开了，周节如又马上跟了出来。这时候的周节如，只想老板娘搭理她，看她一眼，哪怕是骂她几句，她也觉得是老板娘在待见她。李回珍偏偏不理她，自顾自上了楼梯，她噔噔噔地往楼上走，周节如也笃笃笃地跟在后面。李回珍走得慌，周节如跟得急。慌乱中，李回珍别了一脚，摔了一跤，人生生地趴在台阶上，鞋子也别掉了一只。周节如哇了一声，拼命抢上去想扶，却被李回珍狠狠一甩，一个手肘头击过来。这一下，周节如猝不及防，被重重地击在肋骨上，她痛苦地捂住肋部，气也岔住了。李回珍这才正过身，坐在台阶上，盯着周节如，说你跟着我干什么？说你是不是很得意啊？说你看见我这样很高兴是吧？说你这个冤家，你吵我的人家很好过是吧？你吵得我这样很开心是吧？你个山魈！你个狐狸精！说着说着，李回珍禁不住呜呜地哭起来，像哭丧一样，也顾不上好看不好看了。李回珍这样边哭边说，边说边骂，周节如也被骂得哭了起来，她也委屈啊，她也难过啊，她也心酸啊，她一定是想起了什么，想起了她们的关系，毕竟是她在介入，毕竟是她威胁到了她，毕竟是她吵得她家里不宁，毕竟是她踩在了她的痛点上，现在又把她打败了，哭得她这么狼狈，她其实也是很难受的。她哭了一会儿，看看李回珍，也不知做什么好，回头看到那只鞋，就走过去，俯身把它捡回来，放在老板娘的脚脚边……

福禄寿选工会主席一事，好长时间了还经常被人说起。我们这个店，有时候就是一个小道消息的传播地，那些过来采购的人，有事没事的都会在这里乱说。他们会说，小三赢了，小三胜利了，各种意味尽在其中。我老公要是在店里，听到了就会说，不要这么讲嘛，这样讲起来不好听哪，什么小三小三的。

对于上述的这次"冲突"，我也是将信将疑的，我觉得她们都不会那么克制。有一次，我忍不住问李回珍，听他说，选工会主席那天，你们两个真的第一次吵架啦？李回珍不好意思地嗯嗯，说有。我说，你有没有狠狠地甩她两个大巴掌，出出气？李回珍说，那时候光知道急，光知道哭，没有打。她又说，后来想想，这个巴掌还好没有打，真要是打了，她可能也被我打跑了，现在也不在这里了。我苦笑，心想，这个可怜的女人啊。

现在，周节如常常以当家人的角色自居。以前李回珍在时，她可从来没到我们店里来过，都是打打电话。她的保时捷一天到晚呼啸来呼啸去，代表着福禄寿出入各种场合，调拨材料，布置生产。有时候她也会向李金锁、李回珍请示一下，毕竟人家是老板嘛；有时候情急，她就会自作主张，把车子嘎地停在我们门口，手里拿着手机和钥匙边走边说，这个要，那个要，什么时候要，什么时候还没有就不要。说东西不叫你便宜，但东西一定要好，给老板娘怎么好的，给我也要怎么好，给老板娘什么价的，给我也是什么价。说算账也照老板娘的，该结结，该算算，真要是急等钱用，你提前跟我说一声，我早点排起来，千万别说我们账难算啊，账会拖啊，很难为情的。你看，水平只用高一点点，理念就不一样，她觉得欠债难听。说真的，我就喜欢这样硬码地做生意，哪怕价格被她砍得头破血流，也舒服。

说是这么说，喜恶还是明显的、根深蒂固的，思想旮旯里还是会有些疙瘩在作祟。比如周节如那个以老板自居的劲；比如她那个端着工会主席的架势，听说，前几天，她还特地找李金锁、李回珍谈过一次，谈什么？谈工人的节假日福利，谈三年以上该缴的保险，真是"有恃无恐"了，有一点逼宫的味道了；比如保时捷，为什么要叫得这么响、开得这么快？为什么停在我们门口总要嘎的一声？这么弹兴干什么？比如赚钱就赚钱嘛，把人家家庭搞起来吵搞起来乱干什么？说到这儿，我老公就会插话，说，不管怎么说，我们不能势利眼，不管谁得势，我们在结账签字这个环节上，还是要找李回珍，虽然找她的感觉并不好，这不是制度和规则问题，而是情感和态度问题。老公还说，找周节如，不知李回珍会怎么想，找她，好像她真的说了算似的，找她，等于是承认了她的身份和性质，这不是颠倒是非了吗？不是邪气压倒正气了吗？说白了，如果我们连这个也不分了，那李回珍真会寒心死。老公最后总结说，有些事，总得有个价值观的。噢，说了这半天，还没说我老公是干什么的，他在文化部门谋一小职。文化人一般都没有钱，所以，他鼓励我做点小生意，他有空也帮我拿拿主意。

我也会时常和李回珍打电话，到现在，说起周节如，她还会难过。我叫她不要老待在家里，不要自己把自己放弃掉，只要人好过，还是要出来走走，你的身份在那里，谁也动不了你，谁还会把你老板娘弄哪里去了？我说，我只要一回家，一看见你送的棉胎，就会想起你的不易，就会想起你们是怎么过来的，要力挺你。至于那什么啦啦啦，就看你怎么想了。我还和李回珍讲了我们九州的双莲桥，她是文县乡下上来的，不知道这个桥，那桥下就专门生长了一种并蒂莲，开起来都是一大一小，仔细看非常有配合，很协调，很好看。并蒂莲都是一般大小的就不好看，一大一小太悬殊的也不好看，就得有个差不多的衬托。李回珍啧了一下，说，你这话什么意思？你说我和她并蒂莲？啊呸呸呸！我说那只是一个比喻。我又和她说了另外一个鞋佬，在秦皇岛开市场，开得很大，家里妻子渐老，儿女一堆，但他就是不回家，一个人在外面包养了一个大学生，陪他吃陪他睡。他在市场里给这个大学生开了一个烟酒行，底还是他铺的，赚来的钱却都归她。商场很大，来往的人也很多，送礼的在她那里拿，自吃的也在她里拿，烟酒生意很红火，钱都到大学生兜里去了，你说哪个好？你家李金锁也和你一样，也是个铁蛀虫、石板刨、浙江省，吃蛇的人还会把鳝忘在锅里？周节如等于是在为你们打工你懂不懂？她其实是个长工，凭劳力兑伙食，你等于是个地主，手直着不动也坐享其成，她搞得再好，也只拿个提成，大头还在你这里，不是吗？你算算看，何乐而不为？李回珍在电话那头没有吱声，看来是被我点中了穴，摸准命门了。后来，大半天，李回珍叹了一口大气说，她就像我的不宁腿啊，长在身上呢难受，又偏偏要她不得。

推销员为什么失踪

1

现在做生意是一定要有手段的。就拿我母亲做的这个行当来说，别看它做的人比较多，做起来也容易，但真正做得好的人少之又少，大部分都是"空打喊"。空打喊是什么意思呢？换了北京话就是"赚吆喝"。我曾经替母亲做过这方面的调查，十个里面有两个是亏的，有三个是空忙保本的，有三个只混个吃的，剩下的两个才是赚的。赚的那两个还一定得有手段。

手段基本上有两种。一是家里有人吃得住劲，或有件衣穿穿的，公安、工商、税务，税务还分国税和地税，最差的就是开发区里的保安也行。说我家什么人做什么生意，要厂家给个面子，也不叫厂家吃亏，反正你也要到别处买的，那就买我家什么人的吧，怎么样？厂家这还不给面子吗？不给，除非他自己也不要饭吃了。

还有个手段就是，虽然不是穿什么衣的，但身居某某显赫部门，比如我父亲，在市里文化部门工作，能呼风唤雨，要操作个什么动静，一句话的事情。这手段更厉害，让厂家觉得你有能量，搬得动人。父亲曾经叫报社给母亲做过采访，报纸登了一版，也曾经叫电视台做过专题，访谈了一下。母亲说，后来在市场上出入，背后都有人指着看，扑哧扑哧的。还说，来店里看货的人也突然多了起来，不一定都做成什么生意，但人气旺了。

母亲做的是弹力片生意，弹力片是做鞋的辅助材料，做鞋的主打材料是牛皮和鞋底，但弹力片也很要紧，鞋头鞋跟要挺拔，靠的就是弹力片。所以，弹力片虽然是辅助材料，但也是不可替代的，换了另外的话说就是，竞争同样激烈，甚至残酷。

前段时间，市场上突然出现了一种新弹力片，质地又细又韧，还省时省电，也就是说，衬到鞋子里面，烘干的时间短，厂家很喜欢。市场上有新产品，有那么多优点，这是好事。本来，这件事和母亲没关系，桥归桥，路归路，母亲眼红不来，心急也没用，但是它冲击着母亲挂钩的厂家。

母亲做的是中档的弹力片，母亲的心比较平，想自己做做中档的已经不错了，够吃够用了，她不贪发展。但现在，母亲危机四伏，前有荆棘，后有追兵。

那些厂家见了母亲就说，你有这个吗？这个东西好，我们换做这个。厂家拿着新弹力片的样品给母亲看，确实像油糕一样细，像橡胶一样韧，这不能怪厂家三心二意。母亲摇摇头。

厂家又说，我们是老关系了，你若有这个，我们还照样做，我们做生意也不是一天两天了，面子总是有的。母亲密密点头。

但是，厂家强调说，你若没有这个，我们就只好对不起啦，我们也要与时俱进，我们总不能面子大于质量是不是？母亲就像束手就擒一样，只好说是是是。

那些天，母亲心里就像油煎一样难受。她手里也拿着新弹力片样品，进出于生产弹力片的厂家，进出于使用弹力片的厂家。她焦急地问，你知道这种弹力片是谁做的吗？听者愕然，他们也没有见过这种弹力片。你们知道是谁在推销这种东西吗？问话让使用的厂家也感到茫然，但他们提供了一条有价值的线索，说，是一个生人拿过来的，没多长时间。

生人？什么样的生人？不是市场里的生意人？要是市场里的生意人，母亲闭着眼睛也能数出个大概。看来，这行里杀进来一个生猛的新人了，搅得狼烟四起，惊扰了平静的秩序。

过后的几天，母亲布置的眼线不断地报回信来：这个人专门在夜间出来活动，挑的都是月黑风高的天气……又说，这个人不走厂长路线，专攻下面的车间管理……还说，这个人来去无踪，没根没底，既不办厂，也不开店。也就是说，没有线索能牵扯到这个人，他也和现有的"体系"没什么瓜葛。

这哪是什么推销员，简直是昼伏夜出的特务。这些报信非但没有给母亲减轻压力，反而更乱了母亲的阵脚。

母亲没魂的时候就会拿父亲出气，说，你就看别人裤退下也不拉一把？这是句本地粗话，在这里，我理解是：关键的时候也不帮她一把。

父亲其实是个没有办法的人，他的工作性质决定了他只会出谋划策，而具体到找人找东西，这不是他的强项。他唯一能做的也就是上上网，找找这东西的出处。依他的思路，无风不起浪，市场上横空出世这么一个东西，推销有动静，使用有过程，不会像飞碟光顾那样悄无声息吧。那时候，父母都没为这件事找过我，怕影响我学习。

父亲上网的水平其实很有限，无非是找找雅虎，顶多再进一下百度，他的手段也很低劣，把"弹力"输进去，跳出几百条信息，再把"片"查一查，查出解释无数，就是没有两者合而为一的、用来做鞋的东西。这样弄了半天，满头大汗的父亲自嘲地说，别的什么更先进的技术我还来不及掌握，到目前为止，我已经尽力了。

但是有一天，母亲蓬头散发地回到家，挂着门框说，我找到了，我终于找到他了！那正是情境浓郁的傍晚时分，天渐渐地暗了，对面的楼群里已逐个亮起了温馨的灯光，父亲已烧好了饭菜，满房间都洋溢着酒店一样的荤香，这会儿，正坐在沙发上等母亲回来。父亲开玩笑说，同志，你辛苦了，我代表组织谢谢你。这是电影里的腔调。

父亲的幽默也影响了母亲，她夸张地疾走几步，样子像失散的战士找到了部队，就差没有瘫倒，给我水，我要水。喝过水之后的母亲稳定住情绪，然后说，他叫张国粮，都是他干的好事，他害得我们好苦啊。

2

张国粮是谁？近郊农民是也。从名字上看，还是个渴望温饱的农民。这是我的理解。

情况是一点点明朗起来的：张国粮原先种田，嫌劳作辛苦，一心想扔掉锄头。后来开始做钉，农民就这一点好，限制和约束较少，在自己家里放两台机器，就是工厂了，就从农业过渡到工业了。做着做着，又嫌工业肮脏，嫌不太好看，想做商业了，觉得商业有谱，商业精神。具体就是做推销，就是把别人的东西拿过来转手倒卖，赚个中间差。偏偏做的是弹力片，这就威胁到母亲了。

母亲说，农民进城我们不是不欢迎。母亲的意思是：市场是个大熔炉，欢迎一起来炼炼。

父亲毕竟是文化部门出来的，看出了其中的可怕，说，农民想扔掉锄头，就是个危险的信号。农民如果连工业也看不上了，说明身体和思想都解放了，要革命了。

母亲说，我只是怕他一个古怪的说法，就是把生意和养猪相提并论。他说，我就当自己是在养猪，不着急。养猪是什么概念？说白了就是不在乎赚钱，平时不计时间，也不想回报，细水长流，到时候有几斤肉就可以了。有这样的想法和心理，我们的生意还做得过他吗？

没有张国粮的时候，母亲的生活是很有规律的。她一般七点半起床，吃好父亲烧的早饭，碗筷往桌上一推，说声走了啊，就笃笃地出门了。这时候，父亲总会站在窗前，看母亲从楼下的花径里走过，看她走入斜对面的车库，然后等着，听汽车发动引擎的声音，听汽车倒车的声音，听汽车的轮胎有力地咬着锯齿形坡度上来的声音，等汽车哗啦啦地钻出车库，父亲会说，应该打一下转向灯，然后，微笑着看母亲的小车朝小区门口驶去。

没有张国粮的时候，母亲的生意也很有秩序。每天上午，她先是在店里停留一下，扫一扫并无垃圾的地，擦一擦干净的桌子，然后，在十点左右的光景打电话约人，厂长在呀，那我过去了啊。一切都是那样的优雅而放松。她从来没有仓促地去见一个厂家，碰不着人又尴尬地回来，那样她会觉得很狼狈。她要的是一份从容和沉稳。

母亲就为数不多的几套衣服，不好，但非常得体，她很有计划地穿着，穿出了一种新鲜。厂家经常会发出这样的感叹，你怎么每天一个样子啊。母亲觉得，这时候的衣着，不仅仅是一个装束，而是她作为城里人的品质、修养、公信度。

在我们家还不很富裕的时候，父亲去贷款买了辆车，不好不坏的"广本"。车是专门为母亲买的，有了车，母亲又多了一份微妙的感觉。她开着车去那些厂家，沙沙沙的，还没等她在门口轻按喇叭，传达室的门，就像自动似的，悄无声息地开了。

不仅仅是传达室，母亲觉得那些厂长也是这样，他们对车有笑脸，对车有好感。确实，对于一个生意人来说，车是生意稳定的象征，是生意做得好的象征，是有足够的收入养足够的开销的象征。因此，很多时候，母亲觉得，那些厂长是冲着她的车和她谈生意的。

前面说张国粮像"特务"一样，我们是完全可以想象的。

白天，张国粮的拖拉机不能上路，像一堆废铁。午夜过后，他的拖拉机才渐渐地有了生命，可以爬出来了。

这时候的开发区，喧闹了一天的厂房都已疲惫；宽畅的马路也像水洗了一样冷清；入口处的"鹰眼"，自动地跳了闸，瞎了；困顿的保安也开始哈欠连天，到处找睡。这时候，如果有一辆拖拉机冒着黑烟，嘭嘭嘭地匍匐蜗行，那就是张国粮，他躲过检查，趁着夜深人静，送货来了。

送完货的张国粮并不急着回家，他躺在拖拉机里，以臂枕头，仰望星空。天是那么的冷，风是那么的紧，我们想象着，就算张国粮是在休息，他也是辛苦的、不安的，因为他还有重要的任务没完成。

凌晨，那些加班加点的车间才会真正地停歇下来，那些管理累了一天了，这会儿才放风一样出来，伸腰，撒尿。黑暗里，张国粮不失时机地迎了上去，他要请这些管理喝酒。

他把他们带到过境路上，那里有各式各样的排档帐篷，样子很诱人，他们迫不及待地钻了进去，烫黄酒，吃海鲜。这些农村来的车间管理啊，在家时都是有一餐没一顿的，到了我们这里才刚刚学会了三餐的习惯，是张国粮又让他们养起了消夜的毛病。他们很愿意做享受的俘虏。他们吃了张国粮的夜宵，屁股就坐到张国粮那边去了，他们异口同声地诋毁母亲的东西，众口一词地说张国粮的东西好。生产要紧，质量是第一位的，耳软的厂长就会考虑，是不是先把母亲的东西缓一缓、放一放？

3

现在我们知道了，张国粮不是在光明磊落地做生意，而是在暗中使劲，在小处上下功夫。他综合了农民的狡猾和吃苦精神，很好地运用在新时期的生意实践中，程度比母亲厉害，但手段确实有点龌龊。

还是父亲有思路，他说，以身份的代价去赢得市场是不合算的。他主张不要与张国粮正面交锋。应该曲径通幽，追根溯源，从张国粮的新弹力片入手，打蛇打七寸，只要找到那东西的出处，凭我们的智慧，生意还怕做不过张国粮？父亲说的智慧，包括母亲的市场形象，以及他可以影响别人的手段。不过，父亲也说，《红灯记》里有一句话，一个共产党员藏起来的东西，就是一万个人也找不到的。换一个句式就是，一个聪明的农民搞到的东西，肯定也是非常难找的。

这次，父亲把任务交给了我。我现在在学校读大三，理解这些应该没什么问题。弹力片的原理主要是：棉花布是主体，热熔胶是化学反应，快速成形是它的效果。而弹力片是我们市场的习惯土话。我就把"棉花布快速热熔胶"输进电脑，立刻有信息跳了出来——这东西产于广西，发明于日本，原来是用来做箱包的，现在有人用于做鞋。广西的经济不很活跃，广西的劳动力也很便宜，所以它占尽了成本和质地上的优势，一来就把母亲的东西打倒了。

做箱包和做鞋是什么样的一个概念？父亲打比喻说，一个是广西的北海，一个是我们这里的东海，不可同日而语，北海充其量是个内湖，而东海，那可是汪洋大海啊。

方向有了，接下来就是父母去广西攻关了。

父亲操作这类事是驾轻就熟的。他把自己安排了两天年休，再匀上一个双休日，这样就有了四天时间，别说是去会一个企业老板，就是去会一下自治区主席也绰绰有余了。关键是父亲利用职权和我们驻广西的商会接上了头，商会也愿意拉文化部门这个关系，在电话里就领导领导地叫开了。由他们出面接待，等于走了好多捷径。

我们这里去广西有一趟火车，隔天一班，是夕发朝至的，车次设计得非常合理，这一路都是大山和隧道，没什么好看的风景，上车睡觉是再好不过的安排了。

父亲上车后发了一会儿短信，短信是发给我的，"我们在外面你要自己照顾好自己噢。"又说，"注意学习噢，你看，这次就是你的知识派上用场了。"又发了一条，"你妈太上心，太沉重，我怕她垮了。"后来又发了一条，"你有空给你妈灌输些思想，比如，人生一世，草木一秋；比如，生意诚可贵，生活价更高。"前面那两条我都回了"嗯嗯"，最后一句，我觉得父亲有所指，就回了"你是不是和母亲不和谐？"我说的是他们的"私生活"。母亲牵挂着生意，有些事肯定会疏忽的，甚至是荒废的。这一次父亲没有回，等了半天还没有回，他大概是不想说得太细，或者是睡着了。

母亲睡不着，她一路听着火车铿锵有力的声音，一会儿过桥了，一会儿进隧道了，车厢里有灯光照进的时候，母亲知道，是一个小站到了。她就这样一路听过去，一路判断过去，倒也不觉得累。

有一阵，母亲突然慌得很，就推了推熟睡的父亲，说，你那边应该都安排好了吧？母亲放不下这件事。父亲惊醒过来，但神魂还在梦里，嘴巴莫名其妙地张着，盯着车厢顶看了半天，才说，噢，没问题，等会儿你就知道了。

到了广西，母亲才知道，父亲的胸有成竹是有道理的。来接站的就是我们在当地的商会会长，这个五十多岁的男人还带了一个可人的小姑娘，是个大学生。父亲小声地对母亲说，名义上是秘书，实际是小老婆，你看，弄得像真的一样。不知为什么，母亲并没有觉得反感，反而从他们的做派中看到了会长的能量和魄力。

商会在当地俨然一个小政府，这个小政府给当地带来了市场，带来了活力，带来了就业指标，带来了三产的发展，因此，商会要宴请父母的时候，当地的一位副市长也积极要求作陪。他们把父亲当作巡视的领导，把母亲当作投资的大老板，毕恭毕敬的，这个架势，也影响了同时请来的做弹力片的厂长，把他吓得不轻，拼命说，是会长的领导，那也是我的领导。一句话，心意和倾向都在里面了。

有副市长在，母亲提要求的口气也大了。酒过三巡，脸耳开始发热，借着这个劲，母亲对那个厂长说，我一个月给你做一百万，你把张国粮断了怎么样？厂长只顾笑着，含糊地说了一句戏剧里的话，手心手背都是肉。又说，我有张国粮，还只是一只手，现在我有了你，等于有了左右手。父亲装作劝解母亲，大度地说，断的事以后再说吧。父亲的话外音是：到时候我们把张国粮灭了让你看看！

事情办得异常顺利，父亲想把多出的几天玩掉，会长和厂长也都做了安排，桂林的漓江、南宁的溶洞、柳州的柳公祠，北海就不用说了……但母亲的兴奋使她想快快地赶回家。

在回来的火车上，父母买的是软卧，广西到我们这里的人不多，软卧更是像专列一样，一车厢就父母两个人。也许是环境的诱发，也许是高兴的驱使，父亲突然想起了做爱，他已经有好长时间没有做爱了，今天真是天时地利人和。他站起来关上门，还吧嗒一下把门锁拧上。母亲猜出了父亲的心思，惊诧地看着他，说，在这里？你昏了头了！父亲嘿嘿笑着，说了句只有母亲才能听懂的话。母亲又说，躺在被窝里不觉得冷，你倒是心宽。

这话，算是拒绝了。

母亲的话里有责备的意思。父亲是安乐的，而母亲是劳碌和辛苦的。要是在家里，这样的时候，父亲就会悻悻地来到客厅，抽一支烟，有时候抽两支，让自己的尴尬在烟雾里慢慢消解。但现在是在车厢，父亲只能待在里面，他一声不响地表示着自己的生气，无奈地和母亲一起，听火车咣当咣当的声音，看窗外的一切在黑暗里退去。

4

从广西回来的母亲明显地底气足了。在这个行当里，母亲具备了许多优势，她作为城里人的自信，她拥有众多的供货厂家，现在又有了新弹力片，就像一个会武功的人再插起了双枪，连脚指头都威风凛凛了。

现在，她见了那些厂长会说，我把你做的东西换掉怎样？我现在有个好东西，换了，你的鞋就会再提高一个品质。过了一段时间，母亲又会对厂长说，我又有个新东西了，东西绝对好，但价格会稍稍地高一点点，这种东西不多，我先拿给你试试。母亲的话很诚恳，即便是有一点点涨价的嫌疑，也早就被她的诚恳掩盖了。

厂长们听了都非常舒服，觉得母亲看得起他们，好东西先介绍给他们，给他们留着，不会把一些烂货便宜货推销给他们。企业到了想吃便宜货的时候，这个企业也开始往下垮了。

这是母亲的诀窍，话往高里说，往好里说，她要让厂家觉得她是做品牌的，不仅在信誉上有品牌，东西上也有品牌，她的东西一分钱一分货，从不掉价。不像张国粮那种短命的做法，人家给你多少，我再打个折给你，这不是做生意，这是搬起石头砸自己的脚，自己掐自己的脖子。

一切都在悄无声息中进行。母亲有她的如意算盘，她手头有自己的五十个厂家，她先把它们做好，夯实自己的基础再说。为此，她还更换了自己的运货车，把原来那种敞篷的小四轮换成了箱式的东风小霸王，这个感觉好，就像运海关货物，像运集装箱，她的东西就这样隐蔽地源源不断地运往她的厂家。

她这种隐蔽的做法主要是想麻痹张国粮，让他以为只有他有这种东西，以为自己是独家，让他在得意中松懈，在满足中高枕无忧，我们已经找到了"聪明农民找到的东西"，等他醒来，母亲的播种已经完成，早就遍地开花了，那时候，他就哭吧。

那个张国粮，据我所知，他其实也没有松懈。他不知道自己在这个市场上占了多少份额，应该占多少份额，多少份额才是他力所能及的程度。他不会算，也不去算。他只知道做生意就是不择手段，就是不断地扩张，初涉生意的亢奋让他像日本侵略者一样到处"扫荡"。

为了能跟得上自己的节奏，张国粮也把自己的拖拉机换了，换成载货量大的农用车，就是三只轮的、开起来震天响的那种。不是我们笑他，这种农用车除了有个车样子之外，其实还是拖拉机的本质，说得难听点，它连自身的平衡都成问题。有一次张国粮心狠，东西装多了，它就像马嘶一样前脚打跳，把驾驶室里的张国粮摔了个狗吃屎。还有一次，它右边的一个轮胎爆了，整个车顷刻侧翻，差点没把一旁的张国粮压死。只是，这种车还是不能走白天，所以，张国粮虽然有了一点点进步，但还是做着偷偷摸摸的勾当。

张国粮走的是基层，母亲走的是高层，高层有决策权，但也架不住基层造反。他照样在深夜里出来活动，请那些外地管理吃夜宵。现在，张国粮的夜宵也在不断地出花样翻新，他现在请他们洗脚。其实，他们那些脚，洗和不洗有什么两样呢？但他们愿意尝试。

我们这个地方的人有个特征，就像资料上说的"龙的传人的眼睑是不一样的"，我们这里的人脚小，男的很少有超过四十码的，女的一般也在三十六码以内，因此，我们这里的洗脚屋盆小。那些管理从小到大在田园里奔走，他们的脚又粗又大，又大又硬。但他们说，泡泡就会软的，泡泡也挺舒服的。他们的大脚往脚盆里一放，药水就满出来跑地，这样，他们一次只能泡一只脚，而另一只脚要在外面等一等，这样看上去就很别扭，好像他们不是在洗脚，而是在疗伤。

就是"疗伤"也要洗，这不是效果的问题，而是待遇的问题。张国粮给他们待遇高，也许以后还会高，请他们异性按摩，捉一只廉价的鸡给他们吃吃。我们很快发现，母亲手下的一些厂家已渐渐倒戈，慢慢被张国粮蚕食了。

听说张国粮还在钻研会计业务，他对母亲的库存感兴趣。他从广西方面了解母亲的进货情况，从管理那里结算出母亲的销售情况，母亲的仓库就好像张国粮自己的仓库，一点点风吹草动都在他的掌控之中。当母亲的东西接济不上，当广西方面的货还在途中，当厂家的需求频频告急，张国粮就会像牛皮糖一样粘上那些厂家，恬不知耻地说，你不是急需这些东西吗？我有。这些厂家，正急得团团转，正嗷嗷地等米下锅，你叫他们怎么办，肯定都是"有奶便是娘"的。

生意人有好多种，为什么做生意也不尽相同。像母亲，她是下岗了走投无路才做的生意，从生意初始就身负压力，生活的压力、经济的压力，所以她会心急，她经不起时间的煎熬。她的目的是赚钱，而不是热身。

张国粮不一样，他做生意是为了改变身份，他的起点本来就低，又有农民的底线稳定着身心，所以，他的出发点就不同，除了学习生意，他的任务是进入圈内，赚钱不是他的当务之急。

就像我们地方上的一句话，好汉怕赖汉。母亲显然是条好汉，她端着架子，循规蹈矩；而张国粮无疑是条赖汉，没有框框，天不怕地不怕。

5

坐以待毙肯定是不行的，母亲想尝试一下斗争。她首先选择的是"文斗"。

文斗就是打广告，打广告就得用钱，母亲不相信，用钱压不垮张国粮。

广告是父亲帮助策划的，口号要叫得响，语句要动听，把自己的身价和规模亮出来，告诉厂家我是"市场第一"。关键是在报纸上持续，这证明了我们的实力。为此，父亲发短信给报社的头儿，开了门地说，我老婆要打广告，请酌情照顾。

酌情是父亲客气，要的还是照顾，报纸就给了他很大的意思意思，比如名片大那么一块，给别人一千，给母亲三百，母亲想都没想，说，打一个月再说。她要把开发区炸得家喻户晓。

张国粮也学着母亲打广告，不过，他打在协会的"资讯"上，语句也写得土头土脑，什么好消息、大削价，等等。母亲不屑地笑笑。

这些资讯母亲最清楚了，在上面广告的都是些小打小闹的厂家，报纸舍不得打，在资讯上过过瘾，和自慰差不多。这种免费的资讯像苍蝇一样在开发区乱飞，飞得到处都是，越是这样，人家越瞧不起它。而我们家、母亲店里、仓库里，大家都知道这些资讯的用处，只要它飞进来，要么把它当垃圾扫地出门，要么当场把它裁了，折成纸盒，当吃饭的"骨盘"用！

说起吃饭，父母都吃得不如意，都是因为张国粮。等不到一起，就吃不到一块去；等得晚了，吃得就冷冷冰冰。看着母亲味同嚼蜡的样子，父亲心疼了，说，你不和他一般见识不行吗？你就是少做一个厂家又怎么样？母亲潸然泪下，说，你气死我了！

许多来过我家的人都说，我们家有一股鞋味，鞋味挥之不去，又浓郁又顽固。他们开玩笑说，卖鱼人家里有腥味还马马虎虎，你们家有鞋味没有道理啊。我知道这是母亲的杰作。曾经有个厂家积压了几千双鞋子，愁得满头白发。母亲想拉他的关系，就谎称有亲戚在俄罗斯开店，狠了狠心，统吃了他的鞋子。厂家像死里获救一样，和母亲结下了友谊，但我们家却多了几千双鞋子。这些鞋子被母亲运回家，锁进了父亲的书房里。这是秘密，一般不说，说起来有点泄气。

父亲也曾经帮过一个大忙，这些帮助又转换成厂家的情谊，落到了母亲头上。事情是这样的，一个厂家的保险箱被贼撬了，厂家去报了警，渴望尽快破案。不知从什么时候开始，公安有了这样一个规定，除打击犯罪外，对没有做好防范措施的单位也要进行处罚。这话听起来有点别扭，但道理是对的。为什么这类案件屡屡发生？为什么犯罪分子能轻易得手？就是因为你们脑子里没有警钟长鸣，没有防范意识，又没有必要的保障，才导致这样。那段时间，正是抓典型、抓落实的风头，这个厂家就被列为典型进行试点。整改、培训、罚款、验收，厂家头都大了，后悔报警了，他们的生产也停了起来。母亲把这个消息带回家，问父亲能不能帮忙。父亲说，你再等几天看看，等他们忍无可忍了，想跳楼自杀了，问你公安有没有熟人时，你再见机行事。父亲这样说了，母亲就知道有把握，就去把厂家的要求应了下来。后来，父亲找了他的县处班同学，那是个公安分局长，就说这失窃的厂家是自己的亲戚，叫他们睁只眼闭只眼算了，不处理算了，不当典型算了。一句话，就当没报警行不？自认倒霉行不？保险箱白撬了行不？有父亲的面子，这当然行啦。厂家感激母亲的帮忙，对母亲说，你以后有什么东西就尽管送过来好了。母亲高兴得哎哎哎。

这就是母亲和厂家的关系，字字血声声泪，都有一本血泪账。

6

寒假的时候，我每天待在母亲店里，这是父亲的命令，他让我帮母亲做点事，比如，汇总一下库存，到工商交涉一些事情，去银行办理承兑汇票，倒不是说母亲店里人手不够，而主要是陪母亲说说话，让母亲身心放松开来。

有一天在店里，见母亲站在远处与一位青年说话。母亲是那样的精致，而青年则有点邋遢，他的头发又乱又长，身上是看似很重的"牛仔"，具体长什么样看不清。这是非常和谐的一幕，精致与邋遢、年长与年轻、女性与男性，在市场纷乱的背景里，他们这样站着就很生动。他们的身边车来车往，有车来，他们就让一让；偶尔也有人走到他们面前，也许是熟人，他们会点头致意一下。他们在说着什么我听不见，但他们身后经常会响起点心吆喝的声音、汽车喇叭的声音，这也很和谐，是交响的和谐。母亲和青年说得很投入，他们有说有笑，有严肃也有松弛，有停顿也有延续，身边的这些嘈杂没有影响他们，他们顾自继续说着话。有几下，母亲的手机进来了电话，母亲侧着身接听，身旁的青年在一边等，他们这样的造型也很和谐，动与静的和谐、动作与声音的和谐、身形与站位的和谐。他们在说着什么？有这么多的话说？好像这个市场就是他们说话的地方……

后来，母亲回到店里，我问母亲这人是谁？母亲说，这就是张国粮。就是这个人啊！你跟他说什么呢？母亲说，我告诉他某某厂是我做的，生意不能抢，这是规矩，就好像朋友的妻不能欺一样。我跟他说市场的秩序，说秩序不能乱，乱了谁都不好做，稳定了大家才有饭吃。

我看看母亲，觉得母亲真伟大。她有市场观念，她追求生意的和谐，她不喜欢在血雨腥风中去拼得一份商机，那不是她的理想。她一定也看到了张国粮的辛苦，同时也看到了他的勤奋，她一定是欣赏他的意志，把他当个"对手"，才给他一个面子，和他客气地说话。

但是我也发现，母亲在说起张国粮的时候神色有拘谨，眼里有惊恐。母亲说，她心里没有底，她和他说不清道理，她不知道张国粮会做出什么。

张国粮并不把母亲的忠告放在眼里。他从农村来，他是近郊农民，他自由散漫惯了，他不喜欢约束，他视秩序和规矩如粪土。这段时间，他心火正旺，热血沸腾，夜里拼命地送货，白天还出来踩点，他的破坏非但没有收敛，反而在不断地升级。

现在，张国粮像个特务一样盯梢在母亲的仓库门口，他知道，只要盯住了母亲的仓库，母亲的厂家就等于一览无余，他就可以逐个击破。反正盯梢也不用什么本事，农民出身的张国粮完全可以自学成才。没有盯梢跟踪的工具怎么办？这也难不倒张国粮，他早就准备好了，他消费不起的士，但摩的他还是坐得起的。这会儿，被他雇来的摩的就停在他的身边，甚至已发动了引擎，蓄势待发。他在等母亲仓库的动静。仓库的货车开出来，张国粮就像听到了发令枪，也马上会随之亢奋起来。他跨上摩的，像电影里演的那样，对摩的下达命令：前面那辆车，保持距离，跟着它……

这场"战争"母亲打得很吃力，因为与她较量的不是"黄埔"出来的校友，就像正规军碰上了游击队，他们不是力量和装备上的较量，而是意识形态和思维逻辑上的较量。

7

现在好了，母亲想通了，她不想忍了，她觉得自己已经仁至义尽，她要"先礼后兵"，要"教育"一下看看。

教育分两个层面，一是深入灵魂，二就是触及皮肤，一般认为，触及皮肤是最直接的，也是最为有效的。

有一点可以肯定，母亲说的"先礼"不是礼节的礼、礼貌的礼、礼仪的礼，更不是礼品的礼。当然，这些"礼"母亲是一直在奉行的，并始终贯穿在自己的生意中。但这些礼对张国粮没有用。母亲说的"先礼后兵"实际上就是"先轻后重"。"轻"，就是教训他一顿。

现在母亲清楚了，为什么张国粮不开店？为什么张国粮不租仓库？他就是怕有人找他，就是怕挨揍。他在乡下多好啊，狡兔三窟，如鱼得水，乡下就是他的根据地，到处都是他们的人，他就像游击队一样神出鬼没，母亲就是想找他算账，想揍他，总不能跑到乡下去找他吧，跑去也找不到。但这件事母亲上心了，张国粮就难逃"法网"了。

那些天，母亲派出的"杀手"一直在开发区里巡逻。月黑风高夜，杀手们夜行打扮，黑衣皂靴，青纱蒙面。第一次没找到，张国粮也许窝在乡下没出来。第二次也扑了空，张国粮送完东西凯旋回去了。第三次，杀手们在一个厂家门口发现了农用车，这是张国粮的标志性装备，杀手就猫在农用车旁边等。其间，杀手轮流去买了一些点心，轮流去撒了一泡尿。后来张国粮出来了，懵头懵脑的，杀手就一哄而上，拳脚淋雨一样下来。打得张国粮抱头鼠窜，鬼哭狼嚎，老大，你们为什么打我啊？我有什么地方做错了啊？我有错你们可以告诉我啊，我会改的啊！这就是我们说的"赖汉"，赖皮赖脸的赖汉，死猪不怕烫的赖汉，一打就求饶，一打就露出一副可怜相，这样的人，打根本就起不了作用。

对于打，父亲不是很赞成。父亲有时候会心生恻隐，说，他也只能这样，你叫他光明正大地做生意，在你的地盘里，他做得过你们城里人吗？母亲就是这样气父亲，说，白白在机关待傻了，待得是非都分不清了！

母亲后来又给了张国粮一次机会。她请来了广西上家。他们同为上家的左右手，左右手不能自己把自己的手砍了是不是？但这只手能不能砍，她得听听主人的意见。

她请上家到自己的店里看看，到仓库里看看。这段时间，母亲努力地推销，做下了辉煌的业绩，有些是靠过去的友谊延续下来的局面，有些则是在张国粮的逼迫下，拳打脚踢新发展起来的，总之，母亲的家底谷满囤粮满仓，一派兴旺富足的景象。

母亲在燕风楼摆下酒席，一方面是为广西的上家接风，另一方面也是请张国粮，她要上家主持公道，做个见证，把她和张国粮的事情处理好。上家说，你们这有点像板门店谈判。母亲说，不是。板门店是停战谈判，我们还没到"敌我"的性质，我们是行业内部调解，或者叫协商。协商的目的只有一个，是为了维持秩序，不要恶意突破，更不要抢占，不是为了谁称雄谁要灭。当然，新的资源，各人可以凭能力共享。

但是，张国粮那天没有来，他甚至拒绝母亲的提议，他想一头黑到底，谁的面子也不吃。他还给广西上家打来电话，说了一句没头没脑的话——命长做得了皇帝！上家一头雾水，狐疑地问母亲，他这话什么意思？母亲说，我怎么知道他什么意思，他本来就是一本天书，一般人读不懂。

对于张国粮，上家是无奈的。对于母亲，上家也爱莫能助。为什么这么说呢？农民张国粮，这段时间的打拼还是卓有成效的，他已经占据了这里市场的一小半份额，上家抱歉地说，这只手，他剁不下来。

母亲当然知道张国粮那句话的意思，她只是不愿意在上家面前说起罢了。这是对母亲的宣战，是在向母亲挑衅。母亲今年也有四十五六岁了，张国粮才二十七八，他占着年轻的优势，占着体力和精力的资本，他要跟母亲耗，市场是年轻人的天下，他的意思是"看谁能耗得过谁"，他在等母亲自行淘汰，他是最终的市场皇帝。母亲愤怒了。张国粮可以不懂规矩，可以不守秩序，但他不能没有大小，不能没有礼貌！

现在，母亲真的要"后兵"了。前面说的"轻"，母亲是煞费苦心的，从轻、轻柔、轻松、轻描淡写、能轻则轻，只触及皮肤，不深入灵魂。但张国粮不吃母亲的"轻"，母亲就只好"后兵"了。兵反倒不是动武，不是兵戎、兵谏、兵临城下、刀兵相见，而是"先轻后重"的"重"，与轻正相反，是严重、沉重、出重拳、施重典。当然也和兵有关，是兵法的兵、兵不厌诈的兵。

8

要把一个同行变成敌人也是痛苦的。母亲找到了一个朋友，这个人可以利用。

这件事梳理起来有点困难。

有一天母亲找到张国粮，说什么型号的东西接济不上，要在他那儿先进点货。

张国粮很高兴，他看到的是母亲在挣扎之后的妥协，他接受母亲的示好。他在心里说，投降吧，缴枪不杀。

母亲进了一些货之后向张国粮提出了要降低进价的要求，这合情合理。母亲不是厂家，母亲是转手，还要点利润是不是？

张国粮同意了，他得意地说，你就当我的二道贩吧。他开给母亲的收据是每件两百元。

母亲想到的那个朋友叫龙海生，名义上是"飞阿达"的老总，暗地里大家知道他的社会兼职，叫他"黑社会军师"。母亲和他的生意始于他初涉鞋业的时候，他老是来母亲店里拿东西，老是赊账。母亲起先很难受，父亲开导说，你就当花钱买一个朋友嘛。现在龙海生当然是财大气粗了，他也念母亲的情，他的生意，母亲都是一个电话的，根本不用费什么口舌。

龙海生说话很随便，他说，他就喜欢母亲那种矜持素面的样子，好像随时都准备宁死不屈似的。母亲也是的，对别人笑得很亲和，对龙海生却确实有点冷，保持着一定的距离，不知为什么？有一次龙海生对母亲说，我和你都做了这么多生意了，就没看见你真心地笑过一次，都是些职业的微笑，皮笑肉不笑。当时母亲正押了一车东西到他厂里，听他这么一说，转身就把东西拉了回来。母亲的意思是，生意是正常的社会供需，大家都是靠资源生存着，不存在谁乞讨谁恩赐。父亲开玩笑说，他这种人就那样，他要是想睡个谁，还不是问一个肯一个，他是欣赏你的气质，他没有花你的意思。

那些天，母亲故意不给"飞阿达"送货，龙海生催，她就说没有，库存就缺这个型号，广西那边也是"十八个捣臼还在岩里"。母亲有意把"飞阿达"让开一条缝。这是母亲腌下的一块咸肉，故意把它腌臭了，无孔不入的张国粮果然像苍蝇一样叮了上去。

张国粮兴奋地把东西送到了"飞阿达"，而且是源源不断的。其间，他去结了一次账，他开给龙海生的价格是每件两百六。这时候，母亲把那张每件两百元的收据送给了龙海生。这张收据表明，张国粮心狠，他欺到龙海生头上去了，打倒了人还咬去了睾丸。龙海生看着收据，咬牙切齿地说，这狗生的，他饭不要吃了。

张国粮再次去龙海生那里的时候，龙海生就没有好脸色了。他待人接客有好几种形式，一般做生意的，就坐在沙发上；他喜欢的人，像我母亲，他就请到办公桌前的软椅里；还有就是站着，三言两语打发走；还有就是放狗咬他。龙海生让张国粮站着，他要看看张国粮的表现。

张国粮站着还在抖脚，他不计较是站着还是坐着。在他心里，送货结账是天经地义的事。但他不知道，在龙海生这里，惹火了不给钱也是天经地义的事。

两个人像上次那样谈到了价格。龙海生之所以还和他谈，是想让他诚实一点，编出个中听顺耳的理由，小孩子毕竟不懂事。但张国粮显然辜负了龙海生，他还把话往大里说。他说，给你的价格是最便宜了，给别人都是两百八，给你和给开店的一个价，都放到底了，放得血流满地。龙海生失望地叹口气，看看压在记事板上的母亲的那张收据。

龙海生说，你在蒙我，你把我当傻瓜了，你让我在同行面前出丑了，你把我的神气塌大了。龙海生的声音嗡嗡的，像阴天天边滚动的闷雷。

龙海生说，我告诉你，叔叔很生气，后果很严重。

龙海生又说，你现在不用问我要钱，你问问我门口的柱子肯不肯。

张国粮莫名其妙，我问柱子干吗？柱子关我什么事？说是这样说，但他的脚已经站不稳了，心也突然地慌乱起来，他似乎看到了自己连本带利泡汤的前景。

"飞阿达"的门口有两根柱子，一高一矮，用花岗岩砌的，有三人抱那么粗。不知道的人会觉得这两根柱子破坏了大门的整体形象，但圈内人知道，这是一种特殊的象征，表明这家厂是黑道开的。这些人过去都曾叱咤风云，在社会上说一不二，脑袋系在裤腰上，大刀插在背脊上，是"打出少林的和尚"。现在他们年纪大了，收心养性了，办一个厂给自己玩玩，养养老，但他们的威风还在，尊严尚存，哪容得张国粮这些小孩胡作非为。

张国粮当然不知道柱子的典故。他后来还心怀侥幸，三八廿八，又跑了几趟"飞阿达"，想要回他的货款，但到了门口都被里面的狼狗给镇住了。狼狗吐着长长的舌头，舌头血红血红的冒着热气，狼狗的喉咙在酝酿着咆哮，在积蓄着力量，好像马上会扑上来，也好像在说，张国粮，你给我滚远点，你要是再让我看见，见

304

一次咬你一次！

9

父亲心底里是支持母亲的。在亲情面前，认识是可以打折扣的，是非也是可以打折扣的。现在，父亲也把张国粮的事提到了斗争的高度。他说，不守规矩，不懂礼貌，敬酒不吃，说和也不干，他还想做什么？他这是自绝于人民啊。父亲还说，由此看来，张国粮是个喜欢斗争的人，尤其喜欢和母亲斗，那我们肯定要同心协力地和他斗。很多人是喜欢斗争哲学的，比如希特勒，比如萨达姆，这没有办法，斗争的血在他们血管里流着，但这些人的结局都不好。我们被他立为了对立面，也是注定要和他斗的，不斗不解决问题。

但张国粮也是要正确看待他的，这个我们要实事求是。有张国粮，我们才知道市场还有空间；有张国粮，市场才不会死气沉沉；有张国粮，才暴露了母亲生意上的一些不足；有张国粮，母亲才有了对手，从某种意义上说，才更有意义，才会有进步。

现在，我们都摩拳擦掌，严阵以待，期待着张国粮出现破绽，我们好迅速歼灭他。

一天，父亲在吃饭时突然兴奋地欢呼起来，说，天助我也，天助我也。我们都纳闷不解，难道这饭桌上还有什么"战机"？原来，父亲在吃饭时发现了"骨盘"里的秘密。就是市场里到处乱飞的"资讯"，那上面有一则张国粮的新广告——张氏辅料厂，投巨资引进德国设备，生产红灯牌鞋用弹力片，真棉材料，化学配制，现代化科技加工……

红灯牌就是广西上家的注册商标，还是个驰名产品。

父亲哈哈大笑，说，他这牛吹大了。

母亲说，还说自己投巨资引进设备，他说自己是中外合资多好。

父亲说，吹牛也要有常识的，德国怎么会做制鞋设备呢？做海德堡印刷设备还差不多。

母亲说，他本事还不小，还不做一般的东西，专做名牌产品。

父亲说，这就是他致命的地方，做生意也得素质和文化啊。

母亲说，我们现在怎么做？

父亲狡黠地说，我们现在什么都不用做。

父亲说的"什么都不做"指的是不用"大动干戈"，他只是叫母亲到市场去再收集一些"张国粮的资讯"过来，他把这些东西装进信封贴上邮票，写上广西上家的地址，寄了出去。而我，则把资讯扫描下来，做成邮件，发到广西上家的网址上。这不用匿名，当然也不是实名，也不算举报，这是我们一家三口出于公心，真实地反映情况。

接下来的事情非常简单，不是我说得简单，而是事实本身就这么简单。据说，张国粮一天就接到好几个上家的电话，他还不知道，以为是上家和他亲近，实际上是上家在取证，说不定还在电话里录了音。后来，上家就直截了当地告诉张国粮，他们已经起诉，法院也启动了司法程序，过几天传票就会到他手里了。

他们说，他们这个产品是国家扶持项目，创这个品牌花了他们几代人的心血，张国粮现在在侵权，在扰乱视听，他们将向他进行巨额索赔。

张国粮本来就被龙海生黑得伤了元气，现在又有法律在追打他。法律是什么？法律可不是市场秩序，不是生意规则，不是人际关系，法律是陌生，你想不到的东西，法律是石头，你撞不过它，它可以砸死你，所以张国粮很害怕，他选择了逃跑。

曾经有人说，父母这样的搭配是最合理的，一个公务员，一个做生意，一个立志，一个安邦。以前母亲总说，父亲只适合于纸上谈兵，其实，他要是冲锋陷阵了，也是很威猛的。

说话间，母亲也有很长时间没看见张国粮了，按母亲的话说，就像虱子烫了一样舒服。她从来没有像现在这样踏实，在市场踏实，去厂家踏实，自己开车踏实，出去送货踏实，在店里踏实，在仓库里踏实，她只需按照自己的意图去安排生意，不用再担心有人惦记她，盯梢她，算计她。

母亲最终是胜利者，其实，前面一段时间，母亲也只是在一些小小的战役上受了一点挫，从大的战略上讲，张国粮是注定要失败的。张国粮是什么？一个农村刚进城的愣头青，他还真以为自己天不怕地不怕呢，他不知道自己面对的是一个什么样的对手——勤劳勇敢的母亲，有能耐的父亲，也算半个知识分子的我，还有母亲后面强大的社会关系，我们不和他计较也就算了，我们要联手起来，就像那句话说的：再狡猾的什么也斗不过我们这样的好猎手。

10

　　父亲一直感慨着生活，自从母亲做了生意，他已经很久没有和母亲做爱了，至少没有酣畅淋漓地做过爱。他支持母亲做生意，但不希望母亲把生意带回家，影响他们的生活。但母亲太投入了，继而被生意束缚了，有了张国粮之后更是活在他的阴影里。现在好了，拨开云雾见天日，站在山头唱山歌，父亲和母亲的亲热应该是顺风顺水了吧。

　　但母亲的身体已经不听话了，不听父亲的话，也不听自己的话。她的身体顺从着父亲，眼睛则看着别处，好像她的身体在做一件事，而她的脑袋却游离出来，在做着另外一件事。

　　母亲说，你说，张国粮现在在哪儿？父亲说，你怎么老是念念不忘？你不提他不行吗？还嫌他不够闹吗？母亲继续着自己的思路，说，听说他在山西挖煤，也有人说他在大庆打油，也有人说在哪儿看见他在讨饭。父亲说，你管他是讨饭还是当皇帝。母亲说，他像一枚楔子一样打入了我的脑子，有他，我就睡不着，没有他，我也睡不着。父亲生气地说，看来你也是条斗争的命，你闲着难受是吧，你独孤求败是吧，你求他来和你斗吧，斗烦你，斗死你。

　　父亲放开母亲。黑暗里，他迅速穿好衣服，用力地开门，又用力地关门。他又坐在客厅里吸烟了。我想，我必须和父亲交流一下，他虽然是我父亲，但有些事他还真的不一定懂。

　　我踱出自己的房间，微笑着和父亲打招呼，我说，母亲是不是不会做了？父亲看了我一眼，说，你说什么呢？又说，小孩子不知道的事，别吵。我告诉父亲一则我看到的资料：一个人被妻子瞧不起，被妻子抛弃了，他咽不下这口气，发誓要做一件事让妻子看看。他把自己的心血都花在培养子女上，一心一意，没有其他丝毫杂念。后来他熬出了头，子女也出息辉煌了，他想着讨个老婆弥补一下自己，却发现自己没有欲念了，什么也不会做了。我对父亲说，你得体谅母亲。父亲笑笑说，慢慢来吧，会好起来的。突然，父亲好像意识到什么，对我说，你在学校不能乱来啊。我告诉父亲，我们同学倒是挺随便的，想睡就睡，不过，我把这件事看得挺重的。

母亲当然也为这件事内疚，她想和父亲沟通一下，但张开嘴，蹦出喉咙的又是那些生意上的事。母亲说，张国粮在的那半年，我们被刺激起来，拼命跑，拼命奋斗，寸土不让，寸土必争，我们虽然辛苦，但收获还是挺大的，我们赚了四十万。这半年没有了张国粮，身心安逸，生意也好做，我们就像独家经销一样，等客上门，不怕没生意，没有危机感，但我们满打满算，应收款都算进去，也才赚了三十万，你说这是为什么？

父亲听了也愣在那里，他皱起了眉头，好像在自言自语，怎么还有这样的事？

在春天

1

有一段时间，王胜碰到人就说，你知道精神病有几种类型吗？听的人莫名其妙地摇摇头。王胜说，开始我也不知道，以为精神病就是一种的，比如脑子坏了，萎缩了或是积水了，要么缩成了"核桃干"，摇着啦啦响，要么像泡在药水里的标本，养得肥嘟嘟的。那人狐疑地看看王胜，像在说，你是不是也得了这个病了？王胜说，其实，精神病也是很难具体来鉴定的。比如说我们的一些行为，在精神病医生看来，就是有病，像抑郁啊、猜忌啊、幻想啊。抑郁就是整夜整夜睡不着觉；猜忌就是把别人都当成了敌人；幻想就更玄乎了，全世界都是低水平，唯有他思维清晰，推断合理，行为规范，他是人类的设计师。王胜说的他，是指工友张生生。王胜又说，而在张生生眼里，我们又是十分可怜，他就一直说我是个倒霉蛋，他说我倒霉的依据有二：一是我过早出来打工，是受了我父母的"经历即是财富"谬论的毒害，文化一点也没有学成，手茧倒是长得又老又厚；二是说我受蒙蔽上了车间主任的当，入什么争什么，他认为这种鼓动本身就是极其恶毒的，既怂恿了一个人的虚荣和贪婪，又滋长了其他人的慵懒和忌妒。听的人想了想说，还真是有点道理呵。

张生生是杭州人，农大本科生，按理说他是分不到温州的，这里有个故事：他在大学时喜欢写信，每天写啊写的，信是写给一个叫"黄珊珊"的女人的，用的是农大的信封，寄往地是温州。开始的时候，身边的同学都以为他在谈恋爱，后来信被一一退了回去，才知道他的"对象"是虚无的、臆想的。他的信很特别，信封没有地址，就写了"温州黄珊珊收"，可以想象，他的信弄得邮局的人也一筹莫展，还没有踏上温州的路途，就已经被打道回府了。后来，他大学毕业，填志愿时坚决要求到温州去，正好，温州乳品厂牧场要一个畜牧技术员，他就来了。

实际上，他到温州的动机就是"黄珊珊"在作怪，这个他臆想出来的女人，在他几年的酝酿里已渐渐地具体化、形象化了，甚至和他的精神发生了联系，他断定她就在温州，他觉得只要他来到温州，就一定会遇上她的。他甚至设想了他们见面时的情形：在某个黄昏，夕阳斜照进她工作的工艺品商店，她站的是细纹刻纸的柜台，打扮得像个大家闺秀，他在外面一眼就看到了她。他抑制着激动走进了她的店堂，又装模作样地在柜台上挑东西，她一件件地给他讲解，声音像珠子撒落银盘一样悦耳动听。就在这时候，他拿出那些发出又退回的信给她看，轻声地呼唤她"黄珊珊、黄珊珊"……这是后来张生生告诉王胜的。

因为接触了张生生，王胜也对精神病稍稍地有了一些了解。精神病中有一种叫作"自我设计症"，张生生就有点这种倾向，自己给自己设计了一个前提，自己又被这个假设忽悠着，越陷越深，不能自拔。他前面的写信是这样，之后追随到温州也是这样，其实都是他病症的反映，是"意象现场感"的反映，明明没有的东西，却弄得像真的一样。而这种病又非常隐蔽，限于认识，大家也大多不知道，他就是这样在病中被接纳到了乳品厂。

到了乳品厂的张生生又不愿意待在牧场，他提出要干厂里最有技术含量的活——真空浓缩，就是把牛奶浓缩成炼乳，这里面涉及水分、糖分、固化物、无害菌、奶油含量，抗坏血酸，等等。1982年的乳品厂，大学生也像熊猫一样非常稀罕，厂里的基础力量除了一批老工人，还有就是些技校毕业的中专生和一些不学无术的干部子弟，所以，张生生要到炼乳车间去，厂领导马上就同意了。

他被安排和王胜搭档，一个从没有见过大学生，一个初次碰到这么年轻的工人，两个人很快就成了朋友。每天，他们坐在真空锅前，透过上面的玻璃小孔看锅里的牛奶，看水分一点点地蒸发，看黏度渐渐地适中，看颜色从白色变成了微黄，他们的一锅炼乳也就煎好了。把锅里的炼乳放了，他们接下来的工作就是洗锅，炼乳煎好后锅壁上会残留许多乳渍，有时候温度打高了，黏度稍厚了，残留的乳渍就会变得又焦又硬，要用钢丝刷把它刷干净。这个时候，他们就要钻到锅里去，穿一条裤头，在盛满热水的锅里刷呀刷呀。刷好锅，钻出来，身上都是乳渍怎么办？要百米冲刺一样跑过车间，再跑到车间外面的澡堂里去。为什么要百米冲刺呢？一是天冷，从锅里出来就更冷，而跑能减轻冷的程度；二是要穿过车间的检验室，检验室里都是女工，他们要在女工还来不及反应过来时，像通过封锁线一样跑过去；要是他们跑慢了，被女工发现了，女工们就会惊呼，起哄，看哪，那两个洗牛奶浴的男人来啦。

　　一般情况下，大家都看不出张生生有什么异常。王胜整天在他的左右，也就是觉得他动作慢，过分地仔细。开始的时候，王胜还以为这就是大学生的特征，不像工人那样雷厉风行。后来到了春天，王胜就发现有些不妙了。春天里，万物苏醒，张生生体内的"发物"也悄无声息地冒了出来，这些发物看不见摸不着，但每年的这个时候都会不知好歹地钻出来，骚扰一下。据说，精神病人自己都是知道的，张生生就曾经跟王胜说，说自己的脑子里就像过了电一样火星四溅，甚至能听到噼里啪啦的响声。说自己难受啊，一方面知道自己要发病了，另一方面又极力想阻止病钻上来，就像在打一场阻击战，清醒的想打退糊涂的，糊涂的又想围剿清醒的，最终，石头压不住地下的春笋，张生生抵挡不住春天的攻势，他缴枪投降了。有一天，王胜从真空锅里出来时，发现张生生赤条条地在锅边等他，神情还很自若。王胜说，你怎么不穿裤头啊？张生生摊摊手说，我还没洗澡哪。王胜说，没洗澡和穿裤头有什么关系？你先穿老裤头嘛。张生生说，老裤头湿了嘛。王胜知道他一定是脑子过电了，就说，那你就快去洗澡啊。张生生说，我想不起洗澡的地方了。王胜说，那你抱着下面跟我跑吧。他们有时候也这样开玩笑，打赌，敢不敢裸体冲过"封锁线"，今天就算是打赌吧。说着，王胜自己先跑起来，等跑过了"封锁线"回头一看，吓了一跳，后面的张生生根本就没有跟上来，他还在若无其事慢吞吞地"散步"。与此同时，那些眼尖的女工也在第一时间发现了他，她们哇的一声尖叫，年少的赶紧避身，年长的哈哈大笑看着热闹。

这件事告诉王胜，精神病就像是一个潜藏的卧底，而春天，才是唤醒他的后台老板。

2

如果不是春天，张生生一点也看不出是个病人。他白天上班，晚上写剧本，他说他在大学时就是这么写的，有一次在宿舍，他拿了剧本给王胜看，把王胜看得目瞪口呆：[近景]海边，沙滩，一行脚印在向前延伸，接着渐渐淡出。[画外]海浪的声音，间或也有几声海鸥的鸣叫。[画面]叠印出犬牙交错的岩石，有海浪前赴后继地拍上，退下，再拍上，再退下。[镜头拉开]大海，一望无际，一轮红日似升未升，但染红了天边。[镜头拉回]岩石上矗立着两个手拿红缨枪的少年身影，一人手指前方，一人手搭在眼前做瞭望状。[画面]由远而近推出片名"南海小哨兵"，海螺声响起……王胜问自己，他写得有问题吗？没有。他写得不清晰吗？很清晰。一句话，这哪里像是有病呢？王胜还发现张生生一个令人咋舌的爱好——他在进行天体研究！

这个大家就不懂了，大家就是合起来做梦，也梦不到天体上面去。

张生生大学里学的是种植、畜养、农林渔牧业维护，顶多是选修了气象和兽医，所谓的"天体"则完全是他的创造。那段时间，厂里的锅炉房正在翻修，他会经常地去讨点火泥和石膏，他跟师傅说家里要盖个炉灶，当时的炉灶都像庙宇一样，非常庞大，师傅也很理解，就"睁只眼闭只眼"让他揩油了。他拿了这些材料做了很多"天体"，做好后就晾在车间的换衣间里，有些精致的还锁进了工具箱。大家的工具箱都是放雨鞋、换洗衣物、生产用具、吃饭的家伙，他这些东西都丢在外面，工具箱里却装满了"天体"。

张生生不仅有实践，也有"理论"。有些理论大家听起来非常费解，比如"黑坑理论"，说宇宙里不只是现在知道的几个行星，其实还有很多未被发现的黑坑，那里面深不可测，未知的东西还很多；比如"时间消失论"，说时间是以行星运转做依据的，是人类为了计算自己的劳作而命名的，将来劳作和生活没有关系了，时间的概念也就消失了；又比如"液态宇宙说"，说既然地球里的海洋、江河、水库里的水不会倒出来，那液态宇宙的存在就是有可能的，那里面的生物都是两栖的，既可以在陆地上生存，也可以像鱼一样游来游去；再比如"坏蛋射线"，说随着社会的进步，天体会产生一种专门针对坏人的射线，好人自然可以免疫，而坏人则会自动现形，久而久之人类就简单了，纯净了。这些"理论"，有的已被人侧面地证实，有的也有人在边缘接触，还有的虽然不着边际，但像《圣经》的

"启示录"那样，也昭示着人们今后的追求。

对于他的"特长"，王胜是非常理解的，觉得这就是他的精神支撑，精神病的特征，就在于它的丰富性，他如果没有了这些，那就和大家一样平庸了。人生本来就是真实和幻觉难分真伪的，而张生生选择了相信幻觉。只是如何让大家去接纳这些，使之成为大家共享的乐趣，现在还没有经验。多数人对张生生的表现是不以为然的，车间主任就说，工人以工为主，工人去研究这些，那还要科学家干什么？反之，工人想入非非了，一定是身体的某条管道堵塞了，或某个闸刀短路了。

张生生搞天体研究，本来也是无可厚非的，玩就玩吧，但精神病人玩这个，问题就出现了。他搞了天体，还真把自己当"太阳"了，觉得自己身上熠熠发亮，而别人都是暗淡无光的。王胜发现，精神病的类型大致有那么三种：偏执型、青春型、伟大型。偏执型很好理解，猜疑、拒绝，进而暴力，常见的精神病就是这样。青春型也比较形象，从字面上解释就是花痴，由失恋引起，逐步发展到看见姑娘就追，严重的直至露阳癖。张生生的情况属于伟大型，理论在先，行为超前，觉得自己是中流砥柱，甚至有领袖素质，一切皆渺小，唯他是主宰，还因此打过车间主任。

大家一般是很怕车间主任的，他是大家最直接的领导，大家的工作、收入、评先、入党都是他说了算。如果得罪了他，晚上就别想睡觉了，前途也基本到此为止了。那天车间主任在鼓动大家参加劳动竞赛，他要大家有家也要当作没家，没家的更要爱厂如家，要克服困难，发扬连续作战的作风，争取在一线入党。他说得慷慨激昂，唾沫像细雨一样飘洒在王胜脸上。王胜坚持着没有抹脸，他怕抹脸会让主任难堪。但他发现身边的张生生已经坐立不安了，他的脸上也滋润着主任的唾沫，而且一阵红一阵白。王胜知道，张生生的内心像油煎一样，胸口的血在突突地往上涌。王胜拼命地掐他，拧他，希望他冷静、克制，但他还是像弹簧一样弹了起来。他愤怒地斥责车间主任，说你以为你是谁啊？你以为自己了不起啊？你只是个月亮你知道吗？主任莫名其妙，一头雾水。张生生继续说，你本身是没有光的，非常非常的可怜，你是靠了我们太阳的反射，才有了一点点微弱的光，还只能在夜里头出来。主任愣在那里，还是没听懂，还是没回过神来。张生生却更加得意了，以为自己点中了主任的穴道，与此同时，他手里的茶杯也朝主任飞去。好在主任身手还算敏捷，及时猫腰躲闪，才没有被飞来的茶杯击中，但也被吓得有点狼狈。几个工友见张生生没大没小，要扑起来揍他，被身边的王胜拼命拦住。王胜说，现在是春天，春天，他一定是发病了。工友说，他也太无法无天了，敢打主任。王胜说，他脑子坏了，难道我们的脑子也坏了吗？工友说，他脑子坏了总知道痛吧，揍一顿，让他痛一痛，他就知道什么是错了。王胜说，他是大学生，我们是工人，我们打他，一拳他受不了，半拳我们不好控制，万一失手伤了他，倒霉的还是我们自己。大概王胜的话多少还有点道理，几个工友最后都收住了拳头。

对于这个情节，张生生一点也记不起来了，他脑子里只有自己演绎的场景。他说他一看到主任乌黑的嘴巴在拼命地张合，花白的唾沫沾满了嘴角，听到主任那种自以为是的腔调，就非常讨厌，心里就有个声音在叫喊"抵制他、抵制他";他被自己的情绪激荡着，似有千钧之力在助推他，手里的茶杯就像箭在弦上，不知怎么的就飞了出去。他说他的情绪像梁山好汉一样所向披靡，他感觉自己就是鲁提辖，拳打的就是镇关西，醋钵儿大小的拳头砸下去，似打开了一个油酱铺、彩帛铺，咸的、酸的、辣的，红的、黑的、绛的，哗啦啦都滚了出来。

王胜说，你哪天连我也认不出了，我就惨了。张生生有点不好意思地腼腆地笑了。

3

张生生的眼睛真的出问题了，他突然地不会正视了，也害怕别人正视他。这是什么原因呢？王胜查了查资料，发现，所谓的精神病征兆还真是有这样表现的。精神病从大的方面讲是两种可能引起的：一是器质性障碍，也就是脑子坏了，导致指挥失灵，其他什么的也跟着失灵了；二是功能性障碍，本来就很依赖某个功能，而这个功能偏偏有故障了，精神随之就失去了依托，也不行了。轻度的精神不行都是些意识问题，如错觉、幻象、焦虑、淡漠、妄想。重度的都表现在行为上：如躁狂症，情绪激昂，过度兴奋；强迫心理症，老纠缠在一个毫无意义的想法上，比如人为什么会是两只脚而不是三只脚呢；自知力丧失症，不认为自己有病，反认为别人在冤枉他；还有就是余光恐惧症，张生生就和这个对上号了，突然觉得自己看人的眼光变了，老喜欢拿余光瞟人，越是意识到这样不对，越抑制不住偏偏要这样。不仅自己这样，还清楚地意识到别人也这样，明里拿余光斜他，暗地里也在偷窥他，觉着终日处在不怀好意的眼睛下，像四面受敌一样。张生生难受啊，如坐针毡，如芒刺扎背。终于有一天，他在无奈和无助中出走了。

张生生在出走之前有一个奇怪的现象，他会把自己穿来上班的衣服处置好，他把衣裤叠好，给皮鞋上了油，用报纸包好，藏在自以为很隐蔽的地方，厂里水塔的顶上，这个地方一般情况下没有人上去，然后，他就像接到了什么指令或拿到了什么通行证，义无反顾地出去了。离开了工厂的张生生，样子马上就一塌糊涂了，他穿了一身白色的工作服，这种衣服，在厂里穿穿不觉得怎么不妥，一旦上了街，完全就是个精神病人了。王胜被主任叫了去，说，怎么说也是我们车间的工人，我们得帮帮他，你这几天辛苦点，偷偷地跟着他。王胜说，精神病也是有自尊的，跟得太近了不好，跟远了我怕跟丢了。主任说，远点，没事，别让他出意外就行，也别让他把你认出来，要不然把你打了我不负责啊。王胜开玩笑说，打我是不会的，要打他只会打你，呵呵。

张生生开始在路上乱走，他走在他的世界里，旁若无人，毫无顾忌。那些天，王胜一直就跟在他身后，还不能打扰他，跟着跟着，王胜发现了精神病人和正常人的区别所在：一个是眼神——眼神不是正视前方的，而是停留在两米的距离内，无神，而且一动不动；还有就是傻笑——没有外因的作用，完全是自发的、由衷的、没有内容的；再就是念念有词——嘴里不断地重复发音，像在说什么密码，旁人无法破译。张生生还多了一个姿势，双手叉腰，像在

319

舞台上走台步，这样的姿势走在大街上，一看就知道是个另类。他就这样毫无表情地走着，走过了今昔桥，走过了信用路，走过了红旗街，走过了三牌坊，走到了汽车西站。从白天走到晚上，从晚上走回家，第二天又不知怎么的走了回来。他的鞋走踢了，他也不拉起来，走着走着鞋又回到了他的脚上。他的脚走瘸了，他也没停下来，瘸着瘸着，居然又正常了回来。他的气力走没了，在车站的地上坐一坐，气力好像又回到了他的脚上，他又吧嗒吧嗒地走起来。走过体育场，走过游泳池，走过少年宫，走过工读学校，王胜发现，他看似漫无目的地乱走，其实都是在围绕着车站打转，王胜吃了一惊，莫非他清醒自己的行为？他想杭州了？他要上车站乘车？他要回家？

他就这样走着，有时候，也会莫名其妙地打一下路人，其实也不是打，是挑逗性质的虚晃"一枪"，故意招惹路人的恼怒。路人才不管你是有病还是没病，是真打还是虚晃，路人群起而攻之，围着张生生一顿猛揍。他被揍倒在地，他的头破了，血流了出来；他的脸肿了，把眼睛也盖住了；他身上也许受了伤，也许很痛，这从他蜷缩的样子和呵气的程度能够看出来……

张生生这样走了几天，还是回来了，像个好人一样，他会意识清晰地爬上那个水塔，取下自己的衣服，下班时候又穿戴回去，好像回归到正常的程序里。后来，张生生在回忆这段出走过程时这样说，他那时正好在胶着的状态上，在病与不病之间，大脑里噼里啪啦作响，开始是两种意识在对峙，后来发展到肉搏。"敌人"千方百计要拉他到杭州去，他又清楚地知道离开温州是错误的，所以他在车站附近犹豫啊、斗争啊，在进行拉锯战。他要是搭上了去杭州的汽车，那就是"敌人"胜利了，而自己被打败了，就是真的病了。所以，他用走路的劳累来折磨自己，用讨打的疼痛来刺激自己，而实际上就是以这种方式来救助自己，清醒自己，用意识来战胜病魔，最终把自己拉了回来。他说，我是多么地不想发病啊。

但是，大家都高兴得太早了。因为亦真亦假也是精神病的特性，思维清晰、逻辑严密也是精神病的特性。精神病的发病例子各有不同，当年张生生来温州，就是设想了黄珊珊，用黄珊珊召唤了自己，那是在发病；现在在迷乱中回忆起车间，自觉地回来了，会不会也是这种病症在反应？因为王胜知道，张生生虽然回到了厂里，却并没有出现在他们的真空锅前。

第一个报告张生生消息的是传达室的门卫，他对王胜说，你们车间最近很忙吗？王胜说，没有啊，现在是淡季，有时候一天做半班，有时候做做停停。门卫说，不忙？不忙怎么还加夜班啊？王胜说，谁加夜班啊？你看隔眼了吧？门卫说，张生生啊，他都是夜里一点到厂里来的，所以我纳闷啊。王胜愕然。第二个告诉张生生去向的是收奶站的站长，他问王胜，张生生不在炼乳车间啦？王胜说，在啊，怎么啦？站长说，那怎么跑到我们收奶站啊？王胜说，他跑到收奶站干什么呀？他又不是干这个的。站长说，那我怎么知道，我们收收奶的，也用不着大学生啊。

收奶站是厂里的第一道工序，每天凌晨两点开始消毒，三点开始收奶。这个时候，挤奶员把农民家里的奶一点点地收上来，一桶桶集中在奶点，厂里跑奶的车再把这些奶从县里各个奶点拉回来。

收奶站的工作等同于搬运，工友在车上卸奶桶，张生生在车下拼命接；工友给牛奶过磅，张生生插进去争着抬；工友把牛奶打进储藏罐，张生生爬上爬下搭管子，消毒，比收奶站的工友还积极。工友们嗤嗤地笑，张生生不知道他们在笑什么。但收奶站确实不需要张生生，他们要王胜把他领回去。

王胜把情况向主任汇报了，主任啊了一声，说，原来这家伙在那里啊，真有点病"武"起来了。王胜说，还好他不是青春型的，要是到处去追花姑娘，或露阳癖，就麻烦了。主任说，他也不是纯伟大型的，虽然写写剧本，研究天体，但和其他精神病也没什么两样。王胜开玩笑说，他的境界也确实不怎么高，不仅和主任顶嘴，还扰乱生产秩序。呵呵。

无奈，车间只好把情况汇报到厂部，厂部经过讨论，说在温州没有人照顾他怎么办？说把他的病耽搁了谁负责得起啊？说我们现在迁就他，任由他，等于是今后害了他，还是把他送去精神病院吧。

乳品厂是温州著名的国有单位，劳保福利不错，张生生是正经分配的大学生，看病不是问题。但温州没有精神病院，要到外地去找，于是，调了供销科的周师傅去打交道。周师傅是厂里的老供销，厂里紧缺的白糖、包装的尼龙袋、做罐头用的马口铁都是他跑来的，这么重要的任务都是小菜一碟，找一个精神病院应该不在话下。剩下的就是陪护问题了，张生生不是一般的病人，是意识错乱的精神病人，而精神病的特点就是不可预知性太多，要时刻提高警惕，这就需要一个关系特殊的而且强有力的人去陪护他，王胜被大家异口同声地推举了出来。车间主任说，要是其他人陪，我们还不放心呢，弄不好还会打起来，把张生生打了，我们于心不忍，张生生把谁打了，这不是又多了一个病人？他对王胜说，你是他身边最最好的朋友，你和他又有共同语言，这任务唯有你能够胜任，就拜托你了。王胜听了啼笑皆非，但也没有办法，这是厂部的决定，于是，王胜被暂时调离了工作，专职去陪护张生生了。

4

周师傅联系的是九州精神病院，据说，是国内环境最好的类型医院，就是路途远点，坐车要二十个小时。这个时候，温州还没有火车，也没有飞机，就是高速公路也没有，通往外面的就是一条蚊香一样的盘山公路，先要到省城杭州，再辗转北上九州。这二十个小时，王胜不仅要克服自身的晕车、劳累，还要伺候好张生生。在伺候这件事上，周师傅基本帮不上什么忙，因为他和张生生不熟，他只能给王胜打打下手，听王胜的口令，递个水啊，买个吃的啊。而张生生呢，到了要送医院的程度，就已经不是那个写剧本、研究"天体"的张生生了，说不定还会耍狠、打人、摔东西，所以，做好张生生的服务工作，让他在车里服服帖帖的，是王胜这次护送任务的重中之重。

出来前，王胜和张生生私下里也谈过一次话。王胜说，你知道吗，我们为什么要这样远行？张生生说，我病了，我们去看病。王胜说，你错了，是我病了，我现在非常无助，所以我要你来照顾我。张生生马上精神起来，说，这个你放心，我会帮你的，你已经受害很深了，我不能再落井下石。王胜笑了笑。张生生所说的"受害"，是指王胜近来被组织发展了，成了一名预备党员，张生生说他是被主任忽悠的，很危险。张生生说，他们都是坏东西，一直在糊弄你，现在又派人渗透到我们身边，那个人就很值得怀疑。那个人是指周师傅。张生生还说，他会在中途通风报信，然后把我们出卖掉，我们走的是一条荆棘之路，这一趟凶多吉少。王胜也附和着说，那我们更要精诚团结，大敌当前，我们一定要一致对外。张生生重重地拍了一下王胜，赞同他说得对。

　　除了护送张生生，王胜还要带许多东西，两人的换洗衣物，以及张生生写的那些剧本。张生生总共写了几十个剧本，他要都带到医院去，拎起来一大摞。张生生说，现在电影厂在拼命地催我改稿，他们导演和演员都定了，马上就要开拍了。因此，我们要像保护自己的生命一样保护好它，谨防敌人伺机破坏。他又说，你知道他们会怎么破坏吗？他们会趁我们松懈的时候，偷偷地抽掉其中的一些章节，这一招最歹毒。王胜也严肃地说，就是，这等于捏住了我们的睾丸，离要命只差一步了。张生生说，所以，我们要在车上轮流站岗，不能让敌人轻易得手。王胜现在和张生生说话都这样，这是他和张生生相处的方式，有时候正话反说，有时候假话真说，有时候把自己的"频道"调得和他一样，不然张生生对他不信任，关系就很难融洽，相处起来就麻烦了。其实，换一个角度去看精神病人，那也是非常可爱的。

　　就这样，他们踏上了去九州的路途。汽车先是从西站出发，经过人见人怕的太平岭，再经过恼人的梅呑渡口，再经过临江而座的青田和风景秀丽的丽水，汽车就钻入了浓密的大山，王胜知道，艰难的蜗牛一样的爬行开始了。

在大山里，张生生一下子就兴奋了，他好像回到了以前就读过的"农大"，一直不停地拉着王胜说树。窗外，树木馥郁，大片大片地晃过，都是张生生认识的，一会儿说那棵是枫香，一会儿说这株是合欢，一会儿说是喜树，一会儿又说是女贞，他还说了苦槠、菩提、金钱松。王胜佩服啊，读过书就是不一样，怪树都认得，王胜就只认得松树和杉树，还有就是除了烧柴什么都不能用的"三年背"。有时候，王胜也来了兴致，故意和他抬杠，说，你认识的都是高的树，我弄个矮树让你猜猜。王胜指了指一丛丑陋的灌木，说，猜准了算你有本事，奖励你喝水。张生生不屑地瞥了一眼，说，这叫小叶咖啡，应该是云南、缅甸的树种，怎么会长到这里来的，我也很奇怪，还有待考证和研究。王胜说，你会不会是认错了呢？你认得太多了，认糊涂了？张生生斩钉截铁地说，不可能！

张生生猜准了就吵着要喝水。其实，王胜也特别愿意给他喝水，因为出来前，他已经在水里做了手脚——加了安眠药。这主意是主任出的，他的出发点是好的，他说，你们虽然护送的是精神病人，其实就跟护送一只老虎狮子差不多。是啊，王胜也是不得已，他也不想害张生生，他只是希望张生生上车就想喝水，坐下就昏昏欲睡，这样，王胜在途中就好管理一些，一车人的安全也就有了保障。不过，医务室在给药的时候也提醒说，让张生生明明白白地吃药，他肯定是不吃的，但溶在水里断断续续地喝，药力肯定会打些折扣；还说，多少剂量能打倒张生生没有试过，毕竟是安眠药，不是蜂王浆，万一把他弄得长眠不醒，就不好交代了；还说，安眠药对平庸的人来说是镇静药，而对特殊材料制成的张生生来说，能不能起作用，或起了反作用，就不得而知了。呜呜。

王胜看着张生生哗啦哗啦地喝下"药水"，心里也不免有些内疚，都怪路途遥远，都怪张生生是个精神病人。精神病人的不可预知性，使得这辆长途跋涉的汽车充满了凶险。但王胜心里还是希望药水能发生一点点奇迹，他一边察言观色，一边在心里数秒，试着学习《水浒传》里的做法，默喊"倒了倒了"，但张生生始终没倒，连服用安眠药后的嗜睡、脸红、语无伦次等反应都没有。

处于亢奋状态的张生生肚子也饿得很快，这个王胜也早有准备。他在和张生生的接触中知道，精神病人的胃口是很大的，他们不知道饱的感觉，也感觉不出撑的难受，只享受吃的过程。张生生就说过一句很著名的话，你知道世界上什么最可怕吗？人的嘴巴。什么东西在里面一放，搅拌一下，就不见了。这话说得耸人听闻，但仔细一想，确实如此。为了填补张生生这个可怕的"不见了"，王胜准备了很多食物，当然都是吃饱的东西，不是吃爽的东西。张生生要是嚷嚷起来，饿死了饿死了。王胜就马上掏出东西来，馒头、油蛋、马蹄松。张生生说，我不吃自带的东西，我要新鲜的，要现买的。王胜知道这不可能，但他假戏真做，让周师傅"下车"去买。周师傅也心领神会，装模作样地在车里兜了一圈，从车尾兜到车头，然后折回来，说，东西买回来了，张生生就唔吧唔吧地吃起来。有时候，张生生会突然地清醒过来，说周师傅买来的东西有毒，要害他，他不吃。王胜就顺了他的意思，换了自己去"买"，汽车晃晃悠悠地朝山里开去，王胜扶着椅子一点点地往前移，然后在前面停一会儿，回来说，刚才车下排队，好不容易才抢回一点，又新鲜又好吃。张生生接过看了看，这才津津有味地吃了。王胜的"演戏"也赢得了车上其他乘客的理解，他们说，张生生还算好的，基本听话，他若是要亲自下去走一趟，你拿他也没有办法。有时候，他们也会善意地配合一下，说买吃的啊，帮我也带一些回来。他们为演戏加油添醋，张生生看看他们，更信以为真了。

就是张生生说要尿尿，王胜就非常害怕。他不知道张生生的尿是真还是假，他只能自以为是地以时间来衡量张生生的尿，以自己的膀胱来推测他的膀胱。但这件事没有绝对的把握，万一判断失误了怎么办？后果不堪设想。因此，张生生一旦说自己有尿，王胜就非常重视，不得不谨慎，他会和颜悦色地问张生生，你现在是很长很长的尿呢，还是只有滴答滴答的尿呢？这话听起来像是玩笑，其实是很严肃的。这个时候的张生生，他的话到底有多少纯度？他的感觉准不准？他能够承受到什么份上？他的"阀门"会不会突然失灵？他哪怕说自己只有一滴，王胜也要再三斟酌，要小心行事。王胜就到前面跟司机商量，说司机啊，能不能麻烦停一下车啊？司机反感地说，干什么？现在怎么停啊？现在正好在坡度上，你不怕我还怕呢。王胜说，那有人要尿尿怎么办啊？司机说，叫他先忍着，等会儿大家一起尿。王胜说，我可不是要挟你，那是个精神病人，他不像我们这样有自制力，他可没有个准，说尿就尿。司机啊了一声，赶紧停车。他们的行为也引来了一些乘客的不满，说怎么说停就停啊，还赶不赶路啊，这要走到什么时候啊。也有人赞同他们的做法，说还是尿了好，尿一点少一点，虽然是他在尿尿，但我们心里头踏实。理解万岁。王胜就和周师傅把张生生带下车，一前一后押着，好像张生生是个什么重犯，好像生怕他撒腿跑了。他们把张生生带到路边，像伺候小孩一样示意他站好，先是王胜轻轻地嘘了一声，后面周师傅也加入了一起嘘，但张生生的尿就是客气着不出来，还疑惑地看了看身边的他们，好像在说"这两人一唱一和的在干什么"？没办法，毫无收获，他们只得把张生生带回到车上，王胜自嘲地说，他要是一尿一个准，就不用我们来了。周师傅也呵呵地附和说，是啊，我们就是要"防范于未然"嘛。

一路上，王胜和周师傅就忙着做这四件事，说话、喝水、吃东西、尿尿，重复好多次，有成功，也有失败，都不敢掉以轻心，不要说打个盹儿，连眼睛都没有眨一下。

5

九州是个好地方，由于有个精神病院，他们对"精神病"也有着特殊的感情，每条路上都有"精神病院"的路标，都写着确切的方向，好像它是九州一个最好玩的地方。就像那些大都市，到处都写着"机场机场"，让王胜他们不费吹灰之力就找到了。

张生生显然是早有准备的，他刻意地打扮了一下，戴上手套和围巾，这在春天暖和的太阳下显得有点别扭，但他觉得，这样才配得上这个看病的仪式。这里的医生对他也很客气，以欣赏的眼光打量着他，夸他是精神病人里的精英，称他只是某些功能丢失的"正常人"。医生指着他的一大摞剧本说，我还以为来了一位科学家呢，原来是一位剧作家。医生又问，这都是你自己写的吗？张生生说，那当然。医生说，你平时上班已经很辛苦了，怎么还有时间写东西呢？张生生说，我白天打腹稿，晚上一闭上眼睛，剧本就像水一样哗啦啦地流了出来。医生说，那什么时候把我们也写进剧本，让我们也出出风头。张生生说，快啦，导演很快就要来啦，到时候我推荐你们这里做外景地，你还可以演个男三号。医生咯咯地笑起来，说，那你就是我们医院的功臣了，我也可以赚点外快了。医生又说，你是个重要人物，需不需要我们派专人来保护你？张生生说，没必要。

安顿好张生生，王胜和周师傅就来到街上找东西吃。护送的过程，就像打战一样非常吃力，但他们两个都提着神，没觉得饿，现在突然释了重，像马拉松终于跑到了终点，肚子一下子就荒了起来。他们在九州的街头走着，发现这里有一种特殊的"文化"，也许是这个地方更懂得某种"精髓"——人一旦得了精神病，就更加精神了，所以，这里不把精神病当病，也不惧怕精神病，这里的精神病人多了，就像自己家有了病人一样，习以为常了。他们看见，路上经常有精神病人晃荡着走过，路人熟视无睹，视而不见。有外地的精神病人，他们可能是从医院跑出来的；也有本地的精神病人，也许他们从来就没有进过医院。他们在九州很自由，有自己的空间，他们走在九州的路上，和王胜、周师傅没什么两样。在王胜、周师傅短短的找吃的过程里，他们就碰到了好几位精神病人。有一位拿了一个脸盆在路上叫卖，卖脸盆噢卖脸盆。他们感到好奇，也凑上去看热闹，脸盆是从医院里拿出来的，边上还印了"九州精神病院"几个字，他们正疑惑着想看看结果，马上有人过来塞给他几块钱，把脸盆买走了。他们看见精神病人抱着钱在笑，脸上闪烁着幸福的亮光。他们还看见那个买脸盆的人进了路边的一家小店，这家店是搞喷漆设计的，他拿着脸盆和店里的师傅在讨论什么，然后，师傅用喷漆把"精神病院"覆盖了，又拿了花板把脸盆喷上新的图案。王胜对周师傅说，这就是和谐啊。

他们碰到的第二个病人是个花痴，他一路笑，一路唱歌，用麻绳作彩带，手舞足蹈。看见姑娘，他垂下手就追。被追的姑娘也没有惊慌失措，有些咯咯地跑开了，有些好像早有准备，看看花痴追近，从身上掏出一张图片，是那种印了美女的挂历，塞在花痴怀里。花痴立刻就满足了，抱着挂历看，和挂历说话。王胜惊讶，周师傅也惊讶，他们面面相觑。他们就这样走着，慢慢地心里有了信心，他们私下里议论，张生生在这样的环境里待着，身心放松和温暖的，很快就会好起来的。

他们后来找到了一家面馆，大概是一家老字号面馆，吃的人很多，面的品种也很多，从最廉价的咸菜面到子排面、大排面、猪肝面、猪肚面、乌贼面、鳝鱼面、三鲜面、什锦面。他们一进到店里就发现一个人站在凳子上，显然是个精神病人，他在演讲，在振臂挥舞，像电影里那些五四青年，在那里抨击朝鲜的体制。这可能也是个"伟大型"的，不过和张生生不一样，张生生是知识类的，而他是政治类的。很多人一边吃面，一边呵呵在笑。后来，大概是老板觉得这样影响了他的生意，就拿了张凳子，让他站在外面去讲。这个病人也没有被这个"插曲"所打断，他跟着老板走到外面，又重新站到凳子上，慷慨激昂的声音又传回到面馆里，像播放着音乐一样非常协调。这天，王胜和周师傅都吃了一碗最贵的小黄鱼面，他们做了一个大胆的决定，提前回家，把九州的情况告诉乳品厂的人，让大家为张生生高兴高兴。

第二天，他们去买了许多圆珠笔，有红的也有蓝的，蓝的给张生生写剧本，红的给他修改，他们想，张生生把这些圆珠笔用完的时候，他的病也应该痊愈了，也许，他的电影也真的开拍了。他们就这样又来到了九州精神病院，他们要最后见一见张生生。在医生的引导下，他们来到了张生生的病房，张生生已经换上了医院蓝白相间的院服，尽管焕然一新，但他却像乡下的小孩进了城，突然地老实了。王胜高兴地叫着张生生，说，张生生张生生，我们要回家了，你在这里安心啊，过几天我们再来看你啊。张生生理都没理，顾自坐在桌前看书。王胜又说，张生生啊，你还有什么要求吗？你只管说，别不好意思，我们一定把它带回到厂里去。他还是连头也没有抬。王胜故作生气地说，真是的张生生，来医院不到一天就不认我们了。周师傅也附和说，我们这么辛苦把你弄到这里来，你自己住得舒服了就忘恩负义了。王胜说，我们在厂里都打成一片的，你现在到了自己的地盘，马上就眼高了。说是这样说，他们当然也没怪张生生，他们呵呵一笑，就掏出买来的圆珠笔，红的蓝的十几二十支都摆在他的桌上。王胜说，张生生，这些笔给你写剧本，你就慢慢地写吧，把剧本写到银幕上，我们为你庆功。张生生看也不看，一挥手将圆珠笔统统打落到地上，他鄙夷地说，你们也太落后了，我怎么还会用笔呢？我要是还在用笔，不是和你们一样了吗？我早就不用笔了，我现在指头在纸上点了点，剧本就哗啦啦地出来了。这是什么话？王胜怎么一点也听不懂。王胜听人说过，精神病人送到医院一般都会出现两种情况，要么根本就没有病症反应，完全就是好人一个；要么病情突然地加重，像天塌地陷一样；王胜不知道张生生这样是轻了还是重了。为了给自己下下台，王胜和周师傅开玩笑说，你看这个人，就是思想太活跃，又在说"启示录"了，写东西怎么能不用笔呢？这不是痴人说梦话吗？周师傅也喃喃说，这些话我连梦都梦不出来呢。

回到温州的王胜把情况马上向厂部汇报了，说了九州的许多好，说了对九州的印象，说走在九州的路上，垂柳婆娑，边上就是小河，走几步就有拱桥连接到对岸，站在这边看对岸，是委婉的风景，站在对岸看这边，则更加的恬静，张生生在这样的环境里会好得很快的。噢对了，王胜还说了张生生卓越的表现，他一下子变得斯文了，似乎很喜欢那里，似乎找到了他宜居的栖息地。厂部的头头们听了非常高兴，觉得总算是"虱烫了一样"。后来，车间主任把王胜叫到一边，说，我听说不是这样的，张生生是不是被药得啊？还说，他们不用安眠药，据说是一种特殊的药，一药就把他药老实了。王胜听了像吞了虫子一样难受，他想起张生生最后的样子，很长时间心里还忐忑不安的。

332

6

现在，王胜和张生生共同劳作过的乳品厂已经不在了，企业改制，工人们都被买断了，回家了。但张生生在九州说的"启示录"早已成为现实了，人们享受着电脑打字、处理文件带来的便捷和乐趣，只是没有人会去想——最伟大的发明，往往起始于那些异常脑袋的灵光一现。后来，一条大道又划拉了这个厂，乳品厂就连名字也没有了。厂里的东西，拆的拆，卖的卖，但图书馆很大，藏书也很多，毁了可惜，就整个移交给了对面的街道，成了街道居民读书学习的地方。

张生生年纪轻轻的就办了病退，不知他平日是怎么过的，春天里有没有再出现反复，反正他没有再去过九州。他总是控制得很好，在病与不病之间，也许他真的被那里的"药"给药怕了。精神病不是糊涂病，他的精神里面是有自我的，我们看见的一面，也许是他故意放任的一面，是他用来吓唬别人，拒绝别人，以特殊的方式保护自己的一面。但这么多年，张生生的另一面一点也没有丢，却是真的，而且越发地加强了。每天上午，他会准时地从家里出来，穿戴得一尘不染，步行几公里到街道的图书馆去，他家附近没有其他图书馆吗？有，文化宫图书馆就在他家后面，但张生生没有对它做出认证。精神病也被称为"单个脑"，在他的信息库里，温州仅有的一个图书馆就是这街道的。他一坐就是一天，比科学家还要专心，大家都说他像传说中的马克思。

王胜后来被借调到了文明办，工作和街道有些关系，有时候碰到街道的人，他都会对他们说，张生生要过来看书，你们不要赶他，若需要什么费用的，我替他给就是。王胜始终认为，精神病的危害往往是被夸大的，如果能理解，他们也是很特殊的一个群体，特别是现在，当精神病的定义被相对地宽泛之后，大家的一些表现也是很值得探讨的，谁有病都很难说呢。街道的人说，我们这里看书的人多了，谁是张生生啊？王胜说，张生生好认，你问一下，那个看"天体"和"剧本"的人就是他。街道的人噢了一声，说，这个啊，知道知道，不会的哪，我们对他都很照顾的，他是我们这里最勤快的读者，几乎风雨无阻。还说，我们还专门为他订了一些杂志，这些杂志，我们街道是没人去翻的，就是他看。王胜问，什么杂志？街道的人说，《天体物理》《电影剧本》，还有《宇航奥秘》和《导演现场》等。王胜道了谢。心想，前面的两个杂志是他意料中的，那是张生生的基本功；而后面的那两个，他是没有想到的，看来，给他宽松的条件，张生生还是会进步的，原来仅限于天体的，现在却研究起了航天飞机；原来只写写剧本的，现在已开始自演自导了。又想，精神病要是有一个"纪念日"就好了，我们不是有许多这样那样的"日"吗？什么袖珍人日、孤独症日，目的都是为了引起人们对这些群体的重视，精神病要是还没有"日"，建议在每年的春天里设一个。

市 场 "人 物"

1

我刚进市场的时候，就发现这里有一个人物。

我们一般把人物认定为有作为的、有特殊意义的或举足轻重的人，这样，我们就会把目标锁定在那些市场经理、保安队长、派出所所长、工商税务的头头或民间纠纷的调解人，但都不是。如果是这些人，我的口气就不会这样煞有介事。煞有介事了，就意味着这个人物非同一般。当然，我不会卖关子说，你猜，你猜三次，你肯定猜不着。

我们这个市场叫"鞋料市场"。我们这里是鞋业基地，据说，有三张国家级名片，也有说五张的，其实三张五张都对。"鞋业大王"

三张，"驰名商标"两张，加起来就是五张。鞋料市场就是为这些大王或中王、小王们配套的。没有这个市场，鞋王们就是"无米之炊"，也就弄不出什么动静。因此，我们这个市场，就是和鞋息息相关的后勤部、装备部，或者叫保障部，吓人吧？

我当初进市场的时候不是这个格局的，我做的是化学片，但我"抓阄"摸来的店面却在六街。在六街做了一段时间，没生意。为什么没生意？资源没有整合，像散麻花一样，形不成气候。后来，市场慢慢地理出了一个头绪，才渐渐形成了一些规律。比如市场有八条街，一街做皮，二街做革，三街做胶水，四街做化学片，五街做鞋底，六街做鞋盒，七街、八街做鞋杂。鞋杂是不是有点费解？一般人听了云里雾里，其实就是鞋的零部件，像鞋纸、鞋线、鞋扣、鞋钉、胶擦、剪刀、帮钳、码子贴、抛光蜡、双面胶等。这样一来，我就从六街调到了四街，虽然租金翻了一倍，但"同类项"在一起扎堆，客户们有了挑选的余地，生意反倒好做多了。

这个时候，市场的秩序也出来了。经理在办公室里悠闲地看报，保安们在门口潇洒地踱步，工商嘻嘻哈哈地来收管理费，税务的税银也缴得客客气气，都不用吃五喝六的。真的有什么纠纷，那个民间调解人也会不失时机地粉墨登场，根本就没有派出所什么事。连汽车从东边进西边出都规定好了，像无形中站了许多交警，一点点小剐蹭都没有。如果形势好，生意顺，大家都忙得自顾不暇的，那些面上的"管理"也真的就是形同虚设了。

有一个"秩序"开始都没有注意到，就是市场的垃圾。这么大一个市场，垃圾肯定是很多很乱的。市场当然也配了卫生员，但这些卫生员，一开始定位就错了，他们都是被"照顾"来的，都是上级的家属，或关系户的关系，这样，就宠得他们像公务员一样。他们一身制服装束，品蓝的，像早年空军地勤的服装，外加医用口罩和白手套。他们有着严格的工作时间，上午一次，下午也一次。这可怎么行？你知道市场一天有多少垃圾吗？生活的垃圾加上生产的垃圾，这些垃圾，如果不像收拾厨房一样及时地收拾好，生活的垃圾就会发臭、招蝇、生虫；而生产的垃圾就会泛滥成灾，先是绊脚，接着马上就影响生意了。

生活的垃圾，是不用动什么脑筋的，只需把它清除掉，一倒了之。而生产的垃圾则不然，要分门别类，要利用起来，要化腐朽为神奇。于是，我们这个市场就有了一个"山寨版"的清洁工，请注意，不是卫生员，是清洁工，工人的工、工作的工、工夫的工，当然也是工钱的工。没有人安排他们来，没有人给他们下达任务，他们完全是自发自愿的。报酬嘛，就是这些垃圾。

好了，现在你应该有点眉目了吧，我们市场的这个人物就要登场了。

2

我们这些生意每天都会有很多垃圾"滋生"出来，很自然地，我们都会把这些垃圾往门口搬，我们没想过垃圾出来之后的事情，突然有一天，当我们意识到要有人来处理这些垃圾的时候，那个李美凤就出现了。

她嘴上的功夫是很到位的，知道怎么叫人能让人舒服，她叫我"阿姨"，阿姨，你门口那些薄膜我帮你理起来喔？理掉吧，理掉吧。实际上，她不会比我小。听惯了别人叫我"老司母""老板娘"，这一声"阿姨"就特别有滋味。她叫我隔壁的老司伯为"阿公"，阿公，你地上的这些纸板要我搬进去吗？阿公就呵呵呵的，说，我不要了，你拿走吧。她这样说了，谁还会回绝她呢？不知她对其他店主是怎么叫的，是叫阿叔阿哥呢、还是叫阿婶阿嫂的？反正，她说话挺有趣味的。这使我想起我们家门口的面摊，摊主在生意上也有一套，煮了面，问客人，蛋加一个还是两个？这样的问话，客人一般也都会碍着面子，哪怕不喜欢吃蛋，也会说，那就来一个吧。

我隔壁的老司伯原来是个干部，是物资公司的，后来单位改制，就自己出来开店了，他做的是海绵、回力胶、无纺布，和我的化学片属同类生意。老司伯人缘很好，交际面广，平时店里坐满了说话的人。说话的人多了，四面八方的消息就灵通，市场里什么新闻旧闻他都知道。我们开店也不是生意忙得团团转，大部分时间都是在守候，这样的时候，那些好听的话，大家感兴趣的话，老司伯就会和我们一起分享。他告诉我，李美凤是四川雅安的，这地方有个很好的别名，叫雨城，终年湿漉漉的，连空气都是甜的。我问老司伯，你去过雅安？老司伯说，年轻时出差去过，一城的绿，石板路像长了铜锈，水流得像敲琴一样。那里的民风非常淳朴。怎么个淳朴呢？老司伯说，每户人家门口都摆了小桌小凳，你要是走累了，尽管坐下来，马上会有人给你端茶送水，还会配上他们家乡的小吃，辣腌萝卜干、水煮盐青豆。雅安我没有印象，但我明显感觉到，自己把对雨城的好感给了李美凤了。

李美凤就是专门来收拾垃圾的。我们这里不是有八条街吗？每条街都有自己的垃圾，八条街就有八种不同的垃圾。一街卖皮，垃圾就是剪下来的皮头；二街卖革，垃圾就是包裹革统的皮纸；三街卖胶水，它的垃圾就是铁壳外面的纸板；四街就是我们这条街，卖化学片和热熔胶，垃圾就是薄膜衣什么的；五街卖鞋底，垃圾就是鞋底边；六街卖鞋盒，垃圾就是废旧纸；七街、八街的鞋杂垃圾，就什么都有了，弯钉、线头、废鞋扣、碎火蜡、半爿的剪刀、脱了胶的货贴，等等。每天，这些垃圾都会从各个店里涌出来，它没有时间，分量也说不定，但关系到店里的环境和生意的心情。李美凤不仅帮我们收拾生产垃圾，还顺手带走我们的生活垃圾，饮料瓶、纸饭盒、果皮瓜壳、面巾手纸，把我们的门口弄得光光鲜鲜的。这一点，老司伯就很欣赏她，说她有职业操守，分内分外一个样，不像市场里那些卫生员，做事像神亏给佛了似的。

市场里也经常会有一些"流窜犯"过来"作案"，这类人，游荡在城市的各个角落，即使你没有碰到，你闭一下眼睛也都能想象得到，他们衣衫褴褛，破帽遮颜，像幽灵一样到处"奔袭"，所到之处，把垃圾翻了个底朝天，带走了他要的东西，把一片"狼藉"丢给我们。我们不喜欢这样的人，这样的人在市场里一冒头，我们就警惕，就"人人喊打"。实际上，我们也不是喊打人，而是在拒绝某种伤眼的现象，喊打某种不雅的做派。

李美凤就不是这样的，她穿得还算可以，还算可以是指并不破破烂烂，一身旧色的男式工装，但还是整齐的；一顶晴雨两用的草帽，也还是完好的；一条离不开脖子的毛巾，还能看出是什么颜色；像平日里正常的装束。干这种工作的，还能够保持"正常"，说明她有着自觉的形象意识。这也是我们喜欢她的原因之一。我们家后面菜场有个卖菜的女人，穿的和长得一样清爽，大家都喜欢去她摊上买菜，其实她的菜并不便宜，但大家买的是一种心情。我们不喜欢那种"距离"很大的"协作"关系，好像她是在乞讨，而我们是在恩赐，这个感觉不好。

我店里的垃圾是拆包下来的薄膜，生意好的时候，这些薄膜就会摊得满地都是，蓬松得一塌糊涂。隔壁的老司伯，生意做得更大，样式也多，他的垃圾不仅有薄膜，还有皮纸、泡沫袋、三合板。开始的时候，李美凤整理好垃圾我就会问她，你怎么把东西搬回去呢？她没有回答，只是笑笑。有一下，她看看我，不知是什么意思。过了一会儿，她又这样看看我，我就觉得她有名堂了。我就装作若无其事的样子，也不看她，而实际上，心里却在悄悄地留意着。果然，片刻工夫，也不知她是怎么联络的，怎么传递消息的，一个男人就被她召来了。男人长得敦实憨厚，也不声不响，三下五除二，就把那些垃圾搬走了。

隔壁的老司伯后来探来消息说，这男人是和她一起的。怪不得，原来他们是两个人，否则，偌大的一个市场，这么多的垃圾，李美凤怎么能顾得过来呢？

有一个问题一直困扰着我，他们把这些垃圾往哪里搬呢？老司伯啧了一下，说，你真是没什么好愁的。在我们市场附近，就有很多这样的地方。这里是近郊，那种跨度不大的小桥很多，有鲤鱼桥、板桥底、桥儿头等，都是些三孔五孔的小桥，一边用木条纸板蒙了，就像延安的窑洞了，可以住人也可以堆放垃圾。还有那些无人看管的小庙，就像电影里经常出现的避难之处，败墙漏瓦，凄草蛛网；还有一些破败的路亭；还有贴了封条、写了红字待拆的民房，窗架门框都早已卸了，就剩个房壳；这些，都是他们栖身和仓储的最佳选择。

那么，他们两个人是夫妻吗？显然不是。虽然他们形影相随，但他们之间的眼神不是平实的；他们的说话语气是客气的；他们的身体尽管也撞来撞去，但还是有距离的；他们在一起做事，相互都很卖力，没有了主次和随意，这就不是夫妻。夫妻所反映出来的"精神"就是无所谓，而他们恰恰是"有所谓"的。

那么他们两个，到底是谁先来的呢？又是谁带着谁的呢？还是李美凤在一、二、三街，那男人在五、六、七街？还是他们各自工作在自己的地盘里，有一天，突然在某个拐角处碰上了，他们先是扑棱的一愣，马上又眼睛一亮，都在心里觉得自己势单力薄，又都觉得互补肯定是一件好事？

老司伯说，应该是男人先来的，有些事，女人要是占得了先机，再叫她让出来，再让她接纳他人就比较困难了，而男人却恰恰经常会做这样的傻事。老司伯又探来消息说，这男人是天生的心地好，是热心肠，看见女人辛苦，心里就过不去。他把垃圾的知识无条件地传授给了女人，哪里有垃圾、什么垃圾有用、什么垃圾能卖到好价钱……这些知识让初来乍到的女人心里亮起了一盏灯，让女人有了别样的想法。就像当年的合作社，他们就这样合而为一了。

这样一来，市场里就知道了有这么一对人，有人说他们是真的，不然不会这么"趣味相投"。有人说他们是冒牌的，觉得光天化日之下，他们也太时髦了吧。

老司伯善解人意地说，这有什么关系吗？是啊，就算他们是假夫妻，只要他们愿意，只要他们存在得合理，这又有什么关系呢？他们的存在，只和垃圾有关，一点也不碍我们的任何观瞻。

在我们这里，这样的人是很多的，大家一般都睁只眼闭只眼。跟我们做生意的一个厂家，他们那里就有一对。这是暴露了的，还有潜伏着的，或半明半暗的，肯定还有很多很多。那一对也好了很多年了，女的在厂里车包，男的做普工打杂，生活上很谦让，用力处一点也不吝啬。有人开玩笑说，他们还是最科学的一对，男的有力气，女的有手艺；男的威猛，女的柔软，像榫头套窟，严丝合缝。但是有一天，那男的扛东西时失脚，从楼上摔下来死了。大家都为那女的难过的时候，却找不到她人了。她当然知道自己的处境，再待下去马上要原形毕露了。后来，男的老家的索赔团来了，由镇长带队，老父老母老婆孩子跟了一大帮，打地铺在厂里静坐。这时候，厂里才知道，原来那前面的一对，是"露水"性质。

3

每天吃饭的时候，李美凤都会准时地出现在我们门口，我开始以为，这是她工作的规律，她一个个店收拾过来，到了我们这里，正好是这个时候。

我平时吃饭都是带菜的，我不喜欢吃外面烧的菜，外面的菜都是菜场里抄过来的"菜脚"，想起来就恶心。我老公也是下岗的，但他讨厌生意，他喜欢开着摩托到乡下的河里钓鱼，一坐就是一整天，钓的都是些指头长的鲫鱼，连夜洗好，放了葱蒜，用糖醋烤出来，让我第二天带饭，算是对我的支持。隔壁的老司伯不一样，他每顿都要喝点小酒，而且喜欢有人陪吃。可想而知，他当年在公司时是何等的风光。他吃得很慢，喝一口酒，夹一点菜，再说上半天话，其乐无穷。他不把吃饭当吃饭，当难得的一次交流接触。因此，他从来没有自己带菜，而都是从"美福"那里叫的。

　　美福的快餐在我们这里算好的，三荤两素，加满满的一大盒饭。现在城里人病多，有三高的，有糖尿病的，有心血管病的，这些都没有的，也一定是肥胖的，这样，挑挑拣拣后吃剩的东西就很多，还都是好东西。老司伯他们只喝酒，只说话，剩下的东西就更多。剩下的东西不吃了，就当垃圾一样端到门口，早就被等在一旁的李美凤瞄住了，说，阿公，你怎么点了这么多菜啊？不吃多可惜啊。老司伯就会说，那你吃吧，我没什么病，别浪费了。李美凤就哎的一声，就踏踏实实地在门口坐好，小心翼翼地把饭菜吃了。

　　现在我知道了，李美凤工作到我们门口的时间，是预先设计的，就是为了等老司伯的一顿饭。她肯定也是反复比较过的，老司伯的剩饭最多最好。有一次，她对我说，你看老司伯这人多爱干净啊，他剩下的东西，我才敢吃呢。我后来把这话传给老司伯，老司伯听了哈哈哈笑，说，这个会说话的李美凤啊。又说，就凭她这句话，我也要多点一些菜，吃得文明一点，给她多留一点。老司伯是个生活很有规律也很有讲究的人，他在市场里进进出出，每天和鞋料打交道，但穿在身上的衬衫都是一尘不染，领子和袖口都是雪白雪白的。

我没有想到李美凤的吃饭是这样解决的，她这样的计划，乘上三百六十五天，省下的和攒起的都非常可观。这也让我们看到了她背后的决心，她心里的志向。

由她的吃饭，我们很自然地又想到了她的睡觉。他们是睡在厕所里的，就是市场里面的公厕。这也是老司伯发现的。厕所怎么好睡呢？它本来就局促，局促还是次要的，关键是里面那个浓郁的气味，像化工厂一样。

之后再去厕所，我们就带上了考察一样的眼光。我们发现，他们是睡在"值班室"上面的"阁楼"里的。这个阁楼，名义上是为堆放草纸、药水、扫帚、冲刷皮管搭建的，承包人把它利用起来，租给了李美凤，一人一晚上一块钱。这是个秘密，还不能让环卫处知道。所以，白天，他们是不能待在厕所里的，他们只能像鸟儿一样，早上飞出去，等到晚上，等到市场里人烟散尽，他们才飞回到那个阁楼，睡上一觉。

李美凤一定是在男人的鼓动下搬进厕所的。他会给她算一笔账，现在收购站的关系弄熟了，垃圾的价格也比较稳定，纸板可以卖两毛一斤，薄膜一毛五，那些杂七杂八的，平均也可以有个八分一毛。他们的收入有了保障，他们应该从桥洞里搬出来，住进方便、舒适、安全的厕所。我们听后不禁唏嘘、感慨，李美凤真是"四川省"了，四川就是她最省。

厕所对于他们来说，真是个又近又好的落脚点，可以这么说，在市场，只有他们，对厕所的气味"闻所未闻"，对厕所有一种"家"一样的感觉。有时候，他们在市场里走散了，他们正要找对方帮忙却没了呼应，他们就会来到厕所，厕所就像是他们的交通站，他们有一个事先约定好的暗号——在厕所的窗台上放一张纸条，上面写了他们的信息"我送东西去收购站了""管理找我，我去去就来""B区有动静了，我去那里看看"。B区，就是我们这个市场扩张过去的"二期"，那里现在还没有气象，但陆陆续续会有些商家加盟进来。有商家，有气象，垃圾也会多起来的。他们就这样过着"严谨"和"富足"的、像"地下党"一样的生活。

现在，天渐渐地暗了，市场里的店铺也全部打烊了，保安们巡逻结束，或守在门口吃饭，或懒洋洋地看着电视，等一会儿，他们还会邀一些熟人过来打牌。厕所的承包人最后说，我走了啊，这里交给你们了啊。也回家了。这个时候，厕所就完全属于李美凤了，他们这才成了厕所的主人。他们肆无忌惮地在厕所里冲澡，会刻意地挑剔对方的身体，会大胆地笑出声来，就是开着门窗，他们也不怕有人光顾和窥视，一切，都是在他们自己的氛围里。

他们匍匐进阁楼，虽然很局促，但这里是能让他们感到安全的、能让他们躺得平实的地方。虽然是在"值班室"，但顽强的气味还是像烟一样把他们裹得严严实实。他们当然不会理睬这些气味，他们原先不也是淫湿在其他浓重的气味里吗？他们其实也来不及触碰这些气味，疲惫侵蚀过来，他们很快就睡死过去了。

他们会在半夜或凌晨的时候"苏醒"过来，市场不比马路，没有干扰，他们睡得很充分。意韵氤氲，他们的身体也活跃起来，有一个人首先试探了一下，也用不着征得同意，做爱马上就开始了。适时的一次做爱，不但不伤害身体，反倒是很好的补偿和激励。完了，他们就有一句没一句地说起话，没有方向，没有逻辑。他们会说些什么呢？说自己的老家，说老家的山水，说老家的民风，说老家的条件和辛苦，实在没有什么话了，男人就涎着脸，要女人说说她老公。

李美凤说，他有什么好说的？男人说，随便说说嘛，我想听。李美凤说，你就不怕他听见我们的说话？男人说，我还想会会他呢。李美凤看看他，轻轻地打了他一下。在市场的这些日子，在他们一起的时间里，平心而论，男人是对她好的，比她老公对她还要好。在这样的氛围里，李美凤就推不掉他的要求，她就嚼嚼地说起了自己的老公。他是个木匠，他们老家有很多木匠，有做房梁房壳的大木，有做床铺柜子的方木，也有做水桶脚盆的圆木，但她老公都不是这些木，他没有能耐，不想辛苦，他只能做做凳子灶架的那种粗木，所以他只能混个吃的，赚不来钱。

在她的要求下，男人也说起了自己，他其实没有什么可说的，他的一切已尽显在眼前，年轻、单身、有体力，他突然觉得和一个有家室的女人谈论家事是那样的心虚和别扭，但这个话题是他挑起来的，他得遵守规矩。男人在家里是杀猪的，杀猪没人学，杀猪不用手艺，只用胆量和力气，他就是这两项被人看中的。他能一个人掀翻一头两百斤的猪，用身体压住，把四脚捆起来，然后提上条凳，把尖刀插进猪的喉咙。李美凤说，我们那里杀猪是不收钱的，但可以拿半副下水。男人说，我们那儿也一样，但我连下水也不拿，我只吃主人的一碗面，是刚刚捞上来的煮面，待一刀杀出猪血来，在喉咙口接那么两涌，拌起来吃了，说是补心的，其实一点儿也不好吃，我只当领主人的一个情，算拿了工钱了。

在这些不经意的叙述中，李美凤一直在品味，她感觉出男人的品质，助人为乐，不计报酬。她本来也是市场里的散兵游勇，她对垃圾也是一窍不通的，是男人接纳了她，整编了她，告诉她垃圾的奥妙，教会她怎样收卖垃圾。她感觉出他的好，也就投靠了他。于是，她的辛苦减少了，她的生活有秩序了，她的收入也有了保障。突然，她意识到自己的思想游离了，从自己的老公，想到了身边的男人，她的情绪有点忧伤起来，她的忧伤表现在她的"不响"上，她到底是心里有愧的，不管她有什么理由，这样的"好"，到底也是不对的。虽然多有理解和宽容，但背地里，何尝就没有讥讽和鄙夷呢？她不是不知道，她是被艰辛的工作、细碎的帮忙、源源不断的钱支撑着，自己麻痹了自己，自己让自己放纵了。她的忧伤在黑暗里慢慢地弥漫开来。

李美凤忧伤地说，我想家了，我已经两年没有回家了。男人知道，这时候的女人是最脆弱的。对于她的想，男人能表示什么呢？他不好反对，也不好安慰，他这个角色，此时此刻也是最微妙、最不合时宜的。但这个时候，男人又是最好表示的，表示得也是最具体的。男人问，你真的想回家？她点点头。男人说，你要是真想回，就快去快回，就多带点回去，让家里也高兴高兴。男人的话，她一听就懂，这是男人一贯的姿态，他让她多带的是钱。在这之前，他们的收入都是均摊的，均摊她已经占了许多便宜了，现在，男人想再支持一点给她，让她带着丰富、好看。男人说，我用不着，我一个人，无所谓。

男人这样说了，他们的气氛又好了回来，他们重又"枕"了起来，男人把大腿枕上了女人的大腿，女人把脸枕到了男人的胸膛。他们没有了睡意，他们知道时候不早了，他们再慢慢地说几句话，说到厕所的承包人过来，他们就可以交班了。男人说，你回家想做什么呢？买牛还是置地？女人说，我想盖两间房子，砖木的，阳台上嵌了马赛克。男人说，那我去给你当帮手怎样？女人说，有这么远带帮手回去的吗？一去就知道假。男人说，有啊，内行啊，能干啊，有什么不可以的？女人转过脸笑笑说，你一个杀猪的，内行什么呀？男人假装醒悟，噢，你们家老公是拿斧头的，他内行。女人说，是啊，当心偷偷地把你劈了。嘎嘎嘎嘎。他们一边说，一边手脚在身上动来动去，他们的笑声在回音很强的厕所里嗡嗡作响。

现在我们知道了，李美凤这两年在市场赚了多少钱，市场每天有多少垃圾，她就可以收入多少钱，关键是她没有用掉多少钱，她吃饭吃老司伯的，睡觉每天也只用出一块钱，她差不多等于只进不出，再加上男人给她的"支持"，就像是好几条活水注入一个池子里，活泛得不得了。

4

两个月后，李美凤从家里回到了市场，她带回了一大帮人马，要发家致富来了，关键是，她的老公也跟来了。老司伯暗暗叫惊，

348

这下要坏了。我不解地问，怎么会坏了呢？老司伯说，真的来了，假的如何藏身啊？

李美凤老公来了，她的工作和生活都要发生变化了，她要"独当一面"了，那个厕所，那个她和男人的根据地，随着形势的"恶化"，她只得放弃了。

李美凤现在在市场的对面住。对面原来是冶炼厂，现在没什么好炼了，就改了"鞋都"了，租进了几十家做鞋的小厂。李美凤租用了冶炼厂的澡堂，她把它隔出了几个小间，姑嫂、叔侄、亲戚朋友，大家在里面生火做饭，打胖作壮……

每天清晨，他们从对面浩浩荡荡地开到市场来。市场原来的八条街，现在也被李美凤瓜分了，她把他们从雅安带出来，就得把他们安顿好，条件她来提供，天高任他们飞吧。李美凤自己还留在我们四街，也许是她对四街有感情了，也许，她觉得我们亲和，尤其是隔壁的老司伯，特别善解人意。不过，这次回来后，李美凤就没在我们这里吃饭了。有一次，我悄悄地问李美凤，你现在吃饭怎么吃啊？她说，我们现在都在饭摊吃。我说，饭摊你怎么吃得饱啊？她骄傲地说，我们吃三块钱。三块钱有什么可吃的？三块钱就是都买了饭，也没有多大的名堂啊，肯定是饭摊照顾的、优惠的，谁还会赚她的钱啊。不管怎样，我都替李美凤高兴。人在异乡，无人监管，什么事都可以随便、松懈，但现在，她的"身份"变了，是这个团队的"领导"了，她知道拿面子了，进步了。

说到她老公，说真的，我心里的好奇马上就钻了出来。我问她，那个和你好的男人呢？她低头笑笑，知道我没有坏意，说，都没有碰到。我说，你有去厕所找他吗？她说，我现在这种情况，怎么找啊？再说了，我真的害怕碰到他。我觉得这是实话，她和那个男人，不是一两句话能够说清楚的，不是简单的方式能够解决掉的。见我们说起这话，隔壁的老司伯也过来阻止我，说这话现在说不得了，说这个秘密现在都要烂在大家的肚子里。老司伯后来还说，雅安的观念我是知道的，那里容不下这个，那里一直就有这么一个戒律，不管什么理由，女人要是偷了人，要么用石头砸死，要么沉到河里淹掉。这样的情形，我们当然是不愿意看到的。

对老司伯所说的"保密"，我是留心的。后来我发现，几乎市场里所有的人都是留心的，大家对厕所的事只字不提，对她的过去守口如瓶，就连厕所的承包人也在给她打掩护，善良的人们啊，大家都希望她能够平静地生活。是啊，形势非常好，我们没有看见李美凤面有什么难色，她出入轻松，工作也很自如。我们也没有看见她的老公有什么脾气，有什么怨怼。我们甚至都没有看到那个男人，他没有在市场里出现，也许他偷偷地出现过，看着情况不妙，就隐忍了。像我们这里所有这类人一样，原配冒冒失失地现身了，野合的只能识相知趣地离去。阳光都普照了，哪还有阴霾和夜露？这也是秩序，一切相安无事。

但是有一天，也许是有那么几天，那个男人在市场里出现了。有时候一脸的着急；有时候满头大汗；有时候虽没有声色，但看得出他是心事重重的。我们不免担心起来，这些，会和垃圾有关吗？会和李美凤有关吗？会和市场的地盘有关吗？是不是李美凤要有麻烦了？这是迟早的事。老司伯也说，现在我们看见他，都不知说什么好了。以前我们在市场里碰到他，也会和他开开玩笑，说那个谁，有没有看见李美凤啊？或说那个谁，李美凤在到处找你哪，你还不快去啊？现在我们看见他，心里都会咯噔一下，心想，他是来找李美凤的吗？我们要想方设法地阻止他，至少不提供李美凤的半点信息。

前面说过，市场里有八条街，每条街都有百十个店，只要消息得当，只要措施到位，李美凤不用慌张，不用刻意逃跑，她只用在紧急的情况下，在哪个店里稍稍回避一下，就躲过去了，那个男人就枉费心机了。

对于男人的找，李美凤当然是讳莫如深的。她前面的事，我们要把它当成一个谜，这个谜我们猜着玩可以，却不能把它揭开。现在李美凤的老公来了，她的亲戚朋友来了，就更不能公开了。对于那个男人的找，李美凤也无法和别人排阵，还不能事先布置防范，她只能在自己的脑子里多根弦，进行一个人的"抵御"。平心而论，抛开个人的喜好和关系的远近，就事论事，我也是觉得李美凤不妥的，也是觉得那男人应该找她的，介于他们的感情，介于他们的合作，还有说不清的需要和钱，他都有理由去找她。但我们终究还是把情感倾斜在了性别上，我们更多地看到了李美凤的艰难，而对事情的性质，我们用宽容和理解代替了评判。

男人这样找了几天，李美凤就慌了，她知道男人动真格了。这样的事，李美凤心里一点准备也没有。在回雅安之前，她以为就是去盖一个房子，以为一个人去一个人回，以为回来了就可以重操旧业。她没有想到，丈夫一定要跟过来；她没有想到，她接下来要做的，不仅要断了这个男人，而且还要"侵占"他的地盘。

李美凤找到我，说阿姨，这事怎么办啊？其实，对于这些事，我也不知道如何是好，我的经验也非常有限，我只能根据我的水平，勉强地分析给她听：第一，垃圾的事，是他教你怎么做的，是他帮你做成的是不是？第二，假如你老公不来，你还是会和他在一起是不是？第三，在你们合伙赚钱这件事上，他表现得怎么样？大方吧，痛快吧。对于这三个问题，李美凤都密密点头，都表示"是的""对的"。我说，所以，这件事，首先你要有个态度，要求得到他的谅解。隔壁的老司伯听见了，也过来开玩笑说，其实，你晚上去一趟厕所，去看看他，你要是觉得难开口，就什么也不用说，你人到了，心也就到了，男人也就被你软倒了。老司伯的话很有哲理，也是人和人关系的最精辟的诠释，又通俗易懂，李美凤听了，马上就脸红了。

李美凤有没有去一趟厕所，我们不知道。也许，在哪个月黑风高之夜，她会悄悄地去那么一次，重温一下旧梦，然后把处境挑明了，有情人终究会理解和支持的。也许，她根本就不敢去，去了怎么面对？去了怎么说呢？在"受惠"和"负情"这两件事情上，她怎么说也是理亏的，还是不去的好。不过，这个问题，李美凤暂且可以先放一放，缓解一下，因为她老公已经回老家去了。有时候，当我们无聊地说起她老公的"无聊"，他来看什么？他不放心吗？李美凤的回答却是真诚的，她说，他来是对的，他来看看我的工作生活。又说，他现在回去，也是对这里不满：说跟来的人太多，八条街一分，等于一碗饭掺了水变成粥了；说以为是什么大生意呢，以为开了"回收公司"呢，原来一点也说不响；说这件事没完没了，没有个间歇，太辛苦了。她老公是个"优雅"的人，适合过悠闲的生活，走街串巷，做做轻微的杂木，吃个半肚，但意趣横生，这也是他们老家那边的风景，像补缸的、阉猪的、调种子的、嫁接果树的，都是这样。李美凤没想从老公那里得到什么能耐或支撑，但他走了，她也会觉得单薄和无依的，像烧着的炉灶退了火。

　　我们这里民间有一句很著名的话，叫"破老公挡挡风"，说的就是一种微妙的境况，老公尽管没用，但有个老公，闲言碎语就不会生起。其实，李美凤眼下的处境还是照旧，老公尽管走了，但老家的亲戚朋友还在啊，他们像警察一样，时刻监督在她的左右，她的一举一动，像鹞子一样放飞在市场的上空，稍有不慎，还会放飞到雅安那边去，所以，与前面那个男人的什么事，她还是不能轻举妄动。

　　有一天，老司伯店里有客，客人是河北衡水的供货商。他生意做久了，对进货很有讲究，一般都能找到"原产地"，不像我的店，都是来路不明的杂货。衡水的货，原来是用来做箱包的，现在用来做鞋，可想而知这里面的赚头有多大，等于拿铁皮来冲硬币，等于磅秤过来的中药再钱秤卖出，意义完全就变了。每个月月底，衡水的拖斗车就会轰隆轰隆地开进我们四街，每一次，衡水老板都会带几箱"老白干"来，老白干不是什么好酒，但是有特色的地方名酒，加上人情味，老司伯自然要好好地请他们一顿。老司伯喜欢在店里请吃，说这样温暖，菜是从国境路上的聚丰园里叫的，一般都叫得比较多。后面仓库在热火朝天地卸货，老司伯在店里呵呵呵地陪客人喝酒。北方人喝酒不吃菜，老司伯喝酒只讲话，这样，一顿酒下来，菜其实没动过多少，都还能看出原来的样子。

老司伯吃罢酒送了客人，就要我去叫李美凤过来。老司伯深知李美凤的"处境"，她老公在，她就得装着有面子，所以，纵然老司伯平时剩了再多的菜，他也不去叫李美凤来。但今天不一样，她老公回去了，而今天的菜也很特别，不仅量多，样子也好，还都不是日常的菜，有豆腐蟹、酒醉虾、椒盐跳鱼、原汁乌贼蛋、生态水库螺蛳，老司伯真想李美凤也改善一下"生活"。

我找到李美凤，说老司伯找你。老司伯找她就有好事，她就吧嗒吧嗒地跟来了。到了老司伯门口，啊的一声又跑回去了。一会儿，带回来她那些亲戚朋友，聚集在这些菜前，几个人吐了一下舌头，打阵喊，席地一坐就吃起来。老司伯呵呵笑着，只说，这些盘碗是外面店里的啊，吃好，最好派个人把它送回去。

李美凤在市场这些年了，也很少吃过这样的好菜，她相信，她的那些亲戚朋友连梦都没有梦过，看他们吃的样子就知道，他们神情严肃，眼睛发亮，好像全身的毛孔都张开了，都在哑哑作响，在吸吮着菜里的香气。他们之间的说话也证明了他们此刻的感受，他们说，都不知道吃的是什么东西。他们说，没想到这些东西也是可以吃的。他们说，今天吃了，可以有好几天不用吃了。

李美凤听着他们说的话心里也高兴，她听出他们话里有满足的成分，还有感动和感激的成分。实际上，她邀他们来，本来就有点"贿赂"的意思，她要让他们知道她在市场里的人缘，她在这里的"位置"，她能够带给他们什么。现在，她的心里也踏实多了，有一种行贿后的轻松和惬意。她想，万一市场里有什么不利于她的流言蜚语，他们也会过滤一下，多多包涵的。

但是，尽管这样，李美凤还是要尽快地把那个男人的事情解决掉。这样拖着不行，拖着总是夜长梦多，拖着总会节外生枝。她想起厕所，他们的发展还是从那里开始的，前面只是同路，只是引领，只是帮助，到了厕所，他们才有了真正的"接触"，才算真正的"合伙"。他们像镜子一样相互照着，像打电话一样相互听着，像开着的空调相互冷暖着。他们像正儿八经的一对人，这种关系，要不是出现了异常，谁都愿意将它继续下去。实际上，为了躲避这个男人和避免不必要的麻烦，李美凤后来连那个厕所也不去了，她要用厕所，都到市场东边的另一个厕所去了。两个厕所相距有几百米，事实证明，李美凤一次也没有在新的厕所那边碰到过这个男人。

想到厕所，李美凤又想起厕所窗台上的纸条——他们互通信息的手段。以前，在他们看不到对方的时候，在他们要找对方的时候，只要放一个纸条，对方看到后就会马上找过来。纸条是他们之间的默契，厕所的窗台就像是一个"烽火台"，冒烟了，就有情况了。真是的，这些日子，她真是晕了头了，怎么就没有想到纸条呢？她要是写张纸条放在厕所的窗台上，问问他什么意思？想怎么了结？不就知道他的心思了吗？关键还是自己心虚啊，怕男人追究，怕男人"讨债"，怕男人缠着不依不饶。

李美凤写好纸条，冒险也要去一趟厕所，把纸条留在窗台上，她告诉男人三个意见：她现在处境不妙，希望他谅解；她请他相信，只要她欠的，她就会还的；她还要生活，安宁地生活，大家好合好散吧。她不知道男人现在还住不住在这个厕所，不住了也没关系，她只要放了纸条，心愿也就到了。男人如果还留意着她，他总会经过厕所的，总会看到纸条的。她走在去厕所的路上，心里还是忐忑的，她希望没人看到她的行踪，希望厕所的承包人没认出她来，希望别碰到那个男人，这三项任何一项不如愿都会发生意外，都会尴尬。她只要顺利地在窗台上留下纸条，男人无论在什么时候看到它，她相信，她就没有麻烦了。

　　但是，李美凤却在临近厕所的时候，发现已经有纸条留在窗台上了，白色的，压了块石子，对她来说还有点炫眼，简直是赫然。她快速地环顾一下四周，像地下党猎取情报一样，闪电般地接近，闪电般地取走，不动声色，不露痕迹。男人在纸条上这样写道：我急着找你就是想告诉你，我已经新开辟了 B 区市场，正慢慢地发展着。这里就归你了，就是你的地盘了，你好好干。李美凤一边看一边眼睛就湿了，看完，眼泪就掉了下来。

飞翔的骡子

1

我一直想有机会能赚点外快，特别是最近，这种愿望尤为强烈。最近怎么啦？最近我的房子搬远了，搬远了女儿的读书就得择校，搬远了上班和出行就要小车，生活立刻就捉襟见肘起来。而偏偏我工作的单位不是职能部门，没有管辖和制裁的权力，也就是说，工作不能转换为好处，不能和外快挂起钩来。

有一天，一个朋友对我说，你其实也可以有很多外快的，你的专业还是挺吃香的。你可以参与一些工程，替别人把把关，就像搭一份技术股。朋友说，反正你们设计院也没什么事情，在不在单位也无所谓，你就到外面赚一把吧。又说，像你这个专业，细水长流的事是没有的，要做就是"砸大锤"，砸得朗砸得重。朋友的话我懂，这也是我这个专业的特性，"朗"就是要间隔开一段时间，"重"就是有质量有分量。我也是这么想的，铅角子我是不会去捡的，要死也要吊到大树上去。我还想，我们知识分子赚钱不是乱赚的，是要有原则和底线的，比如，黑钱不赚，昧良心的钱不赚，歪门邪道的钱不赚，说不过去的钱不赚。最好是钱也赚了，顺便把善事也给做了。这样，即便这个钱来得大了一点，心里面还是安宁的。我就对朋友说，你帮我留意留意看，有这样的业务你就拉我一把。我还告诉朋友，我有项目测算和工程监理的特长。

2

我还算比较有财运的，正好有这么一件事情，就是造一座佛殿，朋友帮我联系起来，我就去了。地方不远，就在我们市里的翠华山，这座山没什么特色，但长得还行，山顶像一个"凹"字，围着的如沙发的靠背，那凹进去的一面正好对着302国道。佛殿就建在这"凹"字里。有了佛殿的翠华山就不是一般的山了，它有了风景的意思，从国道上望过去，苍松翠柏中佛殿巍巍，晨钟暮鼓下香烟缭绕，旅游的前景是非常看好的。

佛殿可不是那么简单的，我的意思是佛殿不同于一般的建筑，得把很多事情摆摆平，得受到很多方面的关照，土地、园林、计委、宗教、规划等都要拿下来。规划还有很多讲究，红线画在哪里，殿高多少，山墙怎么立，甚至窗有几扇，门怎么做都有要求，关键是还要领导喜欢，现在的事，领导喜欢是第一要素，领导的态度仅仅是暧昧还不够，还要明朗，别到时候砖啊瓦啊都起来了，又来个强制拆除，则什么都打水漂了。

我把这个担心传递给投资的老板时，他想都没想，咧着嘴说，你就把心放到肚子里去吧！又说，你只管把你的事情做好！说心里话，这个老板我还是喜欢的，许多老板有了钱就是吃喝嫖赌，就是包二奶，他还是想做点善事的，心里和我不谋而合，不容易。

老板名叫巫金龙，原来是个拳师，摆过拳坛，后来做鞋。这样的人容易发迹。他是怎么发迹的，我们就不去管他了，"窝里横"也好，"白道黑道"也好，反正他现在修心养性了，要做善事了，我们就支持他。他说，钱多有什么用呢？吃不过一口，睡不占七尺。这话有点"躺着说话不腰疼"，但话还是对的。他又说，赚了钱干什么呢？就是要回报社会。这话就更对了，我赚钱也正是这个意思。据说，这个佛殿就是他一个人投资的，他准备白白做一年的鞋，就把那些鞋做给这座佛殿了。

老板要我做的是一份预算方案。这时候，我发现他习惯说两句话，而两句话又包含了两个意思，显得口气很大，思路很广。他说，你别搞你们专业那一套，那没用，我们来实际的，让我看得懂就行。又说，我喜欢体制内待过的人，没有社会气，做事中规中矩。我就中规中矩地搞了一个一目了然的预算，有别于我们行内要求的预算，如下：

我们这是在"螺蛳壳里做道场"，一切从实用出发。

我们起的是一座两层的佛殿，占地约200平方米，建筑面积为

260 平方米。要挖一个半层的地下室。一层为钢筋混凝土结构，高 4.2 米；二层为砖木结构，高 3.8 米。坡屋顶，高 2.8 米。双翘檐，采用明清风格，样式朴素。

我们现在的山体为强风化烂岩山，为防止山岩塌落，佛殿周围的山体要做一下护坡。

山高海拔 60 米，以坡度延伸山路的规律类推，山脚到山顶的山路约 1000 米，这就意味着材料要增加二次运输，即外面运到山脚库房一次，库房再运到山顶一次。

工程预计 6 个月完工。造价 300 万至 350 万，具体明细见当时实物报表。

其中混凝土 50 万～60 万；木材 100 万～110 万，木材通常用进口门格拉斯、铁木、菠萝格等，建议用南美菠萝格，密度、韧度均佳；石材 40 万～50 万，包括青石条和花岗岩；圆钢和螺纹钢 10 万；装饰部分 20 万；其他费用包括修护坡、二次运输等 60 万～70 万。

问题一：钢筋、木材、青石条、花岗岩等大件的运输。要挑一处理想的坡度用卷扬机拉上来，由于手段繁复和速度缓慢，要考虑机器、人工、时间等因素。问题二：水泥、石粒、沙子等散件的运输。这是个庞大的数量，如一方混凝土约 2.8 吨重量，工程用 200 方混凝土就是 560 吨重量，必须依靠山间小路驮运，要考虑牲口和马锅头因素……

我的"预算"和"问题"老板很满意，说，你很有才，能领会我的意图，一看就懂。又说，你们体制内出来的人，素质就是好，我放心。老板的口气我觉得不舒服，弄得自己像领袖一样，但他毕竟是出钱的老板，我也想在他手里赚点钱，领袖就领袖吧，勉强凑合吧。最后他又说了两层意思：第一，你的钱我一分也不会少你，你不用开价，开价就显得生分了。我相信你的实力，你也相信我的诚意。第二个意思他说得有点诡秘，说，你不是担心这事成不成吗？我告诉你，你一百个放心好了。一般佛殿门口都会有两棵香樟树是吧，一则显得气派，二则显示风水，美观就不用说了。你知道这两棵树是谁送的吗？我们区长送的，你说这事成不成呢？我拼命点头，说成成成。

3

做鞋的老板都有抓要点的本事。比如做一双鞋要几十种材料，但主要的是皮和底；再比如，做一双鞋要十几道工序，但最重要的工序就是车包，因为车包关系到样和形；如果要说说硬度和牢度，那么胶水的质量和温度的控制又是不能忽视的。所以，做鞋不管怎么复杂，做鞋的老板都会掂量出重要和分量。像这个工程，老板一下子就梳理出来，觉得驮东西上山的牲口是重中之重。

当然，隔行如隔山，具体到牲口的细节，老板就不知道了。比如，他就以为我们这里的牲口很多，弄几头驮驮东西不是问题。其实，我们这里是没有驮东西的牲口的。江南多水田，又没有连绵的大山，因此，靠牲口劳作和驮东西的情况较少。比如马，我们这里就只有那种卖马奶子的马，这种马等于是个坐月子的妇人，白白净净的，整天养尊处优，根本不能胜任万水千山忍辱负重的运输任务。而我们这里的牛，基本上都是水牛。水牛是最能迷惑人的牲口，看起来体态庞大，敦实强悍，钢盔铁甲的样子，其实一点力气也没有，整天泡在水里优哉游哉，骨头从小开始就养软了。尤其是水牛的肚子，鼓鼓囊囊的，不是屎就是气，这样的肚子，它能自己把自己挪挪动，已经是奇迹了，还驮什么东西上山呢，根本就无从说起。

我给老板出主意，说干山路运输这活儿，骡子最好。老板激动地问，哪里有骡子？我说，山西和云南都有。山西的骡子驮煤，小时候练就的童子功，力气大、韧性足。云南的骡子是多面手，什么货都驮，有什么驮什么，适应性强。关键是云南的气候和我们这里差不多，不用倒"时差"就能进入角色。而山西的骡子，我怕它们在山西天寒地冻地冷惯了，到了这里大汗淋淋气喘吁吁的，到时候什么也干不了。

老板觉得我说得有趣，呵呵笑起来，问，骡子和我们的马奶子相比，哪个贵？毕竟是办厂出身的，考虑的就是成本核算。我说，我们的马是什么马呀，是奶妈子，当然我们的贵。这使得老板心里有数了，手一拍，说，那就多买些骡子来，这点钱我们还是出得起的！

我准备去一趟云南。为了节省时间，我也不盲目地寻访。造佛殿的材料已按部就班地采集过来，有一些已运抵我们山脚的库房，只等骡子一到，就把水泥、石粒、沙子往山上运，佛殿的基座、地下室，等等，用得着混凝土的地方，就可以动工了。

我去的是云南迪庆藏族自治州的德钦县，在那条著名的滇藏公路上，据说，这条路走到底就可以进入真正的西藏。这不是我的目的地，以后再说吧。我联系的带路人叫老八，具体叫什么名我不知道，大家都叫他老八，是一位专门带人徒步旅行的向导，一个藏族青年。前年春天，他曾经带领我们去看过明永冰川。

　　明永冰川在海拔四千来米的山上，空气稀薄，我们就是有再好的体力，也不敢上去，我们要靠骡子驮上去。骡子是老八叫来的，那里的藏民一般每家都养了骡子，就像我们这里的鞋店每家都备了小四轮一样。那次老八去找了十头骡子，有老的，也有少的，有强壮的，也有体弱的。为了公平起见，老八把骡子编了号，又做了阄让我们抓，抓到几号坐几号。骡子的主人都是心疼自己的牲口的，抓到了小个子，笑容立刻就裂到了耳朵后。抓到了大个子，尤其是大胖子，主人的心就揪了起来，好像这胖子骑在了自己头上。当时我们那支徒步游行团里没有胖子，但糟糕的是团里有两个外国人，又高又大，起码有两百斤，偏偏抓阄又抓到了瘦小的骡子，有一头好像还有点腿疾。外国人怕自己有欺负之嫌，想把自己的骡子跟其他强壮的换换，其他主人就拼命摇头，连连后退，不同意。也难怪，骡子就像自己的孩子，而冰川这条路又窄又陡，谁舍得啊。

　　骡子是很有灵性的动物，驮了个小个子，也会很高兴，好像吃到了什么便宜，在山上就走得昂首挺胸，不亦乐乎。驮了外国人的那两头骡子就很郁闷，有一头故意在山崖边蹒跚，想吓唬吓唬外国人，因为外面就是百丈深渊；而另一头本来就腿有残疾，一瘸一瘸的，有意无意地往山崖上蹭，把外国人的小腿都蹭出几道血印子。

外国人被两头骡子的调皮弄得忍俊不禁，他们后来自觉地跳下骡子，一人一头，牵着骡子一起登上了明永冰川。

这一次，老八帮我买到了八头骡子。对于骡子，我也只是了解个大概，很多知识还是从传闻中得来的，比如骡子是马和驴杂交的产物；比如骡子的身体比驴大，尾巴比马的短；比如力气大，韧劲足；比如骡子的脸和眼跟马和驴不一样，驴子木讷，马儿精神，骡子却像画了脸谱一样，漂亮；比如骡子的最长寿命是四十岁，十六七岁的骡子体力最好，是干活的正劳力。

我买的骡子有四头看上去还是青少年，因为它们的胡须还是嫩嫩的；有三头年龄偏大；有一头明显地老了，眼睛都有了白翳，牙齿也长了垢。一般说来，云南人的骡子是不卖的，也不知这里面有什么蹊跷，是骡子有先天性心脏病？是年轻时劳作闪过腰？还是不小心断过腿崴过脚？还是老八做了什么耐心细致的思想工作？还是我付的四千一头的价格起了作用？对于这些，我们老板可没有多想，他说，不卖也叫他卖，打也要把它打过来，不就是三万块钱嘛。又说，佛殿是今年要做的硬件，岂能让骡子的事拖了我们的后腿。

所以，这次去云南，我也是志在必得。

半个月后，老八把骡子从山里赶了出来，包了个栏车，就是那种运猪的栏车，一路带足了草料和玉米，运到了我们工地。他还顺便给我带来了一个水烟筒，我还以为是老八送给我的礼物。老八说，比礼物更重要。我好奇地看看那个水烟筒，不是崭新的那种，是有些年头了，烟筒已摸得发红，裂了还打了篾箍，还附带了一些云南特制的生晒烟。老八说，骡子虽然是牲口，也会耍脾气，也会水土不服，到时候给它们烧一筒烟，让它们闻一闻，它们的情绪才会稳定下来，才会有精神。我笑笑，觉得老八有点故弄玄虚，言过其实了。

4

这边的工地也开始招人了，进场了。

以前以为，有钱招人做工是没有问题的。现在不是，现在的工人难招，现在的工人思想觉悟提高很快，他们不是在找工作而是在挑拣工作，不是来投靠老板而是在挑剔老板。他们知道自己和工程相辅相成的关系，知道工程是老板的命，老板的命捏在他们手里。他们觉得这个工程之所以能够发展是因为有了他们的努力，没有他们，工程肯定会原地踏步，甚至后退，因此，他们有理由和老板讨价还价，理直气壮地提意见、提要求。比如工资要多少多少，工作时间要严格按照规定，劳动强度要人性化、合理化，具体到运石料、运木头，他们觉得要避免原始野蛮的劳作方式。

让人做的事我们肯定要以人为本。我们为什么迁就人？就因为人是有思想的，人会罢工，人会制造事端，会影响到我们的工程，所以，我们一直在做人的工作。我们挑了一块比较平整的坡地，角度不大不小，植被也比较好，我们还打了许多残枝败叶铺在上面，以减少阻力，制造出润滑的效果。我们还在坡地的上方安装了几台卷扬机，为了拉得省力，我们还多安了几个小滑轮，把东西的重量分解掉，减少到最低程度。我们还从库房到坡地造了一条便道，东西先由小车运到坡底，再由卷扬机从坡地拉上来。都这样轻松了，人还有情绪，说自己的手都成了水泡手了。还说，我们这样好像是被秦始皇逼着去修长城，我们有一百个老婆也哭死了。

还有一些工人，我们也是下了不少功夫的，我们笑称他们是"技工"，就是负责牵骡子的工人，一对一服务。他们除了要安排运输任务，主要是要调教骡子，要使骡子始终保持在工作状态里，这就要看他们的本事了。我们的原则是，要招曾经养过骡子的，起码也是熟悉骡子的，最好还是云南那边出来的。但事情就是这样奇怪，在我们这里打工的，江西人最多，湖南、安徽的也不少，就是没有云南的。如果要硬碰硬技术对口的，则更难找。最后，我们只好降低招人标准，退而求其次，招一些我们这里乡下的"技工"，就是原来在家里放过牛的，再没有，养过猪的也行。

骡子就不用这么费劲费脑筋了。

开始的时候，骡子很老实，一声不响，纹丝不动，陌生人根本近不了它，走近它就要拿脚踢你，不知吃错了什么药，估计是"人生地不熟"的关系，骡子闹情绪了。这事老八是说过的，老八说，骡子要是不声不响了，就要小心，说明它有不如意的地方，就要由着它点，让着它点。但我们的"技工"有自己的看法，他们说，根本就不用理它，就是不能迁就它，迁就了它，还以为我们好通融呢。就让它一动不动好了，骡子还想怎么样，它是来驮东西的，又不是来作威作福耍大牌的。这有点像冷暴力，就是要让它孤独，要冷落它，让它在冷漠中忘掉云南，忘掉家乡，让它懂得入乡随俗的道理，从而死心塌地地投靠这里。让它知道到了工地就是要干活的，不干活是没有饭吃的，是死路一条的。

听老八说，骡子是只听方言的。云南的骡子，只听云南的方言。这说法有一定的道理，它们从小在云南的吆喝声中长大，它们听到乡音就感到亲切，感到温暖，因而也就有了力量。但我们的"技工"说，就是要改变它们这种不良的陋习，现在人都在外面到处打工，骡子还不能大同？它们既然来到了这里，就要服从这里的命令，难道还要我们去学说云南话来配合它？再说了，我们这里的方言也是很有特色的，是标志性的非物质文化遗产。于是，我们的"技工"就用我们的方言朝骡子喊话，他们今后要统治它，控制它，就是要向骡子灌输自己的意志，就得强迫它听懂。他们先是喊劳动劳动，喊的同时把一袋袋水泥、石粒、沙子摆在骡子面前，告诉它不要心存幻想，今后就是与这些东西为伍。骡子的身体还是一动不动，表情也更加僵硬。他们也不气馁，再把草料和大头菜摆在骡子面前，像摆上一桌丰盛的大餐，刺激它，引诱它，向它们施加生理压力。骡子的耳朵还是坚持着，直愣愣的，但脸上分明是有了一点点松弛。它的松弛很有特色，好像是在笑，好像在献媚，这就好，这说明它心里的防线有了一点瓦解，它会"回心转意"的。

有一天，哈，骡子终于顶不住了，它妥协了。那头老骡，它转了一下耳朵，把话听进去了，它第一个从队列里走了出来。它尝试着吃了一下草料，又吃了一下大头菜。我们知道，这也许不怎么可口，它们最好的食物应该是玉米，但老八为它们准备的玉米早就吃光了，我们南方又没有什么玉米，我们这里只有大头菜，我们那些卖马奶子的马也只是吃吃大头菜，已经很不错了，我们不可能破例去为它们搞些玉米来。那头老骡吃着吃着也许悟出了一些道理，也许是认命了，它的头向后转了转，似乎在向其他等待观望的骡子打招呼，发出了服从的信号，其他骡子也就犹豫了一下，最后都乖乖地跟了出来。肚子饿慌了，什么方言它都得听，都得服从。

现在，这些经过调教的骡子已完全改掉了身上的毛病，从云南带过来的毛病，语言、生活、吃喝拉撒睡都彻底地融入了，它们干得挺好。

当然，我们的"技工"也配合得很出色，他们把那些水泥、石粒、沙子呀，两袋两袋地扎成一络，等骡子过来了，嗨哟一声，把这些东西抬到骡子的腰上去，快快地运到山上的工地里。骡子的腰就是好，骡子的腰就是硬，骡子的腰就是能负重，换了人的腰，哪怕像双筒猎枪一样的双排腰也早就压断了。那些络子往骡子腰上一挂，我们明显看见骡子的身体矮了一下，我们都能听到骡子屏气的声音，有些骡子还会不由自主地倒退几步，浑身哆嗦一下。它们以前哪里驮过这么重的东西啊，它们以前的驮，是意思意思的驮，是驮个漂亮，驮个样子，驮盐巴、驮香油、驮普洱茶，那叫什么驮呀，是小儿科，骡子的腰根本就没有挖潜，都没有利用起来，白白浪费了这么宝贵的资源。只有在这里，在这样的工地里，骡子的腰才能真正地得到了发挥。据说，骡子最重只能驮三百斤，年少的三百斤还驮不了，像水泥，我们一般是让它驮四包，一包一百斤，四包就是四百斤，重是重了点，但也没办法，都是这样的包装，如果我们让它驮两包，岂不是更浪费？

5

前面说过，这个工程要浇铸 200 立方米的混凝土，每立方米 2.8 吨的重量，如果多用些石粒，则更重。这就牵涉运输的次数、运输的速度，直接关系到工程的进度。骡子啊骡子，你有驮东西的本事这很好，就是驮得太少了，你能驮一千斤就好了，那我们整个进度就有保障了。

那头老骡，它真是老了，它也许真有四十岁了，它虽然勉强能驮三百斤，但走得太慢了。它走一千米的山路要一个小时，空着腰走回来也快不到哪里去，加上装装卸卸的，一天满打满算也干不出什么名堂。

那些小骡，也许还不到十岁，它们属于骡子中的少年，也许还处在身体的生长期，本来应该在老家吃饱睡足，打打基础的。但它们过早地步入了社会，我们也没有办法，就算我们能体谅它们，这么多东西能体谅我们吗？我们只好把这些东西转嫁给它们了。这些东西压在它们稚嫩的腰上，太重了，它们因此也走得很慢。

那些"技工"倒是很积极，他们巴不得早点做完手头的事情，好早点拿到工钱。他们在库房装水泥，装石粒，装沙子，他们干得很欢畅，不亦乐乎。他们吆喝着把东西抬上骡子的腰，吆喝着把骡子赶上山，吆喝着卸货。还没等骡子歇口气，又吆喝着把骡子赶下来，把东西又抬了上去。

山顶的那些工人似乎更加卖力，他们是一群搅拌混凝土的工人，他们的工作需要一左一右一上一下的配合，因此，他们用唱歌的形式来支持着自己的劳动，支撑着自己的劲头，节奏也更加欢快了。他们甚至有和骡子比赛的兴趣，决心要把骡子比下去，看是骡子驮得快，还是他们拌得快，骡子好不容易驮上来的东西，刚刚卸下，他们三下五除二就给拌完了，他们的兴奋像浪潮一样一浪高过一浪，他们在劳动中嘲笑骡子，但他们又不得不经常停下来，因为骡子驮的东西实在跟不上他们的节奏。

这样做做停停真不爽快，从技术上说也是不合格的，这可不是修佛殿的态度，修佛殿第一要心诚，第二要保证质量。停顿让工人们觉得扫兴，他们要等骡子把东西驮得多了，囤得多了，才能够尽兴地干一阵子。于是，他们以对佛殿心诚的名义，提出要突击，会战，加班加点。

那些"技工"就劈开了菠萝格，这种做栋梁做门窗的进口木料又硬又油，烧得又旺又久，做火把最好。天渐渐地暗了，弯曲的山路也看不见了，不怕，"技工"手里的火把已点了起来。火把将山路照得蜿蜒向前，如果用慢速度来拍照，火把会划出一条条美丽的弧线。在近处，我们看不出火把的壮观，我们甚至看不见身边的骡子，因为我们在火把下面的阴影里，我们的眼睛被火把照花了。如果我们站在远处，我们立刻会发现山上的火焰像红绸，在呼啦啦地飘舞，一团一团地连成一片。在这片热火朝天的劳动中，我们一次次地催促着骡子，骡子也不断地往返于山上山下。白天，我们还看不出骡子有多少吃力，到了晚上，骡子好像突然地衰退了，东西往它腰上一挂，它的屁股就拼命地紧夹一下，好像它不夹一夹屁股，就会吃不住劲儿，就会被东西压趴下。

骡子出汗了。那头老骡，它一直在带头干，由于用力过猛，它现在已大汗淋漓。那些小骡也浑身汗津津的。老八吩咐过，骡子要是出了汗，那真是累了，到极限了。这不，再一次抬东西给它们的时候，它们又"老实"了，不动了，推也不动打也不动，像雕塑一样。骡子老实了，就说明它有名堂。前面的老实，是因为生疏、胆怯、摸不着头脑，现在的老实是劳累所致，是在挣扎，是在抵抗，已到了要垮的边缘。没关系，给它点吃的。给点草料，骡子不吃；给点大头菜，骡子也不吃；再给点青豆，这可是又香又耐嚼的好东西，这里的马奶妈要出奶，就给它吃青豆，但骡子看都不看，闻都不闻，它好像连吃的力气也没有了。

正在束手无策之际，我突然想起老八的话，不知是不是真的像他说的那么灵。我就对那些"技工"说，给它点炮烟试试看。"技工"惊诧地说，骡子也抽烟啊？这是什么骡子呀？我说，即便不能让它们恢复体力，提提精神也好。这样，老八送来的那个水烟筒就被拿了出来，那些特殊的生晒烟也派上了用场。"技工"们轮番在老实的骡子面前抽烟，喷云吐雾，把烟吐到骡子脸上，吐到它的眼睛里。骡子也许是个老烟鬼，烟熏根本不起作用，眼睛没有流泪，脸上也没有不适和抵触的表情。不要紧，不要停，继续用烟来攻击它。特殊的烟带着特殊的香味在骡子脑边弥漫，发酵，慢慢腐蚀着骡子的精神。烟里有云南的景象，有家乡的信息，有七彩的云，有梅里的雪，有滇池的水，有普洱茶香，骡子脑子里幻象迭出，以为自己在云南老家，以为有乡音在召唤着它，它又升腾起了对生活和劳动的渴望。仔细想想，这一招其实是很阴损、很歹毒的，无异于威逼利诱，就像我们挟持了一个人，要他投降，要他屈服，就拿他妻儿的照片给他看，要挟他，告诉他你妻儿在我们手里，你自己看着办吧。我们发现那头老骡的耳朵真的就转了一下，接着身子也动了一下，再后来就完全地妥协了，露出了一副愿意效劳的可怜相。这就是它的命，它就是个驮东西的命，它的命不好，我们有什么办法。那些"技工"见状也哈哈大笑，说，"狐狸"再狡猾，也斗不过我们这些好猎手啊。

6

那个老板都会在关键的时候来一下工地，佛殿是他近段时间里工作的重中之重，他具体的行善就体现在这里。开动员大会的时候他来过，做山体护坡的时候他也来过，现在浇混凝土了，他更要来了。他是个会笼络人心的老板，每次来都会带来一些实惠，带些钱分分，或把人马拉到国道旁的映山楼酒家撮一顿，弄得大家心里暖洋洋的。他这次带给我五万块钱，根据工程的进度，我测算出自己的收入，我有测算方面的特长，这个项目一完成，我可以拿到三十万左右的收入，还是不错的，比我心里打算的"外快"要好。

是老板发现了骡子背上的皮破了，肉烂了。其实我们也早早地发现了，但我们无所谓，我们觉得这个挺正常的，我们铁锹拿多了手也会起泡是不是，我们感觉不出这对工程有什么影响。开始的时候，我们看见骡子背上硌着的地方毛掉了，露出光秃秃的皮，后来皮破了，露出了血淋淋的肉。骡子好像也没什么感觉，我们也就睁只眼闭只眼了。但老板知道这到了什么程度，他是做鞋的，他对皮有研究，他给我们分析皮的构成和质地，他说起皮来就津津有味。他说，一般马类牛类的皮都有三层，第一层可以做鞋面，就是光溜溜、硬邦邦的那种；第二层也可以做鞋面，就是有些毛绒的那种，也叫反皮；第三层可以做鞋的里衬、鞋的烫底。这么厚的皮都磨破了，可见伤得多深，伤有多重。但今天老板不是为骡皮而来的，不是心疼，也不是关心，他是顺便发挥一下皮的知识。他关心的还是佛殿这件大事。就像前几次来时一样，他最后都要发表一下讲话，一般也都是两句，既简明扼要，又显示力度。一句是，你们要注意天气。第二句是，区长送的那两棵树，要给我弄好喽。

天气指的是烂冬，还有雨季。我们这里的冬天有些特别，不像北方的冬天那样风高气爽。冬至前后，天就开始阴了，间歇地会下些毛雨，然后，地就抑制不住地烂起来，且越来越烂，没有干燥的迹象。山路就更不用说了，畜生也无法走。接着就是雨季，淅淅沥沥地要下三个月，直下得屋子发霉，人体长毛。老板的意思是，要赶在烂冬之前把有些事尽快结束掉。

那两棵树当然是老板的心肝宝贝，那是区长送的树，象征着荣誉和友谊，象征着支持和关心，要好好呵护它。老板坚决不让用卷扬机把树拉上山，那样的话，树肯定会被拉得一塌糊涂，到时候被拉得只剩个躯干，佛殿面前怎么矗立？要是正好碰上区长来参观或者剪彩，问树怎么弄成这样了，怎么回话是好。所以，一定要小心翼翼、完好无损地扛上山。这事人是做不了的，没办法，又只能落在骡子的肩上了。

香樟树还不是很大，但样子不错，香气也已经出来了。我们把树捆扎好，绑在三头骡子的身上。那头老骡自觉地站在了最后，它总是以身作则，后面是最吃力的位置，是需要往前推的位置，是需要时刻顶住的位置。一路上，三头骡子走得歪歪扭扭，有时候，前面的骡子吃不住劲儿了，会向后挫几步，后面的老骡就夹紧屁股，弯一弯腿，拼命地顶住，不让队伍后退。直路还好，走得马马虎虎，绑在一起的骡子，无非是走慢一点。碰到弯路，树弯不过来，那就只能是骡子弯了，骡子身体扭在那里，脚也扭在那里，后面的老骡就扭得更厉害了。为了不让前面的骡子走偏，不让队伍弯下山路，它要死撑着让队伍保持平衡，因此，它的扭是反常规的，是反机械的，都扭到了极致。当然，"技工"们也在旁边帮扶着，他们起的是向导和舵手的作用，但力还是要骡子出。

这两棵树驮得很漂亮，可以说是完好无损，有损也只是损失几片叶子，叶子嘛，等冬天一过，春天一来，它又会很快地长出许多。老板很高兴，咧着嘴哈哈哈哈。但我发现，那头老骡有点不对劲儿，走路缓慢了，身体扭在那里，腰也塌了，不挺拔了，一定是俗话说的"椎间盘突出"了。椎间盘最怕扭，最怕受力不匀，突出了就压迫神经，就无法指挥自己走路。都说椎间盘突出会腰痛，会腿痛，而且是神经放射痛，从上痛到下，但骡子不会说痛，它甚至不会像狗一样汪汪乱叫，我们也就不知道它到底痛不痛了。

老板着急了。老骡是骡子的头儿，它要是使不上劲儿就会影响工程。接下来还有很多东西要驮，定做的雕花门窗要驮，易破易碎的琉璃瓦要驮，还有很多后期的装饰等等要驮。老板说，要懂得舍弃，才能做得成大事！又说，是骡子要紧还是佛殿要紧？他的意思是，要尽快再招些骡子补充进来。这些会干活的骡子，我们能花钱买得到，就是我们的福气。有些东西，你就是花再多的钱想买，也未必能买得到！

7

我奉命又要去一次云南，去采购骡子，因为那边我熟，我有老八这个朋友。关键是这关系到我的大局、我的工作能力，以及我完工后可以拿到的可观的收入，我也愿意去。

我平时都是两头兼顾的，工地跑跑，单位跑跑，且把单位的工作干得比以往更好，这样，同事就不会有意见，而领导呢，对赚外快本来也就见怪不怪，一般也都会理解和支持的。但出远门就不同了，就得请假，和上次一样，我安排了几个公休日，这也是体制内的好处。

这次我没有去找老八，我知道云南人和骡子的感情，这种感情我们这里的人是体会不到的。我不能告诉老八，说骡子在我们工地干这样的重活，我也不能让老八知道我这么快就把这些骡子给糟蹋完了。我得另辟蹊径。好在云南有的是骡子，只不过这次要吸取经验，要货比三家，挑一些真正身强力壮的、最好在十六周岁左右的骡子。

我先是去了中甸，就是叫香格里拉的那个地方。我找不到骡子。偶尔看见人家门口拴了一头，上去问，云南人一脸的惊诧，都瞪大了眼睛，好像我要买的是他们的孩子。我现在知道了，上次在德钦，上次买的骡子，其实是老八在帮我暗中操作，撒开花的钱不说，也许还是老八连哄带骗骗出来的。

一天在丽江，我接到了老板的电话。他平时说话都是两句形式，性质像语录，铿锵有力，这次却有点拖沓和啰唆。他说，有一头小骡不会动了，不是原先那样站着不动，是跪着不动，什么办法也赶它不起。还有那头老骡，就是你说它队长的那头，什么以身作则呀，什么"学科的带头人"啊，这家伙根本就不负责任，它不仅没带好它的部下，甚至连自己也没有管好，更没有完成好任务。这几天雨小，没影响工程，但它的脑子肯定是进水了。它把东西驮到山上，放下来，也不歇息，也不招呼，径直就朝山下跳了下去。它把我们吓了一跳，我们愣了一下，好好的，你说它跳什么崖啊。它把其他骡子也吓坏了，有两头当场就吓出屎来，都吓瘫了。这事现在十万火急，你赶快给我找骡子，要有，就多买些回来，不要怕用钱……

与此同时，我正好看到了一支骡队，就在丽江，在古城四方街的外面，是早上九点钟光景，阳光斜照在那些老屋的墙壁上、屋檐头、流水里，把那石板路照得特别光滑，一支骡队就这样的的笃笃叮叮当当地走了过来。马锅头们都是一副"行者"打扮，礼帽、马夹、筒靴、挎包和水壶，还有从头到脚的一身尘土。骡子们更是神采奕奕的"全副武装"，背上特制的笋筐上插着啦啦作响的彩旗，里面是大包小包，透着悠扬的酥油香和普洱茶香。远处是湛蓝的天空，下面是白云，再下面是连绵不断的大山，不知是玉龙雪山，还是白马雪山，还是梅里雪山。这就是传说中美丽的马帮吗？远去的这条道，就是神秘的茶马古道吗？

我跟着骡队，我跟了它们三天，我不知道它们要把这些东西驮到哪里去。抑或它们就是在演绎，演绎历史，演绎文明，它们是走着玩的，就为了告诉现在的人们这些东西的存在。我真想问问骡队的马锅头，这样走下去有什么意思呢？还不如把这些骡子卖给我算了，我可以出很高很高的价钱，我们有很重要的事等着它们去做。但我怎么也说不出口。

那些天的夜里，我都会梦见工地上的骡子。那头小骡，它不是跪着，而是已经趴下了。骡子趴下了意味着什么呢？意味着死！谁见过骡子趴着的，它连睡觉都是站着的，它趴下了，说明它再也站不起来了！那头老骡，它为什么跳崖，绝不是意外失足，情绪失控，它一定是受不了我们带给它的苦役。它的跳崖一定是很痛苦的，也许样子也很难看，但在我的梦里，它完全是一种飞翔起来的姿态，昂首、翘尾、四肢张开，像风筝一样，在风的护送下慢慢飘远，慢慢飘落。它是自我毁灭，还是追求圆满？还是用最后一点力气尽量地再美丽一下？还是在警示我们人类？

老板的电话接连不断，每一次都是那两句话，找到骡子了吗？还有，没有骡子，马和驴也行！我后来索性把手机关了，我不想再理老板了，我不想再做他的帮凶了。我最终也离开了那支骡队，我不能再纠缠它们。让它们去吧，不管它们去向哪里，不管它们要走多久，都是它们的正事，那才是它们的荣耀，它们本来的精神面貌。它们应该与文明同在，驮着盐巴、驮着香油、驮着普洱茶，走在茶马古道或茶马新道上，缓缓地、继续地、悠扬地走向未来……

我现在只想在丽江好好待上几天，这是个能让人心静的地方，在旅店门口写个牌子，"AA 制找人喝酒"或"约个外国姑娘去爬玉龙雪山"。我甚至都不想回到工地上去了，至于什么外快，我得好好再想想这个问题。

阿玛尼

1

我初中毕业的时候是十八岁。这个年龄，细心的人一看就明白，这厮，一定有什么说说的，要么是长不大的"螺丝钉"，书读得迟；要么是"蒸不熟的黄馒头"，在哪个年级里"回炉"了。也确实，一年级的时候，5颗纽扣分3份，我分不出来；五年级的时候，"读书是学习，使用也是学习，而且是更重要的学习"，这"而且"是个什么东西？为什么这么重要？我就搞不明白。等我读了初中，母亲就吓唬我，叫你爸早点做辆板车起来，言下之意是，我从学校里一出来，就可以去做苦力了。

借我母亲吉言，我确实也做过许多苦力，打桩、做泥水、拉板车，或者，被人呼来喊去地打架。这些信息也告诉别人，这厮有蛮力，或者说，头脑简单。同时，别人也由此知道，我有很长一段时间找不到事做了。一个人有力，没事做，都会想着去学一门本事，什么本事？打拳！就算你自己没想到，别人也会惦记着你，我父母就说，没事去学门功夫起来，不打人也可以防防身嘛。那些打拳老司也会找你，到我这里来吧，到我这里来吧。有点像现在的"星探"和"引进人才"，嘎嘎。

我们家对面山上就有个拳坛，老司叫龙海生，也有人叫他南拳王。是拳王，一般都有些传说。传说一，说有一天有人找他单挑，他说可以，也不问要比试什么，不动声色地顾自扎下马步，运足气，然后发力身体一坐，脚下的地砖就像开了片的瓷板，嘎嘣嘎嘣地裂开来；还有个传说更有趣味，说他弟弟要"上山下乡"，明天就要走了，他表示对政策的不满，早一天夜里把解放路上的垃圾屋全部踢倒。垃圾屋都是水泥的，一路上有几百个，先不说垃圾屋牢不牢、重不重，但一路踢来不歇，这脚力也是可观的。

就这样，我拜了龙海生为师，学两样东西，一是齐眉棒，二是板凳花。齐眉棒讲究左右开弓，板凳花的特点是进退自如，两者都是攻守兼备、实战型的功夫，我喜欢。我不看好死板的、程式化的套路，我觉得，没有器械，光是拳，力是打不出来的。

2

　　有力，就会有人请。请我的是附近的金龙阿妈。金龙妈我不认识，但我母亲认识她。母亲说，金龙妈很苦的，她有什么事叫你，你只管应来。我就应了。金龙妈找我不是一般"推拉抬担"的小事，而是委我以"重任"。什么重任？这个说来话长。现在，我撑着肩、自我感觉良好地往金龙妈家去。我以前读小学时，每天一早从家里跑出来，像一条关了一夜出来撒欢的狗，跑得很快，还会张开双臂做飞机飞翔状，嘴里还配以"呜啦呜啦"的叫声。叫声像犬吠一样引出了其他同学，他们一个个钻出家门，一会儿就会集起七八个，像一群互相追逐的狗，兴奋地向小学跑去。金龙妈家就在小学的附近，一个裁缝店边上，一条小弄堂进去，里面有很多人家，像某些景区，外面一点也不起眼，里面都是风光。我们这里有很多这样的弄堂，像一个篆书的"竖心"，由几条枝杈组成，金龙妈就住在最里面的那间。到了这里我想起来了，金龙，还有银龙，我们应该还是校友呢，这个也等一下再说。

　　这条弄堂，我以前来过，是初中时随"红卫兵"进来夜巡。巡什么？巡有没有"犯罪"的隐患。小路弯弯，路边有许多物件，是边上的住户随意摆出来的，水缸、鸡鸭笼子、花草罐罐、水泥洗衣台、晾衣的竹架子。我喜欢掉在队伍的最后，最后，等于没有了督促，我可以随机而肆意。用耳朵贴近屋门，听屋里的窃窃私语；在窗前的黑暗里凝神屏气，想象着屋里的大致轮廓；马上，私密一点点地被我嗅出来了。有一下，我还偷窥到露在床外的四只脚，我当时很费解它们的样子，后来被同伴"走啦"的叫声拉了出来……现在想来，当时那来不及稳妥的四只脚，可能是在偷情。

金龙妈家是两间平房，一间金龙妈住，一间两个儿子住，还有个半间在弄堂尽头搭出来，做厨房和柴仓。光线很暗，从瓦缝里漏进来的光都是灰尘。儿子的屋里很简单，一张床，一个五斗柜。金龙妈的屋里稍稍地复杂一点，一张八仙桌，一爿三门橱，一座老式的踏床，可见金龙妈过去也是有"规格"的。还有个角落用布帘拉起来，不用说我也知道，是屎盆间。我还可以想象，屎盆是带架子盖的，不然，它弥漫出来的气味要浓郁得多。

金龙妈想叫我合伙做一件事。什么事？摆赌庄！抽头薪！为什么摆赌庄？没什么更好的事可做。她一个女人家，大儿子金龙，傻的；二儿子银龙，劳改回来的；她要养着傻儿子，又要安顿好刚回家、找不到事做的二儿子，只有摆赌庄最容易启动。那么，找我合伙就更加简单了，她需要一个愣头青、有点"杠"的人来维持秩序。我前面说过，我长得五大三粗，显得比实际年龄要老；我又在拳坛混过，打齐眉棒和板凳花，那都是在逼仄空间里擅长的功夫，属特殊武艺，再小的余地也可以施展。至于抽头薪，则是对金龙妈提供场地的回报和对我服务的认可。反正这阵子我也没什么事做。

3

赌博是一门学问，也是技术活。说学问，是这个门类里面样式多、框框多、要求多，掌握起来不容易；说技术，是要求当事人脑子快，能判断，记性好，会计算，不仅运筹帷幄，还要战略战术兼顾。还要有身体天赋，比如眼疾手快，像我的手指，石头里凿出来似的，肯定不行。

赌博赌博，赌后面为什么要加个博？说明它深奥。想想也是，任何和博字沾边的词，都和广大、深远、丰富有关，比如博览、博物、博大、博学、博爱等等。那段时间，我们听到最多的就是基辛格博士，他的称谓里就带个博字，就是那个中美关系的破冰者，他的职位实际上就是个安全事务助理，来中国却是周恩来陪着，毛泽东会面，可见，后面多了个博字，就不一样了。

金龙妈的赌庄就这样摆下了。

赌桌摆在金龙银龙的屋里，桌是金龙妈那张八仙桌，凳是散凑的，有条凳、圆凳，也有花鼓桶替代的，有一张竹椅搁在桌子边上，是供撤下的人休息的。说是休息，其实心思仍吊在牌上，都还在桌子上激战呢。

开始的时候，赌博的形式是"十三张"，这种玩法的过程比较慢。摸牌靠运气，但决胜靠智慧。我不懂拼牌，但也站在边上煞有介事地观看，边看边学，几天之后，总算把大小搞清楚了。十三张的编排有主有次，上面三张是次，中间五张是辅，下面五张是主，相互比每个层面的大小，大小以组牌的难度衡量。比如，最大的是"同花顺"，依次是"四条"（四搭一）、"伙儿"（三带二）、"没有顺序的同花"、"不讲花色的顺子"、"三条"（三不带二）、"两对"、"单对"、"全散"。大小主要看下面，比如下面很大，那上面哪怕很小，也可以自保。这真是一段非常自由、非常惬意的好时光，我就这样看着，也算是一份工作，说是维护秩序，其实很多时候都还是相安无事的。

后来形式又有了提升，主要是嫌十三张太慢、麻烦、费神，赌博人喜欢速战速决，于是就选择了"两张牌"。两张牌比大小，简单，不用动脑筋。但两张牌有难度，扑克 54 张，要拿掉 22 张，剩下的 32 张作为作战的武器。拿掉的是：除黑桃外的其余三张 A、除黑桃外的其余三张 3、两张花魁、四张 K、两张黑的 Q、两张黑的 J、两张黑的 9、两张黑的 5、两张黑的 2。红多黑少，好看。两张牌有口诀"天地人和梅长板"，老听打赌人挂在嘴上，不知道什么意思。若说是什么比喻，好像解释不通；若说是大小的顺序，好像也不是那么回事。最大的是"双天"（两张红 Q），第二是"双地"（两张红 2），第三是双皇帝（黑桃 A 与黑桃 3），下面依次是两张红 8、两张红 4、两张红 10、两张红 6、两张黑 4，对应"口诀"上的"天地人和梅长板"。红 Q 和红 9 叫"天九王"，红 Q 和红 8 叫"天降"，听起来就很有气魄，在单张组合中算大的。牌里也有粗话，比如摸住了红 10 和黑 10，叫"通奸"，就像我们现在说的"AV"，其实，单张凑成 10 的都有这个意思，算倒霉的臭牌。其他各种各样的组合就更多了，这里说不尽……

4

赌庄可不是一般人能够摆的，要有好的场地，还要有隐蔽的环境。金龙妈有场地，她的家原来还算殷实，只是后来败了，但空余的屋子还有，在居住条件都很逼仄的当时，她的家算很好了。那个"竖心"弄堂的环境也不错，像《地道战》里的地形，适合躲藏和疏散。当然还有服务。金龙妈自己就会服务，她无业，又能干。打赌是个拉锯战，像跑马拉松。赢的人觉得手气好，不肯歇下；输的人着急想翻本，不肯退出，牛皮糖一样；这就要求金龙妈管饭。饭还不能是粗茶淡饭，要吃得可口爽心，肉类不买骨头，水产不买鱼蟹，都是不脏手不烦嘴的东西。在赌博的间隙，金龙妈还会端上一盆爽口美味的榨菜条，那时候吃水果奢侈，吃榨菜条差不多，切得大小适中，适合直接下手，正所谓：睡不如瞌，吃不如撮。所以说，金龙妈的服务是恰到好处。还有技术保障。坐地参与者，是要有名气指数的，聚人气也好，招赌手也好，蛇洞蟹洞，路路想通，银龙是最好的人选。他的脚有点瘸，据说是抓赌时跳楼摔的；他被劳教，据说是因为"出老千"；所以，由他来坐镇赌庄，正好是学以致用。还有就是我。赌庄是个有争端的地方，有为脾气争的，有为言语争的，有为一个交流的眼神争的，也有为一个不必要的手势争的，这需要有个人调停处理，这个人就是我。我不光是有力气、有功夫，主要还是有背景。我师傅是龙海生，拳坛摆在后面山上，那里人多势众，个个身怀绝技，说句难听的话，就算我在这里吼不住，到后面山上去打一个呼哨，我的师兄弟们就会拍马杀到。从这一点上看，金龙妈还算是个明白人，知道"寸有所长，尺有所短"的道理，知道这件事独食吃不了，知道只有我们联手了，才能够真正相得益彰。

金龙妈那天叫我来熟悉屋子，有意在强调一些细节。比如，厨房的柴仓很大，柴火很蓬松，她是不是在暗示，这里可以藏身？比如，两间屋子都有独门出入，但床后面还有互通的便道，她是不是在说，需要的话，这里也可以回避？比如屎盆间，和我之前的想象一样，撩开厚厚的布帘，里面就是那个屎盆盖子，堂而皇之地摆着。屎盆盖子的功能很科学，一是遮丑，二是捂气味。背后是一张老年画，画的是"桃园三结义"，这个作用也很妙，美观，掩饰，其实后面是一扇气窗。气窗外是一条野路，往左往右最终都通往山上。这一带的民居都有点依山而建的味道，之间有蜿蜒的小路，感觉上狭小拥挤，实际上都四通八达。事后想想，金龙妈说这些的意思，是要告诉我，在关键时刻，这里还可以"曲径通幽"，不至于走投无路。

她倒没有说打赌不允许，或说这事有危险，她是怕我打退堂鼓吗？这个我才不以为然呢，没什么大不了的，我既然同意了加盟赌庄，心里早准备好了。我倒是考虑了自己的能力，比如，能不能胜任这些场面？人家会不会买账？……

5

金龙妈摆赌庄完全是出于无奈。听我母亲说，金龙爸原来是菜场打肉的，当年张秉贵在北京称糖"一把抓"的时候，他在我们这里打肉也是"一刀准"，相比之下，我觉得，打肉比抓糖的技术含量更高，因为那时候打肉都是几角几两的。金龙爸后来是吐血死的。我母亲说，他得的是肺痨，每天大口大口地吐血，人身上的血是人体重量的十分之一，他最后吐了一脸盆，生生地把命给吐没了。金龙妈很早就是一个人带着金龙和银龙，辛苦从她的腰上就可以看出来。她的身体看起来很结实，是那种长年累月干活的结实，但她的腰已经完全地坠了。一般人的腰都是在肚子上面的，但她的腰已经坠到骨盆了，再也上不去了，看起来好像也孔武有力，但已经不是那种挺拔的有力。金龙妈的辛苦还体现在精神上。我现在想起来了，金龙在我们学校也算是半个"名人"的，他说起来比我大那么几岁，但大家都知道，他在我们这个年级也停留了好多年。他不是不聪明，不是读不了书，就是傻。读书是学校照顾他勉强跟跟的，给他一个去处，不然他只能待在家里了。他不是那种一眼就能看出来、全世界都长得一模一样的"唐氏"，他的样子看不出来，该像爸像爸，该像妈还是像妈，他只有笑起来的时候，才看出了他的傻。他为什么傻，我们不知道，他这个叫什么傻，我们也不会说。但医生知道，所以医生给他吃一种特制的米、特制的面、特制的奶，吃得很单调。他不能吃其他食品，吃了会越来越傻，甚至有生命危险。因此，我们常常拿好吃的去诱惑他，一块饼干一块糖，都可以让他去扫一间教室。

他弟弟银龙倒是聪明，尤其手巧。银龙说起来也比我大一二岁，但和我同届，在隔壁一个班，也多少有点面熟。说他聪明是有例子的，说下乡拉练时，同学们都带着被铺干粮的大包小包，但银龙从来不带，没心没肺地跟着，肚饿了蹭饭，想睡了蹭铺。手巧开始是传他会装电灯，会搭半导体收音机，后来长时间没看见他了，问起，才知道他参与赌博，手又快又巧，会出老千，被派出所抓进去了。这又记起了银龙被判的那天，人民广场开公判大会，他虽然还够不上量刑，但公告上有他的名字，排在最后。公告贴在学校门口的那条路上，引得放学的我们堆在一起围看。开始的时候，我们不知道有银龙，我们感兴趣的是一桩流氓案，据说是"鸡奸"！鸡奸是什么？我们不懂，还以为是有人着急了拿鸡做事，新鲜、好奇，所以我们要看看。但另一桩聚众赌博案中有银龙，我们看时，金龙就过来推搡，说不看了不看了，有什么好看的。情急之下，还追打我们。金龙傻就傻在这里，他这样莫名其妙地推搡追打，说明"此地有银"，等于泄露了他的秘密，我们就更要看了，结果就看到了公告上的银龙。

多年后我才了解到，金龙的病叫"苯丙酮尿症"（PKU），是一种常见的氨基酸代谢病。人体在苯丙氨酸代谢过程中发生了酶缺陷，使得苯丙氨酸不能转变为酪氨酸，导致苯丙氨酸及其酮酸在体内堆积，并从尿里排出。所以，要控制饮食或限制苯丙氨酸的摄入，只能吃一些特制的"食物"，实际上相当于药物。在遗传方式中，金龙的病属于染色体隐性遗传，临床表现主要有，智力低下、精神神经症状、色素脱失、皮肤长期湿疹，甚至身体鼠臭。

现在我们知道了，金龙妈是多么的辛苦。她不仅要积攒金龙的药费，还要每时每刻留心着他的嘴巴，不能让他乱吃东西。还要千方百计地替银龙操心。

现在，银龙劳教回来了。他这样的人，出去没人要，做别的也很难做，帮妈妈摆赌庄倒是轻车熟路，是最便捷的选择。

而我，除"自己动手丰衣足食"外，也算是助金龙妈一把"绵薄之力"吧。

6

抽头薪是打赌人都知道并乐意接受的事情。这个头薪可以有多种解释，也可以有多种理解。可以当享受这个环境，可以当租张凳子坐坐，可以当吃饭或点心，也可以当洗脸喝茶及金龙妈的服务；可以当维护秩序的保障，也可以当调解争端的辛苦费。总之，这个设置是合理的、需要的。至于每次抽多少头薪，这要看我们心凶还是心平。金龙妈说，我们意思意思，我们细水长流。头薪的抽取具体由我来执行，我知道，这事不能强行，强行了打赌人就不舒服。最好是挑在数额较大的时候、气氛较好的时候、端上美味榨菜条的时候，这样的时候，打赌人心思都不在钱上，我就瞅准了时机恰到好处地抽吧。我抽头薪也是很有讲究的，要抽得少抽得勤，专抽零星碎钱，不做"一锤子"买卖。至于我和金龙妈的分成，我是这么想的，首先我体谅她的难处，其次她是看得起我，她虽然必须用得上我，但也是照顾我一条赚钱的生路嘛，所以，留出金龙妈买菜烧饭的费用，我们对半分。

当然，抽头薪的可行性，主要是建立在解决纠纷的基础上。平安无事，和谐健康，我的存在就毫无意义，所以，我也是很巴望他们出事的，有事了我的价值也凸显了。

打赌的人都是五花八门的，有的是慕名而来的，有的是朋友带来的。若都是附近面熟的人，一般也就没什么大事了。如果这天的赌庄夹杂了生人，如果这天的赌牌摸得别扭，这就要格外留神了。任何引爆，都要有一个导火的过程。如果这一天生人多了，手气又背了，无端地挑剔关系了，开骂爆粗口了，或摸了牌故意唱牌了，那这条导火索就要燃着了。比如，一般人摸了牌都是很隐晦的，不管好坏都装得讳莫如深，但这天他们不矜持了，有意唱牌了，装着大大咧咧要放弃的样子，其实是故意在怄脾气。摸到了4和6，就说"通奸"；摸到了6和9，就说"婊子"；摸到了10和A，就说"嫖客"，这就有点想闹场的兆头了……

争端的发生往往是在庄家改旗易帜的时候，要打扫战场和清点战果的时候，各人把记账的"火柴梗"数出来，居然有人甩出了几根半折的火柴梗！疑问立即像砖头一样抛了出来，怎么有半根的？有声音讪讪地说，就是有半根的嘛！那半根算什么呢？算半脚嘛！我们什么时候玩过半脚的？前面就玩过嘛！小儿科啊？过家家是吧？风背手烂的时候有啊！废话，想搅屎就明说，别瞎来这一套！这就点着了火药桶。这就起了争执。话题开始还围绕着输赢，渐渐地游离了赌博，跑到"手脚"和"做人"的上面，这又牵涉了"诬蔑"。就像消防队碰到了火灾，值班员赶上了小偷，我既然来了，也需要这样的契机，我得对得起金龙妈的邀请，别让人觉得我徒有虚名！

我介入了他们的现场。我双手摁住了桌上的火柴梗，我说，都看在我的面子上，听我一句话，算了。众人仰起头盯着我，一个说，凭什么呀？一个说，你谁呀？算老几呀？我也耐下性子，我说，这是我的场子，我的场子我做主，你们真的要听我的……我其实平时是比较口讷的，更没有什么理论素养，这时候要说服赢家或输家都是相当困难的。当然，我也知道，这样的场合不能摆道理，跟打赌人摆道理没用，我得来狠的，以我的方式，来他们没见过的。我回头招呼金龙妈，你家里有尖刀吗？尖刀没有的话螺丝刀也行！金龙妈一头的雾水，但还是很快地找来了螺丝刀。现在，雾水来到了众人的脸上，他们疑惑了。我说，大家都还想玩的话，那场子就请继续；如果谁一定说是少了钱的，那算我欠你的怎样？有人冷冷地说，不欠。我说，那好。我把左手臂搁在桌子上，右手的螺丝刀戳住了左臂的皮肤，我有戳下去的意思，但众人似乎不信，觉得不会，这样干吗，吓唬人的。我就砰的一声戳了下去。螺丝刀立刻嵌入了我的手臂，皮肤变了色深深地往下陷。人的皮肤其实是很厚的，不说比猪皮厚，但起码也会比羊皮厚。我们平时稍稍割破就渗血的那是表皮，表皮下面才是真正的人皮，有一定的硬度和厚度，所以它才会砰的一声。现在，螺丝刀戳在我的手臂上，因为压迫得紧皮肤上并没有出血，看起来并不可怕，倒像是变魔术。这不行，这不是我要的效果。这样想着我就顺势拔出了螺丝刀，血像一颗红豆一样从皮肤内升了上来，晶莹闪亮，接着马上又从手臂挂到了桌上，这才使众人啊了一声，身体也不约而同地仰了一下，并且杂乱地说，这样干吗？这样干吗？我说，还要玩别的吗？有面子的话，这庄就这样吧！我又对那个赢钱的家伙说，对你来说，110 和100 有区别吗？没有。都是信手拈来、不费吹灰之力的事，何乐而不为呢？说着，我一边用嘴舔去手臂上的鲜血，一边没忘了抽取这一庄的头薪。总之一句话，我喜欢蛮干，蛮干有蛮干的效果，有人好言好语不听，但这一手一般人都会吃的。

7

金龙也被安排起来帮忙，他的任务是"望风"。他傻，行为怪诞点没人在意，金龙妈就让他在这个"竖心"的岔路口待着，至于做什么，都可以。玩玩水可以，逗逗鸡也可以，就是别忘了正事，有"敌情"时发个信号。

"平安无事噢"的信号，用金龙的话回馈给里面就是："妈，肚饿了！"这句话体现在金龙身上显得尤为经典。一般来说，傻人爱吃，傻人贪吃，傻人是吃不饱的。而金龙喊肚子饿恰巧又是"名正言顺"的。他那个什么苯丙酮尿症，一辈子就这么吃了，吃的什么呀，乱七八糟，一塌糊涂，那些特制的东西，说是食品，实际上就是药，就像掺了水的果汁、分了油的奶，索然无味，越吃肚越荒。所以，金龙时不时的这声"肚饿了"，没有人会觉得突兀，而里面赌庄听起来，就像辰夜里的梆声，让金龙妈觉得踏实又可靠。

可是有一天，金龙被人家"摸了哨"，赌庄被联防队端了窝。

那天晚上，联防队悄无声息地摸进了"竖心"弄堂。他们也许是接到了举报，也许是早有耳闻。一个联防队探子首先发现了煞有介事的金龙，他也装作神神道道地问，金龙，你在这里做什么呀？金龙愉快地回答，我妈叫我在这里放哨。探子说，放的什么哨呀？你又不是儿童团。金龙兴奋地说，里面地下党有活动，我在给他们望风。探子说，现在天都黑了，还望什么风呀，你肚子不饿吗？金龙说，我刚吃过，肚子还不饿。探子说，你那叫什么吃呀，你吃吃我的看。说着探子拿出了两个饼，三分钱一个的葱酥饼和五分钱一个的芝麻饼。黑暗里，金龙的眼睛倏地一亮，嘴里也明显哑的一声。探子把两个饼塞给金龙，顺便也搭着他的肩走出了弄堂。等在外面的联防队蜂拥而入，像游击队员一样潜进了里面。金龙妈本想用金龙的傻做个障眼法，但她忽略了金龙的软肋是贪吃，两个饼就把他收拾了。我觉得联防队有点不厚道，和金龙的较量也不公平，更不能拿拙劣的手段欺负人，就像和结巴的人吵架，吵赢了又有什么意思呢！当然，这是我后来听说的。

我当时正在赌庄上，正沉浸在"八鸡三扣天二"的氛围中，突然断喝声响起，神兵犹如天降——都把钱放在桌上，把手倒背到脑后，乖乖地一个个走出来！就像战争片里解放军攻占了敌人老巢。大概也就是停顿了几秒钟，三秒或者四秒，突然间，电灯暗了，一暗就是我们的地盘、我们的机会。电灯是谁拉暗的不说你也知道。银龙还坐在赌桌前，他举着双手，像个束手就擒的俘虏。他是主人

393

家，他反正逃不掉。其他人，那就听天由命了。外面有多少联防队我们不知道，但听声音弄堂里已经堵死了。堵死不可怕，只要地里黑，地黑就有希望。我的脑子里飞快地闪烁着逃跑的念头，现在躲柴仓已经不可能了，眠床下也来不及藏了，我悄悄地矮下身，往床后的便道挪去，那里通向金龙妈的屋子，也许还能在什么地里藏一藏。就在这时，黑暗里有一只手捉住我，推了我一把，把我推进了屎盆间，这肯定是一只熟悉的手，但在那一刻我已经无暇顾及了。眼前是金龙妈说的那个屎盆盖，它犹如一张凳子，接着我就嗖地跃了上去，那张"桃园三结义"的年画，此刻正像是一盏闪闪的明灯，照亮了我的前程。我撩开年画，实际上是一把扯下，后面是一扇气窗，气窗不算大也不算小，但已经足够了，我抓住窗架拼命地把头伸了出去，脚下一蹬，身体就像蛇一样游到了外面。这不是我有多大的功夫，这是我训练板凳花的结果。板凳花有一个最典型的动作，双腿一撇，身体从板凳下矮了过去，形成变防守为进攻的正面握凳姿势，这需要柔软的腿功和坚韧的腰功，有这两手，我从屎盆间的气窗上逃脱，就一点问题也没有了。

气窗外是卵石铺成的绵延小路，有一点点坡度，这告诉我它正是通往山上的方向。我还记得前方有一个叫作碗瓦槽的地方，那是个长年不竭的暗井，从它的右边拐出去，就像遁了地一样，就进入后山了。我飞身疾步，一下子消失在黑暗中。

8

　　第二天，我伏在家里不敢轻举妄动。第三天，母亲问我，你今天怎么没打拳啊？她不知道我在金龙妈那里摆赌庄、抽头薪，她要是知道了这件事，也不会让我做的，她以为我只是帮金龙妈干个重活，以为我一直就待在龙海生的拳坛上。她还知道，前日子里，有上海的跤手过来切磋过。我就说，这几天龙老司到上海回访去了。母亲说，那你怎么不跟去学呀？我说，去上海坐轮船要八块钱，你舍得给我八块钱吗？母亲不响了。

　　这天晚上，我还是去看金龙妈了，前两天风声鹤唳，我蛰伏不动，相信金龙妈也会谅解我的。

　　我走进那条"竖心"弄堂，不知怎么的，我突然有一种"方勇"去见"阿玛尼"的感觉。对，我仔细想了想，是这个感觉。这是电影《奇袭》里的一个片段：方勇带领小分队要去炸掉康平桥。这一带有曾经救过他的阿玛尼，他要去看看她。镜头回放是这样的：阿玛尼在为受伤的方勇喂食，外面传来了李匪军搜查的声音，阿玛尼赶紧藏起了方勇，阿玛尼嘱咐儿子引开李匪军，儿子往后山跑去，李匪军向后山追去，阿玛尼焦急的表情，画外，后山响起了清脆的枪声，意味着儿子被打死了，阿玛尼痛苦地揪着心，身体摇晃了一下……阿玛尼是著名演员曲云演的，她不愧为中国第一苦难大妈，她演的是那种隐忍的苦、坚韧的苦、百折不挠的苦，让人刻骨铭心。现在，回想起前天晚上的赌庄被端，我觉得金龙妈也是这样的。弄堂里布满了联防队员，门也被堵得严严实实，屋子里一片混乱，打赌人慌乱无序。就在这时，金龙妈不动声色地拉黑了电灯，打赌人训练有素的特质瞬间显现了出来，就几秒钟，毁证的毁证，藏钱的藏钱。我虽然不沾手钱物，但也在那一刻蹿到了床后，想借助便道溜到隔壁，后被一只手推进了屎盆间。这只手肯定是金龙妈，也只有她，会在这时候及时、熟悉地出手相助。也只是在几秒钟后，在一片嘈杂响亮的叫唤声中，手电照过来了，火把烧起来了，那些打赌人也乖乖地举起手，像老鼠一样被串在一起，银龙也被捉走了……我想，那一刻，金龙妈一定也像《奇袭》里的阿玛尼一样，揪着心里的痛，身体摇晃了一下。

现在，我敲开金龙妈的门。金龙非常老实地坐靠在自己的床上，前天晚上的端窝，和他的"失职"有关，所以他也非常沮丧，看上去像一个真正的病人。金龙妈倒是已经在桌上糊纸盒了，我知道，是光明火柴厂的火柴盒，一百个一块钱，那时候很多人在家里都做这个。我们坐着，相对无言。金龙妈只管自己做手中的生活，我也机械地看着她在劳作。想起其他打赌人的"凛然"，我越发觉得自己窝囊和猥琐。我对金龙妈说，那天真不好意思……金龙妈打断我的话，说，你就是要跑的，你不能让他们抓住。我说，幸亏你推了一把，我才……金龙妈说，不说这个，应该的，我把你叫进来，是让你来帮我，帮我还让你受罪，这怎么行。她这样说了，我就更加惭愧，赶紧转移了话题，我问起银龙，金龙妈说，他没事的，反正他也就这样了，就是在外面，他有什么事好做呢？进去了我还省点心。你不一样，你是一张白纸，进去了，白纸就留下污点了。我说，那还有那些人呢？他们怎么样？金龙妈说，他们没什么，他们油得很，才不怕这些呢。我停了很久，心里五味杂陈，甚至有些疼痛。看着金龙妈利索地在糊火柴盒，脑子里不断闪现出"阿玛尼""阿玛尼"，从《奇袭》里的阿玛尼，闪回到《苦菜花》里的母亲，又闪回到《药》里的母亲，都是些苦难的母亲。我说，你接下有什么事，只管说，只管叫我。金龙妈说，嗯，现在没事，我糊火柴盒也挺好，就是慢一些，图个轻松，下礼拜我又接了些尼龙袋……我深深地叹了一口大气，烫尼龙袋，我知道的，那也是个细碎的活，一分钱烫十个，烫一百个一角二。我母亲在家里也烫过。

9

我这人长相老，尽管只有十八岁，但做的都是与年龄不大相仿的事，我母亲也觉得我应该就是这样的。其实，过去的人都这样，出场早，做事大，样板戏《红灯记》里有一句话，叫"穷人的孩子早当家"，说的就是这个意思。

我一生做事无数，这和我母亲有关。应该说，我母亲还是很英明的，她知道我读不了书，就早早地叫我爸准备了板车；知道我力气大，就叫我学了点武功。现在看来，这些多少还算得上是些财富。比如，我步入社会后，这些财富就发挥了很大的作用。那段时间，我时常地被人家请来请去，请去做什么？调解各种纠纷；为什么请我？就因为我力气大。那时候在社会上立足不靠文凭、不靠素养，就是靠力气。什么在路上被人无端地看了一眼，什么隔壁的屋檐水滴进了我家的院子，什么上坟的时间被人家抢了点，坏了彩头；这些事，都是为了一口气，都是要斤斤计较的，都是不能妥协的，于是就争吵，就打斗。但打斗又是多么的麻烦和消耗啊，这就有了请人调解摆平这一说。这是何等风光和惬意的一档事，我们被人请着，尊为上宾，说吃吃，说赔赔，如果赔出的金额可以摆一桌酒或听一场戏，那我们肯定就是坐酒席上方和坐前排中央的贵人。

可是，好景不长。1980年前后，地方上刮起了"严厉打击"的台风，"飞马牌供销员"毙了，"专刺女人大腿"的毙了，"盗撬保险箱"的也毙了，有一个还是和我做一样的营生，也是调解摆平的，不过是名声大一点、事件响一点，给他挂的牌子是"地下公安局"，这意思是说，公安都解决不了的事情，他能。这不是给政府拆台嘛，这还得了，一粒"花生米"就把他给打发了。我母亲说，你看你看，还好你接的都是小事，你要是和他一样，肯定也要吃花生米了！俗话说，吃坏了只用一口。而枪毙一事，一下子把我吓住了。

尽管这样，我还是会碰到一些朋友找我做事。有人找我做托运，我犹豫，那可是要和人拼线路的；有人找我做歌厅，我担心，公安要是查来了怎么办；有人找我做拆迁，我不敢，弄不好会拆出人命的；后来，有人要找我做混凝土，这事利益更大，房产、道路、水库、机场都用得着，虽然都是些好赚的生活，但都得要通天的本事与人纠缠，与人争斗，一想起我就心慌，就气短。我母亲说，你还是少吃轻走吧。其实不用她说，我也会马上就想起金龙妈来，想起她当年在混乱中的暗助，想起黑暗中、屎盆间里及时一推的那只手。我会想，我是被金龙妈救下来的，我等于赢来了一条生路，我可不能乱来，不能随随便便地把生路挥霍掉。设想，那天晚上，在那个赌博的现场，我做"保镖"抽"头薪"，这样的角色，要是被联防队抓进去，不知道会是什么样的后果，我的人生也许就被颠覆了。我也许是在劳改农场里做砖，也许在做订牌鞋；也许和狱友打架了，也许还把狱友打死了；就算我有幸从里面出来，我也无脸见人，人们也看不起我；我既找不到要做的事情，在社会上也没有立足之地；我在人们眼里就是个人渣，我母亲也早被我气死了……不管怎样，我现在还是好好的，毫发无损。本分的人，都是一生平安的，但也一定是没有出息的。说句不厚道的话，金龙妈保住了我的"名声"，但也抽走了我的骨头，我再也不会好高骛远了。我母亲说，已经很好啦，很好啦。

倒是银龙，我一直也是看不明白的。那次"进去"之后，他被判了五年。给他的判词叫"聚众赌博""屡教不改"，其实，我们附近的邻居都知道，他家有特殊情况。后来银龙出来了，我们都为他担心，他现在会有人要吗？他往后还有饭吃吗？但银龙似乎一点也不害怕，整天把自己打理得光可鉴人，游来荡去，一副不缺钱花的样子。后来我们知道，他机灵、聪明，在"里面"把老大伺候得舒服，老大就带出话来，要外面的朋友把银龙罩着。

这时候的社会，形态发生了很大的变化，是热闹的，也是混乱的，是前进的，也是跌跌撞撞的，风雨交加，泥沙俱下，价值观也在剧烈地摇晃。就像那句话说的：世界之大，无奇不有。偏偏就有那么些事，就是留起来给银龙这号人做的，一般人还都做不了，像前面提到的那些事，银龙都做得游刃有余，如鱼得水。从里面出来的人都这样，虽说有这样那样的"缺陷"，贴了标签，有了符号，但似乎也优势明显，天不怕地不怕，胆大做将军。

现在，顺应时势，银龙又做起了"担保"，就是过去的"高利贷"。这些以前被人诟病和嗤鼻的行当，现在都有了新的政策和堂而皇之的途径。但这些生意又不是政策和途径能够保障的——压在他那里的资产"满当"了怎么办？联保的关系户破产了怎么办？到期了不还钱，死猪不怕开水烫怎么办？还得靠胆量、手段、势力！前段时间，就有人借了钱玩失踪的。这种事，办法当然是很多的：软禁那人的家属、占领那人的房子、冻结那人的户头，再把他打入"黑名单"。银龙说，我们是做生意的，哪还有时间陪他玩这个啊。

他先是放出线人找那人的"玛莎拉蒂"，人逃，车是没法逃的，尤其是豪车，开哪里都是个惹眼的东西。当初那人就是拿了这车的八百万发票来抵押的。三天后，线人在军分区车库里找到了那辆车。银龙就约了交警过去，带着八百万的发票把车拖了。银龙说，我有办法把他的车挖出来，也就有能力把他的人找到。我之所以没有急吼吼地找他人，还让他留在外面，就是想他还能够活络起来，活络了，他才能把钱转起来。我要是把他逼急了，逼进了死胡同，那他还不是去跳楼啊，我希望他能够领会我的良苦用心，相信他缓过劲来会来找我的。语气和意思都是斩钉截铁的。真是经历锻炼人、造就人哪。

噢，顺便说一下。前段时间，地方上号召治水，银龙甩手就捐了五百万。再顺便说一下，银龙有时候也给我照顾点生意，诸如"拖车""搬运"类似的业务。我们算有来往的。

金龙今年有六十了，还活着，也还傻，这都是金龙妈照顾得好，现在更有了银龙在经济上做后盾。医生说，这种病，没别的办法，但按时"吃药"，器质上、生理上是不会有什么影响的。

　　金龙妈应该也有八十六七了吧，脑子身手都好，平日里喜欢窝着搓麻将，伙计是年龄相仿的隔壁邻居。她一般搓123，也就是说，如果设定每张是一块钱的话，第一庄一张，第二庄两张，第三庄就是三张。她一世辛苦操劳，还有这样的岁数，我只能说，仁者寿。

图书在版编目 (CIP) 数据

本命年短信 / 王手著. — 北京 ： 北京十月文艺出
版社，2017.10
　ISBN 978-7-5302-1710-8

　Ⅰ . ①本… Ⅱ . ①王… Ⅲ . ①短篇小说—小说集—中
国—当代 Ⅳ . ① I247.7

中国版本图书馆 CIP 数据核字 (2017) 第 194523 号

本命年短信
BENMINGNIAN DUANXIN
　王　手　著

出　　版　北京出版集团公司
　　　　　北京十月文艺出版社
地　　址　北京北三环中路 6 号
邮　　编　100120
网　　址　www.bph.com.cn
发　　行　新经典发行有限公司
　　　　　电话（010）68423599
经　　销　新华书店
印　　刷　北京盛通印刷股份有限公司
版　　次　2017 年 10 月第 1 版
　　　　　2017 年 10 月第 1 次印刷
开　　本　880 毫米 × 1230 毫米　1/32
印　　张　12.75
字　　数　272 千字
书　　号　ISBN 978-7-5302-1710-8
定　　价　39.00 元
质量监督电话　010-58572393
如有印装质量问题，由本社负责调换。